DANIEL DEFOE

ROBINSON CRUSOE

Título: Robinson Crusoe
Título original: *Robinson Crusoe*
Autor: Daniel Defoe

© Edimat Libros, SA
C/ Primavera 10, nave 35
28500 Arganda del Rey
Madrid-España
www.edimat.es

Traducción: M.ª Jesús Sevillano Ureta
Introducción: Javier Blanco Urgoiti
Diseño e ilustraciones de cubierta: Karakachoff estudio

ISBN: 978-84-9794-575-2
Depósito Legal: M-1282-2024

Impreso en España - *Printed in Spain*

INTRODUCCIÓN

La historia, bien contada, nos relata que hubo una era llamada de las grandes expediciones en la que los países europeos salieron a descubrir el mundo, aunque no les empujó tanto la sed de conocimiento, que sí, que la había, como la llamada del oro y la búsqueda de nuevas rutas comerciales. Los monarcas europeos sufragaron durante tres siglos colosales aventuras que, de continuo, llevaban consigo un elevado coste en vidas humanas, con la idea loca de no dejar ni un solo hueco en negro en el mapamundi y, de paso, repartírselo. Así, a lo largo de trescientos años, el hombre blanco puso el pie en los lugares más recónditos de la tierra, bautizó ríos y montañas, descubrió nuevas gentes y culturas y clavando su pie en nuevos mundos ignotos, tomó posesión de todo cuanto alcanzaba la vista, en nombre de su rey, su reina o la graciosa majestad de turno. Llegar lejos, que no el primero (generalmente, esos lugares estaban ya habitados), daba derecho a quedarse con todo.

Después, llegó el colono. Se instaló en aquellas nuevas tierras de promisión, para darse a sí mismo y a su familia y descendientes una nueva oportunidad; se apropió de grandes extensiones de terreno que ya tenían dueño; explotó los recursos naturales para enriquecerse y costear los elevados gastos de los poderosos ejércitos de sus monarcas, que, además, le daban protección; impuso su cultura, considerada superior, su religión, su ética y su forma de entender la existencia a gentes que nunca antes habían visto pieles cenicientas y cabellos amarillos y rojos; incluso, se apropió de las vidas y de la libertad de aquellos seres que, tachados de infrahumanos, pagaron con su esclavitud la inocencia de haber recibido a los blancos como si fueran dioses. A este proceso de conquista, explotación, imposición cultural y tráfico de esclavos lo llamamos *colonialismo* y es uno de los capítulos más vergonzosos de la historia de la humanidad.

No hay que juzgar aquellos acontecimientos sin aplicarle el filtro de una cierta perspectiva histórica. Esa es la fácil demagogia de los que no saben, o no quieren, diferenciar la política de la historia. Lo cierto es que antes que el hombre europeo de la Edad Moderna, todas las grandes civilizaciones exploraron, colonizaron, esclavizaron y exterminaron hasta donde les fue posible llegar con sus medios técnicos.

Tenemos una civilización, la occidental, que es la más avanzada del mundo, con sus medios técnicos y sus avances científicos, con su poderosa religión y su dominio cultural, y es normal que se pensase, aunque ahora sabemos que equivocadamente, que en las otras culturas primitivas de la tierra vivieran infrahombres. Mal o bien, algo que parece inútil juzgar ahora, esta salida al mundo generó también una nueva literatura de aventuras, aquella que contaba cómo los hombres más atrevidos, una nueva clase de héroe, salían a explorar nuevos mundos exóticos, llenos de maravillas, de extrañeza y, por supuesto, de tribulaciones aun a riesgo de su propia vida y la de sus compañeros.

Una isla en el Atlántico

Daniel Defoe publicó, en 1719, su novela *La vida e increíbles aventuras de Robinson Crusoe, de York, marinero, quien vivió veintiocho años completamente solo en una isla deshabitada en las costas de América, cerca de la desembocadura del gran río Orinoco; habiendo sido arrastrado a la orilla tras un naufragio, en el cual todos los hombres murieron menos él. Con una explicación de cómo al final fue insólitamente liberado por piratas. Escrito por él mismo*, popularmente conocida como *Robinson Crusoe*.

Se puede ver en el título original alguna nota que puede resultar discordante: la creencia general de que el náufrago por antonomasia, *Robinson Crusoe* (que lo fue mucho antes que Tom Hanks y lo seguirá siendo), pasó veintiocho años de su vida en los cálidos mares del sur, es decir, en alguna isla del océano Índico o del Pacífico, y no, pero existe una razón para este equívoco. Efectivamente, debemos situar la isla de la ficción de *Robinson Crusoe* en la desembocadura del gran río Orinoco, es decir, Venezuela, en el océano Atlántico, al sur de las Antillas, entre el Trópico de Cáncer y el Ecuador, en una latitud soleada de repentinos y abundantes chaparrones, de aguas cálidas y playas paradisíacas, no demasiado lejos del mar Caribe. La razón de que exista esa creencia popular de que la isla de Crusoe está al otro lado de América es que, efectivamente, la isla Robinson Crusoe está en el Pacífico, en el archipiélago Juan Fernández (Chile). Daniel Defoe se basó en una historia real, la del marinero escocés Alexander Selkirk, al que se sabe que entrevistó, para escribir *La vida e increíbles aventuras de Robinson Crusoe, de York, marinero, quien vivió...* En 1703, el galeón *Cinque Ports* fondeó en el archipiélago chileno y, antes de partir, probablemente por desavenencias con el capitán del buque, dejó allí tirado como un trapo al marinero Selkirk que pasó solo en la isla cuatro años y cuatro meses, antes de ser rescatado.

Hoy, la isla en que estuvo realmente Selkirk se llama Robinson Crusoe, mientras que a la memoria del escocés está dedicada otra de las islas del archipiélago Juan Fernández. Selkirk tiene también su libro: *Vida y aventuras de Alexander Selkirk, el Robinson Crusoe real, una narración que se basa en hechos,* publicada en 1837, escrita por John Howell quien, por lo que se ve, no daba mucha verosimilitud a la novela de Defoe.

El género de aventuras

Daniel Foe o Daniel Defoe es el padre de la novela inglesa. Fue periodista, precursor del periodismo económico, panfletista y novelista, nacido en Londres probablemente en 1660 (no hay constancia ni seguridad de la fecha) y muerto en 1731, igualmente en la capital británica. Era hijo de un humilde fabricante de cera, elaborada con sebo animal, llamado James Foe. El «De» del apellido le cayó más tarde cuando, ya con el pelucón de moda en la época, aseguraba que su familia descendía de cuna noble.

Se casó en 1684 con la joven Mary Tuffley, con la que tuvo seis hijos y de la que recibió una dote de 3700 libras esterlinas que prácticamente sirvieron para aliviar sus deudas, porque Defoe vivió toda su vida en el filo de la navaja respecto al estado de sus finanzas. Ni siquiera el éxito de *Robinson Crusoe* y de otras novelas, como *Moll Flanders,* aliviaron su agujereada bolsa. Antes de dedicarse a escribir, fue comerciante de todo tipo de productos, incluso de vinos de Jerez, recaudador de impuestos, dirigió una fábrica de ladrillos... Pero nunca logró liberarse de sus deudas, motivo por el que llegó a pisar la cárcel.

Ya como panfletista, publicó en 1703 *El camino más corto con los disidentes,* en el que hacía una parodia del ala más conservadora de la política y de la iglesia anglicana lo que le costó pasar tres días en la picota, en la plaza pública. El capítulo es bastante conocido porque su *Oda a la picota* fue tan bien recibida por el público que, en lugar de vituperarle y arrojarle porquería, como se hacía habitualmente con los empicotados, el populacho le lanzaba flores.

Después de una temporada en la cárcel, Daniel Defoe estuvo al servicio de la inteligencia británica durante nueve años, a las órdenes tanto de los *tories,* los conservadores, como de los *whigs,* liberales, tiempo en el que escribió varias obras que tampoco tienen más trascendencia. En 1719 publica *Robinson Crusoe,* la que se considera que es la primera novela moderna inglesa (no puedo evitar reseñar que la primera novela moderna española, que es *El Quijote,* se escribió cien años antes). *Robinson Crusoe* fue el pistoletazo de salida de todo un género, la novela de aventuras que viene, cómo no, en parte dada por la situación ya explicada. Inmediatamente después, Jonathan Swift publica *Los viajes de Gulliver* (1726) que, aunque fue escrita con una clara intención política, lo cierto es que el público la adoptó enseguida como parte de este nuevo género aventurero. En 1757, otro gran título ve la luz: *El último de los mohicanos,* de James Fenimore Cooper que cuenta cómo el hombre blanco ocupó el sitio de los nativos americanos hasta llegar a extinguirlos.

Pero si el siglo XVIII fue el nacimiento del género, el siglo XIX está lleno de escritores que siguen esa estela: Walter Scott, autor de *Ivanhoe* (1820); nombres tan conocidos como Julio Verne, que está a caballo entre la ciencia ficción y las aventuras, pero que tiene títulos universales como *La vuelta al mundo en 80 días* (1873); Edgar Allan Poe, uno de los grandes de la literatura americana del siglo XIX cuenta en *Las aventuras de Arthur Gordon Pym* (1838) la vida de un marinero embarcado en el barco ballenero *Grampus* que se interna en los oscuros parajes marinos del Antártico, sufre motines, guerras con nativos, peleas contra caníbales... Robert Louis Stevenson y *La isla del tesoro* (1883), Herman Melville y *Moby Dick* (1851) o, por no abundar mucho más, pero hay bastantes más nombres, el mismo Emilio Salgari, padre de *Sandokán* que no es una novela, sino toda una serie de ellas.

James Joyce y Defoe

Precisamente porque la novela de aventuras *Robinson Crusoe* es hoy casi, casi literatura juvenil, merece que se le haga una lectura desde otro punto de vista más profundo, que es el que le da el escritor universal irlandés James Joyce (Dublín, 1882-Zurich, 1941). Joyce, autor del intrincado y siempre difícil *Ulises* (1922), obra clave en la historia de la literatura universal contemporánea, fue quien señaló el libro de Defoe como la primera novela inglesa moderna, pero para su gusto, además de un libro de aventuras, tiene un trasfondo que se refiere a la realidad histórica que vivía entonces el hombre occidental.

Es James Joyce quien atribuye al *Robinson Crusoe* de Daniel Defoe la categoría de símbolo del colonialismo británico. No hay que olvidar que, como irlandés, Joyce padeció ese colonialismo en su Dublín natal hasta la independencia de Irlanda, datada en 1922. Para el gran escritor irlandés, Crusoe llega a la isla y ya la considera suya; es un icono del puritanismo y de la apatía sexual (un hombre que pasa veintiocho años de su vida sin ningún atisbo de relaciones sexuales), de la perseverancia y la constancia frente a la adversidad de lo desconocido, pero también encontramos en él a un racista que ve en los otros seres humanos gentes inferiores al civilizado hombre blanco, cristiano, y por tanto justifica la esclavitud como algo natural. De hecho, Joyce cree que Viernes, el fiel sirviente negro de Robinson Crusoe, es precisamente un esclavo.

En una conferencia dada en 1912 en la Universidad de Trieste, preciosa ciudad italiana situada al este de Venecia donde el escritor irlandés vivió durante unos años a principios del siglo xx, Joyce dijo textualmente: «Robinson Crusoe es el verdadero símbolo de la conquista británica, que, arrojado en una isla desierta, en su bolsillo un cuchillo y una pipa, se convierte en arquitecto, carpintero, cuchillero, astrónomo, soldado, alfarero, curtidor, granjero, sastre, fabricante de sombrillas y clérigo. Él es el verdadero prototipo del colono británico, ya que Viernes (el salvaje fiel que llega en un día desafortunado) es el símbolo de las razas sometidas. Todo el espíritu anglosajón está en Crusoe: la independencia varonil; la crueldad inconsciente; la persistencia; la inteligencia lenta pero eficiente... la religiosidad práctica y bien equilibrada; la taciturnidad calculadora. Quien relee este sencillo y conmovedor libro a la luz de la historia posterior no puede evitar caer bajo su hechizo profético».

En cualquier caso, ya sea fruto de su época o profecía de lo que estaba por llegar, *Robinson Crusoe* se ha convertido en el prototipo del náufrago que llega a una isla desierta sin recursos y no sólo consigue sobrevivir, sino que, además, logra un cierto estándar de comodidad. Crusoe es un marino oriundo de la ciudad de York, al norte de Inglaterra que, embarcado en una expedición a África, es capturado por unos piratas y se convierte en esclavo, pero consigue escapar y pone rumbo a Brasil junto a un capitán de la marina portugués, país en el que se instala. Al cabo de un tiempo, le surge de nuevo la oportunidad de cruzar el océano Atlántico con dirección a África. La idea de la expedición no es otra que el tráfico de esclavos con lo que Crusoe y otro grupo de inmigrantes que vive con él en Brasil, pretenden cubrir sus necesidades de servicio. Este sí es el viaje que naufraga. Todos los tripulantes del barco mueren ahogados excepto Robinson Crusoe que consigue llegar a una isla deshabitada que, como se ha dicho, está cerca de la desembocadura del Orinoco, al sur de las Antillas. Cuando ya se ha más o menos adaptado y hecho a la idea de que va a permanecer solo un tiempo indefinido, descubre que la isla no está deshabitada, sino que comparte trozo de tierra con una tribu de indígenas que, además, son caníbales. Crusoe libera a uno de sus prisioneros, cuyo destino probablemente iba a ser la sopa del jefe, y le pone el nombre de Viernes, por el día de la semana en que se conocieron. Y lo demás, lo del buen colonialismo, ya nos lo ha contado la historia.

ROBINSON CRUSOE

CAPÍTULO PRIMERO

Voy al mar

Nací en el año de 1632, en la ciudad de York, de buena familia; aunque mi padre no era de esa región, era un extranjero de Bremen que se instaló en Hull al principio. Consiguió una buena posición como comerciante y, al abandonar el comercio, vivió después en York, donde se casó con mi madre, cuyos parientes se llamaban Robinson, una reputada familia de esa región, por lo que yo me llamaba Robinson Kreutznaer; pero por la deformación normal de las palabras en Inglaterra ahora nos llaman, mejor dicho, nos llamamos y escribimos nuestro nombre «Crusoe», y así me llaman siempre mis compañeros.

Tenía dos hermanos mayores, uno de los cuales era teniente coronel en un regimiento de infantería inglés en Flandes, antes al mando del famoso coronel Lockhart, y murió en la batalla contra los españoles cerca de Dunkirk; de lo que fue de mi segundo hermano nunca supe, no más de lo que mi padre o mi madre supieron de lo que fue de mí.

Siendo el tercer hijo de la familia, y sin formación en ningún oficio, mi cabeza pronto empezó a llenarse de pensamientos incoherentes. Mi padre, que era muy anciano, me había dado un aceptable aprendizaje, hasta donde puede llegar generalmente una educación en casa y en la escuela libre del campo, y me proyectó para las leyes; pero nada me satisfacía más que ir al mar; y mi inclinación hacia esto me llevó con tanta fuerza contra la voluntad y órdenes de mi padre, y contra todas las súplicas y persuasiones de mi madre y de otros amigos, que parecía que había algo fatídico en esa propensión de la naturaleza que tendía directamente a la vida de sufrimiento que iba a llevar.

Mi padre, hombre sabio y serio, me dio consejos excelentes contra lo que predijo que iba a ser mi designio. Una mañana me llamó a su habitación, donde estaba confinado por la gota, y me amonestó de una manera muy cálida sobre este asunto. Me preguntó qué otras razones tenía más que una mera inclinación a vagar para abandonar la casa de mi padre y mi país natal, donde podía introducirme muy bien y tenía posibilidad de aumentar mi fortuna por medio de la aplicación y la industria, con una vida fácil y placentera. Me dijo por un lado que eran hombres de fortunas en apuros, o por otro lado hombres que aspiraban a fortunas mayores, los que se iban al extranjero en busca de aventura, de ascender por su iniciativa y hacerse famosos en empresas de una naturaleza fuera del camino normal; que esas cosas estaban muy por encima de mí, o muy por debajo; que la mía era la clase media, o lo que se podría llamar la condición alta de la vida baja, la cual él había descubierto por su larga experiencia como la mejor condición del mundo, la más apropiada para la felicidad humana, sin exponerse a las miserias y privaciones, el trabajo y los sufrimientos de la clase obrera de la humanidad, y sin desconcertarse con el orgullo, el lujo, la ambición y la envidia de la alta sociedad. Me dijo que debería juzgar la felicidad de esta condición por una sola cosa, a saber, que era la condición de vida que todas las demás personas envidiaban; que los reyes se han lamentado con frecuencia de las consecuencias lamentables de haber nacido para grandes cosas y deseaban haber estado en el medio de los dos extremos, entre lo mezquino y lo grande; que el sabio daba testimonio de esto como el único modelo de verdadera felicidad, cuando pedía no tener ni pobreza ni riquezas.

Intentaba que observara esto, pero yo siempre descubría que las calamidades de la vida las compartían la clase más alta y la más baja de la humanidad; pero que la clase media era la que tenía menos fracasos y no estaba expuesta a tantas vicisitudes como las otras, es decir, no estaban sujetos a tantos malestares y descontentos tanto de cuerpo como de mente, como aquellos a quienes, por la vida viciosa, lujo y extravagancias por un lado, o por el duro trabajo, necesidades y alimentación mala o insuficiente por el otro lado, provocaba malestar en ellos mismos por las consecuencias naturales de su forma de vida; que la condición media de la vida se calculaba por toda clase de virtudes y toda clase de placeres; que la paz y abundancia eran las siervas de la fortuna media; que la templanza, la moderación, la tranquilidad, la salud, la sociedad, todas las diversiones agradables y todos los placeres deseables, eran las bendiciones que asistían a la condición media de vida; que de esta forma los hombres iban en silencio y sin problemas por el mundo, y salían comodamente de él, sin desconcertarse por el trabajo de las manos o de la cabeza, sin venderse a la vida de esclavitud para conseguir el pan de cada día o sentirse abrumados por circunstancias adversas, que roban al alma la paz y al cuerpo el descanso, sin encolerizarse con la pasión de la envidia o quemarse en secreto por la ambición de grandes cosas; sino que en circunstancias normales se deslizan suavemente por el mundo, y con sensatez prueban los dulces de la vida, sin amargura, sintiendo que son felices y aprendiendo por la experiencia de cada día a conocerla de una manera más sensata.

Después de esto me insistió de todo corazón, y de la manera más afectuosa, que no actuara como el joven ni me precipitara a los sufrimientos que la naturaleza y la condición de vida en las que había nacido parecían haber prevenido; que yo no necesitaba buscarme el pan, que él lo haría por mí, e intentó meterme abiertamente en la condición de vida que él me acababa de recomendar, y que si no estaba muy tranquilo ni era feliz en el mundo, serían mi mero destino o culpa los que lo dificultarían y que él no tendría ninguna culpa, habiendo cumplido así su deber al advertirme contra las medidas que él sabía que podían dañarme. En una palabra, que como haría muchas cosas buenas por mí si me quedaba en casa, como ordenaba, no intervendría en mis desgracias ni me daría ánimos para que me fuera. Y para terminar me dijo que tenía a mi hermano mayor como ejemplo, con el que había aplicado los mismos métodos serios de persuasión para evitar que se fuera a las guerras de los Países Bajos, pero que no pudieron imperar sobre sus jóvenes deseos que le incitaron a irse al ejército, donde le mataron; y aunque dijo que no dejaría de rezar por mí, no obstante se aventuraría a decirme que si daba ese paso insensato, Dios no me bendeciría y que tendría tiempo en el futuro para reflexionar sobre la negativa a su consejo, cuando no hubiera nadie que me ayudara a recuperarme.

Observé esta última parte de su discurso, que fue realmente profética, aunque supongo que mi padre no sabía que lo era; digo que observé las lágrimas cayendo por su rostro en abundancia, especialmente cuando hablaba de mi hermano, al que habían matado; y cuando hablaba de que tendría tiempo para arrepentirme y no habría nadie que me ayudara, estaba tan conmovido que interrumpió el discurso y me dijo que su corazón estaba tan lleno que no podía decirme nada más.

Sinceramente me afectó este discurso, porque de hecho, ¿a quién no le afectaría? Y decidí no pensar más en marcharme al extranjero, sino quedarme en casa conforme al deseo de mi padre. Pero, ¡ay!, en unos pocos días se pasó todo; y en resumen, para evitar cualquiera de las importunidades de mi padre, unas cuantas semanas después, decidí huir de él. Sin embargo, no actué precipitadamente cuando surgió mi acalorada resolución, sino que cogí a mi madre, en un momento en que creía que ella estaba más agradable que de costumbre y le expliqué que estaba totalmente empeñado en ver el mundo, que nunca me establecería en nada con la resolución suficiente para llevarlo a cabo, y que sería mejor que mi padre diera su consentimiento que forzarme a irme sin él; que tenía ahora dieciocho años, lo cual era demasiado tarde para ser aprendiz de un comercio o empleado de un abogado; que estaba seguro de que nunca terminaría mi aprendizaje y que seguramente huiría de mi maestro antes de que se terminara el tiempo, y me iría al mar; y si ella hablara a mi padre para que me permitiera viajar al extranjero, si volvía a casa de nuevo y no le gustaba, no me iría más y prometía recuperar ese tiempo que hubiera perdido con doble diligencia.

Esto puso a mi madre fuera de sí. Me dijo que no tenía propósito de hablar con mi padre sobre un asunto como ese; que él sabía demasiado bien lo que me interesaba para dar su consentimiento a algo que me iba a dañar mucho, y que ella se asombraba de cómo podía pensar una cosa así, después de la conversación que yo había tenido con mi padre, y tantas expresiones amables y tiernas como ella sabía que mi padre había empleado conmigo; y que, en resumen, si yo me echaba a perder, no habría ayuda para mí, nunca tendría el consentimiento de ambos para aquello; que por su parte ella no intervendría en mi destrucción, y que yo nunca tendría que decir que mi madre deseaba algo que mi padre no deseaba.

Aunque mi madre se negó a proponérselo a mi padre, sin embargo, como he oído después, ella le informó de toda la conversación, y mi padre, después de mostrar una gran inquietud, le dijo con un suspiro: «Ese chico podría ser feliz si se quedara en casa, pero si se va al extranjero, será el infeliz más desgraciado que ha nacido. No puedo dar mi consentimiento.»

No fue hasta casi un año después de esto cuando me escapé, aunque entretanto continué obstinadamente sordo a todas las propuestas de establecer un negocio y con frecuencia protestaba con mis padres sobre su actitud tan decidida contra las inclinaciones que ellos sabían que me movían. Pero estando un día en Hull, donde fui de paso, y sin ningún propósito de fugarme en ese momento; pero digo que, estando allí, con uno de mis compañeros que se iba a Londres por mar en el barco de su padre, y animándome a ir con ellos, con el encanto normal de los hombres de mar, es decir, que no me costaría nada el pasaje, no consulté más ni a mi padre ni a mi madre, ni siquiera les envié una palabra sobre ello, sino que dejé que se enteraran como pudieran, sin pedir la bendición de Dios, o la de mi padre, sin considerar las circunstancias ni las consecuencias, y en un mal momento, Dios lo sabe, el 1 de septiembre de 1651, subí a bordo de un barco rumbo a Londres. Nunca ninguna desgracia de aventurero joven, creo, empezó tan pronto o continuó durante tanto tiempo como la mía. Tan pronto como el barco salía de Humber el viento empezó a soplar y el mar a levantarse de una manera de lo más aterradora; y como yo nunca había estado antes en el mar, me hallaba con el cuerpo mareado y la mente aterrada. Ahora empecé a reflexionar seriamente sobre lo que había hecho, y que justamente me alcanzó el castigo del cielo por el alejamiento de la casa de mi padre y el abandono de mi deber. Todos los buenos consejos de mis padres, las lágrimas de él y las súplicas de ella se refrescaban ahora en mi mente, y mi conciencia, que todavía no había llegado al punto de fortalecerse como lo ha hecho desde entonces, me reprochaba el desprecio del consejo y la falta de mi deber tanto con Dios como con mi padre.

Pensaba en todo esto mientras la tormenta aumentaba. El mar, desconocido para mí, estaba muy agitado, aunque nada en comparación con lo que he visto después muchas veces; no, no como lo vi unos cuantos días después, pero fue suficiente para afectarme entonces, a mí que era un joven marinero y no sabía nada del asunto. Esperaba que cualquier ola nos tragara y cada vez que el barco caía pensaba que nunca nos levantaríamos; en esta agonía de mente hice muchos votos y resoluciones: que si le complacía a Dios salvarme la vida en este único viaje, si alguna vez ponía un pie en tierra seca de nuevo, iría directamente a la casa de mi padre, y nunca subiría en un barco otra vez mientras viviera; que seguiría su consejo y no me metería en desgracias como aquella nunca más. Ahora veía sencillamente la bondad de sus observaciones sobre la condición media de vida, qué fácil, qué cómodamente vivía todos sus días, y nunca se había expuesto a tempestades del mar o problemas en la costa; y decidí que, como un pródigo realmente arrepentido, iría a casa de mi padre.

Estos sabios y sensatos pensamientos continuaron todo el tiempo que duró la tormenta y la verdad es que algún tiempo después; pero al día siguiente el viento amainó, el mar se calmó y empecé a acostumbrarme un poco a él. Sin embargo, estuve muy serio todo el día, al estar también un poco mareado todavía; pero hacia la noche el tiempo aclaró, el viento estaba en calma y siguió una tarde maravillosa; el sol se puso perfectamente claro y se levantó así a la mañana siguiente; y habiendo poco o nada de viento, y un mar en calma, el sol brillaba sobre él; la vista era, como pensé en ese momento, lo más encantador que había visto nunca.

Había dormido bien por la noche y ya no estaba mareado, sino muy alegre, mirando con asombro cómo el mar, que había estado tan brusco y terrible el día anterior, podía estar tan calmado y agradable en tan poco tiempo. Y ahora, para que mis buenas resoluciones continuaran, mi compañero, quien me había tentado en realidad, vino a mí. «Bueno, Bob —me dijo, dándome palmadas en el hombro—, ¿cómo estás después de todo? Te aseguro que estabas muy asustado, ¿verdad?, anoche, cuando soplaba ese vientecillo?». «¿Vientecillo lo llamas? —dije yo—; fue una tormenta terrible.». «Tormenta, loco —contestó él—. ¿Llamas a eso tormenta? Pues no lo era; mas danos un buen barco y espacio de maniobra y no pensemos en una borrasca de viento como esa; pero no eres más que un marinero de agua dulce, Bob. Vamos, hagamos ponche y olvidaremos todo eso. ¿Has visto el tiempo tan encantador que hay ahora?» Para abreviar esta triste parte de mi historia, fuimos por el antiguo camino de todos los marineros; se hizo el ponche y me emborraché con él, y en la perversidad de una sola noche ahogé todo mi arrepentimiento, todas mis reflexiones sobre mi conducta pasada y todas mis resoluciones para el futuro. En una palabra, a medida que el mar había vuelto a la suavidad de su superficie y una calma estable después de disminuir la tormenta, así de rápido habían cambiado mis pensamientos, olvidando mis temores y aprensiones de ser tragado por el mar, y a medida que volvía la corriente de mis antiguos deseos, olvidé por completo los votos y promesas que había hecho en mi angustia. En realidad buscaba algunos momentos de reflexión, y los pensamientos serios se esforzaban como lo hacían por volver algunas veces; pero me los sacudía y quitaba como si fueran un malestar, y dedicándome a la bebida y a la compañía, pronto dominé el regreso de estos ataques (porque así los llamaba yo) y en cinco o seis días había conseguido tal victoria sobre la conciencia como la que pudiera desear cualquier joven que decidiera no tener problemas con ella. Pero iba a tener todavía otra prueba, y la Providencia, como en estos casos generalmente, decidió abandonarme por completo sin excusa. Porque si esto no lo tomé como una liberación, la siguiente fue tal desgracia como la peor y más dura de las adversidades, tanto por el peligro como por la piedad.

Al sexto día de navegación entramos en Yarmouth Roads. Al estar el viento en contra y el tiempo en calma, habíamos recorrido muy poco camino desde la tormenta. Aquí nos vimos obligados a anclar y nos quedamos al continuar el viento en contra, es decir, del sudoeste, durante siete u ocho días. Durante este tiempo muchos barcos procedentes de Newcastle llegaron a la misma ensenada, como puerto habitual donde los barcos podían esperar resguardados a que el viento cambiase.

Sin embargo, no nos hubiéramos quedado aquí tanto tiempo, sino que habríamos navegado río arriba, mas el viento era demasiado fuerte, y después de llevar cuatro o cinco días, soplaba con furia. Pero, considerando que la ensenada era tan buena como un puerto, el anclaje bueno y nuestros aparejos muy fuertes, nuestros hombres estaban indiferentes, no temían al peligro y pasaban el tiempo en descanso y alborozo, a la manera del mar. Mas al octavo día por la mañana, el viento aumentó, y pusimos todas las manos a trabajar para recoger nuestros masteleros y preparar todo para poder dirigir al barco con toda la facilidad que fuera posible. Al mediodía el mar estaba muy agitado, y nuestro barco libró el castillo de proa, embarcando mucha agua; pensamos una o dos veces que habíamos perdido el ancla, ante lo cual nuestro capitán ordenó sacar el áncora de la esperanza; por tanto, flotamos con dos anclas por delante y los cables cambiaban de dirección hasta el extremo más remoto.

En ese momento se levantaba una terrible tormenta, y ahora empecé a ver el terror y asombro en los rostros incluso de los marineros mismos. El capitán estaba atento a la empresa de conservar el barco, y mientras entraba y salía de su camarote por mi lado, pude oírle varias veces que se decía a sí mismo: «Señor, ten piedad de nosotros, nos perderemos todos, caeremos todos», y cosas así. Durante estos primeros momentos no reaccioné, tumbado en mi camarote todavía, el cual estaba en la bodega, y no puedo describir mi ánimo. Difícilmente podía volver a asumir mi primer arrepentimiento, que había pisoteado aparentemente, y aquel se fortaleció en mí. Pensé que la amargura de la muerte había pasado, y que esto tampoco sería nada, como la primera vez. Pero cuando el capitán pasaba a mi lado, y decía que todos nos perderíamos, me asusté terriblemente. Salí del camarote y miré hacia fuera, pero nunca había visto algo tan deprimente. El mar era tan alto como las montañas y rompía contra nosotros cada tres o cuatro minutos. Cuando pude mirar alrededor, no vi más que desesperación a mi alrededor. Descubrimos dos barcos que estaban delante de nosotros con los mástiles partidos al estar muy cargados, y nuestros hombres gritaban que un barco que estaba a una milla de distancia se había hundido. Dos barcos más, al perder sus anclas, habían salido de la ensenada hacia el mar a toda clase de aventuras y sin un mástil en pie. Los barcos ligeros hacían lo que podían, ya que no podían trabajar mucho en el mar; pero dos o tres de ellos se acercaron a nosotros, huyendo con sólo la vela tarquina hinchada por el viento.

Hacia la tarde el piloto y el contramaestre pidieron al capitán de nuestro barco que les permitiera cortar el palo de trinquete, a lo cual estaba muy reacio. Pero el contramaestre le contestó que si no lo hacía el barco se iría a pique, y entonces lo consintió. Cuando cortaron el trinquete, el palo mayor quedó tan suelto y golpeó tanto el barco que nos vimos obligados a cortarlo también y despejar la cubierta.

Cualquiera puede juzgar en qué condiciones estaba yo mientras tanto, que no era más que un joven marinero y había tenido tanto miedo tan sólo un tiempo atrás. Pero si puedo expresar ahora los pensamientos que tuve en ese momento, yo estaba diez veces más horrorizado con mis primeras convicciones, y al haber vuelto a las resoluciones que había tomado al principio con maldad, me sentía ya en la muerte misma; y esto, añadido al terror de la tormenta, me puso en una condición tal que no puedo describir con palabras. Mas lo peor no había llegado todavía; la tormenta siguió con tanta furia que los mismos marineros reconocieron que nunca habían conocido otra peor. Teníamos un buen barco, pero estaba muy cargado y bamboleándose en el mar, y los marineros no dejaban de gritar una y otra vez que se iría a pique. Fue ventaja mía a este respecto no saber lo que significaba «irse a pique» hasta que lo pregunté. Sin embargo, la tormenta era tan violenta que vi lo que no se ve con frecuencia: al capitán, al contramaestre y a algunos otros más sensatos que los demás, rezando y esperando que en cualquier momento el barco se iría al fondo. En medio de la noche, y durante el descanso de nuestras angustias, uno de los hombres que había bajado con el propósito de ver algo gritó que teníamos un agujero; otro dijo que había cuatro pies de agua en la bodega. Entonces se pidieron todas las manos para la bomba. En cada una de estas palabras mi corazón, pensaba, se moría dentro de mí, y caí hacia atrás al lado de mi cama, donde me senté, dentro del camarote. Sin embargo, los hombres me levantaron y me dijeron que si no había sido capaz de hacer algo antes, ahora podría bombear como los demás; ante lo cual me levanté, fui a la bomba y trabajé con muchas ganas. Mientras se estaba haciendo esto, el capitán, al ver algunos barcos carboneros, que, al no poder capear el temporal, se vieron obligados a soltarse y dirigirse hacia el mar, y como se acercaban a nosotros, ordenaron disparar un cañonazo como signo de peligro. Yo, que no sabía nada de lo que esto significaba, estaba tan sorprendido, que pensé que el barco se había roto o que había ocurrido algo espantoso. En una palabra, estaba tan sorprendido que me desvanecí. Como en estos momentos todo el mundo piensa en su propia vida, a nadie le importé y nadie se preocupó por mí, sino que otro hombre subió hacia la bomba, y echándome a un lado con el pie, me dejó allí pensando que había muerto. Y pasó mucho rato antes de que volviera en mí.

Seguimos trabajando, pero el agua aumentaba en la bodega; parecía que el barco se iba a hundir y, aunque la tormenta empezó a calmarse un poco, sin embargo, era imposible que flotara hasta llegar a un puerto; por tanto, el capitán continuó disparando para pedir ayuda. Un barco ligero que iba por delante de nosotros se arriesgó a sacar un bote para ayudarnos; este se nos acercó con mucho peligro, pero era imposible para nosotros subir a bordo, o para el bote permanecer cerca del costado del barco, hasta que al fin a los marineros que remaban con tantas ganas y estaban arriesgando sus vidas para salvarnos, nuestros hombres les lanzaron una cuerda sobre la popa con una boya atada a ella y después de desviarse mucho, la agarraron con gran trabajo y peligro; nosotros tirábamos para acercarlos hasta debajo de nuestra popa, y todos entramos al bote. No era su propósito ni el nuestro, después de estar en el bote, pensar en alcanzar su barco; por tanto, todos acordamos dejarlo navegar y acercarlo únicamente hacia la costa tanto como pudiéramos; nuestro capitán les prometió que si la barca se rompía en la costa, él le haría una nueva a su capitán; así que, en parte remando y en parte navegando, nuestro bote se alejó hacia el Norte, flotando hacia la costa casi hasta Winterton Ness.

No llevábamos más de un cuarto de hora fuera de nuestro barco cuando vimos que se hundía, y entonces comprendí por primera vez lo que significaba irse a pique en el mar. Tengo que reconocer que apenas me atrevía a mirar hacia arriba cuando los marineros me dijeron que se estaba hundiendo; porque desde el momento en que me metieron en el bote, mi corazón estaba como muerto dentro de mí, en parte por el miedo, en parte por el horror sobre lo que tenía ante mí todavía.

Mientras estábamos en estas condiciones, todavía trabajando los hombres con los remos para acercar la barca a la costa, pudimos ver (cuando nuestro bote subía por encima de las olas, veíamos la costa) mucha gente que corría por la playa para ayudarnos cuando nos acercáramos; pero avanzábamos muy lentamente hacia la costa y no éramos capaces de alcanzarla, hasta que al pasar el faro de Winterton, se inclinaba al Oeste hacia Cromer, y así la tierra disminuyó un poco la violencia del viento. Aquí llegamos y, aunque no sin mucha dificultad, estábamos seguros en la costa; después caminamos a pie hacia Yarmouth, donde, como hombres desventurados, se nos trató con gran humanidad, incluso los magistrados de la ciudad, quienes nos asignaron un buen alojamiento, y también los comerciantes particulares y propietarios de barcos; nos dieron dinero suficiente para llevarnos a Londres o de regreso a Hull, lo que pensáramos más apropiado.

Si ahora hubiera tenido sentido común para regresar a Hull, a mi casa, habría sido feliz, y mi padre, emblema de nuestra bendita parábola del Salvador, hubiera matado incluso un ternero cebado para mí; porque al oír que el barco en el que me había ido había naufragado en Yarmouth Roads, pasaría mucho tiempo antes de tener la seguridad de que no me había ahogado.

Pero mi mal destino me empujó ahora a la obstinación más irresistible; y aunque en varias ocasiones mi razón y juicio más serenos me decían bien alto que fuera a casa, sin embargo, no tenía fuerza para hacerlo. No sé cómo llamar a esto, ni si insistir en que es una sentencia secreta dominante la que nos precipita a ser instrumentos de nuestra propia destrucción, incluso aunque esté delante de nosotros, y a la que nos lanzamos con los ojos abiertos. Ciertamente nada más que una asistencia desgraciada decretada inevitable, y ante la cual es imposible escapar, me pudo haber empujado hacia delante en contra de los calmados razonamientos y persuasiones de mis más remotos pensamientos y contra dos escarmientos tan visibles como los que había tenido en mi primer intento.

Mi compañero (hijo del capitán), que me había ayudado a endurecerme antes, era ahora menos atrevido que yo; la primera vez que me habló después de estar en Yarmouth, lo cual no sucedió hasta dos o tres días después, porque nos habían separado en distintos alojamientos; digo, que la primera vez que me vio, me pareció por su tono que había cambiado; parecía muy meláncolico y sacudía la cabeza al preguntarme cómo estaba, y diciéndole a su padre quién era y cómo había venido en este viaje sólo como una prueba, con el fin de viajar al extranjero; su padre se dirigió a mí con un tono muy grave y serio: «Joven —me dijo—, no deberías salir al mar nunca más; habrías de tener esto como un recuerdo sencillo y visible de que no vas a ser marinero.» «¿Por qué, señor? —dije—. ¿No saldrá más al mar?» «Ese es otro caso —respondió—. Es mi vocación y por tanto mi deber; pero ya que has hecho este viaje como prueba, ya ves lo que la prueba del cielo te ha dado sobre lo que debes esperar si persistes; quizá nos ha caído todo esto por ti, como Jonás en el barco de Tarshish. Pero —continuó—, ¿qué eres tú? ¿Con qué fin viniste al mar?» Respecto a esto le conté algo de mi historia, al final de lo cual él estalló en una extraña ira: «¿Qué he hecho —me dijo— para que un desgraciado infeliz viniera a mi barco? No pondría los pies en el mismo barco que tú otra vez ni por mil libras.» Esto fue en realidad, como digo, un estallido de su espíritu, el cual todavía estaba agitado por la sensación de pérdida, y era más de lo que él tenía autoridad para hacer. Sin embargo, después me habló muy seriamente, me animó a que regresara a casa de mi padre y no tentara a la Providencia para mi fracaso; me dijo que podía ver una mano visible del cielo contra mí. «Y, joven —añadió—, depende de ello, si no regresas; dondequiera que vayas, no encontrarás más que desastres y desilusiones, hasta que las palabras de tu padre se cumplan en ti.»

CAPÍTULO II

Me capturan los piratas

Nos separamos poco después; yo apenas le contesté y no le vi más; qué camino tomó, no lo sé. Respecto a mí, al tener algún dinero en el bolsillo, viajé a Londres por tierra; y allí, al igual que en el camino, tuve muchas luchas conmigo mismo sobre qué rumbo tomaría mi vida y si iría a casa o al mar.

Respecto a ir a casa, la vergüenza se oponía a los mejores signos que se ofrecían a mis pensamientos; se me ocurrió de repente cómo se reirían de mí los vecinos, y me avergonzaría al ver, no sólo a mi padre o a mi madre, sino incluso a todos los demás. Sobre esto he observado con frecuencia lo extraño e irracional que es el carácter normal de la humanidad, especialmente de los jóvenes, hasta esa razón que debería guiarles en tales casos, a saber, que no se avergüenzan de pecar y sí de arrepentirse; no se avergüenzan del acto por el cual deberían considerarse locos de una manera justa, pero sí de regresar, lo cual sólo podría ocasionar que les consideraran hombres sabios.

Sin embargo, permanecí en esta condición de vida algún tiempo, sin estar seguro de qué medidas tomar o qué rumbo de vida seguir. Seguía la irresistible desgana de irme a casa, y aunque estaba así en ese momento, el recuerdo del peligro en el que había estado desapareció; y a medida que me animaba, el poco deseo que tenía de regresar desapareció también, hasta que dejé a un lado esos pensamientos y busqué un viaje.

Esa mala influencia que me sacó primero de la casa de mi padre, que se metió deprisa en mí en forma de idea insensata y confusa de aumentar mi fortuna, y que imprimió esas ideas con tanta fuerza sobre mí me hizo ensordecer ante los buenos consejos y las súplicas e incluso las órdenes de mi padre. La misma influencia, cualquiera que fuera, presentaba ante mi vista la más desventurada de todas las iniciativas, y embarqué con rumbo a la costa de África o, como nuestros marineros la llamaban vulgarmente, a Guinea.

Era mi gran desgracia que en todas estas aventuras no hubiera embarcado como marinero; de lo cual, aunque de hecho yo tendría que haber trabajado un poco más duro que de costumbre, sin embargo, al mismo tiempo habría aprendido el deber y oficio de un hombre de trinquete; y con el tiempo podría tener experiencia para ser piloto o teniente de navío, si no para capitán. Pero como era mi destino siempre elegir lo peor, así lo hice aquí; porque al tener dinero en el bolsillo y buenas ropas a la espalda, siempre subiría a bordo como si fuera un caballero, y así ni tenía ningún trabajo en el barco ni aprendía a hacer nada.

Por primera vez tuve suerte en caer en muy buena compañía en Londres, lo cual no siempre les ocurre a jóvenes muchachos perdidos y sin guía como yo lo estaba entonces. Generalmente el diablo no se olvida de poner algunas trampas para ellos muy pronto. Pero no me ocurrió a mí. Conocí primero a un capitán de un barco que había estado en la costa de Guinea, y quien, al haber tenido mucho éxito allí, había decidido volver de nuevo; encantándole mi conversación, que no era del todo desagradable en aquella época, me oyó decir que tenía en mente ver el mundo y me dijo que si viajaba con él lo haría sin ningún gasto. Sería su compañero de rancho y si podía llevar algo conmigo, tendría todas las ventajas de ello que el comercio admitiera, y quizá yo podría encontrarme con algo estimulante.

Acepté la oferta y, estableciendo un amistad absoluta con este capitán, que era un hombre honrado y sencillo, partí de viaje con él y llevé unas cuantas cosas conmigo, que, por la honestidad desinteresada de mi amigo el capitán, incrementé muy considerablemente; porque llevé unas cuarenta libras en juguetes y nimiedades como me indicó el capitán que comprara. Superé estas cuarenta libras con la ayuda de algunos de mis parientes con los que mantenía correspondencia, y quienes, creo, convencieron a mi padre, o al menos a mi madre, para que contribuyeran tanto en mi primera aventura.

Este fue el único viaje del que puedo decir que tuve éxito en todas mis aventuras, lo cual debo a la integridad y honestidad de mi amigo el capitán; con él también adquirí conocimientos competentes de matemáticas y normas de navegación, aprendí cómo mantener el rumbo de un barco, observar y, en resumen, entender algunas cosas que era necesario que entendiera un marinero. Porque, al igual que a él le gustaba enseñarme, a mí me gustaba aprender; en una palabra, este viaje me hizo marinero y comerciante, porque traje a casa cinco libras y nueve onzas de oro por mi aventura, las cuales me rindieron en Londres a mi regreso casi trescientas libras, y esto me llenó de esos pensamientos ambiciosos que tanto han contribuido a mi fracaso desde entonces.

Sin embargo, incluso en este viaje tuve mis desgracias también, especialmente porque estaba mareado continuamente; caí con una fuerte calentura por el excesivo calor del clima, al estar nuestro comercio principal en la costa desde los 15 grados latitud norte incluso hasta el mismo Ecuador.

Ahora me establecí como comerciante para Guinea, y al morir mi amigo, para gran desgracia mía, poco tiempo después de su llegada, decidí hacer el mismo viaje de nuevo y embarqué en el mismo barco con uno de los oficiales de cubierta del primer viaje y que ahora estaba al mando del barco. Este fue el viaje más infeliz que un hombre ha hecho nunca; porque aunque no llevaba más que cien libras de mi riqueza recién ganada, había dejado doscientas libras a la viuda de mi amigo, quien fue muy justa conmigo; sin embargo, caí en terribles desgracias en este viaje, y la primera fue que llevando el barco rumbo hacia las islas Canarias, o entre las islas y la costa africana, fuimos sorprendidos en una mañana gris por un corsario turco de Sallee, quien nos persiguió con todas las velas desplegadas. Nosotros también navegamos con las velas tan desplegadas como podían extender las vergas, o soportar el mástil, para alejarnos; pero al descubrir que el pirata nos aventajaba y nos alcanzaría con seguridad en unas cuantas horas, nos preparamos para luchar. Nuestro barco tenía doce cañones y el granuja dieciocho. Sobre las tres de la tarde nos alcanzó y al llegar transversalmente, por error, en vez de contra nuestra popa, como tenía intención, llevamos ocho de nuestros cañones a ese lado y lanzamos un ataque sobre ellos, lo cual le hizo cambiar de táctica de nuevo, después de corresponder a nuestro fuego y atacando también con disparos procedentes de cerca de doscientos hombres que tenía a bordo. Sin embargo, no tocó a ninguno de los nuestros, que se mantenían cerca. Él preparó el ataque de nuevo, y nosotros nos preparamos para defendernos, pero abordándonos la siguiente vez por el otro costado, entraron sesenta hombres a nuestra cubierta, quienes inmediatamente empezaron a cortar y dar golpes en la cubierta y jarcia. Fuimos tras ellos con disparos, medias picas, arcones de pólvora y cosas así, y despejamos la cubierta dos veces. Sin embargo, para abreviar esta melancólica parte de nuestra historia, al inutilizar nuestro barco y matar a tres de nuestros hombres y herir a ocho, nos vimos obligados a rendirnos y nos llevaron a todos como prisioneros a Sallee, un puerto que pertenece a los moros.

El trato que tuve allí no fue tan terrible como temía al principio; no me llevaron a la corte del emperador, como al resto de nuestros hombres, sino que me retuvo el capitán del corsario, como premio propio, y me hizo su esclavo, al ser joven, diestro y apropiado para sus asuntos. Ante este sorprendente cambio de mis circunstancias, de comerciante a miserable esclavo, estaba completamente abrumado, y ahora miraba atrás al discurso profético que me dio mi padre, que sería desgraciado y no tendría a nadie que le liberara, lo que pensé que ahora había llegado a ocurrir realmente y no podía ser peor; que ahora la mano del cielo me había alcanzado y dejado sin salvación. Pero, ¡ay!, esto sólo era una muestra de la miseria por la que iba a pasar, como aparecerá en el transcurso de esta historia.

Cuando mi nuevo patrón, o amo, me hubo trasladado a su casa, tenía la esperanza de que me llevaría con él cuando saliera de nuevo al mar, creyendo que en un momento u otro sería su destino el ser capturado por un buque de guerra español o portugués, y que eso me dejaría en libertad. Pero esta esperanza mía pronto desapareció, porque cuando salió al mar, me dejó en la costa para que cuidara de su pequeño jardín e hiciera los trabajos normales de los esclavos en su casa.

Aquí no pensaba en otra cosa que en escaparme, y de qué manera lo llevaría a cabo, pero no encontraba ningún modo en el que hubiera la más mínima posibilidad de ello. Nada se presentaba para que fuera racional esta suposición, porque no se lo podía comunicar a nadie para que se embarcara conmigo, ningún amigo esclavo, ningún inglés, ni irlandés o escocés allí a excepción de mí; así que durante dos años, aunque con frecuencia contentándome con la imaginación, nunca tuve el más mínimo valor para ponerlo en práctica.

Después de dos años se presentó una circunstancia extraña que puso en mi mente de nuevo la antigua idea de intentar conseguir mi libertad. Al quedarse mi patrón en casa más tiempo de lo normal sin armar su barco, lo que, como oí, se debía a la falta de dinero, acostumbraba coger el bote del barco una o dos veces a la semana, en algunas ocasiones con más frecuencia si el tiempo era favorable, y salía al mar a pescar; y como siempre nos llevaba con él a mí y a otro joven morisco para remar en el bote, le distraíamos mucho y demostré ser muy diestro en pescar; tanto que algunas veces me enviaba con un moro, uno de sus parientes, y el joven, el morisco, como le llamaban ellos, a coger un plato de pescado para él.

Sucedió una vez que, yendo a pescar una cruda y tranquila mañana, se levantó una niebla tan espesa que, aunque estábamos a media legua de la costa, la perdimos de vista; remando sin saber por qué camino, trabajamos todo el día y toda la noche siguiente, y cuando llegó el día, descubrimos que habíamos sido empujados hacia el mar en vez de hacia la costa y que estábamos al menos a dos leguas de distancia de esta. Sin embargo, todo fue bien de nuevo, aunque con mucho esfuerzo y algún peligro, porque el viento empezaba a soplar bastante fuerte por la mañana; pero especialmente porque teníamos mucha hambre.

Mas nuestro patrón, advertido del desastre, decidió no preocuparse más en el futuro, y habiéndose quedado con el bote de nuestro barco inglés, decidió que no saldría a pescar más sin una brújula ni algunas provisiones; por tanto, ordenó al carpintero de su barco, que era también un esclavo inglés, que construyera un pequeño cuarto o camarote en el centro del bote, como el de una barcaza, con sitio para estar detrás de él y manejar el timón y tirar de la escota mayor. Navegaba con lo que llamamos una vela cangreja y el botalón cuadrado sobre la parte superior del camarote, que quedaba con el techo muy bajo; había en él espacio para que se tumbara, con un esclavo o dos, y una mesa para comer, con algunos pequeños armarios para meter botellas del licor que pensaba que iba a beber, y especialmente su pan, arroz y café.

Salíamos a pescar con frecuencia en este bote, y como yo era muy diestro en pescar para él, nunca salía sin mí. Sucedió que había fijado salir en este bote, por placer o para pescar, con dos o tres moros de alguna distinción en ese lugar, y para los cuales él se había provisto de forma extraordinaria, y por tanto envió a bordo del bote aquella noche más cantidad de provisiones que de ordinario, y me había ordenado tener preparados tres fusiles con pólvora y balas, que estaban a bordo de su barco, porque habían pensado en cazar aves además de pescar.

Preparé todas estas cosas como me había ordenado y esperé a la mañana siguiente con el bote limpio, la enseña y gallardetes sacados, y todo hecho para acomodar a sus invitados; cuando más tarde subió mi patrón a bordo me dijo que sus invitados habían aplazado su venida por algún asunto que les surgió; me ordenó que junto con el hombre y el chico, como era lo normal, saliera con el bote a pescar, porque sus amigos iban a cenar en su casa, y que tan pronto como cogiera algún pez lo llevara a su casa; yo me preparé para hacer todo esto.

CAPÍTULO III

Escapo del corsario de Sallee

En este momento mis primeras ideas de liberación se precipitaron en mis pensamientos, porque descubrí ahora que era como tener un pequeño barco a mi cargo; y habiéndose ido mi amo, me preparé para equiparme, no para la pesca, sino para un viaje; aunque yo no lo sabía, ni tampoco pensaba mucho a dónde me dirigiría, porque cualquier lugar fuera de aquel era bueno para mí.

Mi primera artimaña era fingir al hablar con este moro y conseguir algo para nuestra subsistencia a bordo, porque le dije que no debíamos suponer que comeríamos del pan de nuestro patrón; él dijo que eso era cierto; así que trajo al bote una gran cesta de galletas, o panecillos, y tres tinajas de agua dulce; yo sabía dónde estaba la caja de botellas del patrón, la cual, estaba claro por su fabricación, había sacado de alguna presa inglesa, y las llevé al bote mientras el moro estaba en la costa, como si hubieran estado allí antes, portadas por nuestro amo. Llevé también un gran trozo de cera de abejas que pesaba más de medio quintal, con un paquete de cordel o hilo, una hachuela, una sierra y un martillo, todo de gran utilidad para nosotros después, sobre todo la cera para hacer velas. Otro truco que intenté con él, en el que inocentemente cayó también: Su nombre era Ismael, a quien llamaban Muly, o Moley, y así le llamé yo: «Moley —dije—, las armas de nuestro patrón están a bordo del bote. ¿No podrías conseguir un poco de pólvora y balas? Puede que matemos algunos alcamíes (un ave parecida a nuestros zarapitos) para nosotros, porque sé que guarda las provisiones de las armas en el barco.» «Sí —contestó—. Traeré algo.» Por consiguiente, trajo una gran bolsa de cuero, en la que cabía una libra y media de pólvora, o quizá más, y otra con balas, que tenía cinco o seis libras, y puso todo en el bote. Al mismo tiempo yo había encontrado algo de pólvora de mi amo en el camarote grande, con la cual llené una de las botellas grandes de la caja, que estaba casi vacía, vertiendo lo que quedaba de ella en otra; y equipados así con todo lo necesario, salimos del puerto navegando para pescar. El vigía de la torre, que está en la entrada del puerto, sabía quiénes éramos y no nos prestó atención, y no estábamos a una milla del puerto cuando recogimos nuestra vela y nos sentamos a pescar. El viento soplaba del nor-noreste, contrario a mis deseos, porque tenía que soplar hacia el sur para haberme asegurado llegar a la costa de España, y al menos alcanzar la bahía de Cádiz; pero mi resolución era que, soplara por donde soplase, yo me iría de aquel horroroso lugar en el que estaba y dejaría el resto al Destino.

Después de haber pescado durante algún tiempo sin haber cogido nada (porque cuando tenía algún pez en mi anzuelo no tiraba de él para que los otros no lo vieran), dije al moro: «Esto no puede ser, no se debe servir así a nuestro amo, tenemos que alejarnos más.» Él, sin sospechar nada, estuvo de acuerdo, y colocándose en la cabeza del bote, desplegó las velas; como yo tenía el mando, llevé el bote cerca de una legua más allá, y entonces lo coloqué como si fuera a pescar; cuando dándole el mando al chico, avancé hacia donde estaba el moro, y haciendo como si me agachara a por algo detrás de él, le cogí por sorpresa con mi brazo por debajo del suyo retorciéndoselo y le tiré por la borda al mar, salió inmediatamente, porque nadaba como un corcho, y me llamó y me rogó que le cogiera, diciéndome que iría por todo el mundo conmigo. Nadó con tanta fuerza detrás del bote que me hubiera alcanzado con mucha rapidez, al haber poco viento; con lo cual me metí en el camarote y cogiendo una de las escopetas de caza, me presenté ante él y le dije que no le había hecho ningún daño y, si se estaba quieto, no le haría nada. «Pero —añadí— nadas lo suficientemente bien como para alcanzar la costa, y el mar está en calma; haz lo que puedas por llegar a la costa y no te haré daño; mas si te acercas al bote, te dispararé en la cabeza porque he decidido conseguir mi libertad.» Así que él se dio la vuelta y nadó hacia la costa, y no dudo de que la alcanzó con facilidad, porque era un excelente nadador.

Podía haberme contentado con llevarme a este moro y haber ahogado al chico, pero no podía confiar en él. Cuando se hubo ido me

Daniel Defoe

volví hacia el muchacho, a quien llamaban Xury, y le dije: «Xury, si me eres fiel, haré de ti un gran hombre. Pero si no te esfuerzas por ser sincero conmigo, es decir, que jures por Mahoma y la barba de su padre, tendré que tirarte también al mar.» El chico me sonrió, y habló con tanta inocencia que no podría desconfiar de él; juró serme fiel e ir por todo el mundo conmigo.

Mientras estaba viendo al moro cómo nadaba, yo me hice a la mar al momento con el bote, dirigiéndome a barlovento, para que ellos pudieran pensar que me había ido hacia la desembocadura de los Estrechos (como de hecho cualquiera que hubiera estado en sus cabales tenía que haber supuesto que así se hiciera); porque, ¿quién habría pensado que navegábamos hacia el sur, a la costa realmente bárbara, donde era seguro que todas las naciones de negros nos rodearían con sus canoas y nos destruirían donde nosotros nunca más podríamos ir por la costa sin ser devorados por bestias feroces o por los salvajes más despiadados del género humano?

Pero tan pronto como oscureció, cambié mi rumbo y me dirigí directamente al sur desviándome un poco hacia el este de manera que pudiera mantenerme paralelo a la costa; y al tener un viento fuerte fresco a favor y un mar sereno, tranquilo, había navegado tanto que creo que al día siguiente a las tres de la tarde, cuando bajamos a tierra por primera vez, no podía estar a menos de ciento cincuenta millas del sur de Sallee; lo suficientemente lejos de los dominios del emperador de Marruecos, o de hecho de cualquier otro rey en los alrededores, porque no vi gente.

Sin embargo, tal era el miedo que había cogido a los moros y los horribles temores de caer en sus manos, que no me detendría ni iría por la costa ni anclaría, mientras continuara el viento a favor, hasta que hubiera navegado así durante cinco días. Y entonces, al cambiar el viento hacia el sur, llegué a la conclusión de que si alguna de nuestras embarcaciones me perseguía, también ellos abandonarían ahora; así pues, me arriesgué a ir a la costa y anclar en la desembocadura de un pequeño río, no sabía cuál o dónde, ni a qué latitud ni en qué zona, qué nación o qué río. No vi, ni deseaba ver, a ninguna persona. Lo principal era que quería agua dulce. Entramos en esta cala por la tarde, decidiendo nadar por la costa tan pronto como oscureciera y descubrir la zona; pero cuando oscureció oímos unos ruidos tan espantosos de ladridos, rugidos y aullidos de criaturas salvajes, de no sabíamos qué clase, que el pobre muchacho estaba a punto de morirse de miedo y me rogó que no fuera a la costa hasta que fuera de día. «Bueno, Xury —le dije—, entonces no iré, pero es posible que veamos hombres durante el día y pueden ser tan malos con nosotros como esos leones.» «Entonces les dispararemos —replicó riéndose—, les haremos huir.» Así hablaba Xury conversando entre esclavos. Sin embargo, me alegré de ver al muchacho tan jovial y le di un copita (de la caja de botellas de nuestro patrón) para animarle. Después de todo, el consejo de Xury era bueno y lo tuve en cuenta. Echamos nuestra pequeña ancla y nos tumbamos tranquilos toda la noche; digo tranquilos porque no dormimos ninguno de los dos, ya que en dos o tres horas vimos enormes criaturas (no sabíamos cómo llamarlas) de muchas clases que bajaban a la playa y se metían corriendo en el agua, revolcándose y lavándose por el placer de refrescarse; y daban tales aullidos y gritos tan espantosos como no los había oído nunca.

Xury estaba muy asustado, y en realidad yo también; pero aún nos asustamos más cuando oímos a una de estas criaturas enormes que venía nadando hacia nuestro bote. No podíamos verlo, pero sí oír por sus resoplidos que era una bestia monstruosa, enorme y furiosa. Xury dijo que era un león, y puede que lo fuera aunque yo no lo supiera; mas me gritó que levase el ancla y nos fuéramos remando. «No —dije—, Xury, podemos poner una boya a nuestro cable y salir al mar, ellos no pueden seguirnos tan lejos.» Tan pronto como dije esto percibí a la criatura (lo que quiera que fuese) a dos remos de distancia, lo que me sorprendió; sin embargo, me dirigí inmediatamente a la puerta del camarote y levantando mi arma le disparé; ante lo cual se dio la vuelta al momento y nadó hacia la costa de nuevo.

Es imposible describir los gritos y aullidos espantosos que se levantaron, tanto en la orilla como en lo más elevado de la zona por el ruido o el eco de la escopeta, algo sobre lo que tengo alguna razón para creer que esas criaturas no habían oído nunca antes. Esto me convenció de no ir a la costa por la noche y de que arriesgarse a ir por el día era otra cuestión también, porque haber caído en manos de cualquiera de los salvajes hubiera sido tan malo como caer en manos de leones y tigres, y al fin temimos de igual manera ese peligro.

Tal como estaban las cosas, nos veíamos obligados a ir a la costa de una manera u otra para buscar agua, porque ya no nos quedaba en el bote; cuándo o dónde conseguirla era la cuestión. Xury dijo que si le permitía ir a la costa con una de las tinajas, descubriría si había agua y me traería un poco. Le pregunté por qué iría. ¿Por qué no ir yo y quedarse él en el bote? El muchacho contestó con tanto cariño que me hizo quererle siempre después: «Si vienen hombres salvajes, ellos me comen y tú te vas.» «Bueno, Xury —dije—, iremos ambos, y si vienen hombres salvajes, los mataremos. No se comerán a ninguno de los dos.» Así que le di a Xury un trozo de pan para que comiera y una copita de la caja de botellas de nuestro patrón, la cual he mencionado antes, y acercamos el bote a la costa tanto como creíamos oportuno; así caminamos por la costa sin llevar nada más que nuestras escopetas y dos tinajas para el agua.

No me gustó perder de vista el bote, temiendo que llegaran canoas con salvajes río abajo; pero el chico, al ver una hondonada a una milla arriba de la zona, se fue paseando hacia ella y más tarde le vi venir corriendo hacia mí. Pensé que le seguía algún salvaje o que le asustó algún animal, y corrí hacia él para ayudarle; pero cuando me acerqué más a él vi que algo le colgaba de los hombros, una criatura a la que había disparado, parecida a una liebre, pero de diferente color y con patas más largas; sin embargo, nos alegramos mucho por ello y era una carne muy buena; pero la gran alegría que venía Xury a contarme era que había encontrado agua potable y no había visto hombres salvajes.

Después descubrimos que no era necesario preocuparse por el agua, porque un poco más arriba de la cala en la que estábamos encontramos agua dulce donde terminaba la marea, que manaba un poco más arriba; así que llenamos nuestras tinajas, nos dimos un festín con la liebre que habíamos matado y nos preparamos para seguir nuestro camino al no haber visto huellas de ninguna criatura humana en esa parte del terreno.

Como ya había hecho un viaje a esta costa antes, sabía muy bien que las islas Canarias, y las islas de Cabo Verde también, no estaban muy lejos de la costa. Pero como no teníamos instrumentos para observar en qué latitud estábamos y no conocíamos exactamente, o al menos no recordábamos, a qué latitud nos encontrábamos, no sabíamos dónde buscarlas o cuándo salir al mar en dirección a ellas; por lo demás, ahora podría haber encontrado con facilidad alguna de aquellas islas. Pero mi esperanza estaba en que si avanzábamos por esta costa hasta llegar a esa parte donde se comercia con los ingleses, encontraríamos alguna de sus embarcaciones en su ruta normal de comercio que nos liberaría y nos llevaría con ellos.

Por el mejor de mis cálculos, aquel lugar donde estaba ahora tenía que ser ese territorio que se encuentra entre los dominios del emperador de Marruecos y los negros, que permanece yermo e inhabitado, a excepción de las bestias salvajes, al haberlo abandonado los negros, que se fueron más al sur por miedo a los moros, y creyendo estos que no merecía la pena habitarlo a causa de su aridez, y en realidad abandonándolo ambos por la enorme cantidad de tigres, leones, leopardos y otras criaturas feroces que se escondían allí; así que los moros lo utilizaban para cazar solamente, donde iban como si fuera un ejército dos mil o tres mil hombres de una vez; y de hecho durante casi cien millas por la costa no vimos más que un terreno inhabitado yermo durante el día y no se oían más que aullidos y rugidos de bestias salvajes por la noche.

Una o dos veces durante el día pensé que veía el pico del Teide, al ser la cumbre más alta de la montañosa Tenerife en Canarias, y estaba decidido a arriesgar mis esperanzas en llegar allí; pero habiéndolo intentado dos veces, me obligaron de nuevo los vientos en contra y el mar, que también era muy alto para una embarcación pequeña; así que decidí seguir mi primer plan y bordear la costa.

Varias veces me vi obligado a desembarcar para buscar agua dulce, después de haber dejado este lugar; y una vez en particular, por la mañana temprano, llegamos a anclar debajo de un pequeño punto de tierra que era bastante alto, y al empezar a subir la marea, todavía estábamos allí. Xury, que siempre vigilaba todo, me llamó suavemente y me dijo que sería mejor que nos alejáramos de la costa. «Porque —añadió— mira, allí hay tumbado un monstruo horrible en la ladera de esa loma, durmiendo.» Yo miré donde me señalaba y vi un monstruo horrible en verdad, porque era un león grande, terrible, que estaba tumbado en la costa, bajo la sombra de una parte de la colina que colgaba un poco por encima de él. «Xury —le dije—, irás a la costa a matarlo.» Me miró asustado y dijo: «¡Me matará!, y me comerá a bocados»; de un solo bocado quería decir. Sin embargo, no le dije nada más al muchacho, sino que se tranquilizara; cogí nuestra escopeta más grande, que era casi un mosquete, la cargué con una buena cantidad de pólvora y dos balas, y la dejé abajo. Luego cargué otra escopeta con dos balas y la tercera (teníamos tres escopetas) la cargué con cinco balas más pequeñas. Apunté lo mejor que pude con la primera escopeta para dispararle en la cabeza, pero estaba tumbado de tal manera que tenía una pata levantada por encima de la nariz y las balas le dieron en la pata a la altura de la rodilla rompiéndole el hueso. Se levantó rugiendo primero pero, al ver la pata rota, cayó de nuevo; entonces se levantó sobre tres patas, y dio el más espantoso de los rugidos que nunca había oído. Estaba un poco sorprendido al no haberle dado en la cabeza; sin embargo, levanté la segunda escopeta enseguida, y aunque empezó a moverse, disparé de nuevo y le di en la cabeza, y tuve el placer de verle caer y hacer sólo un pequeño ruido, luchando por la vida. Luego Xury se animó y le permití ir a la costa. «Bueno, vamos», dije yo; así que el muchacho saltó al agua y, cogiendo una escopeta pequeña en una mano, nadó a la costa con la otra, y acercándose a la criatura le puso la boca de la escopeta en la oreja y le disparó en la cabeza de nuevo, lo que terminó con él.

En realidad esto era caza para nosotros, pero no era comida, y sentía mucho haber perdido tres cargas de pólvora y haber disparado a una criatura que no nos servía de nada. Sin embargo, Xury dijo que tendría algo de él; así que subió a bordo y me pidió el hachuelo. «¿Para qué, Xury?», dije yo. «Le cortaré la cabeza», dijo él. Sin embargo, Xury no pudo cortarle la cabeza, pero le cortó una pata y se la trajo con él; era un animal grande.

Pensé que quizá la piel podría sernos valiosa de una forma u otra, y decidí desollarlo si podía. Así que Xury y yo nos pusimos manos a la obra; pero él mejor, pues yo apenas sabía cómo hacerlo. De hecho nos llevó todo el día, pero al final le arrancamos toda la piel y extendiéndola en la parte superior del camarote, el sol la secó en dos días y luego me sirvió para tumbarme sobre ella.

Después de esta parada, continuamos hacia el sur durante diez o doce días, viviendo con cantidades muy pequeñas de nuestras provisiones, que empezaban a disminuir mucho y no yendo con tanta frecuencia a la costa sino solo cuando nos veíamos obligados a ir a por agua. Mi plan era ir por el río Gambia o Senegal, es decir, a cualquier lugar cerca de Cabo Verde, donde tenía esperanza de encontrarme con algún barco europeo, de lo contrario, no sabía qué rumbo habría de tomar; si no encontraba las islas perecería allí entre los negros. Sabía que todos los barcos de Europa que navegaban por la costa de Guinea hacia Brasil o a las Indias Orientales pasaban por este cabo o por estas islas; y, en una palabra, aposté todo por este único punto: tenía que encontrarme con algún barco o perecer.

Cuando llevaba unos diez días con esta resolución, como he dicho, empecé a ver que la tierra estaba habitada y en dos o tres lugares, según navegábamos, veíamos a gente en la costa mirándonos; apenas podíamos percibir que eran negros e iban completamente desnudos. Una vez estuve inclinado a ir hacia ellos a la costa, pero Xury era mi mejor consejero y me dijo: «No vayas, no vayas.» Sin embargo, me hallaba tan cerca de la costa que podía hablarles y vi cómo corrieron un buen trecho por la costa a mi lado. Me di cuenta de que no tenían armas en las manos, excepto una, que tenía un palo largo delgado, la cual Xury me dijo que era una lanza y que ellos tiraban a gran distancia con buena puntería; por tanto, me mantuve a distancia, pero les hablé mediante señales lo mejor que pude, especialmente para conseguir algo de comida. Ellos hicieron señas para que parara mi bote y traerían algo de comer; ante esto bajé la parte superior de la vela y la tumbé; dos de ellos corrieron por aquel terreno y en menos de media hora regresaron con dos trozos de carne seca y algo de grano, como el que se produce en su terreno. Pero no sabíamos lo que era ni lo uno ni lo otro; sin embargo, estábamos deseosos de aceptarlo. La forma de llegar a ello fue la siguiente discusión, porque yo no quería arriesgarme a ir a la costa y ellos tenían mucho miedo de nosotros; mas lo resolvieron de una manera segura para todos nosotros, porque lo dejaron en la costa; se alejaron a gran distancia hasta que nosotros lo subimos a bordo y luego se acercaron de nuevo.

Hicimos señales para darles las gracias, ya que no teníamos nada con lo que recompensarles, pero en ese mismo momento se presentó una buena oportunidad, porque mientras estábamos descansando en la costa, se acercaron dos criaturas enormes, una persiguiendo a la otra con gran furia, procedentes de las montañas y dirigiéndose hacia el mar; si era un macho persiguiendo a la hembra o si lo hacían por diversión o por furia, no podría decirlo, ni si era algo normal o extraño, pero creo que era esto último porque en primer lugar aquellas criaturas voraces rara vez aparecían si no era de noche; y en segundo lugar, descubrimos que la gente estaba terriblemente asustada, especialmente las mujeres. El hombre que tenía la lanza no huyó de ellos, pero los demás sí; sin embargo, según entraron corriendo en el agua las dos criaturas no parecía que fuesen a caer contra los negros, sino que se zambulleron en el agua y nadaron como si hubieran ido allí para divertirse. Al final uno de ellos empezó a acercarse a nuestro bote más de lo que esperaba yo al principio; pero estaba preparado porque había cargado mi arma con toda la munición posible y dije a Xury que cargara las otras; tan pronto como llegó a mi alcance, le disparé directamente a la cabeza, se hundió inmediatamente en el agua, pero se levantó al instante y se zambullía subiendo y bajando como si estuviera luchando por su vida, y así era en realidad. Al momento llegó a la costa, pero entre la herida, que fue mortal, y la lucha en el agua, murió justo antes de alcanzarla.

Es imposible expresar el asombro de estas pobres criaturas ante el ruido y el disparo de mi arma; algunos de ellos estaban muertos de miedo, y cayeron como muertos por el terror. Pero cuando vieron a la criatura muerta y hundida en el agua y que yo les hacía señales para que fueran a la costa, se animaron y empezaron a buscar a la criatura. Yo la encontré por la mancha de sangre en el agua; con la ayuda de una cuerda que até a su alrededor y que alargué a los negros, la arrastraron a la costa y descubrimos que era un leopardo, admirable, moteado y bonito, y los negros levantaron las manos admirados pensando qué era aquello con lo que lo había matado.

La otra criatura, asustada por el fogonazo del disparo y el ruido del arma, nadó a la costa y subió corriendo a las montañas de las cuales habían venido, sin saber yo qué era a aquella distancia. Descubrí enseguida que los negros se iban a comer la carne de esta criatura, así que estaba deseando que la cogieran como un regalo de mi parte; por tanto, cuando les hice señales de que podían cogerlo, ellos lo agradecieron muchísimo. Se pusieron a trabajar con él de inmediato, y con un trozo de madera afilada le arrancaron la piel con toda facilidad, más que nosotros utilizando un cuchillo. Me ofrecieron un trozo de carne, que rechacé, haciendo como si se la diera a ellos, pero me señalaron la piel, la cual me dieron con toda libertad, y me trajeron una gran cantidad de provisiones que acepté. Entonces les hice señales para conseguir un poco de agua y les tendí una de mis tinajas, poniéndola boca abajo para mostrar que estaba vacía y que quería llenarla. Llamaron enseguida a algunos de sus amigos, y dos mujeres trajeron una gran vasija hecha de barro, y cocida, supongo, al sol. La dejaron ante mí como antes y envié a Xury a la costa con mis tinajas para que llenara las tres. Las mujeres iban completamente desnudas, al igual que los hombres.

Me abastecí ahora de raíces, grano y agua, y dejando a mis amistosos negros, seguí adelante durante unos once días más sin acercarme a la costa, hasta que vi la tierra sobresalir en el mar en una gran longitud, a una distancia de unas cuatro o cinco leguas delante de mí, y al estar el mar muy tranquilo, me mantuve en alta mar para llegar a ese punto; finalmente, doblando por ese punto; y a unas dos leguas, vi tierra claramente al otro lado, hacia el mar. Entonces llegué a la conclusión, y de hecho era cierto, de que estaba en Cabo Verde y aquellas eran las islas de ese nombre. Sin embargo, estaban a gran distancia y no estaba seguro de la decisión a tomar, porque si me cogía una corriente de aire, no podría llegar a ninguna de ellas.

En este dilema, mientras pensaba sobre ello, me dirigí al camarote y me senté, al haber tomado el mando Xury; de repente el muchacho gritó: «¡Señor, señor, un barco con una vela!», y el estúpido muchacho se dio un susto de muerte pensando que tendría que ser alguno de los barcos de su amo enviados a perseguirnos, cuando sabía que estábamos bastante lejos de su alcance. Salí de un salto del camarote e inmediatamente vi, no sólo al barco, sino que era, a saber, un barco portugués, y, como pensé, con destino a la costa de Guinea en busca de negros. Pero cuando observé el rumbo que seguía, pronto me convencí de que su destino era otro, y no planeé acercarme más a la costa; con lo cual salí al mar todo lo que pude, decidiendo hablar con ellos si era posible.

Navegando todo lo que podía, descubrí que no sería capaz de seguir su camino, sino que ellos se habrían ido antes de poder hacerles una señal; pero después de haberme desplazado al máximo y de empezar a desesperarme, ellos, al parecer, me vieron con la ayuda de su catalejo y observaron que era algún bote europeo, el cual como suponían tenía que pertenecer a algún barco que se había perdido; por tanto, ellos arriaron velas para permitirme acercarme. Yo me animé con esto, y como tenía la enseña de mi antiguo amo a bordo, la agité en el aire para hacerles una señal de peligro y disparé una de las armas, lo cual observaron porque me dijeron que vieron el humo, aunque no oyeron el arma; con estas señales se detuvieron con amabilidad y en unas tres horas estuve a su altura.

Me preguntaron quién era, en portugués, en español y en francés, mas no entendía a ninguno de ellos; pero al final un marinero escocés que estaba a bordo me preguntó y le contesté que era inglés, que me había escapado de la esclavitud de los moros de Sallee; entonces me ofrecieron subir a bordo y me acogieron con mucha amabilidad, al igual que todos mis bienes.

Sentí una alegría que no se puede expresar y que nadie creerá al haberme librado, pues así lo estimaba, de aquella condición miserable y casi sin esperanza en la que me encontraba, y al instante ofrecí todo lo que tenía al capitán del barco como recompensa por mi liberación; pero él me dijo con generosidad que no cogería nada mío, sino que me lo entregaría seguro cuando llegáramos a Brasil. «Porque —añadió—, yo he salvado tu vida sin más condiciones y me alegraría que me salvaran a mí así. Puede ser que en otra ocasión esté yo en la misma situación; además, cuando te lleve a Brasil, tan lejos de tu propio país, si yo cogiera lo que tienes, te morirías de hambre allí, y entonces yo solo te quitaría la vida que te he dado. No, no, Signior Inglese, te llevaré allí por caridad y esas cosas te ayudarán a comprar tu subsistencia allí y tu pasaje de vuelta a casa.»

Como su propósito era caritativo, así lo iba a realizar, y ordenó a los marineros que nadie se propusiera tocar nada de lo que yo tenía; entonces tomó todo en posesión suya y me dio un inventario exacto de ello, incluso hasta las tres tinajas de barro.

Respecto a mi bote, era muy bueno; al verlo, me dijo que me lo compraría para uso del barco y me preguntó lo que quería por él. Yo le dije que había sido tan generoso conmigo en todo que no podría proponerle ningún precio por el bote, sino dejárselo a él por completo, sobre lo cual me dijo que me daría un billete de su propia mano para pagarme ochenta piezas de a ocho por él en Brasil, y cuando llegara allí, si alguien ofrecía dar más, él lo completaría; me ofreció sesenta piezas de a ocho más por mi muchacho Xury, lo que me resistí a hacer, no porque no quisiera que se quedara con el capitán, sino porque me resistía a vender la libertad del pobre muchacho, quien me había ayudado tan fielmente a conseguir la mía. Sin embargo, cuando le hice saber mis razones, reconoció que era justo y me ofreció esta alternativa: se comprometía con el muchacho a dejarle libre en diez años si se convertía al cristianismo; ante esto, y diciendo Xury que estaba deseando ir con él, dejé que lo retuviera el capitán.

CAPÍTULO IV

Me convierto en plantador brasileño

Tuvimos un viaje muy bueno hacia Brasil y llegamos a la Bahía de Todos los Santos unos veintidós días después. Una vez más estaba libre de la más desgraciada de todas las condiciones de vida, y tenía que pensar en mi situación a partir de ahora.

El trato generoso que me dio el capitán nunca podré olvidarlo; no me cobró nada por mi pasaje, me dio veinte ducados por la piel de leopardo y cuarenta por la piel del león que tenía en mi bote, y resultó que todo lo que tenía en mi barco me lo entregaron puntualmente; lo que yo estaba deseando vender lo compró él, como la caja de botellas, dos de mis armas y un trozo del bloque de cera de abejas, porque había hecho velas con el resto; en una palabra, conseguí doscientas veinte piezas de a ocho por todo el cargamento y con estas reservas llegué a la costa de Brasil.

No estuve mucho tiempo aquí, porque me recomendó la casa de un buen hombre honrado como él, que tenía un ingenio, como ellos lo llamaban, es decir, una plantación y una azucarera. Viví con él algún tiempo y de esa manera me familiaricé con la forma de plantar y de hacer azúcar; y viendo lo bien que vivían los plantadores y cómo se enriquecían de repente, decidí que si podía conseguir permiso para instalarme allí, me haría plantador entre ellos, decidiendo al mismo tiempo encontrar alguna manera de conseguir que me enviaran el dinero que había dejado en Londres. Para este propósito, consiguiendo una especie de carta de ciudadanía, compré tanta tierra sin trabajar como alcanzó mi dinero, y planeé mi plantación y mi asentamiento, de tal forma que fuera apropiado a los recursos que me proponía recibir de Inglaterra.

Tenía un vecino, un portugués de Lisboa, pero de padres ingleses, cuyo nombre era Wells, y estando en aquellas circunstancias le llamo vecino porque su plantación estaba próxima a la mía e hicimos amistad. Mis recursos eran pocos, al igual que los suyos; y plantamos más para comer que para cualquier otra cosa en unos dos años. Sin embargo, empezamos a crecer y nuestra tierra comenzó a producir; así que al tercer año plantamos algo de tabaco y nos hicimos cada uno con un gran trozo de terreno preparado para plantar cañas al año siguiente. Pero los dos necesitábamos ayuda, y ahora descubrí, más que antes, que me había equivocado al dejar partir a mi muchacho Xury.

Pero, lamentablemente, el equivocarme más que el acertar no me asombraba mucho. No tenía más remedio que continuar. Tenía un empleo completamente ajeno a mi genio y justo la vida contraria a lo que me gustaba y por la cual abandoné la casa de mi padre y no seguí su buen consejo; no, yo estaba llegando a la condición media, o a la categoría alta de la clase baja, que mi padre me aconsejó antes y que, si decidía continuar con ella, sería como haberme quedado en casa y no tener que vagar por el mundo como lo había hecho. Con frecuencia solía decirme a mí mismo que esto podía haberlo hecho en Inglaterra también entre mis amigos y no haberme ido a cinco mil millas para hacerlo entre desconocidos y salvajes en un páramo y a tal distancia que en ninguna parte del mundo oiría nadie que alguien me había conocido.

Daniel Defoe

De esta manera solía observar mi situación lamentándome mucho y no tenía a nadie con quien conversar salvo este vecino; ningún trabajo que hacer, salvo el trabajo de mis manos; y solía decir que vivía igual que un náufrago en una isla desierta que no tiene a nadie salvo a sí mismo. Pero qué justo ha sido y cómo reflexionarían todos los hombres, que cuando comparan su situación actual con otras peores, el cielo puede obligarles a hacer el cambio y a convencerse de su anterior felicidad mediante su experiencia. Digo, lo justo que ha sido que fuera mi suerte la vida realmente solitaria y de desolación sobre la que yo reflexionaba en una isla, yo que tan injustamente la había comparado con frecuencia con la vida que llevaba entonces, en la cual si hubiera continuado, con toda probabilidad sería próspero y rico.

En cierto modo estaba instalado para llevar mi plantación antes de que regresara mi buen amigo, el capitán del barco que me había rescatado del mar, porque el barco permaneció allí para proveerse de cargamento y estuvo preparándose para el viaje cerca de tres meses. Cuando al hablarle de la pequeña reserva que había dejado en Londres, me dio este consejo amistoso y sincero: «Seignior Inglese —porque siempre me llamaba así—, si me das cartas y un poder aquí en mi favor, con órdenes para la persona que tiene tu dinero en Londres, de que envíe tus efectos a Lisboa, a la persona que yo te diré, y en artículos que tengan salida en este país, yo te traeré el producto de ellos, si Dios quiere, a mi regreso; pero como los asuntos humanos están sometidos a cambios y desastres, yo daría orden para cien libras esterlinas, las cuales dices que son la mitad de tus reservas, y dejaría que pasara el peligro en las primeras; y si llegan seguras, puedes mandar el resto de la misma manera, y si se extravían, puedes tener la otra mitad como recurso para tu propio abastecimiento.»

Fue un consejo tan sano y parecía tan amistoso que no pude sino convencerme de que era el mejor rumbo que podía tomar; por consiguiente, preparé cartas para la dama a la que había dejado mi dinero y un poder para el capitán portugués, como él deseaba.

Escribí a la viuda del capitán inglés informándole de todas mis aventuras, mi esclavitud, escapada, y cómo me encontró el capitán portugués en el mar, la humanidad de su comportamiento y en qué situación estaba ahora, con todas las direcciones necesarias para mi suministro; cuando este honrado capitán llegó a Lisboa, encontró medios a través de algunos comerciantes ingleses de allí para enviar no sólo la orden, sino toda mi historia a un comerciante de Londres, que la representaba con eficacia; con lo cual ella no sólo entregó el dinero sino que de su propio bolsillo envió al capitán portugués un regalo maravilloso por su humanidad y caridad conmigo.

El comerciante de Londres invirtió estas cien libras en artículos ingleses, como había escrito el capitán; se los envió directamente a Lisboa y él los trajo seguros a Brasil; entre ellos, y sin instrucciones mías (porque yo era demasiado joven en mi negocio para pensar en ellas), él se había preocupado de que hubiera toda clase de herramientas, herrajes y utensilios necesarios para mi plantación que fueron de gran utilidad para mí.

Cuando llegó este cargamento, me quedé sorprendido al verlo, y pensé que estaba hecha mi fortuna, porque mi buen representante, el capitán, había invertido las cinco libras que le había enviado mi amiga como regalo para comprar un sirviente atado para el servicio de seis años, y no aceptaría nada de mí, salvo un poco de tabaco que le hice aceptar al ser de mi propia producción.

No fue esto todo, sino que mi mercancía, al ser toda de fabricación inglesa, como ropa, paños y cosas muy valiosas y deseadas en el país, pude venderla con un beneficio muy grande, de manera que podía decir que tenía cuatro veces más del valor de mi primer cargamento, y estaba muy por delante de mi pobre vecino en el fomento de mi plantación, porque lo primero que hice fue adquirir un esclavo negro y otro europeo, además del que me había traído el capitán desde Lisboa.

Pero como abusar de la prosperidad significa con frecuencia nuestra mayor adversidad, así me sucedió a mí. Al año siguiente tuve gran éxito en mi plantación. Recolecté cincuenta rollos de tabaco en mi terreno, más de lo que habíamos decidido que eran necesarios entre mis vecinos; y estos cincuenta rollos, al ser cada uno de más de un quintal, se secaron bien y se dejaron para el regreso de la flota de Lisboa. Aumentado ahora el negocio y la riqueza, mi cabeza empezó a llenarse de proyectos y empresas más allá de mi alcance, pues con frecuencia son la ruina de los mejores cerebros para los negocios.

Si hubiera continuado en la situación en la que estaba ahora, había conservado todas las cosas felices que todavía me ocurrían, para lo cual mi padre me recomendaba de todo corazón una vida tranquila, retirada, y a la cual describía tan sensatamente como la condición media de vida; pero otros asuntos me ocupaban, y todavía iba a ser el agente obstinado de todas mis propias desgracias; especialmente iba a aumentar mi culpa y duplicar las reflexiones sobre mí mismo, que en mis penas futuras retomaría; todos estos errores se producían por mi aparente obstinación de vagar por el extranjero, y al perseguir esa inclinación, en contradicción con la visión más clara de perseguir mi provecho en una persecución justa y sencilla de aquellas perspectivas y medidas de vida con las cuales la Naturaleza y la Providencia decidían presentarse ante mí y cumplir mi deber.

Y ya que una vez lo había hecho al irme de la casa de mis padres, ahora no podía ser feliz, sino que tenía que irme y abandonar la idea feliz que tenía de ser un hombre rico y próspero en mi propia plantación, sólo para perseguir un deseo precipitado y desmesurado de subir más deprisa de lo que la naturaleza del asunto admitía; y así caí de nuevo en el abismo más profundo de la miseria humana en la que puede caer un hombre, o quizá podía concordar con la vida y una condición sana del mundo.

Llegando entonces a los detalles de esta parte de mi historia, al haber vivido casi cuatro años en Brasil y empezando a crecer y prosperar mucho mi plantación, yo no sólo aprendí el idioma, sino que había contraído relaciones y amistades con los plantadores amigos, así como con los comerciantes de Sao Salvador, que era nuestro puerto; en mis conversaciones con ellos, les había dado información con frecuencia de mis dos viajes a la costa de Guinea, la manera de comerciar con los negros allí y lo fácil que era cambiar por nimiedades (como cuentas de vidrio, juguetes, cuchillos, tijeras, hachas, trocitos de cristal y cosas similares), no sólo polvo de oro, semillas de Guinea, colmillos de elefante, etc., sino negros para servir en Brasil, en grandes cantidades.

Ellos escuchaban siempre con atención mis discursos sobre estos asuntos, pero especialmente esa parte relacionada con la compra de negros, que en esa época no sólo era un comercio que estaba empezando sino, como en realidad ocurría, lo habían llevado a cabo mediante asientos, o permisos, los reyes de España y Portugal y estaba muy arraigado, de manera que se compraban pocos negros y estos eran excesivamente caros.

Sucedió que, estando en compañía de algunos comerciantes y plantadores conocidos y hablando de aquellas cosas con seriedad, tres de ellos vinieron a mí a la mañana siguiente y me dijeron que habían estado reflexionando mucho sobre lo que les había dicho la noche anterior, y venían a hacerme una proposición; después de pedirme que guardara el secreto, me dijeron que tenían en mente armar un barco para ir a Guinea, que todos tenían plantaciones como yo y estaban en apuros; que como era un comercio que no se podía llevar a cabo, porque no podían vender públicamente los negros cuando llegaran a casa, deseaban hacer un solo viaje, traer negros a la costa de forma privada y dividirlos entre sus propias plantaciones; en una palabra, la cuestión era si yo iría como sobrecargo en el barco para dirigir la parte comercial en la costa de Guinea. Y me ofrecieron que yo tendría igual proporción de negros sin aportar ninguna de las provisiones.

Era una buena proposición, tengo que confesarlo, si se hubiera hecho a alguien que no tuviera un asentamiento ni una plantación propia, para buscar la forma de llegar a ser muy importante y con unas buenas reservas. Mas para mí que ya estaba introducido y establecido y nada tenía que hacer salvo continuar como había estado durante tres o cuatro años más, realizar un viaje era la cosa más absurda que un hombre en tales circunstancias pudiera pensar.

CAPÍTULO V

Embarco en mal momento

Pero yo, que había nacido para ser mi propio destructor, no pude resistirme a la oferta como no pude refrenar mis divagadores planes, cuando no atendí el buen consejo de mi padre. En una palabra, les dije que iría con todo mi corazón, si ellos se comprometían a cuidar de mi plantación en mi ausencia y a disponer de ella como lo haría yo, si fracasaba. Todos asintieron en hacerlo y entraron en escritos, o pactos, para hacerlo así; hice un testamento formal, disponiendo mi plantación y efectos, en caso de mi muerte, haciendo al capitán del barco que me había salvado la vida, mi heredero universal, pero obligándole a disponer de mis efectos como había ordenado en mi testamento, siendo la mitad de la producción para él y la otra mitad para ser embarcada hacia Inglaterra.

En resumen, tomé toda precaución posible para conservar mis efectos y mantener mi plantación; si hubiera empleado la mitad de la prudencia en mirar por mi propio interés y decidido sobre lo que debería o no hacer, seguramente nunca habría dejado algo tan próspero y prometedor, abandonando todas las ideas posibles de una circunstancia próspera y yéndome a un viaje por mar, acechado por todos sus peligros, aparte de las razones que tenía de esperar desgracias particulares sobre mí mismo.

Pero tenía prisa y obedecí ciegamente los dictados de mi imaginación más que los de la razón, y por consiguiente, al estar armado el barco y equipado con el cargamento, y hecho todo lo acordado con mis compañeros de viaje, embarqué en mala hora, el 1 de septiembre de 1659, siendo el mismo día de ocho años antes cuando me fui de la casa de mis padres en Hull, con el fin de rebelarme contra su autoridad y engañado por mi propio interés.

Nuestro barco cargaba unas ciento veinte toneladas, llevaba seis cañones y catorce hombres, además del capitán, su hijo y yo; no teníamos a bordo una gran carga de mercancías, excepto la de juguetes que iban a ser apropiados para nuestro comercio con los negros, y cuentas de vidrio, trocitos de cristal, conchas y nimiedades raras, especialmente unos cuantos espejos, cuchillos, tijeras, hachas y cosas así.

El mismo día que embarqué desplegamos velas, dirigiéndonos hacia el norte por nuestra costa, con el plan de extenderlas hacia el litoral africano cuando llegáramos a unos diez o doce grados de latitud norte, lo que parece era el rumbo en aquellos días. Tuvimos muy buen tiempo, con exceso de calor, durante todo el camino hasta que llegamos a la altura de Cabo San Agustino, desde donde nos alejamos mar adentro; perdimos de vista la tierra y nos dirigimos por la isla Fernando de Noronha, manteniendo el rumbo NE por el norte y dejando estas islas al este. Con este rumbo pasamos el Ecuador en unos doce días y fue en nuestro último cálculo en siete grados y veintidós minutos latitud norte, cuando un violento tornado, o huracán, nos cogió por sorpresa; empezó desde el SE, continuó hacia el NO y permaneció en el NE, desde donde soplaba de una forma tan horrible que durante doce días no pudimos hacer nada salvo ir a la deriva; mientras tanto, nadie en el barco esperaba salvar su vida.

En este desastre, además del terror de la tormenta, murió uno de nuestros hombres a causa de la calentura y fue arrojado por la borda. Al duodécimo día, el tiempo remitió un poco, el capitán hizo un estudio como pudo y descubrió que estaba a unos once grados latitud norte, pero que estaba a una diferencia de veintidós grados de longitud oeste de Cabo San Agustino; por tanto descubrió que le habían llevado a la costa de la Guayana, o la parte norte de Brasil, más allá del río Amazonas, hacia el río Orinoco, llamado comúnmente el río Grande, y empezó a consultar conmigo qué rumbo seguiría, porque el barco hacía agua, estaba bastante dañado e iba a regresar directamente a la costa de Brasil.

Yo estaba rotundamente en contra de eso, y mirando con él las cartas de navegación de la costa de América, llegamos a la conclusión de que no había ningún terreno habitado al que recurrir hasta que no llegáramos al círculo de las islas del Caribe; por tanto, decidimos dirigirnos hacia Barbados, adentrándonos en el mar, para evitar la corriente de la Bahía o golfo de Méjico, lo que podíamos llevar a cabo fácilmente, como esperábamos, en unos quince días; de todas maneras no podíamos hacer nuestro viaje a la costa de África posiblemente sin ayuda, tanto para nuestro barco como para nosotros mismos.

Con este plan cambiamos el rumbo y nos dirigimos hacia el NO con el fin de llegar a alguna de nuestras islas inglesas, donde esperaba auxilio; pero nuestro viaje se decidió de otra manera, porque estando en la latitud de doce grados y dieciocho minutos, una segunda tormenta se cernió sobre nosotros, y nos desvió con tanta impetuosidad hacia el oeste alejándonos tanto de cualquier camino de comercio humano, que si todos salvábamos la vida en el mar, estaríamos en peligro de ser devorados por los salvajes y nunca regresaríamos a nuestro propio país.

En este peligro, soplando el viento todavía muy fuerte, uno de nuestros hombres gritó temprano por la mañana: «Tierra»; y tan pronto como salimos corriendo del camarote para mirar con la esperanza de ver en qué lugar del mundo estábamos, el barco golpeó la arena, y en un momento, al detenerse, el mar rompió contra él de tal manera que esperábamos perecer de inmediato; enseguida fuimos atropelladamente a nuestros puestos para protegernos de la espuma y rociada del mar.

No es fácil para alguien que no ha estado en una situación así describir o concebir la consternación de los hombres en tales circunstancias; no sabíamos dónde estábamos o hacia qué tierra nos dirigíamos, si era isla o tierra firme, si estaba habitada o deshabitada, y como la furia del viento era grande todavía aunque bastante menor que al principio, no se podía esperar mantener el barco muchos minutos sin que se rompiera en pedazos a menos que los vientos, por una especie de milagro, dieran la vuelta inmediatamente. En una palabra, nos sentamos mirándonos unos a otros y esperando la muerte en cualquier momento, y cada hombre actuaba en consecuencia, preparándose para otro mundo, porque había poco o nada que hacer en este; todo el consuelo que teníamos era que, en contra de nuestra expectativa, el barco aguantaba todavía y el capitán dijo que el viento empezaba a calmarse.

Aunque ahora pensamos que el viento amainaba poco, sin embargo, al haber golpeado el banco de arena el barco se hundió demasiado para que pudiéramos esperar sacarlo. Estábamos en unas condiciones espantosas y no podíamos hacer nada excepto pensar en salvar nuestras vidas como pudiéramos; teníamos un bote en nuestra popa justo antes de la tormenta, pero primero se hizo añicos contra el timón del barco y en segundo lugar se separó y o bien se hundió o se lo llevó el mar, así que no teníamos ninguna esperanza con él. Teníamos otro bote a bordo, pero era dudosa la forma de bajarlo al mar. Sin embargo, no había que darle vueltas porque veíamos que el barco se rompía en pedazos a cada minuto y alguien nos dijo que ya estaba destrozado.

En este peligro el piloto de nuestra embarcación se puso a sujetar el bote; con la ayuda de los demás hombres, lo lanzaron por el costado del barco, y subiendo todos a él, nos fuimos y nos encomendamos a la misericordia de Dios y al mar embravecido, siendo once de número; porque aunque la tormenta se había calmado considerablemente, sin embargo, el mar subía espantoso sobre la costa, y bien se podría llamar *den wild zee,* como los holandeses llaman al mar cuando hay tormenta.

Y ahora sí que nuestra situación era delicada, porque todos vimos claramente que el mar se levantaba tanto que la barca no podría resistir y que nos ahogaríamos todos inevitablemente. Respecto a las velas, no teníamos ninguna, y si hubiéramos tenido alguna no podríamos haber hecho nada con ella; así que remamos hacia tierra, aunque con los corazones encogidos, como hombres que van a la ejecución. Porque todos sabíamos que cuando el bote se acercara a la costa, se haría mil pedazos por la fuerza del mar. Sin embargo, encomendamos nuestras almas a Dios de la forma más ferviente, y dirigiéndonos el viento hacia la costa, adelantábamos nuestra destrucción con nuestras propias manos, empujando tanto como podíamos hacia tierra.

No sabíamos cómo era la costa, si rocosa o arenosa, si empinada o baja. La única esperanza razonable que podía darnos la última sombra de expectativa era que podíamos estar en alguna bahía o en algún golfo, o en la desembocadura de algún río, adonde por alguna gran casualidad pudiéramos llevar nuestra barca o estar al abrigo de la tierra, y quizá tener agua en calma. Pero nada de esto apareció, sino que a medida que nos acercábamos a la costa, la tierra parecía más aterradora que el mar.

Después de haber remado, o más bien flotado a una legua y media de distancia, como se calculó, una ola embravecida, como una montaña, vino enrollándose por nuestra popa y sólo pudimos esperar el «golpe de gracia». En una palabra, nos cogió con tal furia que pasó por encima del bote al instante, y separándonos de este y unos de otros también, apenas nos dio tiempo a decir: «¡Oh, Dios!», porque nos tragó a todos en un momento.

No se puede describir la confusión de pensamientos que sentí cuando me hundía en el agua; porque aunque nadaba muy bien, sin embargo, no podía librarme de las olas ni respirar, hasta que habiéndome llevado esa ola durante un buen trecho hacia la costa, y de retroceder después de agotarse, me dejó sobre la tierra casi seca, pero medio muerto por el agua que había bebido. Tuve mucho aplomo cuando pude respirar al verme más cerca de tierra firme de lo que esperaba. Me puse en pie y me esforcé por seguir adelante hacia la tierra lo más rápido que pudiera, antes de que volviera otra ola y me llevara de nuevo. Pero pronto descubrí que era imposible evitarlo, porque vi al mar venir detrás de mí tan alto como una montaña, y tan furioso como un enemigo, y yo no tenía medios o fuerza para enfrentarme a ello. Mi trabajo era mantener la respiración y levantarme sobre el agua, si podía, y nadar así para conservar la respiración y dirigirme hacia la costa, si era posible. Mi preocupación más grande era ahora que el mar, al igual que podía llevarme a gran distancia hacia la costa cuando avanzara, me podía llevar de regreso cuando retrocediera hacia el mar.

La ola que vino sobre mí de nuevo me envolvió al instante a veinte o treinta pies de profundidad en su interior, y pude sentir que me llevaba a una gran distancia con una fuerza y rapidez poderosas hacia la costa; pero contuve la respiración y me ayudé nadando hacia delante con todas mis fuerzas. Estaba a punto de estallar por contener la respiración cuando sentí que subía; así que, para mi alivio inmediato, me encontré con la cabeza y las manos por encima de la superficie del agua, y aunque no fueron más de dos segundos los que me pude mantener así, sin embargo, me alivié muchísimo, dándome aliento y un nuevo valor. Me cubrió de nuevo el agua durante un buen rato, pero no tanto tiempo como para no resistirlo; y descubriendo que el agua había bajado y empezaba a regresar, seguí adelante en contra del retorno de las olas y sentí de nuevo tierra bajo mis pies. Me detuve todavía unos momentos para recuperar el aliento y cuando el agua retornaba, salí corriendo con todas mis fuerzas hacia la costa. Pero ni esto me libró de la furia del mar, que seguía con fuerza detrás de mí, y dos veces más me levantaron las olas y me llevaron hacia delante como antes al ser la playa muy llana.

La última vez estuvo a punto de ser mortal para mí, porque el mar, habiéndose precipitado sobre mí como antes, me hizo caer, o más bien me lanzó, contra un trozo de roca, y con tanta fuerza que me dejó sin sentido y, de hecho, indefenso para mi propia liberación, porque el golpe que me di en el costado y en el pecho, me dejó sin respiración y si no hubiera vuelto en mí de nuevo al momento, me hubiera ahogado; pero me recuperé un poco antes de volver las olas, y viendo que me cubriría de nuevo el agua, decidí agarrarme a un trozo de roca y contener la respiración, si era posible, hasta que retrocediera la ola; ahora bien, como las olas ya no eran tan altas como al principio, al estar cerca de tierra, me sujeté hasta que disminuyó su fuerza y entonces emprendí otra carrera que me llevó tan cerca de la costa que la ola siguiente no me golpeó y pude llegar a tierra firme, donde, para mi gran consuelo, escalé los peñascos hacia la playa y me senté sobre la tierra, libre de peligro y completamente fuera del alcance del agua.

Ahora estaba a salvo en la costa y empecé a mirar hacia arriba y agradecerle a Dios haber salvado mi vida cuando unos minutos antes apenas tenía esperanza. Creo que es imposible expresar a los vivos el éxtasis y arrebato del alma cuando se salva así, podemos decir, de la misma tumba; y ahora no me sorprende esa costumbre, a saber, de que cuando a un malhechor le ponen la soga al cuello y está a punto de acabar, le traen un indulto, digo que no me asombra que ellos lleven a un médico con el indulto, para dejarle que se acostumbre a ese momento en el que se lo dicen, porque la sorpresa no puede dirigir al espíritu animal del corazón y le abruma: Porque las alegrías repentinas, como las penas, confunden al principio.

Yo caminé por la costa, levantando las manos, y todo mi ser, podría decir, estaba envuelto en la contemplación de mi liberación, haciendo mil gestos y movimientos que no puedo describir, pensando en mis compañeros que se habían ahogado y en que no se habría salvado ningún alma salvo la mía; porque no los vi después, ni ninguna señal de ellos a excepción de tres sombreros, una gorra y dos zapatos que no me eran familiares.

Eché un vistazo a la embarcación encallada, cuando el rompimiento y espuma del mar era tan grande que apenas podía verlo por lo lejos que estaba y pensé: «¡Señor! ¡Cómo era posible que hubiera podido llegar a la costa!»

Después de consolarme con mi bien estado, empecé a mirar a mi alrededor para ver en qué clase de lugar estaba y qué era lo siguiente que tenía que hacer, y pronto disminuyó mi consuelo, ya que, en una palabra, había tenido un liberación espantosa. Porque estaba húmedo, no tenía ropas para cambiarme ni nada para comer o beber que me consolara, ni vi ninguna posibilidad ante mí salvo la de morirme de hambre o ser devorado por bestias salvajes; y lo que más me afligía de todo era que no tenía armas para cazar ni defenderme en caso necesario. En una palabra, no tenía nada a excepción de un cuchillo y un poco de tabaco en una caja; estas eran todas mis provisiones, y esto me llevó a tal angustia que durante rato corrí como un loco. La noche llegaba y empecé a considerar con el corazón encogido que no sería raro que hubiera alguna bestia hambrienta en aquella zona, sabiendo que siempre salían por la noche en busca de su presa.

Todo lo que se me ocurrió en ese momento fue subirme a un árbol grueso espeso parecido a un abeto, pero espinoso, que crecía cerca de mí, y donde decidí sentarme toda la noche pensando de qué forma moriría al día siguiente, porque no venía ninguna posibilidad de vida; caminé un trecho desde la costa para ver si podía encontrar agua para beber, lo cual hice, para gran alegría mía. Habiendo bebido me puse un poco de tabaco en la boca para evitar el hambre, subí al árbol esforzándome por colocarme de tal manera que si me dormía no me cayera, y habiendo cortado un palo corto, parecido a una cachiporra, para defenderme, me acomodé; al estar tan fatigado me quedé dormido enseguida, tan plácidamente, creo, como pocos lo hubieran hecho en mi estado, y me encontré tan bien como no lo había estado nunca en una ocasión así.

CAPÍTULO VI

CONSIGO MUCHAS COSAS

Cuando me desperté era pleno día, el tiempo estaba claro y la tormenta se había calmado, así que el mar no bramaba ni subía como antes. Pero lo que más me sorprendió era que el barco se había levantado de la arena donde estaba la noche anterior, por la subida de la marea, y se había dirigido casi hasta la roca que mencioné antes, donde me había magullado al ser lanzado contra ella; al estar a una milla de distancia más o menos de la costa donde yo me encontraba y pareciendo que el barco todavía estaba en vertical, deseé ir a bordo y así poder salvar algunas cosas que me eran necesarias.

Cuando bajé del árbol, miré a mi alrededor de nuevo y la primera cosa que encontré fue el bote, que estaba como el viento y el mar lo habían sacudido sobre la tierra, a unas dos millas a la derecha. Caminé todo lo que pude por la costa para conseguirlo, pero me encontré con un istmo o ensenada de agua entre el bote y yo, que tenía una media milla de ancha; por tanto, regresé por el momento, con intención de llegar al barco donde esperaba encontrar algo para mi subsistencia.

Un poco después del mediodía encontré el mar muy tranquilo y el reflujo tan lejano que pude acercarme a un cuarto de milla del barco; aquí encontré un nuevo alivio para mi pena porque vi claramente que de habernos quedado a bordo, todos nos hubiéramos salvado, es decir, todos habríamos llegado seguros a la costa, y no hubiera sido yo tan desgraciado de quedarme completamente en la miseria y privado de todo consuelo y compañía, como estaba ahora. Esto me trajo las lágrimas a los ojos, pero como había poco consuelo en ello, decidí, si era posible, llegar al barco; así que me quité la ropa, porque el tiempo era muy caluroso, y entré en el agua; pero cuando llegué al barco, mi dificultad fue todavía mayor al preguntarme cómo subiría a bordo, porque como estaba encallado y muy por encima del agua, no había nada a mi alcance para agarrarme; nadé alrededor dos veces, y la segunda vez descubrí un trozo de cuerda, que me sorprendió no haber visto al principio, que colgaba de unas cadenas delanteras, tan bajo que puede agarrar con gran dificultad, y con la ayuda de la cuerda subí al castillo de proa del barco. Aquí descubrí que estaba repleto y tenía una gran cantidad de agua en la bodega, pero que estaba tumbado sobre un banco de arena dura, o más bien de tierra, de manera que la popa se había quedado levantada sobre el banco y su proa casi en el agua; de esta manera toda esa parte estaba libre y todo lo que había allí estaba seco; mi primer trabajo fue buscar y ver lo que estaba estropeado y lo que servía; primero descubrí que todas las provisiones del barco estaban secas y sin tocar por el agua, y estando muy bien dispuesto a comer, fui al cuarto del pan, me llené los bolsillos de galletas y las comí según iba a por otras cosas, porque no tenía tiempo que perder. También encontré en el camarote grande un poco de ron, del cual di un gran trago, ya que necesitaba lo suficiente para animarme y enfrentarme a lo que tenía delante de mí. Ahora no quería nada salvo el bote para equiparme con tantas cosas como preveía que me serían necesarias.

Era inútil sentarme tranquilo y desear lo imposible, y este extremo aumentó mi diligencia. Teníamos en el barco varias vergas de más, dos o tres palos largos de madera y un mastelero o dos sobrantes. Decidí ponerme a trabajar con ellos y tirar por la borda tantos como pudiera manejar por su peso, atándolos unos a otros con una cuerda para retenerlos; cuando hice esto bajé por el costado del barco, y tirando de ellos hacia mí, até cuatro en ambos extremos lo mejor que pude, en forma de balsa, y poniendo dos o tres tablones cortos cruzados encima, descubrí que podía caminar sobre ella muy bien, pero no podía soportar mucho peso al ser demasiado ligeros los tablones; así que empecé a trabajar, y con la sierra de carpintero corté un mastelero en tres trozos y los añadí a mi balsa, con mucho esfuerzo; pero la esperanza de proporcionarme lo necesario me animaba más de lo que hubiera sido capaz de hacer en otra ocasión.

Ahora mi balsa era lo suficientemente fuerte como para soportar un peso razonable; mi siguiente preocupación era con qué cargarla y cómo proteger de las olas del mar lo que dejaba sobre ella; pero no pensé en esto mucho tiempo. Primero coloqué todos los tablones que pude conseguir, y habiendo considerado bien lo que prefería, cogí primero tres arcones de marinero que había abierto y vaciado rompiéndolos, y los bajé a mi balsa; el primero de ellos lo llené de provisiones, a saber, pan, arroz, tres quesos holandeses, cinco trozos de carne de cabrito seca, que utilizábamos mucho, y el resto de grano europeo que llevábamos para algunas aves que trajimos con nosotros al mar, pero se había matado a las aves; había un poco de cebada y de trigo, pero, para mi gran desilusión, descubrí después que las ratas se lo habían comido o lo habían estropeado todo. Respecto a los licores, encontré varias cajas de botellas que pertenecían a nuestro capitán, en las cuales había cordial y en total unos cinco o seis galones de vino blanco y seco. Estos los guardé así, ya que no era necesario colocarlos en el arcón, ni tenía espacio para ello. Mientras estaba haciendo esto, descubrí que la marea empezaba a subir, aunque muy tranquila, y me mortifiqué viendo que mi abrigo, camisa y chaleco, que había dejado en la costa sobre la arena, se alejaban en el agua; respecto a mis bombachos, que eran de lino y abiertos en la rodilla, nadé a bordo con ellos, al igual que con los calcetines, Sin embargo, me puse a rebuscar ropas, de las cuales encontré bastantes, pero no cogí más que lo necesario, porque tenía que ver otras cosas primero, como herramientas para trabajar en la playa; fue después de buscar mucho cuando encontré el arcón del carpintero, que de hecho tuvo mucha utilidad para mí y fue mucho más valioso de lo que hubiera sido un barco cargado de oro en ese momento; lo bajé a mi balsa, entero como estaba, sin perder tiempo en mirar dentro porque, en general, sabía lo que contenía.

Mi preocupación siguiente era la munición y armas; había dos escopetas de caza muy buenas en el camarote grande, y dos pistolas; aseguré estas primero, con algunos cuernos de pólvora, una bolsa pequeña de balas y dos espadas viejas oxidadas. Sabía que había tres barriles de pólvora en el barco, pero desconocía dónde los había almacenado nuestro artillero; mas buscando mucho los encontré, dos de ellos secos y bien, aunque el tercero tenía agua; estos dos los llevé a mi balsa con las armas. Y ahora que iba bien cargado empecé a pensar cómo llegaría a la costa con todo, sin tener vela, ni remo o timón, y sabiendo que el más mínimo viento habría alterado toda mi navegación.

Tenía tres cosas que me animaban: a) Un mar tranquilo, en calma. b) La marea subiendo hacia la playa. c) El poco viento que había soplaba hacia la costa.

Y así, habiendo encontrado dos o tres remos rotos que pertenecían al bote, y además de las herramientas que había en el arcón, encontré dos sierras, un hacha y un martillo; con este cargamento me puse a navegar. Durante una milla o así mi balsa fue muy bien, solamente descubrí que se dirigía a una distancia pequeña del lugar donde había llegado a tierra antes, por lo cual percibí que había alguna corriente de agua, y por consiguiente esperaba encontrar alguna cala o río del que pudiera hacer uso como puerto para poder desembarcar mi carga.

Como imaginaba, así fue. Allí apareció ante mí una pequeña abertura de tierra, y encontré una corriente fuerte de la marea que se metía hacia ella, así que guié mi balsa como pude para mantenerla en medio de la corriente. Pero aquí habría sufrido un segundo naufragio, y si lo hubiera hecho, creo que me hubiera partido el corazón; porque no conociendo nada la costa, mi balsa encalló por un extremo en un banco de arena, y al no haber encallado en el otro, toda mi carga se había deslizado hacia la parte que estaba a flote, y de esta manera se me iba a caer todo al agua. Me esforcé al máximo por colocar la espalda contra los arcones y mantenerlos en su sitio, pero no podía empujar la balsa con todas mis fuerzas ni me atrevía a cambiar de postura, sino que agarraba los arcones con toda mi fuerza, y me quedé así casi media hora ya que en ese tiempo el agua subió y me acercó un poco más al nivel; un poco después, al subir el agua todavía, mi balsa flotó de nuevo, y la empujé con el remo que tenía dentro del canal subiéndola luego a más altura, y al final me encontré en la desembocadura de un pequeño río, con tierra a ambos lados, y una fuerte corriente o marea que subía rápidamente. Miré a ambos lados buscando un sitio apropiado para llegar a la orilla, porque no quería subir demasiado por el río, con la esperanza de ver con el tiempo algún barco en el mar y por tanto, decidí colocarme tan cerca de la costa como pudiera.

Al final descubrí una pequeña cala en la orilla derecha del arroyo, a la cual con gran pesar y dificultad dirigí mi balsa, y finalmente estaba tan cerca que, al tocar fondo con el remo, pude empujarla adentro directamente; pero aquí estuve a punto de haber echado toda mi carga al mar otra vez, porque aquella costa era tan empinada, es decir, tan inclinada, que no había sitio para desembarcar; si llegaba a la costa, un extremo de mi balsa se quedaría muy alta, y el otro más bajo se hundiría como antes, de manera que pondría en peligro mi carga de nuevo. Todo lo que podía hacer era esperar hasta que la marea subiera al máximo, sujetando la balsa con mi remo como si fuera un ancla para mantener el costado fijo a la costa, cerca de un terreno llano, que esperaba que el agua inundara, y así fue. Tan pronto como vi que el agua era suficiente (porque mi balsa tenía un pie de agua), la empujé hacia el terreno llano y allí la sujeté clavando mis dos remos rotos en el suelo, uno a cada lado cerca de un extremo, y así me quedé hasta que el agua bajó y llevé mi balsa y toda mi carga segura a la costa.

Mi siguiente tarea era observar el terreno y buscar un lugar adecuado para asentarme, almacenar mis bienes y asegurarlos de cualquier contingencia. No sabía dónde estaba todavía, si en el continente o en una isla, habitada o no, si existía peligro por las bestias salvajes... Había una colina a no más de una milla sobre mí, la cual subía muy empinada y parecía sobresalir entre otras colinas que estaban colocadas en fila hacia el norte. Saqué una de mis escopetas de caza y una de las pistolas, y un cuerno de pólvora, y armado así salí para descubrir la cima de aquella colina, donde, después de gran trabajo y dificultad para llegar a la cima, vi mi destino para gran aflicción mía, a saber, que estaba en una isla rodeada de mar por todas partes; no se veía tierra, a excepción de algunas rocas que estaban a gran distancia y dos pequeñas islas menores que esta, que estaban a unas tres leguas al oeste.

También descubrí que la isla era árida y tenía buenas razones para creer que deshabitada, excepto por animales salvajes, de los cuales, sin embargo, no vi ninguno, aunque sí abundancia de aves, pero no conocía su especie y cuando las mataba no podía saber lo que serviría de alimento y lo que no; a mi regreso disparé a un gran pájaro que vi posarse sobre un árbol al lado de un gran bosque. Creo que era el primer disparo que se había efectuado allí desde la creación del mundo.

Tan pronto como disparé, de todas las partes del bosque se levantaron innumerables aves de todas clases, gritando confundidas y chillando cada una conforme a su nota normal, pero ninguna de ellas era de alguna clase que yo conociera. Respecto a la criatura que maté, pensé que era una especie de halcón, al parecerse el color y el pico, pero no tenía unas garras fuera de lo común. Su carne no servía para nada.

Contento con este descubrimiento, regresé a mi balsa y me puse a trabajar para llevar mi carga a la costa, lo que me llevó el resto del día, y no sabía lo que haría por la noche, ni dónde descansar, porque tenía miedo de tumbarme en el suelo sin saber si podía devorarme algún animal salvaje, aunque, como descubrí después, no había necesidad de tales temores.

Sin embargo, me cerré con barricadas lo mejor que pude con los arcones y tablones que había traído a la costa e hice una especie de cabaña para alojarme aquella noche; respecto a la comida, no sabía todavía de qué forma abastecerme, aunque había visto dos o tres criaturas parecidas a liebres salir corriendo del bosque donde disparé al ave.

Ahora empecé a pensar que todavía podía conseguir muchas cosas del barco, que me serían útiles, especialmente algunas jarcias o velas y todos los objetos que pudiera traer a tierra, y decidí hacer otro viaje a bordo de la embarcación, si era posible. Y como sabía que la primera tormenta que soplara lo rompería en pedazos, decidí dejar a un lado lo demás hasta que sacara todo lo que pudiera del barco. Entonces pensé si llevaría de nuevo la balsa, pero parecía imposible, así que decidí ir como antes, cuando bajara la marea, y así lo hice, solo que me desnudé antes de salir de mi cabaña, al no tener otra cosa que una camisa de cuadros y un par de zapatillas.

Subí a bordo como antes y preparé una segunda balsa, y al tener la experiencia de la primera, no la hice pesada y difícil de manejar, ni la cargué tanto, sino que saqué varias cosas muy útiles para mí. Como la primera vez en el almacén del carpintero encontré dos o tres bolsas llenas de clavos y puntas, un destornillador, una o dos docenas de hachas y, sobre todo, lo más útil: una piedra de afilar. Las amarré bien junto con varias cosas que pertenecían al artillero, especialmente dos o tres palancas de hierro, dos barriles de balas, siete mosquetes y otra escopeta de caza, con una pequeña cantidad de pólvora; un saco grande lleno de perdigones y un gran rollo de plomo en planchas. Pero esto último era tan pesado que no pude levantarlo para pasarlo por encima del costado del barco.

Además de esto, cogí toda la ropa de los hombres que pude encontrar, y una vela de más, una hamaca y algunos colchones. Con todo ello cargué mi segunda balsa y la llevé segura a la costa para gran consuelo mío.

Yo temía que durante mi ausencia de tierra mis provisiones pudieran ser devoradas en la costa; pero cuando regresé no encontré señal de ningún visitante, solamente había allí sentada una criatura parecida a un gato montés sobre uno de los arcones, el cual cuando me dirigí hacia él, se alejó corriendo y luego se quedó quieto. Se sentó muy tranquilo e indiferente, y me miró a la cara, como si pensara que me conocía. Le apunté con mi arma, pero no lo comprendió, ya que la desconocía por completo y no intentó huir. Después le tiré un trozo de galleta, aunque, por cierto, muy generosamente por mi parte, ya que mi reserva no era muy grande. Sin embargo, perdoné un trocito, digo, y él se acercó, la olió, se la comió y me miró agradecido como pidiéndome otro trozo, pero al no poder darle más se marchó.

Al tener mi segunda carga en la costa (aunque tuve que abrir los barriles de pólvora y traerlos por partes porque eran demasiado pesados al ser toneles grandes), empecé a trabajar para hacerme una pequeña tienda con la vela y algunos mástiles que corté para este fin. Puse allí todo lo que sabía que se estropearía por la lluvia, o por el sol, y apilé todos los arcones y toneles vacíos en forma de círculo alrededor de la tienda para fortificarla contra algún ataque repentino, de hombre o de animal.

Cuando hube hecho esto, bloqueé la entrada de la tienda con algunos tablones por dentro y un arcón vacío por fuera, y extendiendo uno de los colchones en el suelo, dejando mis dos pistolas junto a la cabeza y mi escopeta al alcance de la mano, me fui a descansar por primera vez, y dormí tranquilamente toda la noche porque estaba muy cansado y pesado, ya que la noche anterior había dormido poco y trabajado muy duro durante el día, tanto para traer todas las cosas del barco como para dejarlas en la costa.

Ahora tenía el mayor polvorín de todas clases de armas que jamás haya almacenado un hombre, pero no estaba satisfecho, porque mientras el barco siguiera en esa postura vertical, pensaba que debía sacar de él todo lo que pudiera; por tanto, todos los días, con la marea baja, iba a bordo y traía una cosa u otra. Pero en especial la tercera vez que fui, saqué tantas jarcias como pude, y también todas las cuerdas pequeñas y cordeles que pude conseguir, junto con un trozo de lona de más que servía para arreglar las velas cuando llegara la ocasión y un barril de pólvora húmeda. En una palabra, saqué todas las velas, aunque tuve que cortarlas en trozos y traer de una vez tantas como pudiera. Ya no servirían de velas, sino sólo como simples lona.

Pero lo que más me consoló fue que al final de todo, después de haber hecho cinco o seis de estos viajes, pensé que no había nada más en el barco que mereciera la pena tocar. Digo que, después de todo esto, encontré un gran tonel de pan y tres pequeños barriles de ron o licores, una caja de azúcar y un barril de harina. Esto me sorprendió porque ya no esperaba ver más provisiones, excepto lo que había estropeado el agua. Pronto vacié los toneles del pan, lo envolví trozo por trozo en porciones de vela que corté y, en una palabra, llevé todo seguro a la costa.

Al día siguiente hice otro viaje, y habiendo desvalijado el barco de todo lo que se podía transportar y manejar, empecé con los cables; cortando el más grande en trozos que pudiera mover, llevé dos cables y un cabo grueso a la costa, con todos los herrajes que pude conseguir; corté la verga de la vela tarquina y la verga de la mesana, y todo lo que pudiera hacer una gran balsa, la cargué con todas estas cosas pesadas y me alejé. Pero mi buena suerte empezó a abandonarme, porque esta balsa era tan poco manejable e iba tan cargada que después de entrar en la pequeña ensenada donde había descargado el resto de mis bienes, al no ser capaz de guiarla con tanta habilidad como había manejado las otras, se volcó y tiró toda mi carga al agua. Yo no sufrí ningún daño porque estaba cerca de la costa; pero respecto a mi carga, se perdió gran parte de ella, especialmente el hierro, que me hubiera sido de gran utilidad. Sin embargo, cuando subió la marea, conseguí llevar a tierra la mayor parte de los trozos de cable, y algunos de los herrajes, pero con infinito trabajo porque tuve que meterme al agua a por ello, un trabajo que me fatigó muchísimo. Después de esto iba todos los días a bordo y me traía lo que podía.

Llevaba ahora trece días en la costa, y había estado once veces a bordo del barco. En ese tiempo me había traído todo lo que se supone que pueden traer un par de manos, aunque creo que si el tiempo hubiera seguido en calma, me hubiera traído el barco entero pieza a pieza. Pero preparándome para ir a bordo por doceava vez, comprobé que el viento empezaba a levantarse. Sin embargo, fui a bordo con la marea baja, y aunque pensaba que ya había hurgado en el camarote con eficacia, de manera que ya no podría encontrar nada, descubrí un armario con llave y cajones dentro; en uno de ellos encontré dos o tres navajas de afeitar y un par de tijeras grandes, con unos diez o doce cuchillos y tenedores. En otro encontré unas treinta y seis libras en dinero, monedas europeas y brasileñas, algunas piezas de oro y de plata.

Sonreí al ver este dinero. «¡Oh, riqueza! —dije en voz alta—. ¿Para qué sirves ahora? No mereces la pena, no, ni que te coja del suelo. Uno de estos cuchillos vale todo este montón. No hay forma de utilizarte ahora. Quédate donde estás o vete al fondo como una criatura cuya vida no merece la pena salvar.» Sin embargo, segundos después, me lo llevé, y envolviéndolo en un trozo de lona, empecé a pensar en fabricarme otra balsa; mientras la estaba preparando, vi que el cielo se cubría y que empezaba a levantarse el viento, y en un cuarto de hora soplaba una fuerte brisa desde la costa. En este momento se me ocurrió que era vano pretender hacer una balsa con el viento de la costa y que lo propio era irme antes de que comenzara a inundar la marea; de otro modo no sería capaz de llegar a la playa. Por consiguiente, me tiré al agua y nadé por el canal que había entre el barco y la arena, e incluso así era bastante difícil, en parte por el peso de las cosas que tenía a mi alrededor y en parte por la agitación del agua, porque el viento se levantó muy deprisa y antes de que subiera la marea, estalló una tormenta.

Pero llegué a casa, a mi pequeña tienda, donde me quedé con todas mis riquezas alrededor muy seguras. El viento sopló muy fuerte toda la noche, y por la mañana, cuando miré afuera, observé que ya no se veía el barco. Me sorprendí un poco, pero me recuperé con esta satisfactoria reflexión: no había perdido el tiempo, ni había disminuido mi diligencia para conseguir del barco todo lo que pudiera serme útil, y en realidad poco había quedado en él que pudiera traer si hubiera tenido más tiempo.

Dejé de pensar en el barco ahora, mas posteriormente recuperé parte de sus restos, aunque no me fueron de mucha utilidad.

CAPÍTULO VII

CONSTRUYO MI FORTALEZA

Mis pensamientos se dedicaron por completo ahora a asegurarme contra los indígenas, si aparecía alguno, o contra los animales salvajes, si existían en la isla. Tenía muchas ideas sobre el método que iba a seguir y qué clase de vivienda fabricarme. Dudaba entre cavar una cueva o construir una tienda. Y, en resumen, decidí ambas cosas. Creo que es adecuado informar de ello y describirlo.

Pronto descubrí que el lugar no era apropiado para mi asentamiento, especialmente porque estaba sobre un terreno bajo pantanoso cerca del mar y creía que no sería saludable, y más en particular porque no había agua dulce cerca. Así que decidí buscar un lugar más sano y conveniente.

Tuve en cuenta varias cosas que, en mi situación, serían más apropiadas para mí. En primer lugar, un sitio saludable y con agua dulce como he mencionado; segundo, protegido del calor del sol; tercero, seguro contra criaturas hambrientas, tanto hombres como bestias; cuarto, vistas al mar, porque si Dios enviaba algún barco, no podría perder la posibilidad de mi liberación, de la cual no deseaba desterrar toda expectativa todavía.

Buscando un lugar apropiado para esto, encontré una pequeña llanura en la ladera pendiente de una colina, cuya parte delantera estaba muy empinada, como el costado de una casa; de esa manera nada podría bajar sobre mí desde lo más alto. A un lado de esta roca había un hueco parecido a la entrada de una cueva. En el terreno llano de hierba, justo delante de este hueco, decidí montar mi tienda. Este llano no tenía más de cien yardas de ancho y unas dos veces más de largo, se extendía como una alfombra verde delante de mi puerta y en su extremo descendía de manera irregular hacia los terrenos bajos cercanos a la costa. Estaba en el lado nor-noroeste de la colina, así que se hallaba protegido del calor del día, hasta que el sol se ponía hacia el oeste y el sur, que en aquellos países ocurría cerca del atardecer.

Antes de levantar mi tienda, dibujé un medio círculo delante del hueco, que abarcaba unas diez yardas en su radio desde la roca y veinte yardas en su diámetro, desde el principio hasta el fin.

En este medio círculo clavé dos filas de estacas fuertes, dejándolas en la tierra hasta que fueron tan firmes como pilares, sacando de la tierra el extremo más grande unos cinco pies y medio y afilando la punta. Las dos filas no estaban a más de seis pulgadas una de la otra.

Luego cogí trozos de cable que había cortado en el barco y los coloqué en fila uno sobre otro, en el interior del círculo que formaban estas dos filas de estacas, hasta arriba, colocando otras en el interior, presionándolos contra ellas, a unos dos pies y medio de altura, como un ramal de un poste. Y esta cerca era tan fuerte que ni hombres ni animales podrían entrar o saltar sobre ella. Esto me costó mucho trabajo y tiempo, especialmente cortar las estacas en el bosque, traerlas al lugar y clavarlas en la tierra.

La entrada que hice para este lugar no era una puerta, sino una escalera corta para subir a la parte superior. Esta, una vez que yo estaba dentro, la levantaba detrás de mí y así me quedaba completamente cercado, y fortificado, como pensé, de todo el mundo; por consiguiente, dormía seguro por la noche, lo cual no podría haber hecho de otra manera, aunque, como sucedió después, no había necesidad de todas estas precauciones contra los enemigos que temía.

Al interior de esta cerca o fortaleza, y con muchísimo trabajo, llevé todas mis riquezas, provisiones, municiones y reservas de las cuales he informado antes, y me hice una gran tienda, la cual, para protegerme de las lluvias que en una parte del año son muy violentas allí, construí doble, es decir, una tienda más pequeña dentro y una tienda más grande sobre ella, y cubierta la más alta con una gran lona impermeable que había salvado entre las velas.

Y ahora ya no me acostaba en la cama que había llevado a la costa, sino en la hamaca, que era muy buena en realidad y pertenecía al oficial de cubierta del barco.

A esta tienda llevé todas mis provisiones, y todo lo que se estropearía con la humedad, y habiendo cercado así todos mis bienes, cerré la entrada que había dejado abierta hasta ahora, y así pasaba una y otra vez, como dije, por una escalera corta.

Cuando hice esto, empecé a trabajar dentro de la roca, y llevando toda la tierra y piedras que saqué hacia la tienda, las coloqué dentro de mi cerca formando una terraza de manera que levantaba el suelo sobre un pie y medio. Y así hice una cueva justo detrás de mi tienda que me servía de bodega.

Me costó mucho trabajo, y muchos días, antes de conseguir que todas estas cosas fueran perfectas, y por tanto tengo que volver a algunas otras cosas que ocupan mis pensamientos. Sucedió al mismo tiempo, después de haber planeado levantar mi tienda y hacer la cueva, que una tormenta de lluvia cayó de una nube negra, hubo un relámpago y después un gran trueno, como efecto natural de ello. No me sorprendió mucho el relámpago, ya que el pensamiento que me vino a la mente fue tan rápido como el relámpago mismo: «¡Oh, mi pólvora!». Mi corazón se encogió cuando pensé que con una explosión se podría destruir. Y con ello no sólo mi defensa, sino que también dependían de ello todas mis provisiones de comida. Yo no temía mi propio peligro, aunque explotara la pólvora, ya que nunca sabría quién me habría herido.

Tal impresión me causó aquello, que después de terminar la tormenta, dejé a un lado mi trabajo, mi construcción y fortificación, y me dediqué a hacer sacos y cajas para separar la pólvora, y guardándola en varios paquetes, con la esperanza de que sucediera lo que sucediese, no explotaría toda de una vez, y los guardé tan separados unos de otros de manera que no fuera posible que una parte prendiera otra. Terminé este trabajo en quince días, y pensé que mi pólvora, que pesaba unas doscientas cuarenta libras, estaba dividida por lo menos en cien paquetes. Respecto al barril que se había humedecido, no temía ningún peligro, así que lo coloqué en mi nueva cueva, que en mi imaginación llamaba cocina, y el resto lo escondí en agujeros hechos arriba y abajo entre las rocas, para que no les pudiera llegar la humedad, marcando con mucho cuidado dónde lo dejaba.

Mientras estaba haciendo esto, salía al menos una vez al día con mi escopeta, tanto para distraerme como para ver si cazaba algo para comer, y poder conocer de cerca lo que producía la isla. La primera vez que salí, descubrí que había cabras en la isla, lo que me produjo una gran satisfacción. Pero luego me di cuenta por desgracia para mí de que eran tan asustadizas, astutas y rápidas que sería lo más difícil del mundo llegar a ellas. Mas no me desanimé por esto, pues siempre podría disparar a alguna, como pronto sucedió, porque después de haberlas rondado un poco, me puse a esperarlas de esta manera. Observé que si me veían en los valles, aunque estuvieran encima de las rocas, salían corriendo terriblemente asustadas, pero si estaban comiendo en los valles y yo estaba encima de las rocas, no me advertían, de lo cual saqué la conclusión de que por la posición de sus ojos, su vista se dirigía hacia abajo y no podían ver objetos situados por encima de ellas. Por tanto, poco después empleé este método: siempre escalaba las rocas primero para colocarme por encima de ellas, y entonces tenía un buen blanco con frecuencia. El primer disparo mató a una cabra hembra que tenía un cabrito a su lado al que amamantaba, lo cual me dolió de corazón. Pero cuando cayó la madre, el cabritillo se quedó quieto a su lado hasta que llegué; cuando me llevaba a la grande a hombros, el cabritillo me siguió hasta mi cercado, con lo cual bajé a la madre y cogí en brazos al pequeño, y lo llevé a mi casa con el fin de criarlo, pero no comía y me vi forzado a matarlo y comérmelo. Esto me proporcionó carne durante mucho tiempo, porque comía con moderación y ahorraba mis provisiones (el pan especialmente) tanto como me era posible.

Habiendo preparado ya mi morada, comprendí que era absolutamente necesario buscar un lugar para hacer fuego y combustible para quemar. Y de lo que hice para ello, así como de la manera que agrandé mi cueva y las comodidades que añadí, daré toda clase de detalles en su momento. Pero antes tengo que dar algunas explicaciones de mí mismo y de mis pensamientos sobre la vida, lo que bien se puede suponer que no eran pocos.

Tenía unas perspectivas pésimas de mi situación, porque al haber naufragado en esa isla siendo guiado, como dije, por una violenta tormenta que nos apartó del rumbo de nuestro viaje previsto y alejó a gran distancia, a unos cientos de leguas fuera del rumbo normal del comercio marítimo, tenía razones para considerar una determinación del cielo, que en este lugar y de esta forma solitaria terminaría mi vida. Las lágrimas cayeron en abundancia sobre mi rostro cuando hacía estas reflexiones, y algunas veces protestaba conmigo mismo sobre por qué la Providencia arruinaría así a sus criaturas y las dejaría de una forma tan miserable, abandonadas sin ayuda, totalmente deprimidas, que apenas podía razonar para dar las gracias por esa vida.

Pero siempre había algo que me replicaba para que examinara esos pensamientos y me reprendiera especialmente un día en que, caminando con mi escopeta en la mano por la playa, estaba muy pensativo sobre mi situación actual, cuando la razón entró, protestándome de esta manera: «Bueno, estás en un estado desconsolado, es cierto, pero recuerda: ¿Dónde están los demás? ¿No veníais once en el bote? ¿Dónde están los otros diez? ¿Por qué no se salvaron ellos y pereciste tú? ¿Por qué saliste tú sólo? ¿Es mejor estar aquí o allí?». Y entonces miraba hacia el mar, considerando que mis adversidades podrían haber sido incluso peores.

Entonces se me ocurrió pensar lo bien que me había equipado para mi subsistencia, y lo que hubiera sido mi caso si no hubiera ocurrido, lo que sucedió con una probabilidad de cien mil a uno, que el barco flotara en el lugar donde encalló y que se dirigiera a una distancia tan cercana a la costa para que yo tuviera tiempo de sacar todas las cosas. ¿Cuál habría sido el caso si hubiera tenido que vivir en las condiciones en las que llegué la primera vez a la costa, sin lo necesario para vivir o proveerme de ellas? «Especialmente —dije en voz alta—, ¿qué hubiera hecho sin una escopeta, munición, herramienta para hacer algo o con la que trabajar; sin ropas, cama, tienda o cualquier clase de cubierta?». Ahora tenía todo eso en cantidad suficiente y estaba en buen camino de proveerme de tal manera como para vivir sin mi escopeta cuando se acabara la munición. Por tanto, tenía una idea de subsistir tolerable sin ninguna necesidad mientras viviera, porque desde el principio tuve en cuenta cómo tomaría precauciones para los accidentes que pudieran suceder y para los tiempos que iban a llegar, no sólo para después de que se acabaran mis municiones, sino incluso para después de que disminuyera mi salud o fortaleza.

Confieso que no había contemplado la idea de que mi munición se destruyera por una explosión, quiero decir que la pólvora explotara por un rayo, y esto hizo que me sorprendiera pensar sobre ello cuando relampagueaba y tronaba como acabo de explicar.

Y ahora, al haber llegado a la melancolía a causa de una vida silenciosa, quizá como nunca se haya oído en el mundo antes, la tomaré desde el principio y la continuaré por su orden. Según mis cálculos, fue el 30 de septiembre cuando, como ya he dicho antes, puse el pie por primera vez en esta horrorosa isla, cuando el sol estaba en su equinoccio de otoño, casi justo sobre mi cabeza, porque calculé que debía estar a una latitud de 9 grados y 22 minutos al norte del Ecuador.

Después de llevar allí diez o doce días, me vino al pensamiento que perdería mi cálculo del tiempo por carecer de libros, pluma y tinta, e incluso olvidaría distinguir los días de fiesta de los de trabajo; mas para evitar esto, grabé con un cuchillo sobre un poste grande, con letras mayúsculas y haciendo de él una gran cruz que planté en la costa donde tomé tierra por primera vez: «Llegué a esta playa el 30 de septiembre de 1659». Sobre los lados de este poste hacía una muesca con el cuchillo todos los días y la séptima muesca era más larga que las demás, y cada primer día de mes más larga que esta última. Con este calendario calcularía el tiempo, semanal, mensual y anualmente.

En segundo lugar, entre las muchas cosas que saqué del barco en los diferentes viajes que hice, como ya he mencionado, cogí varias cosas de menos valor, pero no del todo inútiles, que omití apuntar antes, como es el caso de plumas, tinta y papel, varios paquetes que guardaban el capitán, el piloto, el artillero y el carpintero, tres o cuatro brújulas, algunos instrumentos matemáticos, cuadrantes, anteojos, cartas y libros de navegación, que amontoné por si pudiera necesitarlos. También encontré tres Biblias en buen estado, que llegaron en mi cargamento procedentes de Inglaterra, y las cuales empaqueté entre mis cosas. También algunos libros portugueses, y entre ellos dos o tres devocionarios católicos y otros que guardé con cuidado. No debo olvidar que teníamos en el barco un perro y dos gatos, de cuya eminente historia tendré ocasión de decir algo donde corresponda, porque me llevé los dos gatos; respecto al perro, saltó del barco hacia mí y vino nadando a la costa al día siguiente de llegar a tierra con mi primer cargamento, y fue un sirviente fiel muchos años. Yo no tenía nada que él pudiera hurgar, ni ninguna compañía que pudiera recuperar. Solamente lo quería para hablarle, pero no sería posible. Como señalé antes, encontré pluma, tinta y papel, administrándolos al máximo, y demostraré que mientras me duró la tinta, anoté las cosas con exactitud; pero después de terminarse, no podía hacer tinta por ningún medio.

Esto me hizo pensar que necesitaba muchas cosas, a pesar de todo lo que había reunido, y entre estas estaba la tinta, como también una pala y un pico para cavar o remover la tierra; agujas, alfileres e hilo; respecto a la ropa pronto aprendí a que me faltara sin mucha dificultad.

Esta falta de herramientas hacía que todos los trabajos fueran duros, y había pasado casi un año entero antes de que terminara por completo mi pequeña empalizada o de rodear la vivienda. Para los pilares, o estacas, que tenían tanto peso como yo podía levantar, tardaba mucho tiempo en cortarlos y prepararlos en el bosque, y mucho más en traerlos a casa; por tanto, a veces tardaba dos días en cortar y traer a casa uno de esos postes y un tercer día para clavarlo en la tierra, para cuyo propósito conseguí un madero grande al principio, pero después utilicé uno de los hierros que había recuperado; sin embargo, todavía se me hacía muy laborioso y un trabajo tedioso tener que desplazar estos postes o pilares.

Mas, ¿qué necesidad tenía de apurarme por algo que tenía que hacer, si había tiempo suficiente para ello? No tendría otra ocupación si terminaba aquella, al menos que pudiera prever, excepto la de recorrer la isla en busca de comida, lo cual hacía todos los días más o menos.

Ahora empecé a pensar seriamente en mi situación y las circunstancias a las que me vería reducido. Anoté el estado de mis asuntos, no por dejárselos a cualquier que viniera detrás de mí, porque tengo pocos herederos, sino como una manera de liberar los pensamientos diarios que afligían mi mente. Como mi razón empezaba ahora a dominar mi desaliento, empecé a consolarme como podía y a oponer lo bueno contra lo malo, y expuse de manera muy imparcial, como deudor y acreedor, las comodidades de las que disfrutaba, contra las miserias que sufría:

Malo	Bueno
Echado a una isla desierta horrible, sin esperanza de salir.	Pero estoy vivo, y no me ahogué como mis compañeros del barco.
Estoy aislado y separado del mundo como un miserable.	Pero fui también el único de la tripulación del barco que se salvó de la muerte, y Dios que me salvó milagrosamente de la muerte me puede liberar de esta situación.
Estoy alejado de la humanidad, solitario, desterrado de la sociedad humana.	Pero no me muero de hambre y no perezco en un lugar árido, donde no hay medios de subsistencia.
No tengo ropa con la que cubrirme.	Pero estoy en un clima cálido, donde si tuviera ropa apenas podría ponérmela.
No tengo defensa ni medios para resistir la violencia de cualquier hombre o bestia.	Pero estoy en una isla donde no veo animales salvajes que me puedan herir, como vi en la costa de África. Y, ¿qué hubiera pasado si hubiera naufragado allí?
No tengo a nadie con quien hablar o que me consuele.	Pero Dios acercó el barco a la costa de forma providencial para que sacara muchas cosas necesarias y satisfacer mis necesidades o permitirme proveerme incluso para todo el tiempo que viva.

En general, tenía un testimonio indudable de que apenas existía una situación tan miserable en el mundo, pero había algo negativo y algo positivo por lo que dar las gracias, y al tomar esta postura como una experiencia de la más miserable de las situaciones en este mundo, siempre encontramos en ello algo que nos consuela y lo ponemos, sopesado en la balanza de lo bueno y lo malo, en el haber de la cuenta.

Habiéndome examinado ahora un poco para disfrutar de mi condición y echado un vistazo al mar para ver si podía descubrir un barco, digo que, al terminar estas labores, empecé a prepararme para mejorar mi forma de vida y facilitarme las cosas tanto como pudiera. Ya he descrito mi vivienda, la cual era una tienda debajo de un lado de la roca, rodeada de una fuerte empalizada de postes y cables, pero que ahora podría llamarla muro perfectamente, porque levanté una especie de pared contra ella de tepes, de unos dos pies de grosor por el exterior. Y después de algún tiempo (creo que fue un año y medio) levanté vigas a partir de ella, inclinándolas sobre la roca y cubriéndolas de ramas de árboles y de otras cosas para poder resguardarme de la lluvia, ya que descubrí que en algunas épocas del año eran muy fuertes.

Ya he indicado cómo metí todos mis bienes en esta empalizada y en la cueva que había excavado detrás de mí. Pero tengo que indicar también que al principio esto era un montón confuso de artículos, que como no estaban colocados en orden, ocupaban todo mi sitio. No tenía espacio para moverme, así que decidí agrandar la cueva y cavé más en la tierra, porque era un roca arenosa suelta que cedía fácilmente al trabajo que le dedicaba. Y así, cuando comprendí que era muy segura contra los animales de presa, trabajé de costado en la roca hacia la derecha, tanto que abrí una entrada para salir a la parte exterior de mi empalizada o fortificación.

Esto no sólo me facilitó una entrada y una salida, ya que era un camino de retorno a mi tienda y a mi almacén, sino que me proporcionó espacio para guardar mis bienes.

Y ahora empecé a dedicarme a construir cosas necesarias y que deseaba tener, especialmente una silla y una mesa, porque sin ellas no era capaz de disfrutar de las pequeñas comodidades que tenía en el mundo. No podía escribir ni comer, o hacer otras cosas, con tanto placer sin una mesa.

Así que me puse a trabajar. Y aquí tengo que hacer una observación y es que al igual que la razón es la sustancia y origen de las matemáticas, así con la paciencia y el cálculo de todo por medio de la razón, y haciendo el juicio más racional de las cosas, cualquier hombre puede dominar con el tiempo cualquier arte de la mecánica. Yo no había manejado una herramienta en mi vida, y sin embargo, con el tiempo, por medio de trabajo, dedicación y artimañas, descubrí al fin que no necesitaba nada pues podía fabricármelo, especialmente si tenía herramientas. Sin embargo, realicé muchas cosas incluso sin herramientas, y algunas sin más que una azuela y un hacha, que quizá nunca hubiera hecho de esa manera antes, y que llevaban mucho trabajo. Por ejemplo, si quería un tablero no tenía más remedio que cortar un árbol, colocarlo sobre un canto delante de mí y aplanarlo con el hacha por cada lado, hasta que lo dejaba tan delgado como una tabla, y luego lo alisaba con mi azuela. Es cierto que por este método sólo podía hacer un tablero con un árbol entero, pero no tenía remedio para ello, salvo paciencia, más de la que tenía para la prodigiosa cantidad de tiempo y trabajo que me llevaba el hacer una tabla o un tablero. Pero mi tiempo y mi trabajo valían poco, por lo que estaban bien empleados tanto el uno como el otro.

Sin embargo, construí una mesa y una silla en primer lugar, como ya he observado, con trozos de tableros cortos que traje en mi balsa desde el barco. Aproveché algunos tableros, como los ya mencionados, como estanterías grandes de un pie y medio de ancho, una sobre otra, a todo lo largo de un lado de mi cueva, que me sirvieron para colocar todas mis herramientas, clavos y herrajes, y en una palabra, separar cada cosa en su sitio de manera que pudiera llegar a ellas con facilidad. Clavé trozos en la pared de la roca para colgar mis escopetas y las demás cosas.

Por tanto, mi cueva estaba para verla: parecía un almacén general con todo lo necesario. Tenía todo tan a mano, que era un gran placer para mí ver todos mis bienes en ese orden, y especialmente descubrir que mi reserva de todo lo necesario era tan grande.

Y ahora es cuando empecé a llevar un diario con las actividades de cada día, porque al principio, en realidad, tenía tanta prisa, y no sólo por trabajar, sino que también estaba tan turbado, que hubiera llenado mi diario de muchas cosas aburridas. Por ejemplo, tendría que haber dicho esto:

30 de septiembre.   Después de llegar a la costa, y haberme librado de ahogarme, en vez de dar las gracias a Dios por mi liberación, habiendo vomitado primero la gran cantidad de agua salada que había entrado en mi estómago, y después de recuperarme un poco, corrí por la costa, retorciéndome las manos y golpeándome la cabeza y la cara, manifestando mi miseria y gritando que estaba deshecho, tan cansado y débil que me vi obligado a tumbarme en el suelo a descansar, pero no me atreví a dormir por miedo a ser devorado.

Algunos días después de esto, y luego de haber estado a bordo del barco y cogido todo lo que pude, sin embargo no pude abstenerme de subir a la cima de una pequeña montaña y mirar hacia el mar con la esperanza de ver un barco, entonces creo que a gran distancia vi una vela, alegrándome con esperanza, y después de mirar fijamente hasta casi quedarme ciego, la perdí; me senté y lloré como un niño, y así aumentó mi sufrimiento por mi locura.

Una vez solventados, en cierta forma y con los medios de que disponía, mis problemas de alojamiento, empecé a llevar un diario, que expondré aquí (aunque contaré todos estos detalles otra vez) hasta donde duró la tinta, porque al no tener más me vi obligado a abandonarlo.

CAPÍTULO VIII

COMIENZO MI «DIARIO»

30 de septiembre de 1659.   Yo, Robinson Crusoe, pobre y desgraciado, al naufragar durante una espantosa tormenta en alta mar, llegué a tierra en esta isla desafortunada y sombría a la que llamé «Isla de la Desesperación», al haberse ahogado el resto de la tripulación del barco y casi haber muerto yo mismo.

El resto del día lo pasé afligido por las pésimas circunstancias en las que había llegado: no tenía ni comida, ni casa, ni ropas, ni armas, ni un lugar al que huir, y para mi desesperación no veía nada más que muerte ante mí o el riesgo de ser devorado por bestias salvajes, asesinado por los indígenas o muerto de hambre por la necesidad de alimentos. Al llegar la noche, dormí en un árbol por miedo a las criaturas salvajes, pero descansé profundamente, aunque llovió toda la noche.

1 de octubre.   Por la mañana vi, para mi gran sorpresa, que el barco había flotado con la marea alta y esta lo había guiado hacia la costa de nuevo, mucho más cerca de la isla, lo que era un gran consuelo por una parte (al verlo en posición vertical y no roto en pedazos, esperaba poder ir a bordo, si el viento se calmaba, y sacar comida y cosas necesarias para mi alivio), y por otra parte renovaba mi pena por la pérdida de mis compañeros, pues de haberse salvado algunos quizá podríamos haber construido un bote con los restos del barco para llevarnos a alguna parte del mundo. Pasé el día desconcertado por estas cosas, pero al final, viendo que el barco estaba casi seco, fui por la arena todo lo que pude y luego nadé hasta llegar a bordo. Este día también siguió lloviendo, aunque sin viento.

Desde el 1 al 24 de octubre.   Estos días los pasé haciendo varios viajes para obtener todo lo que pudiera del barco, lo cual traía a la costa en balsas cuando la marea subía. Mucha lluvia también en estos días, aunque con algunos intervalos de buen tiempo. Pero, al parecer, era la estación lluviosa.

20 de octubre.   Vuelco la balsa y todos los objetos que llevo sobre ella, pero al ser en agua con bancos de arena, y al ser las cosas pesadas principalmente, recupero muchas de ellas cuando baja la marea.

25 de octubre.   Llovió toda la noche y todo el día, con algunas ráfagas de viento; durante ese tiempo el barco se rompe en pedazos al soplar el viento un poco más fuerte que antes, y ya no lo voy a ver más, excepto sus restos, y sólo con marea baja. Paso este día cubriendo y asegurando los artículos que he salvado para que la lluvia no pueda estropearlos.

26 de octubre.   Camino por la costa casi todo el día para encontrar un lugar donde fijar mi vivienda, muy preocupado por estar seguro contra cualquier ataque por la noche, tanto de bestias salvajes como de hombres. Hacia la noche me fijo en un lugar adecuado debajo de una roca y marco un semicírculo para mi campamento, el cual decido fortalecer con una obra, muro o fortificación, hecho de pilares dobles, cubiertos con cable por dentro y con tepes por fuera.

Del 27 al 30 de octubre.   Trabajé muy duro para transportar todos mis bienes a mi nueva vivienda, aunque parte del tiempo llovió intensamente. El 31 por la mañana salí por la isla con mi escopeta para buscar algún alimento y exploré el terreno, luego maté una cabra y su cabritillo me siguió hasta casa, al cual sacrifiqué después también porque no sabía comer.

1 de noviembre.   Monto mi tienda debajo de una roca y paso allí la primera noche, haciéndola tan grande como pude con estacas metidas dentro para colgar mi hamaca.

2 de noviembre.   Monto todos mis arcones, tableros y los trozos de madera con los que hice las balsas, y con ello hago una cerca a mi alrededor, un poco más adentro del lugar que había marcado para mi fortificación.

3 de noviembre.   Salgo con mi escopeta y cazo dos aves parecidas a patos, que eran muy buenas para comer. Por la tarde sigo trabajando para hacerme una mesa.

4 de noviembre.   Esta mañana empecé a ordenar mis horas de trabajo, de salir con mi escopeta, de dormir y de diversión. Todas las mañanas salía con mi escopeta durante dos o tres horas, si no llovía, luego me dedicaba a trabajar hasta las once, luego comía lo que tenía para seguir viviendo, y desde las doce a las dos me tumbaba a dormir, al hacer mucho calor; por la tarde trabajaba de nuevo. Este día y el siguiente los ocupé totalmente en la fabricación de mi mesa, porque

trabajaba lentamente, aunque el tiempo y la necesidad me hicieron bastante eficaz poco tiempo después, como creo que no lo sería nadie.

5 de noviembre.   Este día salí con mi escopeta y con mi perro, y maté un gato cuya piel era muy suave, pero su carne no servía como alimento. A cada criatura que mataba le quitaba la piel y la guardaba. Al regresar por la playa vi muchas clases de aves marinas que no conocía, pero lo que me sorprendió, y casi me asustó, fue que había dos o tres focas. Mientras yo estaba observándolas, no sabiendo ellas muy bien donde estaban, se metieron en el mar y huyeron de mí.

6 de noviembre.   Después de mi paseo matinal, me puse a trabajar de nuevo en mi mesa, y la terminé, aunque no a mi gusto. No pasó mucho tiempo antes de aprender a arreglarla.

7 de noviembre.   Ahora empieza a hacer buen tiempo. Los días 7, 8, 9, 10 y parte del 12 (porque el 11 era domingo) los dediqué por completo a hacerme la silla, y con mucho trabajo conseguí darle una forma pasable, pero nunca terminaba de gustarme, e incluso la hice pedazos varias veces antes de acabarla. *Nota:* Pronto incumplí el guardar los domingos, porque omití la marca correspondiente en el poste.

13 de noviembre.   Este día llovió, lo cual me refrescó muchísimo, y enfrió la tierra, pero la lluvia fue acompañada de truenos y rayos espantosos, lo que me asustó terriblemente por temor a mi pólvora. Tan pronto como pasó, decidí separar mi reserva de pólvora en muchos paquetes pequeños, para que no peligraran.

14, 15 y 16 de noviembre.   Esos tres días los pasé haciendo pequeños arcones o cajas cuadrados, con una cabida de una libra o dos como mucho. Y así, metiendo la pólvora dentro, la guardé en lugares tan seguros y tan apartados unos de otros como fue posible. Uno de estos días maté un pájaro grande que era bueno para comer, pero no sé cómo se llamaba.

17 de noviembre.   Este día empecé a cavar en la roca detrás de mi tienda para tener más espacio en futuras comodidades. *Nota:* Tres cosas necesitaba muchísimo para este trabajo: un pico, una pala y una carretilla o cesta, así que desistí de mi trabajo y empecé a pensar en cómo proporcionarme lo que necesitaba, y me construí algunas herramientas. Respecto al pico, usé hierros del barco, bastante apropiados pero pesados; mas lo siguiente era la pala. Era tan absolutamente necesaria que de hecho no podía hacer nada sin ella con eficacia, pero no sabía qué tipo de pala era la apropiada.

18 de noviembre.   Al día siguiente, buscando en el bosque, encontré un árbol de esa madera, o parecida, que en Brasil llaman el árbol del hierro, y casi se me rompe el hacha. Corté un trozo y me lo llevé a casa también con bastante dificultad porque era muy pesado.

La excesiva dureza de la madera, y al no tener otro modo, me llevó mucho tiempo en su realización, porque la trabajaba con eficacia, pero poco a poco, hasta que le hice forma de pala, con el mango exactamente igual que el nuestro de Inglaterra, sólo que la parte ancha, al no estar calzada con hierro, no me duraría mucho tiempo; sin embargo, me sirvió bastante bien para los usos a los que la destiné, aunque nunca hubo una pala, creo, hecha de esta forma o tan larga.

Pero todavía me faltaban cosas porque necesitaba una cesta o una carretilla; la primera no podía construirla por ningún medio al no haber cosas tales como ramitas que se pudieran atar para hacer cestería, al menos no había descubierto ninguna. Y respecto a la carretilla, imaginé que podía hacer todo menos la rueda, pero que no tenía ni idea, ni sabía cómo abordarla. Además no había forma de hacer los gorrones de hierro para el eje de la rueda, así que lo dejé. Y por tanto, para transportar la tierra que excavaba de la cueva, me hice algo parecido a un capacho en el que los peones llevan la argamasa cuando sirven a los albañiles.

Esto no me resultó tan difícil como hacer la pala; y sin embargo, la pala y el intento en vano de hacerme una carretilla, me llevó no menos de cuatro días. Quiero decir siempre a excepción de mi paseo matinal, casi habitual, con mi escopeta, y rara vez no traía algo apropiado a casa para comer.

23 de noviembre.   El resto de mis trabajos se habían detenido para hacerme estas herramientas y cuando las terminé, continué trabajando todos los días, según me lo permitieran mi fuerza y mi tiempo. Pasé dieciocho días completos ensanchando y profundizando mi cueva, y podía colocar mis bienes de forma espaciosa. *Nota:* Durante este tiempo trabajé para hacer la cueva lo suficientemente espaciosa como para acomodarme yo y un depósito o polvorín, una cocina, un comedor y una bodega. Respecto a mi vivienda, mantenía la tienda, excepto que algunas veces en la estación húmeda del año llovía tan fuerte que no podía mantenerme seco, lo que hizo que después cubriera todo mi sitio en el interior de la empalizada con largos palos en forma de balsas, inclinándolos contra la roca y cargándolos de banderas y hojas grandes de árboles, como un tejado de paja.

10 de diciembre.   Empecé a pensar, ahora que había terminado mi cueva o bodega, cuando de repente (parece ser que la había hecho demasiado grande) cayó una gran cantidad de tierra desde la parte superior y un lado, tanta que me asustó, y no sin razón, porque si hubiera estado debajo nunca habría necesitado un enterrador. Con este desastre tenía mucho trabajo que hacer otra vez, porque debía sacar la tierra caída y, lo que era más importante, apuntalar el techo para asegurarme de que no se viniera abajo otra vez.

11 de diciembre.   Por consiguiente, este día empecé a trabajar y conseguí poner dos puntales o postes en vertical hasta el techo, con dos trozos de tableros cruzados en cada poste. Terminé esto al día siguiente, y colocando más postes con tableros arriba, en una semana más tuve el techo asegurado. Y los postes, al estar en fila, me sirvieron para distribuir la casa.

17 de diciembre.   Desde este día y hasta el 20, coloqué estantes y puse clavos en los postes para colgar todo lo que podía. Y ahora empecé a tener orden por dentro.

20 de diciembre.   Transporté todo al interior de la cueva y empecé a amueblar mi casa; coloqué algunos tableros a modo de aparador con el fin de ordenar mis provisiones, pero empezaban a escasear los tableros. También me hice otra mesa.

24 de diciembre.   Mucha lluvia toda la noche y todo el día; no salí.

25 de diciembre.   Lluvia todo el día.

26 de diciembre.   No llovió, y la tierra estaba mucho más fría que antes y más agradable.

27 de diciembre.   Maté una cabra joven y herí a otra, así que la cogí y la deje en casa atada con una cuerda; cuando la tuve en casa la curé y entablillé la pata, que estaba rota. La cuidé mucho para que viviera, y la pata se curó bien y fue tan fuerte como antes, pero al cuidar de ella durante tanto tiempo se hizo mansa, alimentándose de la hierba que había en mi puerta, y no se escapaba. Esta fue la primera vez que pensé en criar algunos animales domésticos, para poder tener comida cuando se acabaran la pólvora y las balas.

28, 29 y 30 de diciembre.   Mucho calor y nada de brisa; por tanto, no hubo salida al exterior, excepto por la tarde para comer. Este tiempo lo dediqué a ordenar mis cosas puertas adentro.

1 de enero.   Mucho calor todavía, pero salí temprano con mi escopeta y me tumbé tranquilo al mediodía. Esa tarde me alejé más en los valles del centro de la isla y descubrí que había muchas cabras,

aunque demasiado asustadizas y difíciles de alcanzar. Sin embargo, decidí intentarlo si no podía traer a mi perro para que las cazara.

2 de enero. Por consiguiente, al día siguiente salí con mi perro y lo azucé contra las cabras, pero fue un error porque ellas se enfrentaron al perro, y conociendo él bien su peligro ya no se acercaría más a ellas.

3 de enero. Empiezo mi cerca o muro, lo cual, estando receloso todavía de ser atacado por alguien, decidí hacerla muy gruesa y fuerte. *Nota:* Al describir antes este muro omití a propósito lo que digo en el diario. Es suficiente observar que desde el 3 de enero al 14 de abril estuve trabajando, terminando y perfeccionando este muro, aunque no tenía más de veinticuatro yardas de largo, formando un medio círculo desde un lugar de la roca a otro a unas ocho yardas de distancia, estando la puerta de la cueva en el centro detrás de ella.

Todo este tiempo trabajé muy duro, dificultándomelo la lluvia muchos días, a veces semanas, pero pensaba que nunca estaría completamente a salvo hasta que no hubiera terminado el muro, y casi no se puede creer el trabajo indescriptible que suponía hacer cada cosa, especialmente traer los pilares del bosque y clavarlos en el suelo, porque los hice mucho más grandes de lo que hubiera sido necesario.

Cuando se terminó el muro, y el exterior quedó con una cerca doble de tepe que levanté próxima a él, me convencí de que si llegara alguien a la costa, no percibirían una vivienda como aquella, e hice bien así, como pude comprobar después, en una ocasión extraordinaria.

CAPÍTULO IX

Separo las cáscaras del grano

Durante este tiempo hacía mis rondas por el bosque para cazar todos los días cuando la lluvia me lo permitía, y en esos paseos hacía descubrimientos frecuentes de algo que pudiera aprovechar. Encontré principalmente una especie de palomas salvajes que no anidaban en los árboles, sino en una especie de palomares, en los agujeros de las rocas, y cogiendo algunas más jóvenes, decidí darles alimentos para domesticarlas, y así lo hice. Pero cuando crecieron, huyeron, porque no tenía nada que ofrecerles. Sin embargo, encontraba con frecuencia sus nidos y cogía a las jóvenes, que tenían buena carne.

Y ahora, al tratar de mis asuntos domésticos, me di cuenta de que necesitaba muchas cosas, las cuales al principio pensaba que era imposible que las hiciera yo, como de hecho sucedió con alguna de ellas. Por ejemplo, nunca pude hacer un barril con aros. Yo tenía uno o dos pequeños, como dije antes, pero no pude construir ninguno, aunque pasé muchas semanas en ello. Ni siquiera pude ponerlo en la base, o unir los travesaños unos con otros para conseguir mantener el agua, así que también lo dejé.

Por otra parte, carecía de velas; así que tan pronto como oscurecía, que generalmente era sobre las siete, me veía obligado a irme a la cama. Recordé el paquete de cera de abeja con el cual me hacía velas en mi aventura africana, pero no tenía ninguno ahora. El único remedio era, cuando hubiera matado una cabra, aprovechar el sebo, y con un plato hecho de barro, el cual cocí al sol, le añadí una mecha de estopa y me hice una lámpara. Esto me proporcionaba luz, aunque no clara y fija como la de una vela. En medio de todos mis trabajos sucedió que, hurgando entre mis cosas, encontré un saquito que, como insinué antes, había llenado de grano para alimentar aves, no en este viaje, sino en alguno anterior, supongo, cuando el barco viniera de Lisboa. Lo poco que quedaba de grano en el saquito lo habían devorado las ratas y vi que no quedaba nada más en el saco salvo cáscaras y polvo. Y al querer utilizar el saco para otra cosa (creo que para meter pólvora cuando la separé por miedo a los rayos, o para cualquier otro uso), sacudí las cáscaras del grano a un lado de mi fortificación debajo de la roca.

Fue un poco antes de las grandes lluvias, como acabo de mencionar, cuando tiré esto, sin tener en cuenta nada ni recordar que había tirado algo allí. Un mes después más o menos, vi algunos tallos pequeños de algo verde que salía de la tierra, lo que imaginé que sería alguna planta que no había visto. Pero lo que me sorprendió y me dejó atónito fue cuando después de poco tiempo vi salir unas diez o doce espigas; eran de cebada verde perfecta de la misma clase que la europea, mejor dicho, de nuestra cebada inglesa.

Es imposible expresar mi asombro y confusión de pensamientos en esta ocasión. Yo no había actuado hasta ahora con fundamento religioso, de hecho tenía muy pocas nociones de religión en mi cabeza, ni había dado ningún sentido a algo que me hubiera ocurrido, considerándolo como una casualidad, o como decimos a la ligera, lo que Dios quiera, sin mucho más que investigar en el fin de la Providencia en estas cosas, o Su orden al gobernar los sucesos del mundo. Pero después de ver crecer cebada allí, en un clima que sabía no era el apropiado para el grano, y especialmente desconociendo cómo había llegado allí, me sobresaltó de manera extraña y empecé a suponer que Dios había originado de manera milagrosa que creciera este grano sin ninguna semilla sembrada, que estaba destinada a mi subsistencia únicamente en aquel lugar salvaje y miserable.

Esto me llegó al corazón; mis ojos se llenaron de lágrimas y empecé a santiguarme. Aquel prodigio de la Naturaleza sucedía para mi provecho y me era muy extraño porque vi cerca de allí, en toda la longitud de la roca, algún otro tallo creciendo desordenadamente, que resultaron ser tallos de arroz, y que conocía porque lo había visto crecer en África cuando estuve allí.

No sólo pensé que eran productos puros de la Providencia para mi sustento, sino que no dudé de que hubiera más en el lugar. Recorrí toda aquella parte de la isla donde había estado antes, mirando en cada rincón y debajo de todas las rocas para ver si había más, pero no pude encontrar ninguna. Al final recordé que había sacudido el saco de la comida de los pollos en aquel lugar; entonces el asombro empezó a ceder, y tengo que confesar que mi religioso agradecimiento a la Providencia de Dios empezó a calmarse también al descubrir que todo esto era normal. Aunque debería haber estado agradecido por esta providencia tan extraña e imprevisible, tanto como si hubiera sido un milagro, porque fue realmente obra de la Providencia para mí que ordenara y fijara que diez o doce granos quedaran sin estropearse (cuando las ratas habían destruido el resto), como si hubieran caído del cielo, como también que yo los tirase en ese lugar en particular donde, al estar a la sombra de la roca alta, brotaron inmediatamente, mientras que si los hubiese tirado en otro sitio en ese momento, se hubieran quemado y destruido.

Guardé cuidadosamente las espigas de este grano en su estación; era a finales de junio, y al recoger todo el grano, decidí sembrarlo de nuevo, esperando tener con el tiempo la cantidad suficiente para proporcionarme pan; pero hasta el cuarto año no me pude permitir el más mínimo grano para comer, e incluso entonces sólo en pequeñas cantidades, como diré después en su orden, porque perdí todo lo que sembré la primera estación por no tener en cuenta el tiempo apropiado, ya que lo sembré justo antes de la estación seca; por tanto, nunca terminó de nacer, al menos no como debería haberlo hecho.

Además de esta cebada había, como he dicho antes, veinte o treinta espigas de arroz, las cuales guardé con el mismo cuidado, y cuyo uso era de la misma clase, o para el mismo propósito, a saber, hacerme pan o por lo menos algún alimento, porque encontré el modo de cocinarlo sin cocer, aunque también lo hice después de algún tiempo. Pero vuelvo a mi diario.

Trabajé muy duro estos tres o cuatro meses para hacer mi muro, y el 14 de abril lo di por terminado, ideando entrar por él, no por una puerta, sino por encima del muro mediante una escalera, para que no se viera señal alguna por el exterior de mi vivienda.

16 de abril. Terminé la escalera; por tanto, subo con esta a lo más alto, y luego tiro de ella y la bajo por el interior. Esto era un recinto completo para mí, porque en el interior tenía espacio suficiente y nada podría llegar a mí sin, por lo menos, subir por mi muro primero.

Al día siguiente de terminar este muro, casi se derrumba todo mi trabajo de una vez y muero. El caso fue este: Según estaba ocupado en el interior, detrás de mi tienda, justo en la entrada de mi cueva, me asusté terriblemente con algo sorprendente, porque de repente descubrí que la tierra caía desmenuzada desde el techo de mi cueva y el borde de la colina por encima de mi cabeza, y dos de los postes que había colocado en la cueva crujieron de una manera espantosa. Estaba muy asustado, pero no pensaba en cuál era realmente la causa de aquello; solamente pensaba que la parte superior de mi cueva se estaba cayendo, como lo había hecho antes; por miedo a quedarme enterrado en ella, salí corriendo hacia mi escalera, y pensando que no estaba seguro allí tampoco, subí al muro por miedo a los trozos de colina que esperaba que pudieran rodar sobre mí. Tan pronto como bajé a tierra firme vi que era un terrible terremoto, porque el suelo sobre el que estaba tembló tres veces, a intervalos de ocho minutos, con tres sacudidas que hubieran derribado el edificio más resistente, y un gran trozo de la parte superior de la roca, que estaba a una media milla de mí próxima al mar, cayó con un ruido tan terrible como nunca había oído en mi vida. También observé que el mismo mar se movía con violencia a causa de ello, y creo que las sacudidas eran más fuertes debajo del agua que en la isla.

Me hallaba tan asombrado con todo esto al no haberlo experimentado en mi vida ni haber hablado con nadie que lo hubiera sentido, que estaba como muerto o aturdido, y el movimiento de la tierra me revolvió el estómago, como cuando uno se zarandea en el mar. Pero el ruido de la caída de la roca me despertó, como si dijéramos, y me levantó de ese estado de aturdimiento en el que estaba, me llenó de terror y no pensé en nada entonces, sólo en la colina cayendo sobre mi tienda y sobre todos mis bienes domésticos, y enterrándolos enseguida. Y esto me hundió el ánimo por segunda vez.

Después de terminar la tercera sacudida, y al no sentir más durante un tiempo, empecé a animarme, pero no tenía valor suficiente para saltar mi muro otra vez por miedo a ser enterrado vivo, así que me senté tranquilo en el suelo, muy abatido y desconsolado, no sabiendo qué hacer. Todo esto mientras que no tenía el más mínimo pensamiento religioso serio, nada salvo lo más corriente: «Señor, ten piedad de mí» y cuando se terminó, este también se fue.

CAPÍTULO X

Sopla el huracán más terrible

Mientras estaba sentado, me di cuenta de que el cielo se encapotaba y se nublaba, como si fuera a llover. Poco después se levantó el viento poco a poco, de manera que en menos de media hora soplaba un huracán de lo más horrible. El mar se cubrió de repente de espuma, la costa se cubrió de agua, los árboles eran arrancados de raíz y hubo una terrible tormenta. Duró tres horas y luego empezó a decrecer, y en dos horas más se calmó por completo y empezó a llover muy fuerte.

Todo esto sucedió mientras yo estaba sentado en el suelo aterrorizado y desalentado, cuando de repente me vino al pensamiento que estos vientos y lluvia eran consecuencia del terremoto; este se había aplacado ya, y podría arriesgarme a entrar en mi cueva de nuevo. Con este pensamiento empecé a animarme, y la lluvia también me ayudaba a convencerme. Entré y me senté en mi tienda, pero la lluvia era tan fuerte que aquella estuvo a punto de caerse y me vi obligado a entrar en la cueva, aunque con mucha inquietud por miedo a que me cayera en la cabeza.

Esta fuerte lluvia me obligó a hacer un nuevo trabajo, un agujero en mi nueva fortificación, como una especie de sumidero, para dejar que saliera el agua, que hubiera inundado mi cueva. Después de haber estado en ella algún tiempo y ver que ya no había más sacudidas del terremoto, empecé a serenarme. Ahora, para animar mi espíritu, lo cual me era muy necesario en realidad, fui a mi pequeño almacén y di un trago de ron. Esto, sin embargo, lo hacía siempre con moderación al saber que no tendría más cuando se acabara.

Continuó lloviendo toda la noche y gran parte del día siguiente, así que no pude arriesgarme a salir afuera; pero al estar más calmado empecé a pensar en lo que sería mejor que hiciera, llegando a la conclusión de que si en la isla había estos terremotos, no podría vivir en

Robinson Crusoe

una cueva, sino que tenía que pensar en construirme alguna cabaña pequeña en un lugar abierto, al que pudiera rodear con un muro, como había hecho aquí, y así estar a salvo de bestias salvajes y hombres. Llegué a la conclusión de que si me quedaba donde estaba, ciertamente una u otra vez sería enterrado vivo.

Con estos pensamientos decidí trasladar mi tienda desde el lugar donde estaba, justo debajo del precipicio de la colina que colgaba, y que, si era sacudido de nuevo, ciertamente se caería sobre mi tienda. Y pasé los dos días siguientes, 19 y 20 de abril, ideando dónde y cómo trasladar mi vivienda.

El miedo de ser tragado vivo hizo que nunca durmiera tranquilo, pero el temor a tumbarme fuera sin una cerca era casi igual al otro. Además, cuando miraba alrededor y veía todo en orden, y lo agradablemente oculto que estaba y a salvo de peligro, me resistía al traslado.

Mientras tanto sucedía que necesitaba mucho tiempo para hacer esto y tenía que empezar por correr la aventura donde estaba, hasta que me hiciera un campamento y lo hubiera asegurado para trasladarme a él. Por tanto, con esta resolución me tranquilicé durante un tiempo y decidí que iría a trabajar a toda velocidad para construirme un muro con pilares, cables, etc., en círculo, como antes, y montaría mi tienda cuando lo terminara, pero que me arriesgaría a quedarme donde estaba hasta que estuviera terminado y preparado para el traslado. Esto fue el 21.

22 de abril.   A la mañana siguiente empecé a considerar los medios para poner en ejecución este plan, pero me faltaban muchas herramientas. Tenía tres hachas grandes y muchas hachuelas (porque llevábamos hachuelas para traficar con los indios), pero con tanto golpear y cortar madera dura nudosa, estaban llenas de muescas y sin brillo, y aunque tenía una piedra de afilar, no podía darle vueltas y afilar mis herramientas al mismo tiempo. Esto me costó pensar tanto como a un hombre de Estado que tuviera que pensar sobre un gran asunto de política, o a un juez sobre la vida y muerte de un hombre. Al final ideé una rueda con una cuerda, para darle vueltas con el pie y así poder tener libres las manos. *Nota:* Nunca había visto algo así en Inglaterra, o al menos no había prestado atención a cómo se hacía, aunque sabía que era muy común allí. Además, mi piedra de afilar era muy grande y pesada. Esta máquina me costó una semana entera de trabajo para llegar a la perfección.

28 y 29 de abril.   Esos dos días enteros los pasé afilando mis herramientas; mi máquina para dar vueltas a mi piedra de afilar funciona muy bien.

30 de abril.   Habiendo percibido que mi pan escasea, ahora lo raciono y me he reducido a un panecillo al día, lo que me ha entristecido el corazón.

1 de mayo.   Por la mañana, mirando hacia la costa, con la marea baja, vi algo sobre la playa que era más grande de lo normal y parecía un barril. Cuando llegué a él descubrí que era un barril pequeño y dos o tres trozos del barco naufragado, que el último huracán había conducido hacia la costa, y mirando hacia los restos del naufragio pensé que flotaban más altos en el agua de lo que solían hacerlo. Examiné el barril, que llevé a la costa, y pronto descubrí que era un barril de pólvora, pero tenía agua y aquella estaba dura como una piedra, y seguí por la arena para acercarme tanto como pudiera a los restos del barco naufragado para buscar más.

Cuando bajé al barco lo encontré trasladado de una forma extraña. El castillo de proa, que antes estaba enterrado en la arena, se había levantado al menos seis pies, y la popa, que se había roto en pedazos y separado del resto por la fuerza del mar poco después de haber dejado yo de hurgar en él, se zarandeaba hacia arriba, caía hacia un lado y tiraba la arena tan alta por aquel lado al costado de la popa, donde había mucha agua delante, de manera que no podía llegar a un cuarto de milla de los restos del naufragio sin nadar; ahora podía subir andando cuando la marea estaba baja. Esto me sorprendió al principio, pero pronto llegué a la conclusión de que tuvo que hacerlo el terremoto, y como por esta violencia el barco estaba más roto que antes, muchas cosas que el mar había soltado llegaban a diario a la playa y los vientos y el agua las sacaban a tierra.

Esto distrajo mis pensamientos del plan de trasladar mi vivienda, y me ocupé con todas mis fuerzas, ese día especialmente, en buscar el modo de meterme en el barco, pero no encontré nada porque todo su interior estaba atascado de arena. Sin embargo, como había aprendido a no desesperarme por nada, decidí hacer pedazos lo que pudiera del barco, llegando a la conclusión de que cualquier cosa que sacara de él me sería de alguna utilidad.

3 de mayo.   Empecé con mi sierra y corté un trozo de viga, que pensaba que sujetaba algo de la parte superior, o alcázar, y cuando la

corté, quité arena como pude de la parte en que era más alta; pero entraba la marea y me vi obligado a dejarlo por ese momento.

4 de mayo.   Salgo a pescar, pero no atrapo ningún pez que se pueda comer, hasta que me cansé de mi diversión, cuando, al ir a marcharme, cogí un delfín joven. Me había hecho una cuerda larga, pero no tenía anzuelos, sin embargo, con frecuencia cogía pescado suficiente, tanto como podía comer, el cual secaba al sol y comía seco.

5 de mayo.   Trabajé en los restos del naufragio, corté en dos otra viga y saqué tres tablones grandes de las cubiertas, los cuales até e hice flotar por la costa cuando subía la marea.

6 de mayo.   Visité los restos del naufragio, saqué varios pernos y otras piezas de hierro. Trabajé muy duro, llegué a casa muy cansado y pensé en dejarlo.

7 de mayo.   Fui a los restos del naufragio otra vez, pero con intención de no trabajar, y descubrí que el peso de los restos del barco lo habían hecho romperse, partiéndose las vigas de forma que varias piezas parecían haberse soltado, y el interior quedó tan abierto que pude verlo, pero estaba casi lleno de agua y arena.

8 de mayo.   Voy a los restos del naufragio y me llevo un hierro para arrancar la cubierta, la cual ahora está bastante despejada de agua o arena. Arranco dos tablones y me los llevo a la costa también con la marea. Dejo el hierro en los restos del naufragio para el día siguiente.

9 de mayo.   Voy a los restos del naufragio y con el hierro me abro camino hacia el interior del barco; siento varios barriles y los suelto con el hierro, pero no puedo sacarlos. También siento el rollo de plomo inglés y puedo moverlo, pero es demasiado pesado para trasladarlo.

10, 11, 12, 13 y 14 de mayo.   Voy todos los días a los restos del naufragio y consigo una gran cantidad de trozos de madera y tableros, o tablones, y dos o tres quintales de hierro.

15 de mayo.   Me llevo dos hachuelas para intentar cortar un trozo de rollo de plomo colocando el borde de una empujando con la otra, pero como está vertical y medio dentro del agua, no pude dar ningún golpe para empujar la hachuela.

16 de mayo.   Ha habido mucho viento por la noche y los restos del naufragio han aparecido más rotos por la fuerza del agua. Pero pasé tanto tiempo en el bosque cogiendo palomas para comer que la marea evitó que fuera a los restos del naufragio ese día.

17 de mayo.   Vi algunos trozos de los restos del naufragio en la costa, a gran distancia, cerca de dos millas, pero decidí ver lo que era y descubrí un trozo de proa, mas demasiado pesada para llevármela.

24 de mayo.   Todos los días hasta hoy trabajé en los restos del naufragio; con mucho trabajo solté algunas cosas con el hierro y a la primera subida de la marea flotaron varios barriles y dos arcones de marinero, pero al soplar el viento desde la costa, no llegó nada a tierra aquel día salvo trozos de madera y un tonel que tenía un poco de cerdo brasileño, mas el agua salada y la arena lo habían estropeado.

Continué en este trabajo todos los días hasta el 15 de junio, excepto el tiempo necesario para conseguir comida, que siempre asignaba, durante esta parte de mi ocupación, a cuando la marea estaba alta, para estar preparado cuando llegaba el reflujo, y hasta ese momento había cogido madera, tablones y hierro suficiente para haber construido un buen bote, si hubiera sabido cómo. También recuperé, en varias veces y a trozos, cerca de un quintal de planchas de plomo.

16 de junio.   Al bajar a la playa, encontré una gran tortuga. Era la primera vez que venía una, lo que parece que fue para mi desgracia, no a causa de algún defecto del lugar o de escasez, porque si hubiera sucedido que estuviese yo en el otro lado de la isla, podría haber tenido cientos de ellas todos los días, como descubrí después. Pero quizá hubiera pagado demasiado por ellas.

17 de junio.   Lo paso cocinando la tortuga. Descubro sesenta huevos en el interior y su carne fue para mí en ese momento la más sabrosa y agradable que había probado en mi vida, al no tener más carne que de cabras y aves desde que llegué a tierra en este horrible lugar.

Estoy muy enfermo y asustado.

18 de junio.   Llovió todo el día y me quedé dentro. Pensé que en esta ocasión la lluvia era fría, pues sentía el ambiente fresco, lo cual sabía que no era normal en aquella latitud.

19 de junio.   Muy enfermo y con escalofríos, como si el tiempo se hubiera enfriado.

20 de junio.   No descansé en toda la noche. Mucho dolor de cabeza y fiebre.

21 de junio.   Muy enfermo, asustado de muerte por temor a mi triste estado, de estar enfermo y sin ayuda. Recé a Dios por primera vez desde la tormenta de Hull, pero apenas sabía lo que decía, o por qué, al estar confundidos mis pensamientos.

22 de junio. Un poco mejor, pero con un temor horrible a la enfermedad.

23 de junio. Muy mal otra vez, con escalofríos, y luego un fuerte dolor de cabeza.

24 de junio. Mucho mejor.

25 de junio. Una fiebre muy alta; me duró siete horas y pasaba del frío al calor con mucho sudor.

26 de junio. Mejor. Y al no tener víveres, cogí la escopeta, pero me sentí muy débil. Sin embargo, maté una cabra y con mucha dificultad la llevé a casa y asé un trozo para comer. La hubiera guisado de buen grado y hecho caldo, pero no tenía cacerola.

27 de junio. La fiebre es tan alta de nuevo que me quedo en cama todo el día sin comer ni beber. Estaba casi muerto de sed, pero tan débil que no tenía fuerzas para levantarme y coger un poco de agua para beber. Rezo a Dios de nuevo, mas estaba mareado, y cuando no lo estaba, era tan ignorante que no sabía qué decir, solamente gritaba: «¡Dios mío mírame! ¡Señor, ten piedad de mí! ¡Señor, ten misericordia de mí!» Supongo que no hice otra cosa durante dos o tres horas hasta que, al bajar la fiebre, me quedé dormido y no me desperté hasta bien entrada la noche. Cuando lo hice, me encontré mucho más fresco, pero débil y muy sediento. Sin embargo, no tenía agua en toda la vivienda y me vi obligado a quedarme tumbado hasta la mañana y me dormí de nuevo. En este segundo sueño tuve una pesadilla horrible.

Soñé que me estaba acomodando en el suelo, en la parte exterior de mi muro, donde me senté cuando estalló la tormenta después del terremoto, y que veía a un hombre descender de una gran nube negra, envuelto en llamas y se posaba en el suelo. Era tan brillante como una llama, así que no podía fijar mi vista en él. Su semblante era espantoso e inexpresable, imposible describirlo con palabras. Cuando apoyó los pies en el suelo, pensé que temblaba la tierra, igual que lo había hecho antes durante el terremoto, y todo el aire parecía, para temor mío, haberse llenado de llamas de fuego.

Tan pronto como se posó sobre la tierra se dirigió hacia mí, con una lanza o arma larga en la mano, para matarme. Y cuando llegó a un lugar más elevado, a cierta distancia, me habló, o yo oí una voz tan terrible, que es imposible expresar el terror. Todo lo que puedo decir es que entendí lo siguiente: «Viendo que todo esto no te ha llevado al arrepentimiento, morirás ahora.» Ante estas palabras creo que él levantó la lanza que tenía en la mano y me mató.

Nadie que lea esta explicación esperará que fuera capaz de describir los horrores de mi alma ante esta terrible visión. Quiero decir que, incluso aunque era una pesadilla, soñé estos horrores. No es posible describir la impresión que quedó en mi mente cuando me desperté y me di cuenta de que sólo era un sueño.

¡Ay!, no tenía ningún conocimiento de lo divino. Lo que yo había recibido de la buena instrucción de mi padre lo había abandonado por una serie ininterrumpida, durante ocho años, de perversidad marinera y una conversación constante con quienes eran como yo, perversos y profanos hasta el último grado. No recuerdo haber tenido en todo aquel tiempo ni un solo pensamiento dedicado a Dios o a la meditación sobre mi propio camino. Pero cierta estupidez del alma, que no deseaba lo bueno ni tenía conciencia de lo malo, se había apoderado de ella y yo era una criatura malvada e irreflexiva como se supone que pueden ser nuestros marineros normales, no teniendo el menor sentido, ni del temor a Dios en el peligro ni de la gratitud a Dios en las liberaciones.

En lo relacionado a lo ya pasado en mi historia, se creerá con más facilidad cuando añada que en toda la variedad de desgracias que hasta ese día había caído sobre mí, nunca tuve el más mínimo pensamiento de que fuera la mano de Dios, de que fuera un justo castigo por mis pecados, mi comportamiento rebelde contra mi padre o mis pecados actuales, que eran grandes, o como un castigo por el rumbo general de mi vida malvada. Cuando estaba en la desesperada expedición en las costas desérticas de África, sólo una vez pensé en lo que sería de mí, o sólo una vez deseé que Dios me dirigiera a donde debería ir o me liberara del peligro que aparentemente me rodeaba, así como de las criaturas voraces y salvajes. Pero sencillamente no pensaba en un Dios, o en una Providencia, que no fuera la mera fuerza de los principios de la naturaleza y los dictados del sentido común solamente, y de hecho apenas eso.

Cuando fui liberado y me recogió el capitán portugués en el mar, al que traté con justicia y honorabilidad, así como con caridad, nunca tuve el menor agradecimiento en mis pensamientos. Cuando de nuevo naufragué y estuve en peligro de ahogarme en esta isla, distaba mucho del remordimiento o de verlo como un castigo. Sólo me decía a mí mismo con frecuencia que era un pobre perro que había nacido para ser desgraciado siempre.

Es cierto; cuando llegué aquí a la costa por primera vez, y descubrí que toda la tripulación de mi barco se había ahogado y sólo quedaba yo, me sorprendió una especie de éxtasis que, si me hubiera ayudado la gracia de Dios, podría haber llegado a la verdadera gratitud. Pero terminó donde empezó, en una mera explosión de júbilo normal, o, por mejor decir, contento de estar vivo, sin la menor reflexión sobre la distinguida bondad de la mano que me había salvado, y que me había elegido para ser salvado, mientras que el resto había desaparecido; o una pregunta sobre por qué la Providencia había sido tan misericordiosa conmigo. Tuve la misma clase de alegría que tienen generalmente los marineros después de llegar seguros a la costa tras un naufragio: se ahogarían en el siguiente cuenco de ponche y olvidarían todo nada más terminarse, y el resto de mi vida sería así.

Incluso cuando después me sensibilicé de mi estado, de cómo había llegado a este horrible lugar, fuera del alcance de la raza humana, fuera de toda esperanza de ayuda o perspectivas de redención, tan pronto como vi una perspectiva de vida y que no moriría de hambre, desapareció toda mi aflicción y empecé a tranquilizarme, dedicándome a los trabajos propios de supervivencia y abastecimiento, y estuve muy lejos de afligirme por mi estado y considerarlo un castigo del cielo o la mano de Dios contra mí. Estos eran pensamientos que rara vez venían a mi cabeza.

Tirar el grano, como ya he anotado en mi diario, tuvo al principio alguna influencia sobre mí y empezó a afectarme seriamente mientras pensaba que era algo milagroso, pero tan pronto como desapareció el pensamiento, toda la impresión que había surgido de él desapareció también, como he anotado ya.

Incluso el terremoto, aunque nada podía ser más terrible en su naturaleza, o dirigirse con más rapidez al Poder invisible que dirige estas cosas solo, y sin embargo, tan pronto como se pasó el primer susto también desapareció la impresión que surgió de ello. No comprendía el sentido de Dios o de Sus juicios, mucho menos de la aflicción presente, que mis circunstancias fueran obra de su Mano como si hubiera estado en la condición de vida más próspera.

Pero ahora, cuando empezaba a estar enfermo, una visión lenta de las miserias de la muerte se presentaba ante mí; cuando mi espíritu empezaba a hundirse bajo el peso de un fuerte malestar, y la naturaleza estaba exhausta por la violencia de la fiebre. Consciente de que había dormido mucho tiempo, empecé a despertarme y a reprocharme mi vida pasada, en la cual con tanta claridad había provocado, por una maldad poco corriente, que la justicia de Dios me golpeara y me tratara de una forma tan vengativa.

Estas reflexiones me oprimieron durante el segundo y tercer día de mi malestar, y en la violencia tanto de la fiebre como de los horribles reproches de mi conciencia me arrancaba algunas palabras, como si rezara a Dios, aunque no puedo decir si eran una oración que tuviera que ver con deseos o con esperanzas. Era apenas la voz del miedo y de la angustia. Mis pensamientos eran confusos, las convicciones grandes en mi mente, y el horror a morir en aquel estado tan mísero levantaba vapores en mi cabeza con meros temores. Y en estos apuros de mi alma, no sé lo que podía expresar mi lengua; había exclamaciones como: «¡Señor, qué criatura tan desgraciada soy! Si estoy enfermo, moriré con seguridad por carecer de ayuda, y qué será de mí!». Entonces las lágrimas inundaron mis ojos y no pude decir nada más durante un buen rato.

En este intervalo, el buen consejo de mi padre me vino a la memoria, y su predicción, la cual mencioné al principio de esta historia, a saber, que si yo daba este paso insensato, Dios no me bendeciría y tendría tiempo después para reflexionar sobre el haber rechazado su consejo, cuando no hubiera nadie que me ayudara a recuperarme. «Ahora —dije en voz alta—, las palabras de mi querido padre están resonando. La justicia de Dios me ha superado y no tengo a nadie que me ayude o que me escuche. Rechacé la voz de la Providencia, que me había colocado misericordiosamente en una posición o condición de vida, en la cual podría haber sido feliz y estar desahogado, pero nunca lo vería por mí mismo o me enteraría de la bendición de mis padres. Dejé que lamentaran mi locura, y ahora me lamento yo de las consecuencias de ello. Negué su ayuda y asistencia, que me hubieran levantado en el mundo, y hubieran hecho que todo fuera fácil para mí, y ahora tengo dificultades para luchar, demasiado grandes para que lo soporte incluso la naturaleza misma, sin asistencia, sin ayuda, sin consuelo, sin consejo.» Entonces grité: «¡Señor, ayúdame, porque estoy muy angustiado!».

Esta fue la primera oración, si se puede llamar así, que había hecho en muchos años. Pero vuelvo a mi diario.

28 de junio.   Habiéndome recuperado un poco con lo que había dormido, y desaparecida la fiebre por completo, me levanté. Y aunque el miedo y terror de mi sueño era muy grande, sin embargo, pensaba que el ataque de la fiebre volvería al día siguiente, y ya era hora de tomar algo para refrescarme y mantenerme cuando estuviera enfermo. Lo primero que hice fue llenar una botella grande de agua y colocarla sobre mi mesa, al alcance de la cama, y para eliminar la predisposición del agua al enfriamiento y fiebre, puse un cuarto de pinta de ron

en ella y lo mezclé. Luego cogí un trozo de carne de cabra, la asé en las brasas, pero pude comer muy poco. Caminé por allí, pero estaba muy débil, y además, muy triste y pesaroso por mi estado miserable, temiendo la vuelta del malestar al día siguiente. Por la noche cené tres huevos de tortuga, que asé en las cenizas, y me los comí en el caparazón. Y este fue el primer trozo de carne que había pedido a Dios que bendijera en toda mi vida, al menos que yo recuerde.

Después de haber comido, intenté caminar, pero me encontraba tan débil que apenas podía coger la escopeta (porque nunca salía sin ella). Por tanto, caminé un poco y me senté en el suelo, mirando al mar, que estaba justo delante de mí, y muy tranquilo y calmado. Me senté aquí y se me ocurrieron pensamientos como estos: ¿Qué es la tierra y el mar de los cuales yo he visto tanto? ¿Dónde se produce, y qué soy yo, y todas las demás criaturas, salvajes y domésticas, humanas y salvajes, de dónde somos?

Seguro que a todos nos hizo un Poder secreto que formó la tierra y el mar, el aire y el cielo. Y, ¿quién es ese?

Entonces continuaron los pensamientos con más naturalidad, es Dios el que lo ha hecho todo. Bueno, pero entonces fue de una forma extraña: si Dios ha hecho todo esto, Él guía y gobierna todo y todas las cosas que les conciernen, porque el Poder que pudo hacer esto ha de tener poder sin duda para guiarlas y dirigirlas.

Si es así, nada puede ocurrir en el gran círculo de Sus obras, ni sin Su conocimiento o designación.

Y si nada ocurre sin Su conocimiento, Él sabe que yo estoy aquí y en este horrible estado, y si nada ocurre sin Su designación, Él ha dispuesto que todo esto me suceda a mí.

Nada encontraba en mis pensamientos que contradijera cualquiera de estas conclusiones, y por tanto se apoyaba en mí con mayor insistencia que por fuerza Dios había designado que todo esto me sucediera a mí, que fui conducido a esta miserable circunstancia por Su dirección, al tener Él el poder único, no sólo sobre mí, sino sobre todo lo que ocurría en el mundo. Inmediatamente pensé: ¿Por qué me ha hecho esto Dios? ¿Qué he hecho para ser tratado así?

Mi conciencia me examinó en ese momento sobre esa pregunta, como si hubiera blasfemado; a mi parecer me habló como una voz: «¡Malvado!, ¿preguntas qué has hecho? Mira atrás a tu espantosa vida mal aprovechada y pregúntate a ti mismo qué no has hecho. Preguntas por qué no has desaparecido hace tiempo. ¿Por qué no te ahogaste en

Yarmouth Roads o moriste en la lucha cuando tomaron el barco los piratas de Sallee, o te devoraron las bestias salvajes en la costa de África, o te ahogaste aquí, cuando toda la tripulación pereció salvo tú? ¿Y preguntas qué he hecho?».

Me quedé mudo con estas reflexiones, atónito, y no tenía nada que decir, no, ninguna respuesta; así que me levanté pensativo y triste, regresé a mi refugio y subí por mi muro, como si me fuera a la cama, pero mis pensamientos eran tristes y llenos de inquietud y no tenía inclinación a dormir; por tanto, me senté en mi silla y encendí mi lámpara, porque empezaba a oscurecer. Ahora bien, a medida que el temor a la vuelta del malestar me aterrorizaba, recordé que los brasileños tomaban tabaco para casi todas las formas de malestar, y yo tenía un trozo de rollo de tabaco en uno de los arcones, que estaba bastante seco, y también algo un poco verde.

Fui, dirigido por el cielo, sin duda, a buscar en este arcón y encontré una cura tanto para el alma como para el cuerpo. Abrí el arcón y encontré lo que estaba buscando: el tabaco, y como los pocos libros que había salvado también estaban allí, saqué una de las Biblias que he mencionado antes y que hasta ese momento no había tenido tiempo libre, o mucha inclinación, a mirar. Digo que saqué una y me la llevé junto con el tabaco a la mesa.

No sabía qué uso hacer del tabaco respecto a mi malestar, o si era bueno o no, pero lo utilicé de diferentes formas, decidido a que me afectara de una u otra manera. Primero cogí un trozo de hoja y la mastiqué, lo que al principio de hecho casi me deja aturdido, pues el tabaco era verde y fuerte y yo no estaba muy acostumbrado a él. Luego cogí un poco y lo puse en infusión en un poco de ron durante una o dos horas, y decidí tomar una dosis cuando me tumbara. Por último, quemé un poco en un platillo de brasas y acerqué la nariz para oler el humo todo el tiempo que pude resistirlo, tanto por el calor como casi por la asfixia.

En el intervalo de esta operación, cogí la Biblia y empecé a leer, pero mi cabeza estaba demasiado trastornada por el tabaco para soportar la lectura, al menos en ese momento. Solamente al abrir el libro casualmente, las primeras palabras que aparecieron fueron estas: «Invócame en los días de aflicción. Yo te liberaré y tú me ensalzarás.»

Las palabras eran muy adecuadas para mi caso, y me impresionaron cuando las estaba leyendo, aunque no tanto como lo hicieron después, porque respecto a ser liberado, la palabra no tenía sonido para mí, podría decir. Era algo tan remoto, tan imposible en mi temor de las cosas, que empecé a decir, como los niños de Israel cuando les prometieron carne para comer: «¿Puede Dios extender una mesa en el páramo?» Por tanto empecé a decir: «¿Puede Dios mismo liberarme de este lugar? Y como durante muchos años no apareció ninguna esperanza, esto prevaleció en mis pensamientos con mucha frecuencia. Pero sin embargo, las palabras me impresionaron mucho y reflexioné sobre ellas muy a menudo. Ahora se hacía tarde y el tabaco, como dije, dejó mi cabeza tan aturdida, que me tumbé a dormir. Así que dejé mi lámpara ardiendo en la cueva, por si necesitaba algo por la noche, y me fui a dormir, pero antes de tumbarme hice lo que nunca había hecho en toda mi vida: me arrodillé y recé a Dios para que cumpliera su promesa de que si se le invocaba en los días de aflicción, Él me liberaría. Después de terminar mi oración entrecortada e imperfecta, me bebí el ron en el que había puesto el tabaco, que era tan fuerte y apestaba, que de hecho apenas pude dejarlo en la mesa; inmediatamente después me fui a la cama. Sentí que su efecto subía a mi cabeza con violencia, pero caí en un profundo sueño y no me desperté hasta las tres de la tarde del día siguiente, mejor dicho, ahora opino que dormí todo el día siguiente y la noche, y casi hasta las tres del día después, porque de otra manera no sabría cómo perdí un día de mi cálculo de los días de la semana, como descubrí algunos años después. Porque si lo hubiera perdido cruzando o recruzando el Ecuador, habría perdido más de un día. Pero en realidad perdí un día en mi cuenta y nunca supe de qué manera.

Sin embargo, fuera como fuese, cuando me desperté me encontré muy bien y mi ánimo alegre y contento. Cuando me levanté estaba más fuerte que el día anterior, y mi estómago reaccionaba mejor porque tenía hambre. En resumen, no tuve fiebre al día siguiente y continué mejorando mucho. Esto fue el día 29.

El día 30 estaba bien y, por supuesto, salí con mi escopeta, pero sin intención de alejarme mucho. Maté una o dos aves marinas, algo parecido a un ganso, y las llevé a casa, aunque no me apetecían mucho, así que comí huevos de tortuga que estaban muy buenos. Esa tarde tomé la medicina de nuevo, la cual supuse me había hecho bien el día anterior: el tabaco en infusión con ron, sólo que no tomé tanta como antes ni mastiqué ninguna hoja ni mantuve la cabeza sobre el humo. Sin embargo, no estaba tan bien como había esperado al día siguiente, que era el 1 de julio, porque tenía un poco de fiebre, pero no demasiada.

2 de julio. Tomé de nuevo la medicina, de las tres formas; las dosifiqué como la primera vez y dupliqué la cantidad que bebí.

3 de julio.   Ya no tenía fiebre, aunque no recobré todo mi vigor de algunas semanas antes. Mientras estaba recuperando las fuerzas, pensaba en las palabras de las Escrituras: «Te liberaré», y la imposibilidad de mi liberación estaba en mi mente siempre, a pesar de que siempre la esperaba. Pero como me estaba desanimando con estos pensamientos, se me ocurrió que pensaba tanto en la liberación de mi aflicción principal que ignoraba la liberación que había recibido. Y me hice algunas preguntas como estas: ¿No me he liberado, y de manera maravillosa, de la enfermedad, del estado más afligido que pudiera existir y que tanto me aterra? ¿Y qué enseñanza he sacado? ¿He hecho mi parte? Dios me ha liberado, pero no le he ensalzado, es decir, no había reconocido esto como una liberación ni había dado las gracias. Y, ¿cómo podía esperar una liberación más grande?

Esto me llegó al corazón; me arrodillé al momento y di gracias a Dios en voz alta por mi recuperación de la enfermedad.

4 de julio.   Por la mañana cogí la Biblia por el Nuevo Testamento; empecé a leerlo seriamente y me impuse leer un trozo cada mañana y cada noche, sin atenerme al número de capítulos, sino hasta donde captara mi atención. No fue mucho tiempo después de dedicarme en serio a esta tarea cuando hallé mi corazón más profunda y sinceramente afectado por la maldad de mi vida pasada. La impresión de mi sueño revivido y las palabras: «Todas estas cosas no te han hecho arrepentirte» corrían por mi pensamiento seriamente. Yo estaba rogando de todo corazón a Dios que me otorgara el arrepentimiento, cuando sucedió de manera providencial un día que leyendo las Escrituras, llegué a estas palabras: «Es glorificado como Príncipe y Salvador, para dar el arrepentimiento y la remisión.» Tiré el libro, y con el corazón y las manos levantadas hacia el cielo, en una especie de éxtasis de júbilo, grité en voz alta: «¡Jesús, Tú, Hijo de David, Jesús. Tú glorificado como Príncipe y Salvador, dame el arrepentimiento!».

Esta fue la primera vez que podía decir, en el verdadero sentido de las palabras, que oré en mi vida, porque ahora rezaba con sentido de mi condición, y con una auténtica esperanza en las Escrituras fundada en el ánimo de la Palabra de Dios. Y desde ese momento, se puede decir, empecé a tener esperanzas de que Dios me escucharía.

Ahora empecé a interpretar las palabras mencionadas antes: «Invócame y te liberaré», con un sentido diferente al que había tenido hasta entonces, porque entonces yo no tenía idea de nada que se llamara liberación salvo la de la cautividad en la que me encontraba, porque aunque en realidad el lugar era grande, sin embargo, la isla era sin duda una prisión para mí, y en la peor situación del mundo. Pero ahora aprendí a darle otro sentido. Miraba atrás a mi vida pasada con tal horror, y mis pecados me parecían tan espantosos, que mi alma no buscaba nada de Dios salvo la liberación del peso de la culpa que abatía todo mi consuelo. Respecto a mi vida solitaria, no era nada. No recé ya para ser liberado de ella, ni lo pensé más. Entonces no era de ninguna consideración en comparación con esto, y añado esta parte aquí para dar a entender a cualquiera que lea esto, que cuando lleguen a un verdadero sentido de las cosas, encontrarán que la liberación del pecado es una bendición más grande que la liberación de la aflicción.

CAPÍTULO XI

Inspecciono la isla

Pero dejando esto aparte, vuelvo a mi diario.

Mi estado empezaba a ser ahora, aunque no menos miserable en cuanto a mi forma de vivir, sí mucho más desahogado para mi mente, y dirigiéndose mis pensamientos, por una lectura constante de las Escrituras y rezando a Dios, a cosas de una naturaleza más elevada, tuve mucho más consuelo del que había conocido hasta entonces. También según volvieron mi salud y mi fuerza, me dediqué a equiparme con todo lo que necesitaba e hiciera mi forma de vida tan normal como pudiera.

Desde el 4 de julio al 14 me dediqué principalmente a andar con mi escopeta en la mano, poco a poco cada vez, como un hombre que estuviera recuperando sus fuerzas después de una enfermedad. Porque es difícil imaginar lo bajo que estaba y lo débil que me quedé. El remedio que había empleado era totalmente nuevo y quizá nunca hubiera curado una fiebre antes, ni puedo recomendar a nadie que lo practique, porque este experimento, aunque acabó con la fiebre, contribuyó bastante a debilitarme, ya que tuve frecuentes convulsiones durante algún tiempo.

Aprendí de ello esto en particular: que salir afuera en la estación de las lluvias era lo más pernicioso para mi salud, especialmente cuando venían acompañadas de tormentas y huracanes, porque la lluvia que caía en una estación seca iba siempre acompañada de esas tormentas y era mucho más peligrosa que las de septiembre u octubre.

Llevaba ahora en esta desgraciada isla unos diez meses. Toda posibilidad de salvarme de este estado parecía completamente imposible.

Y creía firmemente que ninguna forma humana había puesto el pie alguna vez en aquel lugar. Habiendo asegurado ahora mi vivienda, como pensé, tenía un gran deseo de hacer una exploración mejor de la isla para ver qué productos podía encontrar y que no conocía todavía.

Era el 15 de julio cuando empecé a hacer una inspección más especial de la isla. Fui hasta el arroyo primero, por donde, como mencioné, llevé mis balsas a tierra. Descubrí, después de haber remontado unas dos millas, que la marea no subía hasta allí y que no había más que un pequeño arroyo de agua que corría muy fresca y clara. Pero al ser la estación seca, apenas había agua en algunas de sus partes, al menos no la suficiente como para correr en una corriente.

En la orilla de este arroyo encontré muchas sabanas agradables, o praderas, llanas, suaves y cubiertas de hierba, y en las partes elevadas de ellas cercanas a los terrenos más altos, donde el agua, como debería suponerse, nunca desbordaba, hallé gran cantidad de tabaco, verde y creciendo en un tallo grande y muy fuerte. Había otras plantas, desconocidas para mí, que quizá tuvieran virtudes propias, pero no pude descubrirlo.

Busqué la raíz de casabe, con el que los indios de todo ese clima hacen su pan, pero no pude encontrar ninguna. Vi plantas de áloe grandes, que entonces no conocía, y varias cañas de azúcar, pero silvestres, y, por carecer de cultivo, imperfectas. Me contenté con esos descubrimientos por el momento, y regresé pensando qué camino tomaría para conocer la virtud y bondad de algunos de los frutos o plantas que descubriría. Pero no pudiendo llegar a ninguna conclusión porque me había fijado tan poco mientras estuve con los brasileños que sabía poco de las plantas del campo, al menos no lo suficiente para que pudiera servirme de algo ahora en mi angustia.

Al día siguiente, 16, subí por el mismo camino, y después de llegar un poco más lejos que el día anterior, encontré que el arroyo y las sabanas empezaban a disminuir y el terreno se hacía más boscoso que antes. En esta parte encontré diferentes frutos, especialmente melones en abundancia y uvas en las vides que habían trepado por los árboles, con los racimos ya maduros. Fue un descubrimiento sorprendente, y me alegré mucho de ello, pero estaba advertido por mi experiencia de comerlas con precaución, al recordar que cuando estuve en Berbería provocaron la muerte de varios ingleses que eran esclavos allí, después de padecer vómitos y fiebres. Pero encontré un empleo excelente para ellas, y era madurarlas, secarlas al sol y guardarlas como uvas secas o pasas; pensé que serían agradables y saludables para comer, como de hecho lo fueron, cuando ya no hubiera uvas.

Pasé toda la tarde allí y no regresé a mi vivienda; a propósito, era la primera noche que no estaba en casa. Por la noche seguí mi primera artimaña y subí a un árbol donde dormí bien, y a la mañana siguiente seguí con mi exploración, viajando cerca de cuatro millas, como podía juzgar por la longitud del valle, manteniendo el norte, con una cordillera de colinas al sur y al norte de donde me encontraba.

Al final de esta marcha llegué a un espacio abierto, donde el terreno parecía descender hacia el oeste, y un pequeño salto de agua dulce, que salía de la ladera de la colina que había a mi lado, corría hacia el otro camino, es decir, hacia el este. Y el campo parecía tan fresco, tan floreciente, al estar siempre todo tan verde o floreciendo como en primavera, que parecía un jardín cultivado.

Descendí un poco por la ladera de ese delicioso valle, inspeccionándolo con una especie de placer secreto (aunque mezclado con los demás pensamientos afligidos) pensando que era todo de mi propiedad, que era rey y señor de todo este campo indefendible y tenía derecho de posesión, y si podía transmitirlo, lo tendría en herencia, como cualquier señor de una heredad en Inglaterra. Vi aquí muchos árboles del cacao, naranjos, limoneros y otros cítricos; pero todos eran silvestres, muy pocos tenía fruto, al menos no entonces. Sin embargo, las limas grandes que cogí no sólo eran agradables para comer sino muy saludables. Después mezclé su zumo con agua, lo que resultó muy refrescante.

Comprendía ahora que tenía mucho que transportar a casa, y decidí almacenar tanto las uvas como las limas y limones para proveerme para la estación húmeda, que sabía se acercaba.

Para este propósito, reuní en varios montones uvas, limas y limones, y cogiendo unos pocos, viajé hacia mi refugio y decidí regresar con un saco, o con lo que pudiera, para transportar el resto.

Por consiguiente, después de pasar tres días en este viaje, llegué a casa (así tengo que llamar a mi tienda y a mi cueva). Pero antes de llegar, las uvas se estropearon, la riqueza de los frutos y el peso del zumo las había roto y magullado; no servían para mucho. Respecto a las limas, eran buenas, pero sólo pude traer unas pocas.

Al día siguiente, que era el 19, regresé después de haber hecho dos sacos pequeños para llevar a casa mi cosecha. Pero me sorprendí cuando al llegar a mi montón de uvas, que eran tan buenas y agradables al principio, las encontré extendidas, pisoteadas y arrastradas, unas aquí, otras allí, y picadas y devoradas en abundancia. Por todo esto llegué a la conclusión de que había criaturas salvajes en los alrededores que habían hecho esto, pero no sabía qué eran.

Sin embargo, al comprender que no podía dejarlas en montones y no poder transportarlas en un saco, porque de una manera desaparecerían y de la otra se aplastarían por su propio peso, tomé otro rumbo, porque recogí una gran cantidad de uvas y las colgué de ramas de árboles, para que pudieran madurar y secar al sol, y respecto a las limas y limones, llevé tantos como pude.

Cuando regresé a casa después de este viaje, contemplé con gran placer el fructífero valle y lo agradable de la situación, la seguridad contra las tormentas en ese lado del agua, y el bosque, y llegué a la conclusión de que me había quedado en un lugar para fijar mi morada que era con mucho la peor parte de la isla. Con lo cual empecé a considerar trasladar mi vivienda y buscar un lugar igualmente seguro como en el que estaba situado ahora, si era posible, en esa parte de la isla fructífera y agradable.

Este pensamiento me rondó mucho tiempo en la cabeza y estuve deseoso de hacerlo durante algún tiempo al tentarme lo agradable del lugar, pero cuando lo vi más de cerca, empecé a considerar que ahora estaba al lado del mar, donde al menos era posible que algo pudiera suceder en beneficio mío, y la misma suerte que me había llevado aquí podría llevarme algunas desgracias al mismo lugar, y aunque no era muy probable que tal cosa sucediera alguna vez, sin embargo encerrarme entre colinas y bosques, en el centro de la isla, era anticipar mi cautiverio y hacer que tal asunto resultara no sólo improbable sino imposible, y que por tanto no debía trasladarme de ninguna manera.

Sin embargo, estaba tan enamorado de este lugar que pasé allí gran parte del resto del mes de julio, y aunque posteriormente decidí, como he dicho, no trasladarme, me construí una especie de cobertizo y lo rodeé con una cerca fuerte a cierta distancia, siendo un seto doble tan alto como pude alcanzar, bien marcado con estacas y relleno con maleza. Y aquí estaba muy seguro; algunas veces pasaba dos o tres noches seguidas, siempre subiendo con una escalera, como antes; así que ahora me imaginaba que tenía mi casa de campo y mi casa de playa. Y este trabajo me duró hasta principios de agosto.

Acababa de terminar mi cerca y empezaba a disfrutar de mi labor cuando llegaron las lluvias y me hicieron correr a mi primera vivienda, porque aunque me había hecho una tienda como la otra, con un trozo de vela, y la había extendido muy bien, sin embargo, no tenía la protección de la colina que me guardara de las tormentas, ni ninguna cueva detrás de mí para refugiarme, cuando las lluvias eran muy fuertes.

A principios de agosto, como dije, había terminado el cobertizo y había empezado a disfrutarlo. El día 3 descubrí que las uvas que había colgado estaban completamente secas, y de hecho, eran pasas excelentes gracias al sol; por tanto, empecé a bajarlas de los árboles y estaba muy contento, porque las lluvias que siguieron me las hubieran estropeado y habría perdido la mejor parte de mi comida de invierno, porque tenía más de doscientas ramas llenas. Tan pronto como las había bajado todas y llevado a casa, a mi cueva, empezó a llover, y desde entonces, que era el 14 de agosto, llovió más o menos todos los días hasta mediados de octubre, algunas veces con tanta violencia que no podía salir de mi cueva durante varios días.

En esta estación me sorprendió mucho el aumento de mi familia. Me había preocupado la pérdida de uno de mis gatos, que huyó de mí, o, como pensé, habría muerto, y no tuve más noticias de ella hasta que para mi asombro, vino a casa a finales de agosto con tres crías. Esto fue lo más extraño para mí porque aunque había matado un gato montés, como yo lo llamaba, con mi escopeta, pensé que era una especie bastante diferente a la de nuestros gatos europeos; sin embargo, las crías eran de la misma clase de raza doméstica que la mayor, y al ser hembras mis dos gatas, lo encontré muy extraño. Pero tiempo después estos gatos llegaron a molestarme tanto que me vi obligado a matarlos como alimañas o bestias salvajes y alejarlos de mi casa todo cuanto pudiera.

Desde el 14 al 26 de agosto, lluvia incesante; por tanto, no pude salir y ahora me preocupaba mucho de no mojarme. En este confinamiento empezaban a escasear los alimentos, pero me arriesgué a salir dos veces. Un día maté una cabra, y el último, que era el 26, encontré una tortuga muy grande, que era un gusto para mí y así se regulaba mi alimentación: comía un racimo de pasas para desayunar, un trozo de carne de cabra o de tortuga asadas para comer (porque para mi desgracia no tenía ningún recipiente para cocer o guisar nada), y dos o tres huevos de tortuga para cenar.

Durante este confinamiento en mi refugio contra la lluvia, trabajaba diariamente dos o tres horas en agrandar mi cueva, dirigiéndome poco a poco hacia un lado, hasta que llegué al exterior de la colina e hice una entrada o salida que llegaba más allá de mi cerca o muro, y así entraba y salía por este camino; pero no estaba muy tranquilo de que quedara tan abierto, porque había conseguido antes estar en un recinto perfecto, mientras que ahora pensé que estaba expuesto y abierto para lo que pudiera venir sobre mí, y sin embargo, no me daba cuenta de que no había cosa viva a la que temer; la criatura más grande que he visto en la isla es una cabra.

30 de septiembre.   He llegado ahora al triste aniversario de mi llegada a tierra. Sumé las muescas de mi poste y descubrí que llevaba en la costa trescientos sesenta y cinco días. Guardé fiesta solemne este día, retirándome a hacer ejercicio religioso, postrándome en el suelo con la humildad más seria, confesando mis pecados a Dios, aceptando Sus justos castigos y rogándole que tuviera piedad de mí a través de Jesucristo. Y no habiendo tomado ningún alimento durante doce horas, hasta la puesta de sol, comí una galleta y un racimo de uvas y me fui a la cama, terminando el día como lo empecé.

En todo este tiempo no había guardado ningún domingo, porque como al principio no tenía sentido religioso en mi mente, después de algún tiempo omití distinguir las semanas haciendo una muesca más grande de lo normal para el domingo, y así no sabía realmente en qué día estaba. Pero al haber contado los días, como he mencionado, descubrí que llevaba allí un año. Así que lo dividí en semanas y aparté cada siete días para domingos; aunque observé al final de mi cuenta que había perdido un día o dos en mi cálculo.

CAPÍTULO XII

SIEMBRO MI GRANO

La estación lluviosa y la seca empezaron ahora a parecerme normales, y aprendí a dividirlas para preverlas en consecuencia. Pero me rendí a toda mi experiencia antes de hacerlo. Y esto que voy a contar fue uno de los experimentos más desalentadores que hice. He mencionado que había guardado unas cuantas espigas de cebada y de arroz que había descubierto con sorpresa que brotaban, como pensé, por sí mismas, y creo que había unas treinta espigas de arroz y unas veinte de cebada. Y ahora pensé que era el momento adecuado de sembrar después de las lluvias, al estar el sol en su posición sur, desde mi posición.

Por consiguiente, cavé en un trozo de tierra tan bien como pude con mi pala de madera, y dividiéndolo en dos partes, sembré mi grano. Pero según lo estaba sembrando, casualmente me vino al pensamiento que no lo haría todo de una vez, porque no sabía cuándo era la época apropiada para ello. Así que sembré dos terceras partes de la semilla, dejando un puñado de cada.

Fue un gran consuelo para mí después el haber hecho esto, porque ningún grano del que sembré en este momento llegó a nada. Durante los meses secos que siguieron, al no haber llovido después de haber sembrado la semilla, no tenía humedad para ayudarla a crecer, y nunca llegó a salir del todo hasta que no hubo llegado la estación húmeda otra vez; entonces creció como si la acabara de sembrar.

Viendo que mi primera semilla no crecía, lo cual imaginé con facilidad que era a causa de la sequía, busqué un trozo de terreno húmedo para hacer otro intento, cavé un poco de tierra cerca de mi nuevo cobertizo y sembré el resto de mi semilla en febrero, un poco antes del equinoccio de primavera; esta, al haber sido regada en los meses lluviosos de marzo y abril, brotó muy bien y produjo una buena cosecha, pero al haber dejado sólo parte de la semilla, y no atreverme a sembrar toda la que tenía, obtuve solamente una pequeña cantidad al final, no ascendiendo el total de mi cosecha a más de medio celemín de cada clase.

Pero gracias a este experimento me hice un maestro de mi negocio; supe exactamente cuándo era la estación apropiada para sembrar y que podía esperar dos épocas de siembra y dos cosechas cada año.

Mientras estaba creciendo el grano, hice un pequeño descubrimiento que me fue útil después. Tan pronto como terminaron las lluvias y el tiempo empezó a asentarse, que era en el mes de noviembre más o menos, hice una visita a la zona de mi cobertizo, donde, aunque no había ido en varios meses, encontré todas las cosas exactamente igual que las había dejado. El círculo o cerca doble que había hecho no sólo era firme y estaba entera, sino que las estacas que había cortado de algunos de los árboles que crecían en los alrededores estaban todas echando ramas largas, al igual que un sauce lo hace normalmente el primer año después de podarlo. No sabría decir qué árbol era del que había cortado estas estacas. Estaba sorprendido, y también muy contento al ver crecer los árboles jóvenes. Los podé y dejé crecer del mismo modo, y apenas se puede creer qué figuras tan bonitas crecieron en tres años; por tanto, aunque el seto formaba un círculo de unas veinticinco yardas de diámetro, los árboles, porque ahora los podía llamar así, pronto lo cubrirían y habría sombra completa, suficiente para alojarse debajo durante toda la estación seca.

Daniel Defoe

Esto me hizo decidirme a cortar algunas estacas más y hacer un seto como este en semicírculo alrededor de mi muro (en mi primera vivienda), y lo hice. Colocando los árboles o estacas en fila doble, de unas ocho yardas de distancia desde mi primera cerca, crecieron enseguida; al principio fue una cubierta para mi vivienda y después me sirvió de defensa también, como observaré en su momento.

Comprendí ahora que las estaciones del año se podrían dividir, generalmente, no en invierno y verano, como en Europa, sino en estaciones lluviosas y estaciones secas, que eran así en general:

Mitad de febrero, marzo y mitad de abril: Lluvioso, el sol está entonces en el equinoccio o cerca de él.

Mitad de abril, mayo, junio, julio y mitad de agosto: Seco, el sol está entonces al norte del ecuador.

Mitad de agosto, septiembre y mitad de octubre: Lluvioso, el sol empieza a regresar entonces.

Mitad de octubre, noviembre, diciembre, enero y mitad de febrero: Seco, el sol está entonces al sur del ecuador.

Algunas veces la estación lluviosa duraba más o menos tiempo según soplaran los vientos, pero esta fue una observación general que hice. Después de haber descubierto por experiencia las malas consecuencias de salir afuera lloviendo, me preocupé de abastecerme de provisiones con antelación para no verme obligado a salir. Y me sentaba dentro todo el tiempo posible durante los meses húmedos.

En esta época encontré mucha ocupación (y muy apropiada para la época también), porque tuve ocasión para hacer muchas cosas que no había forma de obtenerlas si no era mediante un duro trabajo y aplicación constante. Especialmente intenté hacer un cesto de muchas maneras, pero todas las ramitas que cogía para este propósito resultaban ser tan quebradizas que no se podía hacer nada. Resultó ser de gran provecho ahora que cuando era un muchacho me gustase mucho quedarme al lado de un cestero, en la ciudad donde vivía mi padre, para verle hacer su cestería, y al estar, como lo están los muchachos normalmente, muy dispuesto a ayudar y a observar mucho la forma en la que trabajaban aquellas cosas, y algunas veces echando una mano, tenía muchos conocimientos de los métodos empleados y sólo necesitaba los materiales. Entonces me vino a la memoria que las ramitas de aquel árbol de donde había cortado mis estacas serían posiblemente tan correosas como los sauces y mimbreras de Inglaterra y decidí intentarlo.

Por consiguiente, al día siguiente fui a mi casa de campo, como la llamaba, corté algunas de las ramas más pequeñas y descubrí que para mi propósito era tanto como podía desear; por tanto, la siguiente vez fui preparado con una hachuela para cortar unas cuantas, que pronto encontré, porque había abundancia de ellas. Las puse a secar dentro de mi círculo o seto, y cuando estaban listas para el uso, las llevé a la cueva. Y aquí durante la estación siguiente me dediqué a hacer, todo lo mejor que podía, una gran cantidad de cestas, tanto para llevar tierra como para transportar o levantar cualquier cosa cuando llegara la ocasión y aunque no los terminé demasiado bien, sin embargo, me servían lo suficiente para mi propósito. Y así después me preocupé de no quedarme sin ellas, y cuando mis cestos se estropeaban, hacía más; especialmente cestas profundas para colocar el grano dentro, en vez de en sacos, cuando ya tenía una gran cantidad de ellas.

Habiendo superado esta dificultad, y empleado todo el tiempo del mundo en ello, me moví para ver si era posible proveerme de dos cosas que necesitaba. No disponía de recipientes para líquido, excepto dos barriles pequeños, que estaban casi llenos de ron, y algunas botellas de cristal, de tamaño normal y otras cuadradas, para agua, licores, etc. No tenía más cacerolas para cocer salvo una gran caldera que salvé del barco, la cual era demasiado grande para usarla en lo que deseaba, a saber, hacer caldo y guisar un poco de carne. Lo segundo que me gustaría haber tenido era una pipa de tabaco, pero era imposible hacerme una. Sin embargo, al final también encontré una artimaña.

Me dediqué a plantar mi segunda fila de estacas, o pilares, y en hacer cosas de mimbre todo el verano, o estación seca, cuando otro asunto me ocupó más tiempo del que pudiera imaginar.

CAPÍTULO XIII

Viajo por la isla

Como dije antes, deseaba ver la isla entera, y viajé arroyo arriba hasta donde me construí el cobertizo y donde tenía un espacio abierto cercano al mar en el otro lado de la isla. Ahora decidí viajar por aquel lado hacia la costa; así pues, cogiendo mi escopeta, una hachuela y mi perro, con dos galletas y un gran racimo de pasas en mi bolsa como provisiones, empecé mi viaje. Cuando había pasado el valle donde estaba mi cobertizo, como dije antes, vi el mar hacia el oeste, y al ser un día muy claro, divisé tierra a lo lejos, pero no sabría decir si era una isla o un continente, mas era muy alta, extendiéndose de oeste a oeste-sudoeste a una gran distancia. Creo que no podía estar a menos de quince o veinte leguas.

No podría decir en qué parte del mundo estaría aquello; lo único que sabía era que tenía que ser parte de América, y, por mis observaciones, concluí que estaría cerca de los dominios españoles y quizá habitada por salvajes, donde, de haber llegado a tierra, hubiera estado en peores condiciones de las que estaba ahora, y por tanto acepté las disposiciones de la Providencia, las cuales empezaba yo ahora a reconocer, y a creer, que ordena todas las cosas para lo mejor. Digo que tranquilicé mi mente con esto y dejé de afligirme con deseos inútiles de estar allí.

Además, después de alguna pausa sobre este asunto, pensaba que si esta tierra era costa española, vería alguna vez sin duda pasar alguna embarcación en un sentido u otro, pero si no, entonces era la costa salvaje entre el territorio español y Brasil, que era sin duda el peor por los salvajes, porque eran caníbales o antropófagos y no dudaban a la hora de matar y devorar todos los cuerpos humanos que caían en sus manos.

Con estas consideraciones caminaba sin prisas hacia delante. Descubrí que ese lado de la isla donde estaba ahora era mucho más agradable que el mío, los campos abiertos o sabanas encantadores, adornados con flores y hierba y lleno de bosques preciosos. Vi loros en abundancia y de buen grado hubiera cogido uno, si era posible, para haberlo domesticado y enseñado a hablarme. Lo hice, después de algunas penurias; cogí un loro joven golpeándole con un palo, y después de recuperarse, me lo llevé a casa. Pero pasaron unos años antes de que pudiera hacerle hablar. Sin embargo, al final le enseñé a llamarme por mi nombre con mucha familiaridad. Mas el accidente que siguió, aunque sea una nimiedad, fue muy divertido en su momento.

Yo estaba muy entretenido en este viaje. Encontré liebres, o creía que lo eran, en las tierras bajas, y zorros, pero diferían mucho de las otras especies que me había encontrado. No podía asegurarme de comerlas, aunque maté varias. Mas no era necesario arriesgarse, porque no tenía necesidad de alimentos y además los tenía muy buenos: cabras, palomas y tortugas, que, añadidos a mis uvas, Leadenhall Market no podría haber puesto una mesa mejor que la mía, en proporción a la compañía, y aunque mi caso era bastante deplorable, sin embargo, tenía motivos para estar agradecido, y no llegaría a ningún extremo por la comida porque la tenía en abundancia, incluso eran exquisiteces.

Nunca viajaba más de dos millas en un día, o por los alrededores, sino que iba y venía tantas veces para ver qué descubrimientos podía hacer hasta que llegaba bastante cansado al lugar en el que decidía quedarme toda la noche, y entonces o bien descansaba en un árbol, o me rodeada de una fila de estacas clavadas en el suelo o de un árbol a otro, de manera que ninguna criatura salvaje se acercara a mí sin despertarme.

Tan pronto como llegué a la costa, me sorprendió ver que había llegado a tierra en el peor lado de la isla, porque aquí la costa estaba cubierta de tortugas, mientras que en el otro lado sólo había encontrado tres en un año y medio. También aquí había infinitas aves de todas clases, algunas de las cuales había visto antes y otras no, y muchas de ellas tenían una carne muy buena, pero no sabía cómo se llamaban a excepción de los llamados pingüinos.

Podría haber disparado todo lo que quisiera, pero ahorraba mucha pólvora y balas, y por tanto prefería matar una cabra, que podía alimentarme mejor. Y aunque había muchas más aquí que en el otro lado de la isla, sin embargo, era mucho más difícil acercarme a ellas al ser el terreno llano, ya que me veían mucho antes que cuando estaba yo en la colina.

Confieso que este lado de la isla era mucho más agradable que el mío; no obstante, no sentí la más mínima inclinación a trasladarme, porque como había fijado mi vivienda, se había hecho natural para mí y parecía que todo el tiempo que pasaba aquí estaba de viaje y procedía de casa. Sin embargo, viajé a lo largo de la costa, hacia el este, supongo que unas doce millas, y luego colocando un gran poste en la costa como marca, decidí irme a casa de nuevo y que el próximo viaje lo llevaría a cabo por el otro lado de la isla, al este de mi morada, y así rodearía hasta llegar de nuevo a mi poste.

Tomé un camino diferente para regresar, pensando que así podría tener una idea de toda la isla de manera que no pudiera equivocarme al buscar mi primera vivienda viendo el terreno, pero descubrí que me había equivocado, porque a las dos o tres millas, me encontré descendiendo a un valle muy grande, pero tan rodeado de colinas, y estas cubiertas de tanto bosque, que no pude ver cuál era mi camino o mi dirección a no ser por el sol, y ni siquiera entonces, a menos que supiera muy bien su posición en esa hora del día.

Para mayor desgracia sucedió que el tiempo fue neblinoso durante tres o cuatro días mientras estuve en este valle, y al no poder ver el sol, vagué muy desconsolado; al final me vi obligado a buscar la costa, encontrar mi poste y regresar por el mismo camino por el que había ido. Y luego en viajes cómodos iba llegando a casa, al ser el tiempo demasiado caluroso y mi escopeta, municiones, hachuela y otras cosas muy pesadas.

En este viaje mi perro sorprendió a un joven cabritillo y lo atrapó, y yo, corriendo para sujetarlo, lo cogí y lo salvé vivo del perro. Deseaba llevarlo a casa si podía porque había pensado con frecuencia si sería posible coger un cabrito o dos y así criar cabras domésticas que pudieran abastacerme cuando se me hubieran terminado la pólvora y las balas.

Hice un collar para esta pequeña criatura, y con una cuerda que llevaba siempre, le llevé conmigo, aunque con alguna dificultad, hasta que llegué a mi cobertizo; allí lo encerré y lo dejé, porque estaba impaciente por llegar a casa ya que había estado ausente más de un mes.

No puedo expresar la satisfacción que fue para mí entrar en mi antiguo cuchitril y tumbarme en mi hamaca. Este pequeño viaje de errante, sin un lugar para vivir, me había sido tan desagradable que mi propia casa, como yo la llamaba, era un asentamiento perfecto para mí comparado con aquello, y había conseguido que todo fuera tan cómodo a mi alrededor que decidí que nunca me alejaría mucho de ella de nuevo mientras fuera mi destino permanecer en la isla.

Reposé una semana para descansar y recuperarme después de mi largo viaje. Pasé la mayor parte de este tiempo en la importante tarea de hacer una jaula para mi Poll, que empezaba ahora a ser doméstico y familiarizarse mucho conmigo. Luego empecé a pensar en mi pobre cabritillo, al que había encerrado en mi pequeño círculo, y decidí ir para traerlo a casa o darle comida. Por consiguiente, fui y lo encontré donde lo había dejado, porque en realidad no podía salir, pero estaba casi muerto de hambre por falta de comida. Cogí ramas de árboles y los arbustos que pude encontrar, y se los tiré, y habiéndole alimentado, lo até como antes para llevármelo, pero era tan dócil al tener hambre que no fue necesario atarlo, porque me seguía dócilmente, y como continué alimentándole, la criatura llegó a ser tan adorable, dulce y cariñosa que también se convirtió en uno de mis animales domésticos y nunca me abandonó después.

La estación lluviosa del equinoccio del otoño llegó ahora, y guardé el 30 de septiembre de la misma manera solemne que el anterior, al ser el aniversario de mi llegada a la isla, y al llevar allí ahora dos años y sin más perspectivas de liberación que el primer día que llegué aquí. Pasé el día entero dando gracias con humildad por las muchas bendiciones maravillosas que atendían a mi condición de solitario, y sin las cuales hubiera sido infinitamente más desgraciado. Di gracias a Dios de una forma humilde y de corazón por haberse descubierto a mí incluso era posible que pudiera ser más feliz en este estado solitario de lo que hubiera sido libre en la sociedad y con todos los placeres del mundo. Él podía compensar por completo las deficiencias de mi condición solitaria y la necesidad de compañía humana por Su presencia, y las comunicaciones de Su gracia a mi alma, apoyándome, consolándome y dándome ánimos para depender de Su Providencia aquí, y esperar Su presencia eterna en el futuro.

Ahora era cuando empezaba a sentir de verdad que la vida que llevaba era mucho más feliz, con todas sus miserables circunstancias, que la vida maldita y abominable que había llevado en los días de mi pasado, y ahora habían cambiado mis penas, alegrías y deseos; mis afectos cambiaron de rumbo, y mis placeres eran completamente nuevos desde que llegué aquí.

Antes, cuando caminaba por ahí, cazando o contemplando el terreno, la angustia de mi alma en mi estado estallaba de repente y mi corazón se moría dentro mí al pensar en los bosques, montañas y desiertos en los que estaba, y en cómo era prisionero encerrado entre los barrotes y cerrojos eternos del océano, y un páramo deshabitado, sin salvación. En medio de la calma más grande de mi mente, esto estallaba como una tormenta y me hacía retorcerme las manos y llorar como un niño. Algunas veces me cogía en medio de mi trabajo; me sentaba de repente y suspiraba, y miraba al suelo durante una hora o dos, y esto era todavía peor para mí, porque si hubiera roto a llorar o me hubiera desahogado con palabras, se hubiera pasado y al haberse agotado la pena esta sería menor.

Pero ahora empezaba a ejercitarme en nuevos pensamientos. Leía la Palabra de Dios a diario y aplicaba todos sus consuelos a mi estado actual. Una mañana, que estaba muy triste, abrí la Biblia sobre estas palabras: «Nunca, nunca te dejaré, ni te abandonaré.» Se me ocurrió de repente que estas palabras eran para mí. ¿Por qué se dirigían a mí de esa manera justo en el momento en el que estaba lamentándome por mi estado, como alguien al que han abandonado Dios y el hombre? «Bien, entonces —dije—, si Dios no me abandona, ¿qué malas consecuencias puede haber, o qué puede importar, que todo el mundo me abandone? Viéndolo por el otro lado, si tuviera todo el mundo y perdiera el favor y la bendición de Dios, ¿no tendría comparación la pérdida?».

Desde este momento empecé a llegar a la conclusión de que era posible que yo fuera más feliz en esta condición solitaria, abandonado, de lo que probablemente hubiera sido en cualquier otra condición en el mundo; y con este pensamiento iba a darle gracias a Dios por traerme a este lugar.

No sé cómo fue, pero algo me chocó al pensar esto y no me atrevía a decir esas palabras. «¿Cómo puedes ser tan hipócrita —dije, incluso en voz alta—; pretender dar las gracias por un estado por el que, sin embargo, te has esforzado por luchar en contra, por el que has rogado de corazón que te liberaran?» Así que me detuve. Pero aunque no pude agradecerle a Dios estar aquí, sin embargo, le di las gracias con sinceridad por hacerme ver mi antigua condición de vida y llorar por mi maldad y arrepentirme. Nunca abría la Biblia o la cerraba sin bendecir a Dios con el alma por haber ordenado a mi amigo en Inglaterra, sin orden mía, empaquetarla entre mis bienes, y por ayudarme después a rescatarla del naufragio.

CAPÍTULO XIV

SOY UN HOLGAZÁN MUY RARO

Así, en esta disposición de ánimo, empecé mi tercer año. Y aunque no he molestado al lector con tantos detalles de mi trabajo como en el primer año, sin embargo, se podría decir que era un holgazán muy raro. Porque al haber dividido mi tiempo regularmente, conforme a los distintos trabajos diarios que tenía delante, primero, mi deber era para con Dios y la lectura de las Escrituras, para lo cual reservaba constantemente algún tiempo tres veces al día; segundo, salir afuera con mi escopeta a por comida, lo que generalmente me llevaba tres horas cada mañana, cuando no llovía; tercero, ordenar, arreglar, conservar y cocinar lo que había matado o cogido. Esto me ocupaba gran parte del día. También hay que tener en cuenta que al mediodía, cuando el sol estaba en lo más alto, la fuerza del calor era demasiado grande para salir; por tanto, unas cuatro horas por la tarde era todo el tiempo que se suponía que tenía para trabajar dentro, con esta excepción: algunas veces cambiaba mis horas de caza y labor: trabajaba por la mañana y salía con mi escopeta por la tarde.

A este poco tiempo dedicado al trabajo, se ha de añadir la laboriosidad excesiva que conllevaba, las muchas horas que se iban por carecer de herramientas, de ayuda y de habilidad. Por ejemplo, tardé cuarenta y dos días enteros en construir un tablero para una estantería larga, que quería para mi cueva, mientras que dos aserradores con sus herramientas y una sierra dentada hubieran cortado seis de ellos del mismo árbol en medio día.

Mi caso fue este: necesitaba un árbol muy grande, porque mi tablero tenía que ser ancho. Tardé tres días en talar este árbol y dos más en cortar las ramas y en reducirlo a un tronco o trozo de madera. Con indescriptibles hachazos y tallados, reduje a astillas ambos lados, hasta que empezó a ser lo suficientemente ligero como para moverlo. Entonces le di la vuelta y el otro lado lo hice suave y liso como un tablero de un extremo a otro; luego, poniendo este lado hacia abajo, corté el otro hasta que la tabla midió unas tres pulgadas de grueso y quedó lisa por ambos lados. Cualquiera puede juzgar el trabajo que me llevó esta pieza, pero tiempo y paciencia tenía mucho; sólo menciono esto en particular para mostrar la razón por la que se me iba tanto tiempo con un trabajo pequeño, es decir, lo que hubiera sido sencillo con ayuda de herramientas era una gran labor y necesitaba un tiempo prodigioso para hacerlo yo solo a mano.

Pero a pesar de ello, con paciencia y trabajo conseguí muchas cosas, y de hecho todo lo que necesitaba en mis circunstancias, como se verá a continuación.

Ahora, en los meses de noviembre y diciembre, estaba esperando mi cosecha de cebada y arroz. El suelo que había abonado y cavado para ello no era grande, porque como ya he comentado, mi semilla de cada especie no era más de medio celemín, ya que había perdido una cosecha entera sembrando en la estación seca; pero ahora mi cosecha prometía ser muy buena, cuando de repente descubrí que estaba en peligro de perderla de nuevo debido a enemigos de varias clases, y que no podía alejarlos de ella. Al principio, las cabras y las criaturas salvajes a las que llamaba liebres, las cuales, al probar la dulzura de la hoja tan pronto como brotaba, estaban allí noche y día, y la comían tanto que no conseguía crecer y convertirse en tallo.

No vi otro remedio para esto que hacer un cercado alrededor con un seto, el cual construí con gran esfuerzo, y más porque corría prisa. Sin embargo, como mi tierra de labor era pequeña, apropiada para mi cosecha, la cerqué bien en tres semanas de tiempo, y disparando a algunas criaturas durante el día, dejaba a mi perro haciendo guardia por la noche, atándolo a una estaca de la cerca, donde permanecería y ladraría toda la noche. Así, en poco tiempo los enemigos abandonaron el lugar, y el grano creció muy fuerte y bien, y empezó a madurar a ritmo acelerado.

Pero al igual que los animales lo echaban a perder antes, mientras mi grano estaba en la hoja, así los pájaros estuvieron a punto de estropearlo después, cuando estaba en la espiga, porque al ir al lugar a ver como crecía, vi mi pequeña cosecha rodeada de aves de no sé cuántas clases, las cuales se quedaron allí observando hasta mi partida. Me dirigí enseguida hacia ellas (porque siempre tenía la escopeta). Tan pronto como disparé, se levantó una nube pequeña de aves, que no había visto, de entre el grano.

Esto me afectó, porque preveía que en pocos días devorarían todas mis esperanzas, me moriría de hambre y nunca sería capaz de conseguir una cosecha, y no sabía qué hacer. Sin embargo, decidí no perder mi grano, si era posible, aunque tuviera que vigilarlo noche y día. En primer lugar me metí entre él para ver el daño causado, y descubrí que habían estropeado una buena cantidad, pero como estaba demasiado verde para ellas, la pérdida no fue muy grande, y lo que quedaba podría ser una buena cosecha si podía salvarla.

Me quedé allí cargando mi escopeta, y cuando me marchaba pude ver fácilmente a los ladrones posándose en todos los árboles de mi alrededor, como si estuvieran esperando a que me fuera, y resultó ser así, porque a medida que me alejaba, como si me fuera, tan pronto me perdieron de vista se lanzaron al grano de nuevo. Me sentí tan provocado que no tuve paciencia para quedarme hasta que llegaran más, sabiendo que cada grano que se comieran ahora era, se podría decir, un picotazo para mí peor por sus consecuencias; así pues, subiendo al seto, disparé de nuevo y maté a tres. Esto es lo que deseaba, por lo cual las cogí e hice con ellas lo que se hace con los ladrones conocidos en Inglaterra, es decir, las colgué de cadenas para que se aterrorizaran las demás. Casi es imposible imaginar el efecto que tuvo esto, porque las aves no sólo ya no vinieron al grano, sino que en poco tiempo desaparecieron de esa parte de la isla, y nunca pude ver a ningún pájaro cerca del lugar durante el tiempo que mis espantapájaros estuvieron colgados allí.

Estaba muy contento con esto, y a finales de diciembre recolecté la cosecha, que era la segunda del año.

Eché de menos con tristeza tener una guadaña o una hoz para cortarlo, y todo lo que podía hacer era fabricarme una de la mejor forma que pudiera a partir de un sable, o alfanje, que salvé entre las armas del barco. Sin embargo, como mi primera cosecha era muy pequeña, no tuve gran dificultad para cortarla. En resumen, sólo corté las espigas y me las llevé en una gran cesta que había hecho, y luego las froté a mano. Al final, descubrí que de mi medio celemín de semillas tenía cerca de dos fanegas de arroz y unas dos fanegas y media de cebada, es decir, lo que adivinaba, porque no tenía nada para medir en aquella época.

Mas esto me animó mucho, y preveía que con el tiempo, si le agradaba a Dios, me proporcionaría pan. Y sin embargo, aquí me quedé perplejo de nuevo, porque no sabía cómo molerlo o hacer alguna comida con grano, ni limpiarlo y partirlo; y no sólo hacer comida, sino también pan. Estas cosas se añadieron a mi deseo de tener una buena cantidad para almacenar y asegurar un suministro constante; decidí no probar nada de esta cosecha y conservar todo como semilla para la estación siguiente, y mientras tanto dedicar todo mi estudio y horas de trabajo a llevar a cabo este gran trabajo de proveerme de grano y pan.

Se podría decir que ahora trabajaba para mi pan. Esto es maravilloso y creo que poca gente ha pensado mucho sobre ello: la extraña multitud de pequeñas cosas necesarias para producir, salar, preparar, hacer y terminar este artículo llamado pan.

Yo, que estaba reducido a un mero estado de la naturaleza, encontraba esto para mi desaliento diario, y me hacía más sensible cada hora, incluso después del primer puñado de semilla, el cual, como he dicho, brotó inesperadamente y de hecho fue una sorpresa.

En primer lugar, no tenía arado con el que levantar la tierra, ni pala para cavar. Bueno, vencí esto haciendo una pala de madera, como dije antes, y aunque me costó muchos días hacerla, sin embargo, por falta de hierro no sólo se estropeó pronto, sino que hizo que mi trabajo fuera más duro y que lo realizara mucho peor.

No obstante, lo soporté, y estaba contento de trabajar con paciencia y soportar la mala realización. Cuando estuvo sembrado el grano, no tenía grada y me vi obligado a pasar yo mismo por encima y arrastrar una gran rama pesada de un árbol sobre ella, para arañarla más que rastrillarla o ararla.

Cuando estaba creciendo ya me había dado cuenta de todas las cosas que necesitaba: cercarla, asegurarla, segarla o recogerla, prepararla y llevarla a casa, sacudirla, separarla de la paja y guardarla. Luego necesitaba un molino para molerla, cribas para prepararla, levadura y sal para convertirla en pan, y un horno para cocerla. Y sin embargo, hice todas estas cosas sin tener nada, como ya contaré, y el grano fue un consuelo y ventaja inestimables para mí también. Todo esto, como dije, hacía todo laborioso y tedioso para mí, pero no tenía ayuda, ni perdía el tiempo porque, como lo había dividido, cierta parte de él estaba destinado a estos trabajos todos los días. Y como decidí no emplear grano para pan hasta que tuviera una cantidad más grande, tenía los seis meses siguientes para aplicarme por completo al trabajo e invención para equiparme de los utensilios apropiados para su realización, todas las operaciones necesarias para hacer del grano (cuando lo tuviera) un uso apropiado para mí.

Pero primero iba a preparar más tierra, porque ahora tenía semilla suficiente para sembrar más de un acre de tierra. Antes de hacer esto, tuve al menos una semana de trabajo para hacerme una pala, la cual era lamentable en realidad, muy pesada, y requería un doble esfuerzo para trabajar con ella. Sin embargo, seguí adelante y sembré mi semilla en dos grandes trozos de tierra llanos, tan cerca de mi casa como pude encontrar, y los cerqué con una empalizada, cuyas estacas estaban cortadas todas de aquella madera que había colocado antes y que sabía que crecería, de manera que sabía que en un año tendría una empalizada rápida o viva que necesitaría muy poca reparación. Este trabajo no era tan pequeño como para tardar menos de tres meses, porque gran parte de ese tiempo correspondía a la estación húmeda, cuando no podía salir al exterior.

De puertas adentro, es decir, cuando llovía y no podía salir, encontraba trabajo en múltiples ocasiones. Observando siempre que todo el tiempo que trabajaba me entretenía hablando con mi loro y le enseñaba a hablar, rápidamente aprendió a decir su nombre, al menos a decirlo bastante alto: Poll, que era la primera palabra que había oído en la isla procedente de una boca que no era la mía. Esto, por tanto, no fue trabajo mío, sino una ayuda, porque ahora, como dije, tenía una gran tarea entre manos: estudiar mucho, por un medio u otro, para hacerme algunas vasijas de barro, que en realidad necesitaba muchísimo pero no sabía cómo conseguirlas. Sin embargo, considerando el clima caluroso, no dudaría, si encontraba algo de arcilla, en hacer una especie de cacerola que fuera, al secarse al sol, lo suficientemente dura y fuerte para soportar su manejo y contener todo lo que fuera seco y precisara mantenerse así, y como esto era necesario para preparar el grano, la harina, etc., decidí hacer alguna tan grande como pudiera y dedicarlas solamente a tinajas que contuvieran lo que se pusiera en su interior.

Haría que el lector sintiera pena o se riera de mí, si contara de cuántas maneras torpes levanté esta pasta; qué cosas tan raras, deformes o feas hacía; cuántas se caían hacia dentro o hacia fuera, al no ser demasiado dura la arcilla como para soportar su propio peso; cuántas se rajaban por el calor demasiado fuerte del sol, al ponerlas fuera demasiado deprisa, y cuántas se hacían pedazos con solo moverlas, igual antes que después de estar secas, y, en una palabra, cómo después de haber trabajado duro para encontrar la arcilla, cavarla, templarla, traerla a casa y trabajarla, no pude hacer más de dos objetos feos y grandes de barro, que no puedo llamar tinajas, en unos dos meses de labor.

Sin embargo, como el sol las coció hasta secarlas y endurecerlas, las levanté con mucho cuidado y las coloqué de nuevo en dos grandes cestas de mimbre, que había hecho para este fin, para que no se rompieran, y como entre el cacharro y la cesta había poco espacio, lo rellené de paja de arroz y cebada, y al estar siempre secos estos dos tarros, pensé que contendrían mi grano seco y quizá la harina cuando el grano estuviera machacado.

Aunque se malogró mucho mi diseño de vasijas grandes, sin embargo, hice varias cosas más pequeñas con más éxito, como pequeñas vasijas redondas, platos llanos, jarras y pucheritos, y todo lo torneaba con mi mano y lo cocía al calor del sol hasta hacerlo extrañamente duro.

Pero con todo esto no conseguía mi fin, que era tener una vasija de barro para guardar líquido y que soportara el fuego, lo cual ninguna podía hacer. Sucedió que después de algún tiempo, hice un gran fuego para cocinar mi carne; cuando fui a retirarla encontré en las brasas un trozo roto de una de mis vasijas de barro, tan dura como una piedra y roja como una teja. Me sorprendió agradablemente ver aquello y me dije a mí mismo que con seguridad se podría cocer una entera si lo había hecho un trozo roto.

Esto hizo que me pusiera a estudiar el fuego, así como hacer que se cocieran algunas vasijas. No tenía ni idea del horno que utilizan los alfareros, o del barnizado con plomo, aunque disponía de este metal con el que hacerlo, pero coloqué tres pucheritos grandes y dos o tres vasijas en un montón y puse mi leña alrededor con un gran montón de brasas debajo de ellos. Eché más combustible al fuego alrededor de la parte exterior y por encima, hasta que vi que las vasijas del interior estaban rojas y observé que no se rajaban. Cuando estuvieron rojas, las dejé en el calor unas cinco o seis horas, hasta que descubrí que una de ellas, aunque no se había roto, empezaba a derretirse porque la arena con la que estaba mezclada la arcilla se derretía por la fuerza del calor, y se habría convertido en vidrio si hubiera continuado; por tanto, disminuí el fuego poco a poco, hasta que las vasijas empezaron a atenuar su color rojo y vigilándolas toda la noche para no dejar que el fuego disminuyera demasiado deprisa, por la mañana tenía tres pucheritos muy buenos, no diré que bonitos, y otras dos vasijas de barro, tan duras como pudiera desear, y una de ellas perfectamente vidriada al derretirse la arena.

Después de este experimento, no es necesario explicar que tuve toda clase de vasijas de barro para mi uso, pero es necesario decir que respecto a sus formas, eran muy diferentes, como puede suponer cualquiera, cuando yo no tenía forma de hacerlas, como los niños que hacen castillos de tierra, o como una mujer haría pasteles sin haber aprendido a levantar la pasta.

Nada me causó una alegría igual que el comprender que había hecho una vasija de tierra que soportara el fuego, y apenas tuve paciencia para dejarla enfriar, y la puse al fuego de nuevo, con un poco de agua dentro, para cocer un poco de carne, lo que hizo admirablemente bien, y con un trozo de cabrito me hice un caldo muy sabroso, aunque necesitaba harina de avena y otros ingredientes para hacerlo mejor.

Mi siguiente preocupación fue conseguir un mortero para aplastar o golpear el grano; porque respecto al molino, no pensé en llegar a esa perfección del arte con un par de manos. Para suplir esta necesidad yo era una calamidad, porque de todos los oficios del mundo no estaba nada cualificado para ser cantero, ni tampoco tenía las herramientas para emprender la tarea. Pasé días buscando una piedra lo suficientemente grande como para ahuecarla y adecuarla como mortero, y no pude encontrar ninguna, a excepción de una roca sólida, pero no hubo manera de que pudiera arrancarla o cortarla. De hecho no había en la isla rocas con la suficiente dureza, ya que eran piedras de arenisca y se desmenuzaban, y no habrían soportado el peso de una mano de mortero o se rompería el grano llenándolo de arena. Así que después de mucho tiempo perdido buscando una piedra, lo dejé y decidí buscar un gran bloque de madera dura, el cual encontré con más facilidad, y cogiendo uno tan grande como mis fuerzas pudieron levantar, lo redondeé y le di forma al exterior con mi hacha y hachuela; luego, con la ayuda del fuego y mucho trabajo, lo ahuequé por dentro, como los indios del Brasil cuando hacen sus canoas. Después de esto hice una gran mano de mortero o batidor, de la madera llamada de hierro, y preparé y guardé esto hasta que tuviera mi siguiente cosecha de grano, cuando me proponía molerla, o más bien, machacarla, y convertir mi grano en harina para hacerme mi pan.

Mi siguiente dificultad fue hacer un tamiz para preparar la harina y separarla del salvado y la cáscara, sin lo cual no veía posible que pudiera tener pan. Esto fue algo muy difícil, tanto como para pensar en ello, porque seguro que no tenía nada de lo necesario para hacerlo. Me refiero a lona fina o algo parecido para tamizar la harina. Y aquí llegué a un punto y aparte durante muchos meses sin saber qué hacer realmente. Ya no tenía tela, sino meros harapos. Disponía de piel de cabra, pero desconocía cómo tejerla ni hilarla. Y si hubiera sabido, aquí no había herramientas para trabajar en ello. Todo el remedio que encontré para esto fue recordar que tenía entre las ropas de los marineros que salvé del barco, algunos pañuelos de percal o muselina, y con algunos trozos hice tres tamices pequeños, pero bastante apropiados para el trabajo. Así me serví de ellos varios años. Lo que hice después lo mostraré en su lugar.

La cocción era lo siguiente a considerar, y también la forma en la que haría pan cuando llegara a tener grano. Porque, primero, no tenía levadura. Respecto a esa parte, como no se podía solucionar, no me preocupé mucho de ello, pero respecto al horno estaba bastante preocupado. Al final experimenté con esto también. Hice algunas vasijas de barro muy anchas, pero no profundas, es decir, de unos dos pies de diámetro, y de no más de nueve pulgadas de profundidad. Las cocí en el fuego, como había hecho con las otras, y las guardé. Cuando quería cocer, hacía un gran fuego en mi hogar, el cual había pavimentado con algunas baldosas cuadradas de fabricación propia y cociéndolas también, pero no debería decir que eran cuadradas.

Cuando la leña se quemaba y se convertía en brasas o ascuas la extendía sobre este hogar, lo cubría por completo y allí las dejaba hasta que estuviera muy caliente. Luego, barriendo todas las ascuas, colocaba mi pan, o mis panes, y poniendo la vasija de barro encima, extendía las ascuas alrededor de toda la vasija para conservar el calor. Y así, al igual que en el mejor horno del mundo, cocía mis panes de cebada y en poco tiempo hacía hasta pasteles de arroz y budines. No hacía pastel de carne porque no disponía de otra salvo la de ave o de cabra.

No es de extrañar que todas estas cosas me ocuparan la mayor parte del tercer año de mi estancia allí, porque se ha de indicar que en los intervalos tuve que preocuparme de mi nueva cosecha y agricultura, ya que recogí mi grano en su estación, lo llevé a casa como pude y lo dejé en las espigas, en mis cestas grandes, hasta que tuviera tiempo de sacarlo frotando, porque no tenía instrumento o superficie sobre la que aplastarlo.

Y ahora que aumentaba mi reserva de grano, quería construir realmente graneros más grandes. Necesitaba un lugar donde almacenarlo, porque aumentaba tanto que tenía veinte fanegas de cebada y otro tanto o más de arroz. Era tanta cantidad que decidí empezar a usarlo libremente porque hacía tiempo que se me había terminado el pan. Tambien determiné ver qué cantidad anual sería suficiente y sembrar sólo una vez al año.

En general, comprendí que cuarenta fanegas de cebada y arroz eran mucho más de las que podía consumir en ese tiempo, así que decidí sembrar justo la misma cantidad cada año que la última vez, con la esperanza de que ello me proporcionaría lo suficiente.

Mientras tanto mis pensamientos se dirigían muchas veces a la espléndida tierra que había visto desde el otro lado de la isla. No era un secreto que deseara estar en aquella costa, pues la creía tierra firme y un país habitado, donde encontraría quizá al fin alguna forma de escapar.

Pero pensaba en todo esto mientras no tenía en cuenta los peligros de tal situación, pues podría caer en manos de salvajes, y quizá tendría razón al pensar que serían mucho peores que los leones y tigres de África; que si alguna vez caía en su poder, correría un peligro mil veces mayor de ser asesinado y quizá comido. Porque había oído que la gente de la costa caribeña era caníbal, o antropófaga, y sabía que por mi latitud no tenía que estar muy lejos de esa costa. Suponiendo que no fueran caníbales, ellos podrían matarme, como les había sucedido a muchos europeos que habían caído en sus manos, incluso cuando iban diez o veinte juntos, pues yo estaba solo y poco podía hacer para defenderme. Había de tener en cuenta todas estas cosas, digo, que se sumaban a mis pensamientos; sin embargo, no me quitaban ninguno de mis temores al principio, y seguía con la idea de llegar a la costa.

Ahora añoraba a Xury y el bote grande con la vela cangreja con la que navegamos más de mil millas por la costa de África, pero era en vano. Entonces pensé que iría a mirar el bote de nuestro barco, el cual, como dije, fue llevado a la costa en una tormenta, cuando naufragamos. Estaba casi como al principio, y se había dado la vuelta por la fuerza de las olas y de los vientos, casi boca abajo contra un montón de arena, pero no había agua a su alrededor como antes.

Si hubiera podido repararlo y lanzarlo al agua, la barca lo hubiera hecho bastante bien, y habría regresado a Brasil con bastante facilidad, pero tendría que haber previsto que no podía darle la vuelta y ponerla boca arriba para poder desplazarme por la isla. Sin embargo, me fui al bosque, corté palancas y rodillos, y los llevé al bote decidido a intentar hacer lo que pudiera. Me convencí a mí mismo de que si pudiese darle la vuelta podría reparar fácilmente el daño que había sufrido; sería una barca muy buena y podría salir al mar en ella muy fácilmente.

No escatimé esfuerzos en este trabajo infructuoso y pasé, creo, tres o cuatro semanas en ello. Al final viendo que era imposible arrastrarla con mi poca fuerza, excavé en la arena para hacerla bajar colocando trozos de madera debajo para empujarla y guiarla bien en el descenso.

Pero cuando había hecho esto, fui incapaz de levantarla de nuevo o de poner los maderos debajo, y mucho menos moverla hacia el agua. Así que me vi obligado a dejarlo y sin embargo, aunque perdí las esperanzas del bote, mi deseo de aventurarme a ir al continente aumentaba, más que disminuía, cuando los medios para ello parecían imposibles.

CAPÍTULO XV

Construyo una canoa

Al final llegué a pensar si no sería posible hacerme una canoa o piragua, como las que construyen los nativos de ese clima, incluso sin herramientas, o como podría decirse, sin manos, a partir de un tronco de árbol grande. Pensé que esto no sólo sería posible, sino fácil, y me agradó mucho la idea de hacerla; teniendo muchos más útiles para ello que los de cualquier negro o indio, pero sin considerar del todo los inconvenientes particulares que tenía yo, más de los que tenían los indios: me faltaban manos para llevarla al agua cuando estuviera hecha, una dificultad mucho mayor que yo tenía que superar que todas las consecuencias que supondría la falta de herramientas. En efecto, ¿de qué me serviría que después de haber elegido un árbol grande en el bosque, de haber tenido muchos problemas para cortarlo, si después de haber podido tallarlo para darle la forma apropiada a la barca por el exterior con mis herramientas, y de haber quemado o recortado el interior para dejarlo hueco y así fabricar un bote; si después de esto tenía que abandonarlo justo allí donde lo había encontrado y no ser capaz de lanzarlo al agua?

Cualquiera hubiera pensado que podía haber reflexionado un poco sobre mis circunstancias, mientras estaba fabricándome el bote, pero yo habría pensado inmediatamente en cómo llevarlo al mar. Estaba tan absorto en mi viaje que nunca tuve en cuenta cómo lo sacaría de tierra, y era realmente por su propia naturaleza más fácil para mí guiarlo más de cuarenta y cinco millas por el mar, que las cuarenta y cinco brazas de tierra desde donde estaba para hacerlo flotar en el agua.

Me puse a trabajar en este bote como un loco que tiene sus sentidos despiertos. Me gustó el diseño, sin determinar si sería capaz de llevarlo a cabo, aunque la dificultad de lanzar mi bote al mar me asaltaba con frecuencia. Pero puse fin a mis propias preguntas sobre ello con esta contestación alocada que me daba a mí mismo: «Hagámosla primero, seguro que encontraré la forma de marcharme cuando esté hecha.»

Este era un pensamiento absurdo, pero prevalecía el entusiasmo de mi imaginación y me puse a trabajar. Tiré un cedro. Me pregunto si Salomón tuvo alguna vez uno así para el edificio del Templo de Jerusalén. Tenía cinco pies y diez pulgadas de diámetro en la parte más baja cercana al tocón, y cuatro pies y once pulgadas de diámetro en el extremo opuesto, a veintidós pies de distancia, después de lo cual lo reduje durante un tiempo y partí las ramas. Me costó mucho trabajo cortar este árbol. Estuve veinte días dando hachazos y tallando el fondo, y catorce días más quitando ramas y cortando la extendida copa, a la cual di hachazos y tallé con mi hacha y hachuela, un trabajo indescriptible. Después de esto me costó un mes darle forma y las proporciones debidas a algo parecido al fondo de un bote para que pudiera mantenerse en vertical, que era lo debido. Me costó cerca de tres meses más limpiar el interior y trabajé para que resultara ser un bote exacto. De hecho, esto lo hice sin fuego, sólo con mazo y cincel y a fuerza de trabajo duro hasta que lo convertí en una bonita piragua lo suficientemente grande como para transportar a veintiséis hombres, y por consiguiente para llevarme a mí y a mi carga.

Cuando terminé mi trabajo, estaba encantado con él. El bote era realmente mucho más grande que cualquier canoa o piragua que hubiese visto en mi vida, hecha de un solo árbol. Había costado muchos golpes y sólo quedaba meterlo en el agua, y si lo hubiera hecho, no hay duda de que habría empezado el viaje más loco y el más improbable de ser realizado que nunca se había llevado a cabo.

Pero fallaron todos mis esfuerzos por meterlo en el agua, que estaba a cien yardas, no más. Mas el primer inconveniente era que el bote estaba en cuesta hacia el arroyo. Para eliminar este impedimento decidí cavar la superficie de la tierra, y así hacer un declive. Lo empecé y me costó mucho esfuerzo, pero ¿a quién le molestan los sufrimientos si tiene la liberación a la vista? Mas cuando terminé este trabajo y superé esta dificultad, vino otra más grande, porque no pude levantar más la canoa de lo que pude levantar el otro bote.

Entonces medí la distancia de tierra y decidí hacer una dársena o canal para que el agua llegara hasta la canoa, viendo que no podía llevarla al agua. Pues bien, empecé este trabajo y cuando calculé la profundidad que debería cavar, la anchura y cómo se llenaría, comprendí que por la cantidad de manos que había, sólo las mías, tendrían que haber pasado diez o doce años antes de haber bajado con ella, ya que la costa era elevada, así que en el extremo más alto tendría que haber al menos veinte pies de profundidad. Por tanto, al final, aunque con gran renuencia, di por terminado el intento también.

Esto me dolió de corazón, y ahora veía, aunque demasiado tarde, la locura de empezar un trabajo antes de tener en cuenta lo que costaba y de juzgar correctamente nuestra fuerza para llevarla a cabo.

En medio de este trabajo terminé mi cuarto año en este lugar, y guardé mi aniversario con la misma devoción y con más consuelo que nunca, porque gracias a un estudio constante y una aplicación seria de la Palabra de Dios, y por la ayuda de Su gracia, obtuve un conocimiento diferente de lo que había tenido antes. Albergaba nociones diferentes de las cosas, miraba ahora al mundo como algo remoto, que nada tenía que ver conmigo, del que nada esperaba y, de hecho, ni tenía deseo. En una palabra, no tenía nada que ver con él, ni me gustaría tenerlo. Así que pensaba que parecía que podíamos mirarlo quizá de aquí en adelante como un lugar en el que había vivido pero que estaba fuera de él, y bien podría decir, como el padre Abraham a Dives: «Entre tú y yo hay un gran abismo.»

En primer lugar, aquí me había alejado de toda la maldad del mundo. No tenía la lujuria de la carne o el orgullo de vida. No había nada que codiciar, porque yo tenía todo de lo que era capaz de disfrutar, era el señor de todo el feudo, o si lo deseaba podía llamarme rey o emperador de todo el terreno del que tenía posesión. No había rivales. No tenía competencia, nadie que discutiera la soberanía o que mandara conmigo. Podría haber recogido grano para cargar un barco, pero no serviría de nada; así que tenía el poco grano que pensaba era suficiente para mí. Disponía de bastantes tortugas, pero de cuando en cuando con una tenía bastante; tenía madera suficiente para construir una flota de barcos, y uvas suficientes para hacer vino, o para convertirlas en pasas, para cargar esa flota cuando hubiera estado construida.

Pero de todo lo que podía hacer uso era valioso. Tenía bastante para comer y abastecer mis necesidades. ¿Y qué era lo demás para mí? Si mataba más carne de la que podía comer, el perro tenía que comérsela, o los bichos. Si sembraba más grano del que podía comer, tendría que estropearse. Los árboles que cortaba estaban en el suelo pudriéndose. No podía hacer uso de ellos a no ser como combustible, y eso no tenía ocasión de hacerlo nada más que para hacerme la comida.

En una palabra, la naturaleza y experiencia de las cosas me dictaban esa reflexión de que las cosas buenas de este mundo no son mejores para nosotros de lo que son por el uso que hacemos de ellas, y que cualquier cosa que podemos amontonar realmente para dar otras, disfrutamos tanto como podemos hacer uso de ellas, y no más. El avaro más codicioso del mundo se hubiera curado del vicio de la codicia si hubiera estado en mi caso. Porque yo poseía infinitamente más de lo que sabía hacer con ello. No tenía espacio para el deseo, excepto de cosas que no tenía, pero que eran nimiedades, aunque en realidad de gran utilidad para mí. Tenía, como señalé antes, un paquete de dinero, tanto de oro como de plata, unas treinta y seis libras esterlinas. ¡Ay! He ahí su inutilidad horrible y penosa. No había forma de negociar con él, y con frecuencia pensaba que habría dado un puñado por pipas para el tabaco o por un molino de mano para moler mi grano. No, lo hubiera dado todo por el valor de una moneda de seis peniques de semillas de nabos y zanahorias de Inglaterra, o por un puñado de guisantes y de judías y un frasco de tinta. Así que yo no sacaba el más mínimo provecho ni me beneficiaba de él, pero allí estaba en un cajón y enmohecía con la humedad de la cueva en la estación húmeda, y si tuviera el cajón lleno de diamantes habría sido lo mismo: de ninguna manera me servirían porque no podría hacer uso de ellos.

Mi condición de vida era ahora mucho más cómoda que al principio, tanto para mi mente como para mi cuerpo. Con frecuencia me sentaba a comer lleno de gratitud y admirando la mano de la providencia de Dios, que había llenado así mi mesa en el desierto. Aprendí a mirar más el lado claro de mi condición y menos el lado oscuro y a pensar en lo que disfrutaba más que en lo que necesitaba, y esto me daba algunas veces tal consuelo secreto que no puedo expresarlo, de lo cual advierto aquí para hacer reflexionar a esa gente descontenta que no puede disfrutar con comodidad de lo que Dios les ha dado porque ven y codician algo que Él no les ha dado. Todo nuestro descontento sobre lo que queremos me parecía que surgía de la necesidad de dar las gracias por lo que tenemos.

Otra reflexión era de gran utilidad para mí, y sin duda lo sería para cualquiera que cayera en una aflicción como la mía, y era comparar mi condición presente con lo que esperaba yo que fuera al principio. No, con lo que hubiera sido sin duda, si la buena providencia de Dios no hubiera ordenado de forma maravillosa que el barco naufragara tan cerca de la costa, donde no sólo pude llegar a él sino sacar lo que portaba a la costa para alivio y consuelo mío, sin lo cual yo hubiera carecido de herramientas para trabajar, de armas para defenderme o de pólvora y balas para conseguir mi comida.

Pasaba horas enteras, puedo decir que días enteros, en representarme a mí mismo, con los colores más vivos, cómo tendría que haber actuado si no hubiera sacado nada del barco, cómo podría haber tenido tanta comida, excepto pescado y tortugas; y que como pasó mucho tiempo antes de encontrar una de ellas, tendría que haber muerto primero; que habría vivido, si no hubiera muerto, como un simple salvaje; que si hubiera matado una cabra, o un ave, por cualquier invento, no hubiera habido manera de desollarlas o abrirlas, o separar la carne de la piel y entrañas, o de cortarla, sino que tendría que haber roído con mis dientes y tirar de ella con mis garras como una bestia.

Estas reflexiones me hacían muy sensible a la bondad de la Providencia conmigo, y muy agradecido por mi estado actual, con todos sus apuros y desgracias.

Y sobre esta parte también puedo recomendar que reflexionen aquellos que dicen que se sienten desgraciados: «¿Hay alguna aflicción como la mía? Dejemos que piensen cuánto peor son los casos de algunas personas, y podría haber sido su caso si la Providencia lo hubiera considerado apropiado.»

Tenía una reflexión que me ayudaba también a consolarme y tener esperanza, y era comparar mi estado actual con lo que había merecido y que por tanto había razón para esperarlo de la mano de la Providencia. Había vivido una vida horrible, desprovista totalmente del conocimiento y temor de Dios. Había sido bien instruido por mi padre y por mi madre, y ninguno de los dos hubiera querido en sus primeros esfuerzos infundir temor religioso de Dios en mi mente, un sentido del deber, y de lo que la naturaleza y fin de mi ser me requería. Pero, ¡ay!, cayendo pronto en la vida marinera, que de todas las vidas es la más desprovista del temor de Dios, aunque Sus terrores están siempre delante de ellos. Digo que caí pronto en la vida marinera, y en su compañía, con poco sentido religioso y si lo hubiera tenido mis compañeros se hubieran reído de mí por un desprecio endurecido de los peligros, y las visiones de muerte, que eran habituales en mí, por mi falta de conversación durante tanto tiempo sobre algo que no me gustara u oír hablar de algo que fuera bueno, o tendiera a serlo.

De esta manera yo estaba vacío de todo lo que era bueno, o del menor sentido de lo que yo era o iba a ser, de tal manera que en las liberaciones más grandes de las que disfruté, como mi escapada de Sallee, el que me recogiera el capitán del barco portugués, instalarme tan bien en Brasil, el recibir mi cargamento desde Inglaterra, y cosas similares, nunca dije ni una vez «Gracias, Dios», ni de pensamiento ni de palabra, ni en la mayor angustia tenía yo un pensamiento hacia Él para rezarle, o decir: «Señor, ten piedad de mí», no, ninguna mención del nombre Dios a menos que jurara por él y blasfemara.

Tuve reflexiones terribles durante muchos meses, como ya he dicho, sobre mi vida pasada malvada y dura, y cuando miraba a mi alrededor me daba cuenta de las providencias que me habían atendido desde mi llegada a este lugar, y cómo Dios me había tratado pródigamente, que no sólo no me había castigado merecidamente por mi iniquidad, sino que me había abastecido en abundancia. Esto me daba grandes esperanzas de que había aceptado mi arrepentimiento y de que Dios había tenido piedad al abastecerme.

Con estas reflexiones se preparaba mi mente no sólo para la resignación a la voluntad de Dios en las circunstancias presentes, sino incluso para un agradecimiento sincero por mi estado, y que yo, que todavía era un hombre vivo, no debía quejarme viendo que no tenía el castigo debido por mis pecados, que disfrutaba de tantas mercedes que no tenía razón esperar en ese lugar, que no debería lamentarme nunca más de mi estado, sino alegrarme, dar gracias todos los días por ese pan cotidiano que me llegó con gran asombro. Debería tener en cuenta que había sido alimentado por un milagro, aún más grande que el de los cuervos que alimentaron a Elijah, por una serie de milagros.

Y que apenas podría haber nombrado un lugar en la parte habitable del mundo donde pudiera haber sido echado que tuviera más ventajas para mí. Un lugar donde no tenía sociedad, que me afligía por un lado, pero en el que tampoco encontré bestias voraces, ni lobos o tigres furiosos que amenazaran mi vida, ni criaturas venenosas de las que pudiera alimentarme, ni salvajes que me mataran y me devoraran.

En una palabra, como mi existencia era una vida de tristeza por un lado, también lo era de piedad por otro, y no quería ningún consuelo, sino ser capaz de sentir la bondad de Dios en mí y que me cuidaba en este estado y era mi consuelo diario. Y después de mejorar en estas cosas, me iba y ya no estaba triste.

Hacía ya tanto tiempo que vivía aquí que muchas cosas de las que traje a la costa para ayudarme se habían terminado o estaban a punto de agotarse.

La tinta, como ya dije, se me había acabado hacía algún tiempo, salvo un poco que había complementado con agua hasta que se hizo tan pálida que apenas dejaba marcas negras sobre el papel. Durante el tiempo que duró la empleé para anotar los días del mes en los que me ocurría algo importante, y primero revisando el tiempo pasado, recuerdo que había una extraña coincidencia de días en acontecimientos que sucedieron, y que si hubiera contemplado de manera supersticiosa días funestos o días afortunados, hubiera tenido razones para haberlo considerado con gran curiosidad.

Primero había observado que el mismo día que había dejado a mi padre y a mis amigos y había corrido a Hull con el fin de embarcarme fui cogido por los piratas de Sallee y hecho esclavo.

El mismo día del año que había escapado del naufragio de ese barco en Yarmouth Roads escapé de Sallee en el bote.

El mismo día en que nací, el 30 de septiembre, era el mismo día que había salvado mi vida milagrosamente veintiséis años después, cuando llegué a la costa de esta isla; por tanto, mi vida desgraciada y solitaria empezó ese día.

Después de la tinta, lo primero que me faltó fue el pan, es decir las galletas que saqué del barco. Me las había dosificado al máximo, permitiéndome solamente una al día durante más de un año, y sin embargo, estuve sin pan cerca de un año hasta que recogí mi propio grano, y grandes razones tenía para dar las gracias por tenerlo, habiendo sido casi un milagro, como ya dije.

Mi ropa empezó a estropearse también. Respecto a la ropa interior ya no tenía a excepción de algunas camisas de cuadros que encontré en los arcones de los otros marineros, y que yo conservaba con cuidado, porque muchas veces no podía llevar otra ropa a excepción de una camisa. Y fue de una gran ayuda para mí que de entre todas las ropas de los hombres del barco hubiera casi tres docenas de camisas. Había también varios abrigos gruesos, que en realidad dejé porque daban demasiado calor, y aunque es cierto que el tiempo era tan caluroso que no era necesario llevar ropa, sin embargo, no podía ir totalmente desnudo, no, aunque me había sentido inclinado a ello; no lo hice ni podía pensar en ello, aunque estuviera completamente solo.

La razón por la que no podía ir totalmente desnudo era que no podía soportar el calor del sol tan bien cuando iba desnudo que si llevaba alguna ropa puesta; no, el exceso de calor me hacía ampollas en la piel, mientras que con una camisa puesta, el aire circulaba por debajo de la camisa y me sentía más fresco que sin ella. Tampoco salía a exponerme al sol sin una gorra o sombrero. El calor del sol, con la fuerza que tenía en ese lugar, me hubiera producido dolor de cabeza constantemente al darme directamente en la cabeza, sin una gorra o sombrero encima, así que no podía soportarlo. Mientras que si me ponía un sombrero se calmaba al instante.

Por todo esto empecé a pensar en poner en orden los pocos harapos de que disponía, que yo llamaba ropa. Se habían desgastado todos los chalecos que tenía y mi tarea era ahora intentar poder hacerme algunas chaquetas con los abrigos grandes y con otras telas que tenía. Así me puse a trabajar de sastre, o mejor de chapucero, porque hice una labor muy penosa. Sin embargo, me las arreglé para hacer dos o tres chalecos nuevos, que esperaba me sirvieran durante mucho tiempo; respecto a los bombachos o calzones, hice un arreglo penoso.

He mencionado que había guardado las pieles de todas las criaturas que mataba, quiero decir de las de cuatro patas, y las había colgado estiradas con palos al sol; por este medio algunas de ellas se secaron y se endurecieron tanto que servían para poco, pero otras parecían muy útiles. Lo primero que hice fue una gorra grande para la cabeza, con el pelo hacia fuera para que resbalara la lluvia, y resultó tan bien que después me hice varias ropas con estas pieles, es decir, un chaleco y bombachos abiertos en las rodillas, y ambos sueltos, porque tenían que mantenerme igualmente fresco que caliente. No tengo que omitir reconocer que estaban hechos pésimamente, porque si era mal carpintero, era peor sastre. Sin embargo, me encontraba cómodo, y cuando salía al exterior, si llovía, al estar hacia fuera el pelo de mi chaleco y mi gorra, me mantenía muy seco.

Después de esto pasé mucho tiempo y fatigas para hacer un quitasol. Necesitaba uno mucho en realidad, y deseaba hacerlo. Había visto cómo los hacían en Brasil, donde eran muy útiles para los grandes calores de allí. Y yo sentía que estos eran igual de grandes aquí, y mayores, al estar cerca del Ecuador. Además, como me veía obligado a salir mucho afuera, era muy útil para mí, tanto para las lluvias como para los calores. Pasé muchas fatigas en ello y mucho tiempo antes de poder hacer algo que se sostuviera. Después de pensar que había dado con la forma de hacerlo, estropeé dos o tres sombrillas antes de hacer una mentalmente, pero al final quedó bastante bien. La dificultad principal que encontré fue hacerla bajar. Podía hacer que se abriera, pero si no podía cerrarla y mantenerla así no la podría llevar de otra manera que no fuera encima de la cabeza, lo cual no deseaba. Sin embargo, al final, como dije, me hice una aceptable y la cubrí de pieles, con el pelo hacia arriba, de esa forma escurriría la lluvia como un cobertizo y me protegería del sol con tanta eficacia que podría caminar cuando el tiempo fuera más caluroso, con más ventajas de las que tenía antes con el tiempo más fresco, y cuando no la necesitara podía cerrarla y llevarla debajo del brazo.

Así vivía con bastante comodidad; mi mente logró resignarse por completo a la voluntad de Dios y a ponerme por completo a la disposición de Su providencia. Esto hizo que mi vida fuera mejor que sociable, porque cuando empezaba a lamentar la falta de conversación, me preguntaba a mí mismo si conversar con mis propios pensamientos y con el mismo Dios mediante jaculatorias, no era preferible al mejor placer de la sociedad humana en el mundo.

No puedo decir que después de esto sucediera algo extraordinario durante cinco años, sino que vivía de la misma manera, en la misma situación y lugar, como antes. A lo que me dediqué principalmente, además de mi labor anual de plantar mi cebada y mi arroz y de madurar mis pasas, de los cuales guardaba justo lo suficiente para tener provisiones para el año siguiente, digo que además de esta labor anual y de mi trabajo diario de salir con mi escopeta, tuve una tarea, la de hacerme una canoa, que al final terminé. Así, cavando un canal de seis pies de anchura y cuatro de profundidad, la llevé al arroyo, casi a media milla. Respecto a la primera, como la había hecho tan grande y sin pensar de antemano, lo que debería haber hecho; cómo sería capaz de botarla, de manera que nunca fui capaz de llevarla al agua, me vi obligado a dejarla donde estaba, como recuerdo para que me enseñara a ser más sabio la próxima ocasión. En realidad la vez siguiente no conseguí un árbol apropiado y la hice en un lugar donde no podía llevar el agua hasta ella a menos distancia de, como he dicho, media milla. Mas, como lo vi practicable al final, nunca lo dejé, y aunque estuve cerca de dos años en ello, nunca me molestó mi trabajo con la esperanza de tener un bote con el que salir al mar por fin.

Sin embargo, aunque mi pequeña piragua estaba terminada, su tamaño no respondía al plan que tenía pensado cuando hice la primera. Quiero decir que no podía aventurarme a ir a tierra firme, que estaba a unas cuarenta millas de distancia. Por consiguiente, la pequeñez de mi bote me ayudó a poner fin a ese plan y ahora ya no pensaba en él. Pero como tenía un bote mi siguiente idea fue rodear la isla, porque como ya había estado en el otro lado, al que fui cruzando la isla, como ya he descrito; los descubrimientos que había hecho en ese pequeño viaje me habían animado a ver otras partes de la costa. Ahora que tenía un bote no pensaba en otra cosa que en rodear la isla navegando.

Para este propósito, que podía hacer con discreción y consideración, puse un pequeño mástil en mi bote e hice una vela con algunos trozos de la vela del barco, que estaba en el almacén, y de la cual tenía una gran reserva.

Habiendo fijado el mástil y la vela, y probado el bote, comprendí que navegaría muy bien. Entonces me hice unas cuantas cajas pequeñas en un extremo de la barca para poner provisiones, cosas necesarias y municiones, para mantenerlas secas, bien de la lluvia o de la espuma del mar, y un hueco pequeño largo cortado en el interior del bote para poder colocar mi escopeta, e hice un faldón para colgarlo encima y mantenerla seca.

Fijé mi quitasol también en un escalón de la popa, como un mástil, para que quedara encima de mi cabeza y protegerme del sol como un toldo, y de cuando en cuando hacía un pequeño viaje por el mar, pero nunca me alejaba de la costa ni del pequeño arroyo, mas al final, deseoso de ver el perímetro de mi pequeño reino, decidí hacer mi viaje y por consiguiente avitallé mi barco para el viaje, metiendo dos docenas de panes (pasteles debería llamarlos) de pan de cebada, una vasija de barro llena de arroz tostado, un alimento del que comía en gran cantidad, una botellita de ron, media cabra y pólvora y balas para matar más, y dos abrigos grandes, de los que he mencionado antes y que había rescatado de los arcones de los marineros. Cogí dos, uno para tumbarme encima y el otro para cubrirme por la noche.

Era el 6 de noviembre del sexto año de mi reinado, o de mi cautividad, como se desee, cuando emprendí este viaje, y resultó ser mucho más largo de lo esperado, porque aunque la isla misma no era muy grande, sin embargo, cuando llegué a su parte oriental, descubrí un saliente de rocas que se metía unas dos leguas en el mar, algunas por encima del agua y otras por debajo. Y más allá un banco de arena seca de media legua más; así que me vi obligado a salir al mar para bordear ese punto.

Cuando la descubrí, iba a dar por terminada mi empresa y regresar, sin saber cuándo me vería obligado a salir al mar, y sobre todo, dudando de cómo regresaría. Así que anclé, porque me había hecho una especie de ancla con un trozo de garfio roto que saqué del barco.

Habiendo asegurado mi bote, cogí mi escopeta y continué por la costa, escalando una colina que parecía que dominaba aquel punto, donde vi toda su extensión, y decidí arriesgarme.

Al ver el mar desde esa colina, percibí una fuerte corriente, en realidad muy fuerte, que corría hacia el este, e incluso se acercaba a aquel punto; vi que allí habría peligro cuando entrara ya que podría llevarme a mar abierto con su fuerza y no ser capaz de llegar a la isla de nuevo, y de hecho, si no hubiera subido a esta colina, creo que hubiera ocurrido así, porque la misma corriente existía en el otro lado de la isla, sólo que pasaba a más distancia. Observé que había un remolino debajo de la costa; así que no había otra cosa que hacer: si salías de la primera corriente te metías en el remolino.

Sin embargo, me quedé allí dos días, porque el viento que soplaba fresco del este-sudeste, y que era contrario a la mencionada corriente, produjo un gran brazo de mar sobre ese punto; por tanto, no era seguro para mí quedarme demasiado cerca de la costa por ese brazo, ni alejarme demasiado a causa de la corriente.

El tercer día por la mañana, al haberse calmado el viento por la noche, el mar estaba tranquilo y me arriesgué. Pero lo que ocurrió entonces puede servir de aviso a todos los pilotos atrevidos e ignorantes, porque tan pronto como llegué a ese punto, cuando incluso no estaba más alejado de la costa de lo que medía mi bote, me encontré en aguas muy profundas y en una corriente que parecía la presa de un molino. Se llevó mi barca con tal violencia que lo único que hacía era mantenerla a flote, pero me vi precipitado cada vez más fuera del remolino, que estaba a mano izquierda. No había viento que me ayudara, y todo lo que podía hacer con los remos no servía de nada. Empecé a darme por perdido, porque como la corriente estaba a ambos lados de la isla, sabía que a unas cuantas leguas de distancia se tenían que juntar de nuevo, y entonces me habría ido para no volver. No veía ninguna posibilidad de evitarlo, así que no tenía ninguna otra perspectiva ante mí que la de perecer, no por el mar, que estaba en calma, sino por el hambre. En realidad había encontrado una tortuga en la costa, tan grande que casi no podía levantarla, y la había echado al bote, y tenía un tarro de agua dulce, es decir, uno de mis recipientes de barro. Pero, ¿qué era esto si el bote se metía en el vasto océano, donde, con toda seguridad, no había costa, ni tierra firme o isla, a mil leguas por lo menos?

Y ahora vi con qué facilidad la Providencia de Dios hacía empeorar la miserable condición de la humanidad. Ahora miraba atrás a mi isla solitaria y lo veía como el lugar más agradable del mundo, y toda la felicidad que mi corazón pudiera desear era estar allí de nuevo. Extendía las manos hacia ella con deseos anhelantes. «¡Oh, feliz desierto! —dije—. ¡No te veré más! ¡Oh, miserable criatura! ¿A dónde iré a parar?». Entonces me reproché mi ingratitud y lo mucho que me había lamentado de mi estado solitario. Y ahora lo que daría por estar en la costa de nuevo. Así que nunca vemos el verdadero estado de nuestra situación hasta que nos lo muestran las contrariedades, ni sabemos valorar lo que disfrutamos salvo cuando lo perdemos. Apenas es posible imaginar mi consternación en ese momento, al alejarme de mi querida isla (porque así me lo parecía ahora) y meterme en el ancho océano casi dos leguas, con la desesperación de no recuperarla de nuevo. Sin embargo, trabajé duro hasta que mis fuerzas quedaron exhaustas, y mantuve mi bote hacia el norte, es decir, hacia el lado de la corriente en el que estaba el remolino. Cuando era mediodía, momento en que el sol pasa el meridiano, pensé que sentía un poco de brisa en mi cara, que procedía del sur-sureste. Esto alegró un poco mi corazón, y especialmente cuando, en una media hora, soplaba un viento más fuerte. En este momento estaba a una distancia aterradora de la isla y, de haber habido la más mínima bruma, podría haberme desviado del camino también. Porque no tenía brújula a bordo y nunca hubiera sabido cómo dirigirme hacia la isla, si la hubiera llegado a perder de vista; pero el tiempo continuaba siendo claro y me puse a levantar de nuevo mi mástil y extender mi vela, dirigiéndome hacia el norte todo lo que fuera posible para llegar a la corriente.

En cuanto puse mi mástil y mi vela, y el bote empezó a avanzar, vi incluso por la claridad del agua alguna alteración de la corriente que estaba cerca, porque donde la corriente era más fuerte, el agua estaba turbia. Al percibir el agua clara, descubrí que la corriente disminuía y hacia el este encontré, a una media milla, un brazo del mar sobre algunas rocas. Descubrí que estas rocas eran la causa de la corriente, y que la mayor fuerza se dirigía hacia el sur, dejando las rocas hacia el noreste, de manera que la otra volvía rechazada por las rocas y formaba un fuerte remolino, que se dirigía de nuevo hacia el noroeste con una corriente muy fuerte.

Aquellos que sepan lo que es quedarse suspendido en lo alto de una escalera o ser rescatado de los ladrones justo cuando van a matarle, o quien haya estado en casos extremos, puede adivinar mi actual sorpresa y alegría, y lo contento que estaba al poner mi barca en la corriente de este remolino, y al ser el viento tan fresco, lo contento que estaba de extender mi vela hacia él, dirigiéndome hacia delante con una fuerte marea o remolino debajo de mis pies.

Este remolino me llevó a una legua más o menos de mi camino de regreso hacia la isla, pero a unas dos leguas más hacia el norte de la corriente que me había llevado al principio. Así que cuando me acercaba a la isla, me encontré abierto a la costa norte, es decir, al otro lado de la isla, en el lado opuesto del que había salido.

Cuando había hecho una legua más de camino ayudado por la corriente o remolino, comprendí que desaparecía y que ya no me serviría. Sin embargo, observé que al estar entre dos corrientes, una al sur, que me había alejado tan deprisa, y otra hacia el norte, que pasaba a una legua por el otro lado, digo que al estar entre estas dos, en la estela de la isla, descubrí que al menos el agua era tranquila y no había corriente, y habiendo brisa todavía a mi favor, seguí mi rumbo hacia la isla, aunque no lo hice de una forma tan ligera como antes.

Sobre las cuatro de la tarde, estando entonces a una legua de la isla, encontré el punto de las rocas que ocasionó este desastre, extendiéndose, como he descrito antes, hacia el sur, y rechazando la corriente, tenía que formar, por supuesto, otro remolino al norte; lo encontré muy fuerte, pero no seguía el mismo rumbo que yo, que era hacia el oeste, sino casi al norte. Sin embargo, al haber viento fuerte fresco, crucé este remolino, inclinándome hacia el noroeste, y en una hora estaba a una milla de la costa, donde, al estar el agua en calma, pronto llegué a tierra.

Cuando estuve en la playa, caí de rodillas y di gracias a Dios por mi liberación decidiendo dejar a un lado todo pensamiento de liberación con mi bote; refrescándome con las cosas que tenía, llevé mi barca cerca de la costa a una pequeña cueva que había visto debajo de algunos árboles y me tumbé a dormir, al estar agotado por la labor y fatiga del viaje.

Ahora no sabía cómo volver a casa sin mi bote. Había corrido muchos peligros y estaba muy escarmentado para pensar en intentarlo por el camino que fui, y no sabía lo que podía haber al otro lado (quiero decir en el lado oeste), ni tenía previsto correr más aventuras. Por tanto, decidí solamente por la mañana ponerme en camino hacia el oeste siguiendo la costa y observando si había algún arroyo donde pudiera llevar mi fragata con seguridad, para tenerla de nuevo si la necesitaba. Después de unas tres millas, bordeando la costa, llegué a una ensenada, o bahía, de más de una milla que se estrechaba hasta convertirse en un arroyo muy pequeño, donde encontré un puerto muy apropiado para mi bote y donde se quedaría como si hubiera estado en un pequeño puerto hecho a propósito. Aquí lo dejé, y habiéndolo estibado muy bien, fui a la costa para mirar a mi alrededor y ver dónde estaba.

Pronto comprendí que había pasado el lugar en el que había estado antes, cuando viajé a pie hacia aquella costa. Así que no cogiendo más de mi bote que la escopeta y el quitasol, porque hacía mucho calor, empecé mi marcha. El camino era bastante cómodo después del viaje que había tenido y llegué a mi viejo cobertizo por la tarde, donde encontré todo como lo había dejado, porque siempre lo mantenía en buen orden, al ser, como dije antes, mi casa de campo.

Salté la cerca y me tumbé a la sombra para descansar mis miembros, porque estaba muy cansado, y me quedé dormido. Pero juzgue usted, si puede, que lee mi historia, qué sorpresa me llevé cuando me desperté de mi sueño una voz que me llamaba por mi nombre varias veces: «Robin, Robin, Robin Crusoe, ¡pobre Robin Crusoe! ¿Dónde estás, Robin Crusoe? ¿Dónde estás? ¿Dónde has estado?».

Estaba tan profundamente dormido al principio, al estar fatigado por remar la primera parte del día y con el paseo de la última parte, que no me desperté por completo. Me encontraba adormilado, aunque soñaba que alguien me hablaba. Pero como la voz continuó repitiendo «Robin Crusoe, Robin Crusoe», al final me desperté asustado y consternado. Mas tan pronto como abrí los ojos, vi a mi Poll posado encima del seto, e inmediatamente supe que había sido él quién me hablaba en ese lenguaje lamentable que había empleado para hablarle y enseñarle, y lo había aprendido con tal perfección que al posarse sobre mi dedo puso el pico cerca de mi cara y dijo: «¡Pobre Robin Crusoe! ¿Dónde estás? ¿Dónde has estado? ¿Cómo viniste aquí?», y cosas que le había enseñado.

Sin embargo, aunque sabía que era el loro y que en realidad no podía ser nadie más, pasó un buen rato antes de poder recuperarme. Primero, estaba asombrado de cómo la criatura había llegado y luego cómo se había quedado allí y no en otro lugar. Pero como estaba convencido de que no podía ser nadie más que mi honesto Poll, lo dejé y extendiendo la mano le llamé por su nombre; la sociable criatura vino hacia mí y se posó en mi pulgar, como solía hacer, y continuó hablándome: ¡Pobre Robin Crusoe! ¿Y cómo llegué aquí? ¿Y dónde había estado yo? Realmente igual que si se alegrara de verme de nuevo; así que me lo llevé a casa.

CAPÍTULO XVI

Mejoro en mis trabajos manuales

Había tenido suficiente excursión por mar durante algún tiempo, y me esperaba bastante quehacer muchos días para sentarme tranquilo y reflexionar sobre el peligro en el que había estado. Me habría alegrado mucho haber tenido mi bote de nuevo a mi lado de la isla, pero no sabía cómo era factible acercarlo. Respecto al lado este de la isla, el que había rodeado, sabía bastante bien que no habría que aventurarse por aquel camino; el corazón se me encogía y la sangre se me helaba sólo de pensar en ello. Y respecto al otro lado de la isla, no sabía lo que podría haber allí, pero suponiendo que la corriente tuviese la misma fuerza contra la costa en el este como pasaba por la otra, correría el mismo riesgo de ser lanzado a la corriente y llevarme a la isla o, como había ocurrido antes, alejarme de ella. Así que con estos pensamientos me alegré de estar sin barca, aunque había sido el producto de tantos meses de trabajo, y de tanto esfuerzo para salir al mar.

Con esta templanza permanecí cerca de un año; vivía una vida retirada, reposada, como bien puede suponerse. Y como mis pensamientos eran tan serenos como mi estado, consolados por entero con la resignación a las disposiciones de la Providencia, pensaba que vivía realmente muy feliz en todo, excepto en sociedad.

Mejoré en esta época en todos los trabajos manuales a los que me enfrentaban mis necesidades, y creo que, podría haber sido un carpintero muy bueno, especialmente considerando las pocas herramientas que tenía.

Además de esto, llegué a una perfección inesperada en mis objetos de barro, y me las arreglé bastante bien para hacerlos con torno, lo cual encontré mucho más fácil y mejor, porque hacía cosas redondas y con forma y antes eran cosas feas. Pero creo que nunca estuve más orgulloso de una realización mía, o más contento por algo que descubriera, que el ser capaz de hacerme una pipa de tabaco. Y aunque era una cosa muy tosca, pues sólo la había cocido al fuego, como era dura, firme y echaba el humo, me reconfortó mucho, porque solía fumar siempre y había pipas en el barco, pero las olvidé al principio, sin saber que había tabaco en la isla, y después, cuando busqué de nuevo, no pude llegar a encontrarlas.

Mejoré mucho en la construcción de cestos, de los que confeccioné varios, según me dictaba mi imaginación, y aunque no eran bonitos, sin embargo, eran muy manejables y apropiados para colocar objetos en alto o llevar cosas a casa. Por ejemplo, si mataba una cabra fuera, podía colgarla en un árbol, desollarla, salarla, cortarla en trozos y traerla a casa en una cesta, e igual sucedía con una tortuga: podía cortarla, sacar los huevos y un trozo o dos de carne, que era suficiente para mí, llevarlos a casa y dejar el resto detrás de mí. También cestas profundas y grandes recibían mi grano, que siempre recogía tan pronto como estaba seco y maduro.

Ahora empezaba a darme cuenta de que escaseaba mi pólvora y me era imposible conseguirla yo mismo. Empecé a pensar seriamente qué tendría que hacer cuando ya no tuviera más, es decir, cuando no pudiera matar más cabras. Yo me había quedado, como se observó en el tercer año de mi estancia aquí, con un cabrito, y lo había criado y domesticado; tenía la esperanza de conseguir una cabra macho, pero no pude lograrlo hasta que mi cabrito creció y se hizo adulto. Lo mantuve conmigo hasta su muerte, con cierta edad.

Me encontraba ahora en el undécimo año de mi estancia allí y, como he dicho, mi munición escaseaba; me puse a estudiar algún arte para atrapar cabras vivas; especialmente quería una hembra con crías.

Con este fin hice trampas para cazarlas, y creo que más de una vez cayeron en ellas, pero mi equipo no era muy bueno porque no tenía alambre, y siempre las encontraba rotas y el cebo devorado.

Robinson Crusoe

Al final decidí intentarlo con hoyos, así que cavé varios grandes en la tierra, en el lugar donde había observado que solían comer las cabras, y sobre estos puse una especie de valla hecha por mí, con gran peso sobre ellas; varias veces puse espigas de cebada y arroz seco, sin poner la trampa, y pude percibir con facilidad que las cabras habían entrado y se habían comido el grano, porque podía ver la huella de sus patas. Al final puse tres trampas en una noche, y a la mañana siguiente encontré las trampas allí, pero ellas se habían comido el cebo y se habían ido. Esto me desalentó mucho. Sin embargo, cambié mis trampas y, para no cansar con detalles, al ir un día a revisarlas, encontré en una de ellas un gran macho cabrío y en la otra tres cabritos, un macho y dos hembras.

Respecto al viejo, no sabía que hacer con él porque era tan fiero que no me atreví a entrar al hoyo a por él, es decir, sacarle vivo, que es lo que yo quería. Podía haberlo matado, pero no era lo que quería ni respondía a mis fines. Así que le deje salir y salió corriendo muy asustado. Pero había olvidado lo que aprendí después, que el hambre doma a un león. Si lo hubiera dejado allí tres o cuatro días sin comida y luego le hubiera llevado un poco de agua para beber y algo de grano, hubiera sido tan manso como uno de los cabritos, porque eran criaturas muy sagaces, dóciles, y se hacía buen uso de ellas.

Sin embargo, por el momento dejé que se fuera, no sabiendo qué era mejor en ese momento. Entonces fui a por los tres cabritos, y cogiéndolos uno por uno, los até con cuerdas y con alguna dificultad los llevé a casa.

Pasó tiempo antes de que comieran, pero al tirarles algo de grano dulce, les tentó y empezaron a ser dóciles. Y ahora comprendí que si esperaba abastecerme de carne de cabra cuando se hubiera acabado la pólvora y las balas, criar algunas domésticas era la única forma de hacerlo, y quizá podría tenerlas alrededor de mi casa formando un rebaño.

Pero entonces sucedía que tenía que proteger a las domésticas de las salvajes, o siempre se harían salvajes cuando crecieran, y la única forma de hacerlo era vallar un trozo de tierra, bien cercado con seto o estacas, para guardarlas de una manera tan efectiva que las del interior no salieran rompiéndola ni las del exterior entraran.

Esta fue una gran tarea para un par de manos sólo; sin embargo, como vi la absoluta necesidad de hacerlo, mi primer trabajo fue buscar un trozo de tierra apropiado, es decir, donde hubiera hierbas para que pudieran comer, agua para beber y cubierta para protegerlas del sol.

Aquellos que entiendan de tales cercamientos pensarán que tenía muy poca idea cuando hallé un lugar muy adecuado para ellas, pues era un trozo de prado abierto y llano, o sabana (como lo llama nuestra gente en las colonias occidentales), que tenía dos o tres surcos de agua fresca y un extremo muy boscoso. Digo que sonreirán ante mi previsión, cuando les explique que empecé a cercar este trozo de terreno de una manera que mi seto tenía que medir al menos dos millas alrededor. No era la locura de hacerla con una extensión tan grande, porque si hubiera medido diez millas, probablemente hubiera tenido bastante tiempo para hacerla. Pero lo que no pensaba era que mis cabras serían tan salvajes en un terreno tan grande, como si hubieran tenido toda la isla, y yo tendría tanto espacio para cazarlas que nunca las cogería.

Empecé mi cerca y cuando creo que llevaba unas cincuenta yardas, se me ocurrió este pensamiento, así que me detuve y para empezar cerqué un trozo de unas ciento cincuenta yardas de longitud y cien de anchura, que guardarían a cuantas tuviera en un tiempo razonable, y después, a medida que creciera mi rebaño, podría añadir más terreno a mi cercado.

Esto fue actuar con prudencia, y empecé a trabajar con brío. Tardé tres meses en cercar el primer trozo; cuando lo hube terminado até a los tres cabritos en la mejor parte y solía darles de comer lo más cerca posible para que se familiarizaran; con mucha frecuencia iba a llevarles espigas de cebada, o un puñado de arroz, y lo comían de mi mano. Así que después de terminar mi cercado les dejé sueltos, y me seguían balando para pedirme un puñado de grano.

Esto respondió a mis fines: en un año y medio aproximadamente tenía un rebaño de doce cabras y cabritos. Y en dos años más tenía cuarenta y tres, además de varios que había cogido y matado para comérmelos. Después cerqué cinco trozos de terreno más para criarlos, con pocos rediles de entrada, para cogerlos cuando quisiera y con salidas de un trozo de terreno a otro.

Pero esto no era todo, porque ahora no sólo tenía carne de cabra para comer cuando me apeteciera, sino también leche, algo en lo que en realidad no había pensado mucho al principio, y que, cuando me vino al pensamiento, fue realmente una sorpresa agradable. Porque ahora creé mi lechería y algunas veces conseguía un galón o dos de leche en un día. Y como la Naturaleza, que proporciona alimento a todas las criaturas, dicta incluso de manera natural cómo hacer uso de ella, yo que nunca había ordeñado una vaca, y menos una cabra, ni había visto como se hacía la mantequilla o el queso, con mucha disposición y habilidad, aunque después de muchos ensayos y pérdidas, al final conseguí elaborarlos, y nunca me faltaron después.

¡Con qué misericordia puede tratar nuestro gran Creador a Sus criaturas, incluso en estas condiciones que parecían condenar a la destrucción! ¡Cómo puede Él endulzar las previsiones más amargas, y darnos motivos para alabarle aun en calabozos o prisiones! ¡Qué mesa se extendía para mí aquí en un desierto, donde no veía nada al principio salvo morir de hambre!

Un estoico hubiera sonreído al verme con mi pequeña familia sentado a cenar. Era mi majestad, el príncipe y señor de toda la isla. Tenía las vidas de todos mis súbditos bajo mi dominio absoluto. Podía colgar, destripar o dejar en libertad y no se rebelaba ninguno de mis súbditos.

Entonces se me podía ver como a un rey que cena también, completamente solo, acompañado de mis sirvientes. Poll, como si hubiera sido mi favorito, era la única persona a la que se le permitía hablarme. Mi perro, que ahora era ya muy viejo y gruñón, y no había encontrado especie para que se reprodujera, sentado siempre a mi derecha. Y los dos gatos, uno a cada lado de la mesa, esperando un trozo de mi mano de cuando en cuando, como signo de favor especial.

Pero estos no eran los dos gatos que había llevado a la costa al principio, porque los dos habían muerto y los había enterrado cerca de mi vivienda; uno de ellos había reproducido con no sé qué clase de criatura, y a estos dos los había domesticado, mientras que los demás corrían salvajes por los bosques, y llegaron a crearme problemas, porque a menudo venían a mi casa y me robaban, hasta que al final me vi obligado a dispararles y maté muchos. Finalmente dejaron de venir, y en esta abundancia vivía. Se podía decir que no necesitaba nada a excepción de sociedad, y con el tiempo fue como si hubiera tenido mucha.

Estaba impaciente, como ya he observado, por usar mi bote, aunque me resistía a correr más peligros, y dudaba entre utilizarlo o no para bordear la isla. Pero tenía una extraña inquietud en mi mente: bajar hacia el punto donde, como he dicho, en mi última excursión me había subido a una colina para ver cómo eran la costa y la corriente, y decidir lo que podía hacer. Esta inclinación crecía en mí cada día, y al final decidí viajar allí por tierra, siguiendo la orilla de la costa. Mas si alguien de Inglaterra se hubiera encontrado con un hombre como yo, tendría que haberle asustado o provocado mucha risa, y con frecuencia me quedaba quieto, me miraba y no podía sino sonreír ante la idea de viajar por Yorkshire con aquella vestimenta y aquel equipo. Sea tan amable de hacerse un esbozo de mi figura por lo que sigue: Me cubría con una gran gorra alta sin forma, hecha de piel de cabra, con un ala que colgaba por detrás tanto para evitar el sol como que la lluvia me corriera por el cuello. Nada era tan dañino en estos climas como la humedad debajo de la ropa.

Tenía una chaqueta corta de piel de cabra, las camisas bajaban hasta la mitad de los muslos, y un par de bombachos abiertos en las rodillas del mismo material; los bombachos estaban hechos de la piel de un macho cabrío viejo, cuyo pelo colgaba por los lados, como si fueran unos pantalones, y llegaban a la mitad de las piernas. No tenía calcetines ni zapatos, pero me había hecho un par de ambas cosas, que no sé como llamar, una especie de borceguíes, que cubrían las piernas y atados a cada lado con cordones como salpicaduras, pero de una forma de lo más primitiva, en realidad como lo era el resto de mi ropa.

Disponía de un cinturón ancho de piel de cabra seca, el cual uní a dos correas del mismo material, en vez de hebillas, y en una especie de ranilla a cada lado, en vez de espada o daga, colgaba una pequeña sierra y una hachuela, una a cada lado. Tenía otro cinturón, no tan ancho, que se abrochaba de la misma manera, que colgaba del hombro, y en el extremo, debajo del brazo izquierdo, dos bolsas, hechas de piel de cabra también. En una de ellas colgaba la pólvora y en la otra las balas. En la espalda llevaba mi cesta, encima del hombro mi escopeta, y sobre mi cabeza un gran quitasol feo y tosco de piel de cabra, pero el cual, después de todo, era el objeto más necesario que tenía a mi alrededor, después de mi escopeta. Respecto al rostro, el color no era realmente como el que se puede esperar en un mulato que no se lo cuide y que esté viviendo en los nueve o diez grados del Ecuador. Mi barba había crecido hasta medir casi un cuarto de yarda, pero como no tenía ni tijeras ni cuchillas de afeitar suficientes, la había cortado muy corta, a excepción de la que crecía por encima del labio, que había recortado en un par de bigotes largos mahometanos, como había visto que llevaban algunos turcos de Sallee, porque los moros no los llevan así, aunque los turcos sí. De estos mostachos, o bigotes, no diré que eran tan largos como para colgar mi sombrero en ellos, pero sí tenían la longitud y forma suficientes para haber llamado mucho la atención en Inglaterra.

Pero todo esto carece de importancia; respecto a mi figura, había tan pocos que me observaran que no podría tener consecuencias. Así que no hay más que decir sobre esa parte. Con esta especie de figura empecé mi nuevo viaje, que duró cinco o seis días. Caminé primero por la costa, dirigiéndome directamente al lugar donde llevé mi bote y lo anclé por primera vez, para subir a las rocas. Y al no haber ahora un bote del que preocuparse, seguí por tierra y me acerqué al mismo alto en que estuve antes. Cuando, mirando hacia la punta de las rocas que sobresalían, que me vi obligado a rodear con el bote, como dije antes, me sorprendió ver el mar liso y en calma completa, sin rizos, sin movimiento, ni corriente, mucho más que en otros lugares.

No llegaba a comprender aquello y decidí quedarme algún tiempo observándolo para ver si había algo que lo ocasionara y que no fueran las mareas, pero en ese momento estaba convencido de como el flujo de la marea desde el oeste que se une en la costa con una corriente de aguas de algún río grande tiene que ser el origen de esa corriente, y que según sople el viento más fuerte desde el oeste o desde el norte, esta corriente se acerca o se aleja de la costa, porque esperando por los alrededores hasta por la tarde, subí a la roca de nuevo y entonces al haber bajamar, vi perfectamente la corriente otra vez como antes, sólo que corría más alejada, estando a cerca de media legua de la playa; mientras que en mi caso se acercó a la costa y me precipitó a mí y a mi canoa con ella, lo que en otro momento no hubiera hecho.

Esta observación me convenció de que no podía hacer otra cosa que observar el flujo y reflujo de la marea, y que podría rodear la isla de nuevo con mi bote con toda facilidad. Pero cuando empecé a pensar en ponerlo en práctica, sentí tal terror en mi espíritu al recordar el peligro en el que había estado que no pude pensar en ello de nuevo con paciencia, sino al contrario, tomé otra resolución, que era más segura, aunque más laboriosa, y fue que construiría otra piragua o canoa, y así tendría una para cada lado de la isla.

Se va a comprender ahora que yo tenía, podría decirse, dos plantaciones en la isla. Una, mi pequeña fortificación o tienda, con el muro alrededor debajo de la roca y la cueva detrás de mí, que por esta época ya había agrandado y separado en varios departamentos o cuevas, una dentro de otra. Una de ellas, que era la más seca y grande, tenía una salida más allá del muro de la fortificación, es decir, de donde mi muro se unía a la roca, y estaba llena de todas las vasijas grandes de barro, de las cuales ya he hablado, y catorce o quince cestas grandes, en cada una de las cuales cabían cinco o seis fanegas; en ellas tenía mis reservas de provisiones, especialmente el grano, parte con la espiga separada de la paja y parte frotada con la mano.

Respecto a mi muro hecho con largas estacas o pilares, estos se habían convertido en árboles, y en esta época eran grandes y se extendían tanto que no parecía que hubiese una vivienda detrás.

Cerca de esta morada mía, pero un poco más lejos dentro del terreno y algo más elevados, tenía mis dos terrenos de grano, que mantenía debidamente cultivados y sembrados; en la estación debida recogía mi cosecha, y siempre que hubiera tenido ocasión de acumular más grano, tenía más tierra adjunta a esta.

Además de esto, tenía mi casa de campo, y ahora una plantación pasable también; primero tuve mi pequeño cobertizo, como lo llamaba, que seguía en reparación, es decir, adaptando constantemente a su altura normal el seto que lo rodeaba, estando siempre la escalera por la parte interior. Cuidaba de los árboles, que al principio no eran más que estacas, pero que ahora habían crecido muy firmes y altos. Los mantenía cortados siempre para que se pudieran extender y hacerse gruesos y fuertes, y proporcionaban la sombra más agradable, que es lo que tenía en mente. En medio de esto tenía mi tienda montada siempre, un trozo de vela extendida sobre postes colocados para ese fin, y que nunca necesitó reparación o renovación. Debajo me hice un sofá, o diván, con las pieles de las criaturas que había matado y con otras cosas suaves; una manta yacía sobre él como las que pertenecían a nuestros lechos del barco, la cual había salvado, y un gran abrigo para cubrirme, y aquí, siempre que tenía ocasión para ausentarme de mi asentamiento principal, ocupaba mi vivienda de campo.

Junto a ella tenía mis cercados para el ganado, es decir, mis cabras. Y como me había costado sufrimientos inconcebibles vallar o cercar este terreno y estaba tan preocupado por verlo entero, a menos que las cabras lo rompieran, nunca lo dejé hasta que con infinito trabajo había plantado en el exterior del cercado tantas estacas pequeñas, y tan cerca unas de otras, que más parecía una empalizada que una cerca, y apenas había espacio para meter una mano entre ellas, lo que posteriormente, cuando crecieron las estacas, como hacían todas cuando se aproximaba la estación lluviosa, hizo el cercado fuerte, en realidad más recio que un muro.

Esto testificará por mí que no era holgazán y no ahorraba sufrimientos para conseguir cualquier cosa que fuera necesaria para mi comodidad, porque consideraba que mantener varias criaturas domésticas sería tener un almacén vivo de carne, leche, mantequilla y queso durante tanto tiempo como viviera en el lugar, aunque fueran cuarenta años, y mantenerlas a mi alcance dependía por completo del perfeccionamiento de mis cercados hasta el punto de poder estar seguro de mantenerlos juntos, lo cual usando este método aseguré con mucha eficacia, y cuando estas pequeñas estacas empezaron a crecer, al haberlas plantado tan cerca me vi forzado a arrancar algunas otra vez.

En este lugar también tenía creciendo mis uvas, de las que dependía mi reserva de pasas para el invierno, y que nunca dejaba de proteger con mucho cuidado, como la mejor y más agradable exquisitez de toda mi dieta, y en realidad no sólo eran agradables, sino saludables, sanas, nutritivas y refrescantes al máximo.

Como esto estaba aproximadamente a medio camino entre mi otra vivienda y el sitio donde había dejado mi bote, generalmente me quedaba aquí cuando visitaba el lugar para mantenerlo en orden. Algunas veces salía en el bote como diversión, pero nada de viajes peligrosos y apenas me alejaba más de un tiro de piedra o dos desde la costa, tanto temía ser arrastrado otra vez por la corriente, o los vientos, o cualquier otro accidente. Pero ahora llegué a una nueva etapa de mi vida.

CAPÍTULO XVII

Descubro la huella de un pie descalzo

Sucedió que un día, hacia mediodía, iba yo hacia el bote y me quedé muy sorprendido al ver la huella del pie descalzo de un hombre en la playa, la cual se veía muy clara sobre la arena. Me quedé como si me hubiera caído un rayo, o como si hubiera visto una aparición. Escuché, miré alrededor, mas no pude oír ni ver nada. Subí a un promontorio para mirar más allá. Caminé por la costa, pero nada, no pude ver más huellas a excepción de esta. Fui otra vez a ella para ver si había más y observar si no podía haber sido mi imaginación, pero no había duda, porque era exactamente la huella de un pie, dedos, talón, y cada parte de un pie. Cómo había llegado allí no lo sabía, ni podía imaginármelo tan siquiera. Pero después de muchos pensamientos desordenados, como un hombre totalmente confundido y fuera de sí, fui a mi fortificación, sin sentir, dijéramos, el suelo que pisaba, sino aterrorizado al máximo, mirando detrás de mí cada dos o tres pasos, confundiendo cada arbusto y árbol e imaginándome que cada tocón era un hombre en la distancia. No es posible describir cuántas formas diferentes representaban cosas en mi imaginación, cuántas ideas absurdas se encontraban a cada momento en mi imaginación, y qué fantasías extrañas, inexplicables, vinieron a mis pensamientos por el camino.

Cuando llegué a mi castillo, porque creo que así lo llamé siempre después de esto, me metí dentro como si me persiguieran; si entré por la escalera, como pensé al principio, o por el agujero de la roca, al que llamaba puerta, no puedo recordarlo. No, no podía recordarlo a la mañana siguiente, porque nunca una liebre asustada, o un zorro, huyó a la madriguera con más terror que yo a este refugio.

No dormí aquella noche; cuanto más lejos estaba de la ocasión de mi miedo, más grandes eran mis temores, lo contrario a la naturaleza de tales cosas, y especialmente a la práctica normal de todas las criaturas con miedo. Pero yo estaba tan nervioso con mis propias ideas espantosas que no daba forma a otra cosa salvo a imaginaciones sombrías, incluso aunque estuviera ahora tan alejado del peligro. Algunas veces me imaginaba que tenía que ser el Diablo, y la razón intervenía en esta suposición. Porque, ¿cómo cualquier otra cosa con forma humana vino a este lugar? ¿Dónde estaba la embarcación que lo trajo? ¿Qué marcas había de otras pisadas? ¿Y cómo era posible que un hombre llegara allí? Pero entonces pensé que Satanás no tomaría forma humana en un lugar como aquel donde no podía haber ocasión para ello, y dejar la huella de su pie tras él, incluso para ningún fin tampoco (porque no podía estar seguro de que yo la viera). Esto era desconcertante. Consideraba que el Diablo podría haber encontrado muchas otras formas de aterrorizarme que la de una simple huella de un pie. Que como yo vivía en el otro lado de la isla, nunca hubiera sido tan ingenuo de dejar una marca en un lugar donde había una probabilidad entre diez mil de que yo la viera o no, y en la arena, pues con la primera fuerza del oleaje con viento fuerte se hubiera borrado por completo. Todo esto parecía inconsistente con el asunto mismo y con todas las ideas que se contemplan normalmente sobre la sutileza del Diablo.

Muchas de estas cosas me ayudaron a razonar y librarme de todos esos temores de que fuera el Diablo. Y llegué a la conclusión en ese momento de que tenía que ser una criatura más peligrosa, es decir, tenía que ser de algún salvaje de la tierra firme que había enfrente de mí, quienes habían ido sin rumbo fijo por el mar en sus canoas, bien conducidos por las corrientes o por vientos en contra, habían llegado a la isla, desembarcado en la costa, y regresando de nuevo al mar, resistiéndose a quedarse, quizá, en esta isla desierta.

Mientras rondaban estas reflexiones por mi mente, di muchas gracias de pensamiento y me sentí tan feliz de no haber estado por los alrededores en ese momento, o de que no vieran mi barca, por lo que hubieran deducido que había habitantes en el lugar, y quizá me hubieran buscado. Entonces terribles pensamientos asaltaron mi imaginación sobre si habrían encontrado mi barca. Y si era así, seguro que regresarían de nuevo en más cantidad y me devorarían, o encontrar mi cercado y destruir todo mi grano, llevarse todo mi ganado de cabras domésticas y yo perecería al fin por mera necesidad.

De esta manera mi miedo me hizo olvidar toda mi esperanza religiosa, toda esa confianza anterior en Dios, que estaba fundada en una experiencia tan maravillosa como había tenido de Su bondad, y que ahora se desvanecía, como si Él, que me había alimentado milagrosamente hasta ahora, no pudiera conservar por medio de Su poder la disposición que había hecho para mí por medio de Su bondad. Me reproché mi comodidad de no haber sembrado más grano en un año del que me serviría hasta la siguiente estación, como si ningún accidente pudiera intervenir y evitar que disfrutara de mi cosecha que estaba sobre la tierra. Y pensaba esto con tal reprobación que decidí que en el futuro tendría dos o tres años de grano con antelación, para que viniera lo que viniera, no pudiera perecer por falta de pan.

¡Qué extraño juego de la Providencia es la vida del hombre y por qué fuentes secretas diferentes se precipitan los afectos! Hoy amamos lo que mañana odiamos, hoy buscamos lo que mañana rehuimos, hoy deseamos lo que mañana tememos; no, incluso temblamos de miedo. Esto se ejemplificaba en mí en este momento de la manera más viva imaginable, porque yo, cuya única aflicción era que parecía desterrado de la sociedad humana; que estaba solo, limitado por el océano sin límites, separado de la humanidad y condenado a lo que llamo una vida silenciosa; que era como aquellos sobre los que piensa el cielo que no merece la pena contarlos entre los vivos, o aparecer entre el resto de Sus criaturas; que de haber visto a uno de mi propia especie me habría parecido salir de entre los muertos a la vida, y la bendición más grande que el cielo mismo, próxima la bendición suprema de la salvación, podía ofrecer. Digo, que ahora temblaría de miedo al ver a un hombre y estaba dispuesto a hundirme en la tierra sólo ante la sombra o la apariencia silenciosa de un hombre que ha dejado su huella en la isla.

Este es el estado irregular de la vida humana, y me permitió una gran cantidad de especulaciones curiosas posteriores, cuando me recuperé un poco de mi primera sorpresa. Pensaba que esta condición de vida era la que la providencia con su infinita sabiduría y bondad había determinado para mí; que como yo no podía prever cuáles podrían ser los fines de la sabiduría divina en todo esto, no iba a discutir Su soberanía, ya que como yo era Su criatura Él tenía un derecho indiscutible sobre su creación, de gobernar y disponer de mí como Él pensara que era adecuado para mí de una manera absoluta, y quien, como yo era una criatura que le había ofendido, tenía igualmente derecho judicial para condenarme a cualquier castigo que considerase adecuado, y que era asunto mío someterme a soportar Su indignación porque había pecado contra Él.

Entonces pensaba que Dios, quien no sólo era recto sino también omnipotente, al igual que había pensado castigarme y afligirme como considerase adecuado, también podía liberarme; que si Él no pensaba hacerlo, «era mi deber incuestionable resignarme absoluta y enteramente a Su voluntad, y por otro lado, era mi deber también esperar en Él, rezarle a Él, y obedecer por completo los dictados y direcciones de Su providencia diaria».

Estos pensamientos me duraban muchas horas, días; no, podría decir semanas y meses, y no puedo omitir en esta ocasión un efecto particular de mis cavilaciones. Una mañana temprano, tumbado en mi cama y lleno de temor sobre mi peligro ante la aparición de salvajes, me encontré muy turbado con estas palabras de las Escrituras que vinieron a mi pensamiento: «Invócame en los días de aflicción. Yo te liberaré y tú me ensalzarás.»

Ante esto me levanté contento de la cama; mi corazón no sólo se había consolado sino que me sentí guiado y animado a orar de todo corazón a Dios por mi liberación. Cuando terminé mi oración, cogí mi Biblia y, al abrirla, las primeras palabras que se me presentaron fueron: «Espera en el Señor y alégrate, y Él fortalecerá tu corazón. Espera, digo, en el Señor.» Es imposible expresar el consuelo que esto me dio. Como respuesta, dejé agradecido mi libro, y ya no estaba triste, al menos no en esa ocasión.

En medio de esas cavilaciones, temores y reflexiones, me vino al pensamiento un día que todo esto podía ser una mera quimera mía, y que esa pisada podía ser la huella de mi propio pie, cuando llegué a la playa desde mi barca. Esto me animó un poco también y empecé a convencerme a mí mismo de que todo era una falsa ilusión, que no era nada más que mi propio pie. ¿Y por qué no podría haber ido por ese camino desde la barca, igual que al bote? De nuevo consideré también que no podía decir de ninguna manera por dónde había pisado y por dónde no. Y si al final esto no era más que la huella de mi propio pie, había representado el papel de esos locos que se esfuerzan por crear obras de espectros y apariciones y luego les asustan a ellos más que a nadie.

Ahora empecé a animarme y a espiar de nuevo afuera, porque no había salido de mi castillo durante tres días y tres noches, así que empezaban a escasear las provisiones, ya que no tenía nada o poco puertas adentro, sólo algunos pasteles de cebada y agua. Entonces supe que mis cabras necesitarían que las ordeñara también, lo cual era mi entretenimiento de las tardes normalmente, y las pobres criaturas tendrían un gran dolor y molestias por esta necesidad, y de hecho casi se perderían algunas de ellas y se secaría su leche.

Animándome por tanto con esta creencia de que no era más que la huella de uno de mis propios pies (y así podría decirse verdaderamente al sobresaltarme con mi propia sombra), empecé a salir de nuevo y fui a mi casa de campo a ordeñar mi ganado, pero viendo con qué miedo avanzaba, con qué frecuencia miraba atrás, cómo estaba dispuesto en cada momento a dejar mi cesta y correr por mi vida, hubiera hecho pensar a cualquiera que me había cazado una mala conciencia o que me había asustado algo terriblemente, y así era en realidad.

Sin embargo, cuando llevaba dos o tres días así y al no haber visto nada, empecé a ser un poco más atrevido y a pensar que en realidad no había nada salvo en mi propia imaginación. Pero no podría convencerme a mí mismo de esto en su totalidad hasta que no bajara a la playa de nuevo y viera esta huella, y la midiera con la mía, y viera si se parecía o se adaptaba, para asegurarme de que era mi propio pie. Pero cuando llegué al lugar, primero, me pareció evidente que al dejar mi barca, posiblemente no pude haber estado en la playa por allí; segundo, cuando fui a medir la marca con mi propio pie, descubrí que el mío no era tan grande. Estas cosas llenaron mi cabeza con nuevas imaginaciones y me produjeron turbación de nuevo; así que me dio un escalofrío, como el de los ataques de fiebre, y regresé a casa, creyendo que algún hombre u hombres habían estado allí en la costa, o, en resumen, que la isla estaba habitada y podría ser sorprendido antes de darme cuenta, y no sabía qué rumbo seguir para velar por mi seguridad.

¡Oh, qué resoluciones tan ridículas toman los hombres cuando el miedo se apodera de ellos! Les priva del uso de esos medios que la razón ofrece para su alivio. Lo primero que me propuse fue tirar mis cercados y devolver mi ganado a los bosques, para que el enemigo no pudiera encontrarlos y frecuentar la isla esperando encontrar el mismo botín u otro parecido; luego arrancar el grano de mis dos campos, para que no pudieran encontrarlo allí y provocar así que frecuentaran la isla; después, demoler mi cobertizo y tienda, para que no pudieran ver ningún vestigio de asentamiento y provocar que buscaran más con el fin de encontrar a las personas que lo habitaban.

Este fue el tema de la primera cavilación de la noche, después de haber regresado a casa, mientras que los temores que tanto habían invadido mi mente volvieron de nuevo y mi cabeza estaba llena de turbación como antes. El miedo al peligro es diez mil veces más horroroso que el peligro mismo ante los ojos, y encontramos una carga de ansiedad más grande que el mal que produce la angustia, y, lo peor de todo esto es que yo no tenía en esta parte del problema ese alivio que procede de la resignación que solía practicar, o que esperaba tener. Miraba, pensaba, como Saul, que se quejaba no sólo de que los filisteos fueran a por él sino de que Dios le había abandonado, porque ahora no conseguía poner en orden mis pensamientos gritando a Dios en mi angustia y descansando en Su providencia, como había hecho antes, para defensa y liberación mía. Si lo hubiera hecho, habría soportado con más alegría por lo menos esta nueva sorpresa y quizá la hubiera pasado con más resolución.

Esta confusión de pensamientos me mantuvo despierto toda la noche, pero por la mañana me quedé dormido y, al estar tan cansado por el entretenimiento de mi mente y mi espíritu tan exhausto, dormí profundamente y me desperté mucho más sereno de lo que había estado nunca antes. Ahora empecé a pensar reposadamente, y en el mayor debate conmigo mismo, llegué a la conclusión de que esta isla, que era tan agradable, fructífera y no estaba lejos de tierra firme como había visto, no estaba tan abandonada como había imaginado. Que aunque no había habitantes asentados en el lugar, sin embargo, algunas veces podrían venir botes de la costa, bien con un plan o quizá sólo eran llevados allí por los vientos.

Yo llevaba viviendo aquí quince años ya, y no me había encontrado con la más mínima sombra o figura humana todavía; si en cualquier momento ellos llegaban aquí, era probable que se fueran de nuevo tan pronto como pudieran al ver que nunca habían pensado que era apropiado para establecerse aquí en alguna ocasión, hasta ahora.

Lo máximo que podía suponer algún peligro era algún desembarco accidental de gente en apuros procedente de tierra firme, quienes, si era probable que hubieran sido conducidos hacía aquí, estaban en contra de sus deseos; así que no se quedaban, sino que se iban de nuevo a toda la velocidad posible, rara vez quedándose una noche en la costa, hasta que tuvieran la ayuda de las mareas y volviera la luz del día, y por tanto yo no tenía nada que hacer salvo pensar en un refugio seguro en caso de ver algún salvaje llegando a tierra.

Ahora empecé a arrepentirme profundamente de haber cavado mi cueva tan grande como para hacer una entrada, cuya puerta, como yo la llamaba, salía más allá de por donde se unía mi fortificación a la roca. Considerando esto sensatamente, por tanto, decidí construir una segunda fortificación, con la misma forma de un semicírculo, a cierta distancia de mi muro, justo donde había plantado una fila doble de árboles hacía unos doce años, de los cuales ya he hecho mención. Al haber plantado estos árboles tan gruesos antes, pocos pilares era necesario poner entre ellos para que fueran más gruesos y más fuertes, y mi muro pronto estaría terminado.

Así que ahora tenía un muro doble, y mi muro exterior lo hice más grueso con trozos de madera, cables viejos y todo lo que pude pensar que lo haría más fuerte. Tenía siete agujeritos tan grandes como para poder sacar mi escopeta. En el interior hice mi muro más grueso, de más de diez pies de grueso, sacando tierra de mi cueva continuamente, dejándola al pie del muro y caminando sobre ella; por los siete agujeros pensé colocar los mosquetes, de los cuales tenía siete de los del barco. Estos, digo, los coloqué como mi cañón y los ajusté a marcos que los sujetaban como una cureña, de manera que podía disparar las siete armas en dos minutos. Este muro me llevó un mes de duro trabajo terminarlo, y sin embargo, nunca me creí seguro hasta que estuvo hecho.

Después, clavé por fuera del muro y en un espacio bastante grande, unas estacas, de madera parecida a la mimbrera, que descubrí era muy apta para crecer, hasta tal punto que creo pude colocar cerca de veinte mil, dejando un espacio bastante grande entre ellas y mi muro, con objeto de tener espacio para ver al enemigo y ellos no pudieran escudarse en los árboles jóvenes, si intentaban aproximarse a mi muro exterior.

Así que en dos años tuve una arboleda espesa, y en cinco o seis tenía un bosque delante de mi vivienda, creciendo de una forma monstruosa, espeso y fuerte, que en realidad era totalmente infranqueable, y ningún hombre de ninguna clase se imaginaría nunca que había algo más allá de él y mucho menos una morada. Respecto al camino que me propuse para entrar y salir, porque no dejé paseo, era mediante la colocación de dos escaleras, una encima de la otra; cuando las dos se quitaban, ningún hombre podía bajar a mí sin hacerse daño, y si habían bajado, estaban fuera todavía de mi muro exterior.

Así tomé todas las medidas necesarias para mi propia conservación, y se verá que al final no fue en vano, aunque yo no preveía nada en ese momento más de lo que el simple miedo me sugería.

Mientras estaba haciendo esto, no descuidé por completo mis otros asuntos, porque me preocupaba mucho mi pequeño rebaño de cabras. No era solamente un abastecimiento actual para mí en toda ocasión, y empezaba a serme suficiente sin gastar pólvora ni balas, sino que también me evitaba la fatiga de cazar las salvajes, y me resistía a perder el provecho que sacaba de ellas y tenerlas que criar otra vez desde el principio.

Para este propósito, después de pensarlo mucho tiempo, pude encontrar dos formas de guardarlas: una era encontrar otro lugar apropiado para cavar una cueva debajo de tierra y llevarlas allí por la noche, y la otra era cercar dos o tres trocitos de tierra, lejos unos de otros y tan escondidos como pudiera, donde podría guardar media docena de cabras jóvenes en cada sitio, de manera que si ocurría cualquier desastre al ganado en general, podría ser capaz de levantarlas de nuevo con pocos problemas y poco tiempo. Y esto, aunque requeriría una gran cantidad de tiempo y trabajo, pensaba que era el plan más razonable.

Por consiguiente, pasé algún tiempo buscando las partes más retiradas de la isla, y apareció una que era tan privada como mi corazón podía desear. Era un pequeño trozo de tierra húmedo en medio del hueco y bosque espeso, donde, como se observó, casi me perdí yo mismo una vez al intentar regresar por ese camino desde la parte oriental de la isla. Aquí encontré un trozo de tierra despejado, de cerca de tres acres, tan rodeado de bosque que era casi un cercado natural; al menos no era necesario trabajar tanto como los otros en los que había trabajado tan duro.

Inmediatamente fui a trabajar en este trozo de terreno, y en menos de un mes tenía tan cercado mi ganado o rebaño, que ahora no era tan salvaje como se podría suponer que era al principio, y estaba bastante seguro en él. Así que sin más dilación trasladé diez cabras hembras jóvenes y dos machos a este lugar, y cuando estaban allí continué perfeccionando la cerca hasta que la hice tan segura como las otras, lo que, sin embargo, me llevó mucho más tiempo.

Todo este trabajo lo desempeñé exclusivamente por mis temores a la huella del pie de hombre que había visto, porque aunque nunca vi a ninguna criatura humana acercarse a la isla y ahora llevaba viviendo dos años con esta inquietud, hizo que mi vida fuera mucho menos cómoda en realidad de lo que era antes, como bien se puede imaginar cualquiera que sepa lo que es vivir en la trampa constante del miedo al hombre, y esto tengo que observarlo también con dolor, que el desorden de mi mente tenía impresiones demasiado grandes también sobre la parte religiosa de mis pensamientos, porque el pavor y el terror de caer en manos de salvajes y caníbales estaban tan metidos en mi espíritu que rara vez me encontraba con humor para aplicarlo al Hacedor, al menos no con la calma reposada y resignación de alma que acostumbraba a tener. Oraba a Dios con gran aflicción y presión de la mente, rodeado de peligro y esperando cada noche ser asesinado y devorado antes de llegar la mañana. Y tengo que testificar por mi experiencia que un carácter pacífico, de gratitud, amor y afecto es un marco mucho más apropiado para la oración que el del terror o turbación, y que bajo el miedo inminente al daño, un hombre no es más adecuado para una representación reconfortante del deber de orar a Dios que lo es para el arrepentimiento en un lecho de enfermo. Porque estas turbaciones afectaban a mi mente, como las otras al cuerpo, y la turbación de la mente tiene que ser necesariamente una incapacidad grande como la del cuerpo, y mucho mayor, siendo el rezar a Dios un acto propio de la mente, no del cuerpo.

CAPÍTULO XVIII

VEO LA COSTA LLENA DE HUESOS EXTENDIDOS

Pero continúo. Después de haber asegurado así una parte de mi pequeña reserva viva, recorrí toda la isla buscando otro lugar para hacer otro depósito igual. Cuando iba caminando hacia la zona oeste de la isla, a la que no había ido todavía, y mirando hacia el mar, pensé que veía una embarcación, a gran distancia. Había encontrado un catalejo o dos en uno de los arcones de marinero que salvé de nuestro barco, pero no lo llevaba conmigo y la embarcación estaba tan lejos que no puedo decir lo que era, aunque miré hasta que mis ojos no pudieron mantener más la mirada. Si era un barco o no, no lo sé, pero cuando descendía de la colina ya no podía verla, así que lo dejé. Únicamente decidí no salir más sin un catalejo en mi bolsillo.

Cuando bajé de la colina hacia el extremo de la isla, donde en realidad nunca había estado antes, estaba convencido en ese momento de que ver la huella de un pie de hombre no era algo tan extraño en la isla como yo imaginaba, y fue una providencia especial que llegara al lado de la isla donde los salvajes nunca venían y habría sabido fácilmente que nada era más frecuente para las canoas procedentes de tierra firme, cuando sucedía que se alejaban demasiado en el mar, precipitarse a ese lado de la isla como puerto. De igual manera, como con frecuencia se encontraban y luchaban en sus canoas, los vencedores, habiendo cogido algunos prisioneros, los traerían a esta costa donde, según sus costumbres espantosas, al ser todos caníbales, los matarían y se los comerían.

Cuando bajaba de la colina hacia la playa, como dije antes, siendo el sudoeste de la isla, me quedé totalmente confundido y asombrado. No me es posible expresar el horror ante la visión de la playa llena de calaveras, manos, pies y otros huesos de cuerpos humanos. Y especialmente observé un lugar donde se había hecho fuego, y un círculo cavado en la tierra, como un reñidero, donde se suponía que los malvados salvajes se habían sentado a darse sus festines inhumanos con los cuerpos de otros hombres.

Me quedé tan asombrado al ver esto que no me di cuenta de mi propio peligro durante mucho rato. Todos mis temores estaban enterrados en los pensamientos de tal grado de brutalidad y el horror de la degeneración de la naturaleza humana, de la cual aunque había oído hablar con frecuencia, sin embargo, nunca la había visto tan de cerca. En resumen, volví la cabeza del horrible espectáculo, se me revolvió el estómago y estuve a punto de desmayarme, cuando la Naturaleza me libró del trastorno del estómago y al vomitar con una fuerza poco corriente, me sentí un poco aliviado, pero no pude soportar el quedarme en aquel lugar un momento más; así que subí la colina de nuevo, con toda la rapidez que pude, y caminé hacia mi vivienda.

Cuando me alejé un poco de esa parte de la isla, todavía me quedé un rato muy asombrado, y después de recuperarme, miré hacia arriba con mi alma muy afectada; con los ojos llenos de lágrimas, di gracias a Dios por haber nacido en una parte del mundo donde me distinguía de unas criaturas tan horribles como aquellas, y aunque yo había estimado que mi condición actual era muy miserable, sin embargo, tenía tantas comodidades en ella que aún tenía que dar más gracias que quejarme. Y sobre todo que, aun en esa condición miserable, me había consolado el conocimiento de Él y la esperanza de Su bendición, la cual era una felicidad más que suficiente equivalente a todo el sufrimiento pasado o futuro.

Con este agradecimiento me fui a casa, a mi castillo, y empecé a estar mucho más sereno ahora, debido a la seguridad de mis circunstancias, de lo que nunca había estado antes. Porque me di cuenta de que aquellos malvados nunca venían a esta isla en busca de lo que pudieran conseguir; quizá no buscaban, ni querían, ni esperaban nada de aquí, y sin duda habían estado con frecuencia en la parte boscosa, cubierta, de la isla, sin encontrar nada para su intención. Sabía que llevaba aquí casi dieciocho años y nunca vi ninguna huella de criatura humana antes, y podría haber estado aquí otros dieciocho años completamente escondido como lo estaba ahora, si no me descubría a ellos, lo cual no tenía ocasión de hacer, al ser mi única preocupación mantenerme totalmente escondido donde estaba, a menos que encontrara una clase de criatura mejor que los caníbales para dejarme ver.

Sin embargo, abrigaba tal aversión a los malvados salvajes de los que he estado hablando, y de la costumbre inhumana, de devorar y comerse uno a otro, que continuaba pensativo y triste, y me quedé en mi propio círculo casi dos años después de esto. Cuando digo mi círculo quiero decir con ello mis tres plantaciones, a saber, mi castillo, mi casa de campo, a la que llamaba cobertizo, y mi cercado en los bosques. No buscaba esto para otro uso que el de un cercado para mis cabras, porque la aversión que la Naturaleza me dio ante estos malvados era tal que tenía tanto miedo de verlos como de ver al Diablo mismo; tampoco fui a buscar mi barca en todo este tiempo, sino que empecé a pensar en hacerme otra, porque no podía realizar más intentos de traer la barca rodeando la isla, con algunas de estas criaturas en el mar, en el cual, si sucedía que caía en sus manos, sabía cuál sería mi suerte.

Sin embargo, al pasar el tiempo y con la satisfacción que tenía de no estar en peligro de ser descubierto por esta gente, empecé a dejar de inquietarme por ellos y a vivir de la manera serena en la que había vivido antes, únicamente con esta diferencia: ahora era más cauto y miraba a mi alrededor más que antes, no ocurriese que me viera alguno de ellos, y especialmente fui más cauto a la hora de disparar mi escopeta, por si alguno de ellos, al estar en la isla, pudiera oírla. Y por tanto, era una providencia haberme conseguido un rebaño de cabras para no necesitar cazar a ninguna en los bosques o dispararlas. Y si cogía alguna de ellas después de esto era mediante trampas, como había hecho antes. Así que durante dos años, creo que no disparé la escopeta ni una vez, aunque no salía nunca sin ella, y lo que era más, había salvado tres pistolas del barco y siempre las llevaba conmigo, o al menos dos de ellas, colocadas en mi cinturón de piel de cabra. También restauré uno de los grandes alfanjes que había sacado del barco, y me hice un cinturón para ponérmelo también; así que ahora era un tipo formidable para mirar cuando salía afuera, si se añade a la primera descripción de mí mismo el detalle de las dos pistolas y de un gran sable, colgando de un lado de mi cinturón, pero sin funda.

Las cosas siguieron así, como he dicho, durante algún tiempo. Parecía, a excepción de estas cautelas, que me había sumido en mi antigua forma de vida tranquila y relajada. Todas estas cosas solían demostrarme cada vez más lo lejos que estaba mi situación de ser miserable comparada con la de otros; no, con la vida de muchos otros, lo cual podía haber agradado a Dios que hubiera sido mi suerte. Ello hizo que me pusiera a reflexionar sobre las pocas quejas que debería haber en la humanidad, en cualquier condición de vida, si la gente comparara un poco su condición con la de los que están peor, con el fin de dar las gracias, pero siempre la comparan con la de los que están mejor para justificar sus murmullos de desaprobación y quejas.

Respecto a mi situación actual no había muchas cosas que necesitara en realidad; de hecho pensaba que los miedos que había tenido a estos malvados salvajes, y la preocupación por mi propia conservación, me había alejado de mis inventos para crear comodidades, y había ideado un buen plan, en el que una vez se habían concentrado mis pensamientos mucho, el de intentar fabricarme un poco de cerveza. Era en realidad un pensamiento caprichoso, y me reprendía a mí mismo con frecuencia por su simplicidad, porque vi en ese momento que se necesitaban varias cosas para hacer mi cerveza y era imposible conseguirlas, primero unos barriles para conservarla, que nunca pude conseguir, aunque pasé meses intentándolo, pero sin llegar a su fin. En segundo lugar, no tenía lúpulos para conservarla, ni levadura para hacerla, ni cobre o caldero para cocerla, y sin embargo, a pesar de todas estas cosas, creo en verdad, que si no hubieran intervenido los miedos y terrores que tenía a los salvajes, lo hubiera llevado a cabo, y quizá conseguido, porque rara vez abandonaba algo sin realizarlo, una vez que tenía en la cabeza lo suficiente para empezar.

Pero mi inventiva iba ahora por otro camino, porque noche y día no pensaba en otra cosa que en destruir a algunos de esos monstruos mientras estaban en su espectáculo sangriento y cruel, y si era posible, salvar a la víctima que habían traído aquí para acabar con ella. Supondría mucho trabajo llevar a cabo y establecer todas las artimañas que ideaba para destruir a estas criaturas, o al menos asustarlas para evitar que vinieran más aquí, pero todo se frustró, no había nada posible que surtiera efecto, a menos que yo estuviera allí para hacerlo yo mismo, y ¿qué podía hacer un hombre entre ellos, cuando quizá podría haber veinte o treinta juntos, con sus dardos o sus arcos y flechas, que podrían dispararlas con tanta puntería como yo mi escopeta?

Algunas veces pensaba en cavar un agujero debajo del lugar en el que hacían el fuego y poner cinco o seis libras de pólvora para que cuando lo encendieran destruyese todo lo que estuviera cerca. Pero en primer lugar yo me resistía a gastar tanta pólvora en ellos, al ser mi reserva de un barril ahora; tampoco podía estar seguro de que explotara en un determinado momento, cuando pudiera sorprenderles, y como mucho, que sólo moviera un poco el fuego y les asustara, pero no lo suficiente como para abandonar el lugar. Así que lo olvidé y luego me propuse que me colocaría en emboscada, en algún lugar conveniente, con mis tres escopetas cargadas. Y en medio de su ceremonia sangrienta, dispararlas contra ellos, cuando estuviera seguro de matar o herir quizá a dos o tres con cada disparo, y luego caer sobre ellos con mis tres pistolas y mi espada, y sin dudar de que si hubiera veinte los mataría a todos. Esta idea animó mis pensamientos durante algunas semanas, y estaba tan entusiasmado que a menudo soñaba con ello y algunas veces se realizaba en mi sueño.

Fui tan lejos con mi imaginación que empleé varios días en buscar lugares apropiados para colocarme en emboscada, como dije, para vigilarles, e iba con frecuencia al lugar mismo, que ahora me resultaba más familiar, y especialmente mientras mi mente estaba tan llena de esos pensamientos de venganza y de pasar por la espada a veinte o treinta de ellos, como podría llamarlo, el horror que tenía en el lugar y los signos de los malvados bárbaros devorándose unos a otros disminuían mi maldad.

Bien, al final encontré un lugar en la ladera de la colina donde podría esperar seguro hasta que viera venir alguna embarcación, y poder entonces, incluso antes de que se prepararan a llegar a la costa, permanecer sin ser visto entre los matorrales, en uno de los cuales había un hueco lo bastante grande como para esconderme entero, donde podría sentarme, observar sus actos sangrientos y apuntarles a la cabeza, cuando estuvieran juntos y fuera imposible que fallara mi disparo, o pudiera herir a tres o cuatro de ellos al primer disparo.

En este lugar, entonces, decidí fijar mi plan, y por consiguiente preparé dos mosquetes y mi escopeta de caza de todos los días. Cargué los dos mosquetes con un puñado de metralla cada uno y cuatro o cinco balas del tamaño de las balas de pistola, y la escopeta de caza, con un puñado de perdigones del tamaño más grande. También cargué mis pistolas con cuatro balas cada una y así, bien provisto de municiones para una segunda y tercera carga, me preparé para la expedición.

Después de haber planeado mi plan, y puesto en práctica en mi imaginación, todas las mañanas subía a lo más alto de la colina, desde mi castillo, como yo lo llamaba, a unas tres millas o más, para ver si podía observar alguna embarcación en el mar que se acercara a la isla, o que se dirigiera a ella, pero empecé a cansarme de esta ardua tarea, después de haber mantenido mi vigilancia durante dos o tres meses de una manera constante. Regresaba siempre sin haber realizado ningún descubrimiento, al no haber visto en todo ese tiempo la más mínima aparición, no sólo en la costa o cerca de ella, sino en todo el océano, hasta donde alcanzaban mis ojos o mi catalejo.

Durante todo el tiempo de mi visita diaria a la colina para mirar al mar, también continuaba el vigor de mi plan, y mi espíritu parecía estar todo el tiempo en una forma apropiada para tan extravagante ejecución como la de matar a veinte o treinta salvajes desnudos por una ofensa que no había entrado en discusión en mis pensamientos, no más que mi pasión del principio causada por el horror que concebí de la costumbre antinatural de esa gente de la zona, que parecía haber sufrido por la Providencia, en Su sabia disposición del mundo, no tener otra guía que la de sus propias pasiones abominables y viciadas. Y por consiguiente se abandonaron, y quizá lo habían estado durante siglos, a actos tan horrorosos y a practicar costumbres espantosas, como la naturaleza abandonada por completo por el cielo, y a actuar por medio de alguna degeneración horrorosa. Pero ahora, cuando, como he dicho, empezaba a cansarme de la excursión nada fructífera que había hecho durante tanto tiempo, cada mañana, en vano, mi opinión sobre el acto mismo empezó a cambiar y empecé a enfriar y calmar mis pensamientos para considerar lo que estaba a punto de realizar: ¿Qué autoridad o motivo tenía yo para pretender ser juez y verdugo de estos hombres como criminales, sobre quienes el cielo había considerado que durante muchos siglos sufrieran sin castigo y continuaran siendo, como lo eran, verdugos de Sus sentencias unos sobre otros? ¿Hasta qué punto esta gente me había ofendido a mí, y qué derecho tenía de entablar una batalla de sangre, la cual ellos derramaban promiscuamente uno sobre otro? Yo debatía esto con mucha frecuencia en mi mente. «¿Cómo sé yo lo que el mismo Dios juzga en este caso en particular? Es cierto que esta gente no considera esto un crimen, no lo reprueban en sus propias conciencias ni se lo reprochan. No saben que es una ofensa y entonces lo cometen en desafío a la justicia divina, como hacemos nosotros en casi todos los pecados que cometemos. Piensan que no es más crimen matar a un prisionero de guerra que matar un buey, ni comer carne humana, igual que nosotros comemos cordero.»

Cuando consideré esto un poco, lo que continuó después fue que yo estaba en el camino equivocado, que esta gente no era asesina en el sentido en el que yo lo había condenado en mis pensamientos anteriores, no más que aquellos cristianos asesinos, quienes con frecuencia llevaban a la muerte a los prisioneros cogidos en batalla, o con más frecuencia, y en muchas ocasiones, pasaban a tropas enteras de hombres por la espada, sin darles cuartel, aunque habían bajado las armas y se habían rendido.

En siguiente lugar se me ocurrió que si bien es cierto que la costumbre era brutal e inhumana, sin embargo, no tenía nada que ver conmigo. Esta gente no me había hecho daño. Si ellos atentaban, o si yo veía necesario para mi inmediata conservación caer sobre ellos, algo podría decirse al respecto, pero yo estaba fuera de su alcance todavía y ellos no tenían conocimiento de mi existencia realmente, y por consiguiente ningún plan sobre mí, y por tanto no podía ser justo por mi parte caer sobre ellos. Esto justificaría la conducta de los españoles en todas las barbaridades practicadas en América, donde destruyeron a millones de ellos, quienes, sin embargo, eran idólatras y bárbaros y tenían varios ritos sangrientos y bárbaros entre sus costumbres, como la de sacrificar cuerpos humanos a sus ídolos; eran sin embargo, respecto a los españoles, gente muy inocente, y sobre arrancarles de raíz de su tierra se habla con la máxima aversión y odio, incluso entre los españoles mismos, en este momento, entre las demás naciones cristianas de Europa, como una mera carnicería, una crueldad antinatural y sangrienta, sin justificación para Dios o para el hombre, y así, la mención del nombre de un español se considera algo aterrador y terrible para toda la humanidad o digno de compasión cristiana, como si el reino de España fuera especialmente eminente para crear una raza de hombres que no tenían principios de ternura, o las entrañas comunes de piedad hacia el desgraciado, el cual se considera como signo de espíritu de carácter generoso.

Estas consideraciones me hicieron detenerme realmente y llegar a una especie de punto y aparte. Empecé poco a poco a abandonar mi plan y a llegar a la conclusión de que había tomado las medidas equivocadas en mi propósito de atacar a los salvajes, que no era asunto mío meterme con ellos a menos que me atacaran ellos primero, y si era posible, algo que debía evitar, pero si era descubierto y me atacaban, entonces sabría cuál era mi deber.

Por otro lado, discutía conmigo mismo sobre que este no era realmente el modo de liberarme, sino el de destruirme a mí mismo por completo. Porque a menos que estuviera seguro de matar no sólo a cada uno de los que estuvieran en la costa en ese momento, sino también a todos los que llegaran después, si sólo uno de ellos escapaba para decirle a la gente de su tierra lo que había sucedido, vendrían de nuevo a miles para vengar la muerte de sus compañeros, y sólo me produciría a mí mismo una cierta destrucción, que por el momento no parecía real.

En general, llegué a la conclusión en principio o en política que debería tomar un camino u otro para pensar en este asunto. Que lo mío era esconderme por todos los medios posibles de ellos y no dejar el menor rastro para que adivinaran que había criaturas viviendo en la isla, quiero decir con forma humana.

La religión se unía a este camino prudente, y estaba convencido ahora de que me hallaba totalmente fuera de mi deber, cuando hacía todos mis planes sangrientos para la destrucción de criaturas inocentes, quiero decir inocentes respecto a mí. Con relación a los crímenes de los que ellos eran culpables, yo nada tenía que ver con ellos, y debía dejarlos a la justicia de Dios, que es gobernador de naciones y sabe qué castigos imponer.

Esto me pareció tan claro ahora que fue una satisfacción más grande para mí que el no haber sufrido hacer una cosa que ahora veía tan razonable creer que no hubiera sido menos pecado que el de un asesinato intencionado, si lo hubiera cometido. Y di las más humildes gracias a Dios de rodillas por haberme librado de aquella culpa de sangre, rogándole que me otorgara la protección de Su Providencia para no caer en poder de los bárbaros, o para que no pusiera mis manos sobre ellos, a menos que yo tuviera una revelación más clara del cielo para hacerlo, en defensa de mi propia vida.

CAPÍTULO XIX

RARA VEZ SALGO DE MI CELDA

De este modo continué durante cerca de un año después de esto, tan lejos estaba de desear una ocasión para caer sobre estos malvados, que en todo ese tiempo no subí ni una sola vez a la colina para observar si se veía alguno, o saber si habían estado en la costa o no, para no verme tentado a renovar cualquiera de mis tretas en contra de ellos, o ser provocado por alguna ventaja que se pudiera presentar por sí misma para caer sobre ellos. Sólo hice esto: fui a trasladar mi barca, la que tenía en el otro lado de la isla y la bajé hacia el extremo oriental de la isla, donde la introduje en una pequeña cueva que encontré debajo de algunas rocas altas, y donde sabía que a causa de las corrientes, los salvajes no se atreverían a venir con sus barcas bajo ningún concepto.

Junto con mi barca me llevé todo lo necesario, a saber: un mástil, una vela y algo parecido a un ancla, pero que en realidad no podía llamarse así. Sin embargo, era lo mejor que pude hacer. Todo esto lo trasladé, para que no quedara la menor sombra de barca o vivienda humana en la isla.

Además de esto, como dije, me mantuve más retirado que nunca, y rara vez salía de mi celda, sólo para mi trabajo constante, es decir, ordeñar mis cabras y llevar mi pequeño rebaño en el bosque, el cual, como estaba casi en la otra parte de la isla, no corría peligro, porque es cierto que estos salvajes que cazaban algunas veces en la isla no venían con pensamientos de encontrar algo aquí, y por consiguiente nunca se alejaban de la costa, y no dudo de que pudieran haber estado varias veces en la playa, después de que mis temores hacia ellos me habían hecho cauto, más que antes, y de hecho miraba atrás con horror pensando cómo hubiera sido mi situación si me los hubiera encontrado de repente y me hubieran descubierto antes, cuando desnudo y desarmado, excepto con una escopeta, y a menudo cargada solamente con perdigones, caminaba por todas partes, explorando la isla una y otra vez para ver lo que podía conseguir. ¡Qué sorpresa me hubiera llevado si, cuando descubrí la huella de un pie de hombre, hubiera visto a quince o veinte salvajes persiguiéndome, y por la rapidez de su carrera, sin ninguna posibilidad de escapar de ellos!

Estos pensamientos hundían mi alma algunas veces y angustiaban mi mente tanto que no podía recuperarme pronto; pensar lo que hubiera hecho y cómo no sólo no había sido capaz de resistirme a ellos, sino que incluso no hubiera tenido espíritu suficiente para hacer lo que podría haber hecho, mucho menos lo que podría ser capaz de hacer ahora, después de tanto pensar. En realidad, después de reflexionar seriamente sobre ello, estaba muy melancólico y algunas veces me duraba mucho tiempo, pero al final decidí dar las gracias a esa Providencia que me había liberado de muchos peligros invisibles y me había mantenido apartado de aquellos daños de los que no había forma de librarse, porque no tenía ni la más remota idea de lo que dependía tal cosa, o al menos la posible suposición de ello.

Esto renovó una meditación anterior, cuando empecé a ver por primera vez las disposiciones misericordiosas del cielo en los peligros que atravesamos en esta vida. De qué forma tan maravillosa nos liberamos cuando no sabemos nada de ello. Como cuando dudamos por un camino o por otro, una insinuación secreta nos indicará la dirección a seguir. Con estas reflexiones y otras similares me hice después una cierta regla para conmigo mismo de que siempre que descubriera aquellas insinuaciones secretas, o presiones de mi mente, para hacer o no algo que se presentaba, o para ir por este o ese camino, nunca dejaría de obedecer al dictado secreto, aunque no conocía otra razón para ello que tal presión o insinuación, que se metía en mi mente. Podía dar muchos ejemplos del éxito de esta conducta en el transcurso de mi vida, pero más especialmente en la última etapa, en esta isla desafortunada, aparte de muchas ocasiones en las que es muy probable que me hubiera dado cuenta si hubiera mirado entonces con los mismos ojos con los que lo veía ahora. Pero nunca es demasiado tarde para aprender, y no puedo sino advertir a todos los hombres examinados, cuyas vidas están llenas de incidentes tan extraordinarios como los míos, o incluso aunque no lo sean tanto, que no desprecien esos presentimientos secretos de la Providencia, que les deje salir de la inteligencia invisible, de la que no hablaré, y quizá no pueda dar razón, pero seguramente son una prueba de conversación de espíritus y la comunicación secreta entre aquellos encarnados y no encarnados, y tal prueba nunca puede soportarse. De lo cual tendré ocasión de dar algunos ejemplos muy destacados al recordar mi residencia solitaria en este lugar sombrío.

Creo que el lector no pensará que es extraño que confiese que estas ansiedades, estos peligros constantes en los que vivía y la preocupación que tenía ahora, puso fin a todo invento y a toda artimaña que se había presentado para mi alojamiento y comodidad futuros. Estaba más preocupado ahora por mi seguridad que por mi comida. Me preocupaba de no clavar un clavo o cortar un palo de madera ahora, por miedo a que el ruido pudiera ser oído; mucho menos dispararía mi escopeta, por la misma razón, y sobre todo, estaba insoportablemente inquieto por no hacer fuego, al menos humo, que es visible a gran distancia por el día y me traicionaría. Y por esta razón trasladé esa parte de mis ocupaciones que requerían fuego, como la de cocer vasijas y pipas, etc., a mi nuevo apartado del bosque, donde después de haber estado algún tiempo, encontré, para mi consuelo, una cueva natural en la tierra, donde me atrevo a decir que ningún salvaje había estado, ni se arriesgaría a introducirse, ni de hecho ningún hombre más lo haría, sino alguien como yo, que tanto lo necesitaba como refugio seguro.

La entrada de este hueco estaba en el fondo de una gran roca, donde, por casualidad (no veo razón suficiente para atribuir todas estas cosas a la Providencia), estaba cortando algunas ramas de árbol gruesas para hacer carbón vegetal, pues temía hacer humo alrededor de mi vivienda, como dije antes; no obstante, no podía vivir allí sin cocer mi pan, carne, etc.; así que me las arreglé para quemar algo de madera, como había visto hacer en Inglaterra, debajo de la hierba, hasta que se convertía en carbón seco; apagando el fuego luego, conservaba el carbón para llevarlo a casa y realizaba las otras ocupaciones que necesitaban fuego, sin peligro de humo.

Pero esto es solo. Mientras estaba cortando algo de leña, percibí que detrás de una rama muy gruesa de matorral bajo, o maleza, había una especie de hueco. Sentí curiosidad por mirar dentro, y llegando con dificultad a la entrada, descubrí que era bastante grande, es decir, lo suficiente para permanecer en pie, pero tengo que confesar que salí mucho más deprisa de lo que entré cuando al mirar hacia delante, pues estaba totalmente oscuro, vi dos ojos brillantes de alguna criatura, no sabía si demonio u hombre, que centelleaban como dos estrellas, al brillar directamente a la tenue luz de la entrada de la cueva y reflejándola.

Sin embargo, después de una pausa, me recuperé y empecé a llamarme miles de tonterías y a decirme que aquel que tenía miedo de ver al Diablo no era adecuado para vivir veinte años en una isla completamente solo, y que me atrevía a creer que no había nada en esta cueva que tuviera más miedo que yo. Con esto, echándole valor, cogí una gran tea y me precipité de nuevo, con el palo ardiendo en la mano. No había dado tres pasos en ella cuando estaba casi tan asustado como antes, porque oí un suspiro muy alto, como el de un hombre con algún dolor, seguido de un ruido entrecortado, como si fueran palabras a medio expresar, y luego un suspiro profundo otra vez. Di unos pasos hacia atrás, y en realidad estaba tan sorprendido que sentí un fuerte escalofrío, y si hubiera tenido sombrero sobre mi cabeza, no respondería por él porque mi pelo podría haberlo levantado. Pero echándole valor todavía y animándome un poco considerando que el poder y presencia de Dios estaba en todas partes y era capaz de protegerme, di un paso hacia delante, y con la luz de la tea, sosteniéndola un poco por encima de mi cabeza, vi tumbado en el suelo a un macho cabrío viejo, espantoso y monstruoso, haciendo testamento, como decimos nosotros, jadeando por la vida y muriendo en realidad por ser muy viejo.

Le moví un poco para ver si podía hacer que saliera, e intentó levantarse, pero no fue capaz de hacerlo, y pensé que podría quedarse allí incluso, porque si me había asustado a mí también asustaría con seguridad a cualquiera de los salvajes, si alguno de ellos era lo bastante atrevido como para entrar mientras tuviera vida.

Recuperado ahora de mi sorpresa empecé a mirar alrededor. Cuando encontré la cueva esta era bastante pequeña, es decir, podría tener unos doce pies, pero no tenía forma ninguna, ni redonda ni cuadrada; ninguna mano se había empleado nunca en hacerla sino la de la Naturaleza misma. Observé también que había un lugar en el lado más alejado, pero estaba demasiado bajo y era necesario gatear para entrar en él, y no sabía dónde iba; así que al no tener vela, lo dejé por esa vez, pero decidí regresar de nuevo al día siguiente, provisto de velas y una caja de yesca que había hecho de la llave de uno de los mosquetes, con algo de fuego griego en la cazoleta.

Por consiguiente, al día siguiente vine provisto de seis velas grandes de sebo de cabra hechas por mí mismo, y entrando en este lugar bajo, me vi obligado a gatear, como he dicho, casi diez yardas. Por el camino pensaba que era bastante arriesgado, considerando que no sabía hasta dónde podría llegar aquello ni lo que había más allá. Cuando estaba en la zona estrecha, vi que el techo era más alto, creo que medía cerca de veinte pies, pero nunca tuve una vista más maravillosa en la isla, me atrevo decir, como la de mirar alrededor, a los lados y al tejado de esta cámara o cueva. Las paredes reflejaban cientos de miles de luces procedentes de mis dos velas, pero no sabía si lo que había en la roca eran diamantes o alguna otra piedra preciosa, u oro, como suponía.

El lugar en el que estaba era una cavidad o gruta de lo más encantadora, más de lo que podía esperar, aunque totalmente oscura. El suelo estaba seco, nivelado y cubierto por una especie de gravilla suelta; por tanto, no había ninguna criatura nauseabunda o venenosa a la vista, ni humedad en los lados ni en el techo. La única dificultad era la entrada, que, sin embargo, como era un lugar seguro, y el refugio que quería, pensé que era conveniente. Por tanto, me alegré realmente del descubrimiento y decidí, sin demora alguna, llevar algunas de esas cosas que estaba ansioso por traer a este lugar, especialmente mi reserva de pólvora y todas mis armas de repuesto, a saber: dos escopetas de caza (porque tenía tres) y tres mosquetes (porque tenía ocho de ellos en total); así que dejé en mi castillo sólo cinco, los cuales ya estaban montados y preparados, como si fueran cañones, en mi cerca exterior y listos para sacarlos en cualquier expedición.

Con ocasión del traslado de mi munición, tuve ocasión de abrir el barril de pólvora que saqué del mar y que había estado húmedo, y descubrí que el agua había penetrado unas tres o cuatro pulgadas en la pólvora por cada lado, la cual, al endurecerse, había conservado el interior como un grano en la cáscara; así que tenía cerca de sesenta libras de pólvora muy buena en el centro del barril, y esto fue un agradable descubrimiento en ese momento; por tanto, me lo llevé todo allí, sin dejar nunca más de dos o tres libras de pólvora en mi castillo por temor a una sorpresa de cualquier clase. También llevé todo el plomo que había dejado para balas.

Me imaginaba ahora que era uno de aquellos gigantes antiguos de los que se decía que vivían en cuevas y agujeros de las rocas, donde nadie podía llegar a ellos, porque me convencí, mientras estaba aquí, de que si salían a cazarme quinientos salvajes, nunca me descubrirían, o que si lo hacían, no se arriesgarían a atacarme aquí.

La cabra vieja que encontré expirando en la entrada de la cueva murió al día siguiente de hacer este descubrimiento, y comprendí que era más fácil cavar un gran agujero y enterrarla allí que arrastrarla afuera. Así que la enterré allí para evitar el mal olor.

Llevaba ahora veintitrés años viviendo en esta isla y estaba tan aclimatado al lugar y la forma de vivir que habría podido disfrutar de verdad si hubiera estado seguro de que los salvajes no iban a venir a molestarme; podía haberme alegrado pasar aquí el resto de mi vida, incluso hasta el último momento, hasta que me tumbara a morir, como la vieja cabra de la cueva. También había llegado a conseguir pequeñas diversiones y entretenimientos, que hacían que el tiempo pasara de una forma más agradable que antes. Primero había enseñado a hablar a mi Poll, como dije antes, y él lo hacía con tanta familiaridad, y hablaba de una forma tan articulada y sencilla, que me era muy agradable; vivió conmigo veintiséis años. No sé cuánto tiempo viviría después, aunque en Brasil tienen idea de que viven cien años; quizá el buen Poll pueda estar vivo todavía, llamándome «pobre Robin Crusoe» hasta hoy. Deseo que ningún inglés tenga la mala suerte de llegar allí y oírle, pero si lo hace, ciertamente creería que es el Diablo. Mi perro fue un compañero muy agradable durante dieciséis años, y luego murió de puro viejo. Respecto a mis gatos, se multiplicaban, como ya he observado, hasta tal punto que me vi obligado a disparar a varios de ellos al principio para evitar que me devoraran a mí y a todo lo que tenía. Pero al final, cuando se fueron los dos viejos que traje yo, y después de echarlos de mi lado durante algún tiempo y no dejarles que cogieran ninguna de mis provisiones, huyeron todos salvajes al bosque, excepto dos o tres favoritos que domestiqué y cuyas crías, cuando tenían alguna, siempre ahogaba; estos eran parte de mi familia. Además, siempre tenía a dos o tres cabritos a mi alrededor, a los que enseñaba a coger la comida de mi mano, y tuve dos loros más, que hablaban bastante bien, y aunque todos me llamaban «Robin Crusoe», ninguno fue como el primero; en realidad no me esforcé tanto con ellos como lo había hecho con el primero. Tenía también varias aves marinas domésticas, cuyos nombres no conozco, que cogí en la playa y a las que corté las alas; las pequeñas estacas que había plantado delante del muro de mi castillo al haber crecido ahora mucho y ser una buena arboleda, les servían como refugio y se criaban allí, lo cual era muy agradable para mí. Por tanto, como he dicho antes, empezaba a estar muy contento con la vida que llevaba, si hubiera podido asegurarme contra el miedo a los salvajes.

Con frecuencia, en el curso de nuestras vidas, el mal que nosotros procuramos rechazar, cuando caemos en él, es el medio o puerta para nuestra liberación, por el que podemos salir de nuevo de la aflicción en la que caemos. Podía dar muchos ejemplos de esto en el curso de mi inexplicable vida, pero en nada fue más destacable que en las circunstancias de mis últimos años de vida solitaria en esta isla.

Era ahora el mes de diciembre, como he dicho antes, del año vigesimotercero de mi llegada, y al ser el solsticio austral, porque no puedo llamarlo invierno, coincidía con la época de mi cosecha y precisaba examinar los campos. Al salir bastante temprano por la mañana, incluso antes de que llegara la luz del día, me sorprendió ver una luz de algún fuego en la playa, a una distancia de unas dos millas, hacia el final de la isla, donde observé que habían estado algunos salvajes. Para gran aflicción mía estaban en mi zona.

En realidad me quedé tan terriblemente sorprendido ante la vista que me detuve en mi arboleda, sin atreverme a salir por si era sorprendido, y ya no tuve paz en mi interior; temía que si los salvajes, paseando por la isla, descubrían mi grano o cualquiera de mis trabajos y mejoras, inmediatamente llegarían a la conclusión de que había gente en ese lugar, y nunca lo dejarían hasta encontrarme. En este extremo regresé directamente a mi castillo, tiré de la escalera detrás de mí e intenté tranquilizarme.

Luego me preparé poniéndome en la postura de defensa. Cargué todos mis cañones, como yo los llamaba, es decir, mis mosquetes, que estaban montados sobre mi nueva fortificación, y todas mis pistolas, y decidí defenderme hasta el último aliento, sin olvidar encomendarme de todo corazón a la protección divina, y rezando a Dios de corazón para que me librara de las manos de los bárbaros; en esta postura continué durante dos horas, pero empecé a impacientarme por saber qué pasaba fuera.

Después de estar sentado mucho tiempo y cavilando sobre lo que haría llegado el caso, no pude soportar estar en la ignorancia más tiempo; así que colocando mi escalera en un lado de la colina, donde había una plataforma, como observé antes; luego, tirando de la escalera detrás de mí, la coloqué de nuevo hacia arriba y llegué a la cumbre de la colina, y sacando mi catalejo, que había cogido para este fin, me tumbé con el vientre en el suelo y empecé a buscar el lugar. Descubrí en ese momento que no había menos de nueve salvajes desnudos sentados alrededor de una hoguera pequeña que habían hecho, no para calentarse, porque no era necesario ya que el calor era extremo, sino, como supongo, para preparase su dieta bárbara de carne humana, la cual habían traído con ellos, no pude saber si viva o muerta.

Tenían dos canoas que habían dejado en la playa, y como entonces la marea estaba baja, me pareció que esperaban el regreso de la marea para salir de nuevo. No es fácil imaginar mi confusión ante esta visión, especialmente al verlos llegar a mi lado de la isla, y tan cerca de mí. Pero cuando observé que su llegada dependía siempre de la corriente de la marea baja, empecé a serenarme, al convencerme de que podía salir afuera seguro todo el tiempo que durara la pleamar, si no estaban en la playa antes. Y habiendo hecho esta observación, salí afuera a trabajar en mi cosecha con la mayor serenidad.

Como esperaba, así resultó ser. Porque tan pronto como la marea se dirigió hacia el oeste, les vi a todos coger la barca y remando (o chapoteando, podríamos llamarlo) se alejaron. Yo los había observado durante una hora o más antes de que se fueran; ellos estuvieron danzando, y podía percibir fácilmente sus posturas y gestos mediante mi catalejo. No podía percibir sino que estaban totalmente desnudos y no iban cubiertos con nada, y no distinguía si eran hombres o mujeres.

Tan pronto como les vi embarcar e irse, me puse las dos escopetas sobre los hombros, las dos pistolas en mi cinturón y mi gran espada a un lado, sin funda, y a toda velocidad me fui a la colina donde había descubierto la primera aparición. Tan pronto como llegué allí, que fue dos horas después por lo menos (porque no podía ir a paso acelerado al ser tan pesadas mis armas), me di cuenta de que habían estado otras tres canoas más de salvajes en aquel lugar, y mirando más allá vi que estaban todos juntos en el mar.

Fue una visión espantosa, especialmente cuando, al bajar a la playa, pude ver las marcas del horror del trabajo deprimente que habían llevado a cabo y dejado atrás, a saber, sangre, huesos y parte de la carne de cuerpos humanos, comidos y devorados por aquellos desgraciados, con alegría y diversión. Estaba tan indignado ante aquella visión que ahora empecé a premeditar la destrucción de los siguientes que viera allí, fueran quienes fuesen.

Me parecía evidente que las visitas que hacían a esta isla no eran muy frecuentes, porque pasaron quince meses antes de que vinieran de nuevo a la costa, es decir, nunca los vi, ni a ellos ni ninguna huella o signo, en todo ese tiempo. Llegaron las estaciones lluviosas y entonces seguro que ellos no hacían incursiones, al menos no tan lejos. Sin embargo, todo este tiempo viví incómodo a causa de los temores constantes de que llegaran a mí por sorpresa, desde donde observo que la expectativa del mal es mucho más amarga que sufrirla, especialmente si no hay lugar para librarse de esa expectativa o de esos temores.

Durante todo este tiempo, estaba de un humor asesino y pasé la mayor parte de mis horas, las cuales podía haber empleado mejor, en arreglármelas para burlarles y caer sobre ellos la próxima vez que los viera. Especialmente si se dividieran, como lo hicieron la última vez, en dos grupos. No consideraba del todo que si mataba a un grupo, supongamos de diez o doce, yo estaría allí todavía al día siguiente, o semana, o mes, para matar a otro, y a otro, incluso *ad infinitum,* hasta que al final yo no sería menos asesino que ellos eran devoradores de hombres, y quizá mucho más.

Pasaba muchos días ahora con gran perplejidad y ansiedad, esperando que un día u otro caería en manos de estas criaturas despiadadas. Y si alguna vez me arriesgaba a salir afuera, no era sin mirar a mi alrededor con el mayor cuidado y precaución imaginable. Y ahora descubrí con alivio lo que me alegraba haberme provisto de un rebaño de cabras domésticas, porque no me atrevía a disparar mi escopeta de ninguna manera, especialmente en aquel lado de la isla adonde llegaban normalmente por si alarmaba a los salvajes, y si ellos habían huido de mí ahora, estaba seguro de que regresarían de nuevo, con quizá doscientas o trescientas canoas, en unos cuantos días, y entonces yo sabía lo que me esperaba.

Sin embargo, pasé allí un año y tres meses más antes de ver a más salvajes, y entonces los descubrí de nuevo, como describiré pronto. Es cierto que podrían haber estado allí una o dos veces, pero no se quedaron, o al menos no los oí, pero en el mes de mayo, como más o menos puedo calcular, y en el vigesimocuarto año, tuve un encuentro muy extraño con ellos, de lo cual hablaré en su momento.

CAPÍTULO XX

Encuentro restos del naufragio de un barco

Mi inquietud durante este intervalo de tiempo de quince o dieciséis meses fue muy grande. Dormía intranquilo, tenía siempre pesadillas espantosas y con frecuencia me arrancaban de mi sueño por la noche. Por el día grandes preocupaciones me abrumaban y por la noche soñaba a menudo que mataba salvajes; pero dejando a un lado esto por ahora, era mediados de mayo, el día 16, creo, como podía calcular con mi pobre calendario de madera, porque todavía hacía las marcas en el poste; digo que era el 16 de mayo cuando sopló una gran tormenta de viento durante todo el día, con muchos rayos y truenos, y siguió una noche espantosa. No sé a qué se debía, pero mientras estaba leyendo la Biblia y pensando seriamente en mi estado actual, me sorprendió el ruido de un arma, como pensé, que se disparaba en el mar.

Esto me causó una sorpresa de naturaleza totalmente diferente a cualquiera que hubiera tenido antes, porque las ideas que pasaron por mi mente fueron de un tipo muy diferente. Me levanté con toda la prisa imaginable y en un santiamén sujeté mi escalera en la plataforma de la roca y tirando de ella tras de mí, y montándola por segunda vez, subí a la cima de la colina en el mismo momento que un destello de disparo me hizo esperar otro, que oí medio minuto después, y por el sonido supe que procedía de esa parte del mar adonde me llevó la corriente con el bote.

Inmediatamente pensé que tenía que ser alguna embarcación en peligro con algún otro barco compañero y disparaban estos cañonazos como señales de peligro y para conseguir ayuda. En ese momento creí que aunque yo no podía ayudarles, quizá ellos podrían ayudarme a mí; así que traje toda la leña seca que tenía a mano, y haciendo un buen montón, prendí fuego en lo alto de la colina. La leña estaba seca y ardió libremente, y aunque el aire soplaba muy fuerte, sin embargo, ardía bien, de manera que estaba seguro de que si aquello era un barco, tenían que verlo, y sin duda lo hicieron, porque tan pronto como ardió mi hoguera, oí otro cañonazo, y después otros más, todos de la misma parte. Mantuve mi hoguera toda la noche, hasta que rompió el alba, y cuando era de día y el aire se detuvo, vi algo a gran distancia en el mar, en la parte oriental de la isla. No podía distinguir con mi catalejo si era una vela o un casco, ya que la distancia era muy grande y había neblina.

Lo miré con frecuencia durante todo aquel día, y pronto percibí que no se movía; por tanto, llegué a la conclusión de que era un barco anclado, y al estar impaciente por convencerme, cogí mi escopeta y corrí hacia el lado sudeste de la isla, a las rocas donde me había llevado la corriente aquella vez, y al llegar allí, como estaba totalmente despejado, pude ver claramente, para gran pena mía, los restos del naufragio de un barco que por la noche había llegado a aquellas rocas sumergidas que yo descubrí cuando salí con mi bote. Aquellas rocas que frenaban la violencia de la corriente y formaban una especie de contracorriente o remolino, y que fueron el motivo de la recuperación de mi estado más desesperado, sin esperanza, en el que había estado nunca durante toda mi vida.

Así pues, la seguridad de un hombre es la destrucción de otro. Porque parece que estos hombres, fueran quienes fuesen, no conocían aquello, y al estar las rocas sumergidas totalmente en el agua, habían sido guiados sobre ellas por la noche, al soplar el viento fuerte en el este y este-noreste. Si habían visto la isla, como tengo que suponer necesariamente que hicieron, tenían que haber intentado por todos los medios, pienso, salvarse en la playa con la ayuda de su bote, pero sus disparos pidiendo ayuda, especialmente cuando vieran mi fuego, como imaginaba, me llenaron de muchos pensamientos. Primero imaginé que al ver mi luz, podrían haberse metido en su bote y esforzado por llegar a la costa, pero al estar muy alto el mar, podría haberles tirado. Otras veces imaginaba que habían perdido su bote antes, como puede ser el caso muchas veces, y especialmente al romper el mar contra su barco, lo que muchas veces obliga a los hombres a romper o hacer trozos su bote, y algunas veces a tirarlo por la borda con sus propias manos. Otras veces imaginaba que había algún otro barco con ellos, y que ante las señales de peligro que habían hecho, los habían cogido y se los habían llevado. En ocasiones, imaginaba que se habían ido mar adentro en su bote, y se habían alejado precipitadamente debido a la corriente en la que yo había estado antes, llevándoles al gran océano, donde no había nada salvo sufrimiento y muerte o que quizá pudieran estar en este momento muriéndose de hambre o estar comiéndose unos a otros.

Como esto no eran más que conjeturas, en el estado en el que estaba, no podía hacer más que pensar en el sufrimiento de los pobres hombres, y apiadarme de ellos, lo que todavía causaba buen efecto por mi parte, y me daba cada vez más razones para dar gracias a Dios, que tan feliz y cómodamente me había mantenido en mi condición solitaria, y que de los dos barcos compañeros que ahora habían naufragado en esta parte del mundo, no se había salvado más vida que la mía. Aquí aprendí de nuevo a observar que es muy raro que la providencia de Dios nos deje en una condición de vida tan baja, o en algún sufrimiento tan grande, sino que siempre vemos algo por lo que debemos dar las gracias y se puede ver a otros en circunstancias peores que las propias.

Este era sin duda el caso de estos hombres, de quienes no veía posibilidad de que se hubiera salvado alguno de ellos. Nada podía hacerlo racional como para esperar que no perecieran todos allí, excepto con la única posibilidad de que les recogiera un barco compañero suyo. Y esto era una mera posibilidad en realidad, porque no vi el más mínimo signo o aparición de tal cosa.

No puedo explicar con palabras qué deseos extraños, nostálgicos y anhelantes sentí en mi alma ante aquella visión, que algunas veces se expresaban así: «¡Oh, si se hubieran salvado uno o dos, no, uno sólo de este barco, que hubiese escapado, para que hubiera tenido un compañero, una criatura amiga que me hablara y con la que poder conversar!» En todo el tiempo de mi vida solitaria, nunca sentí un deseo tan serio, tan fuerte, de la sociedad de mis criaturas amigas o un pesar tan profundo por la necesidad de ellos.

Había algo secreto que movía los afectos, los cuales cuando sienten curiosidad por tener algún objeto a la vista, o por ser algún objeto, aunque no a la vista, sin embargo, se rinden a la mente por el poder de la imaginación, y el movimiento transporta al alma con su impetuosidad a tal abrazo violento y ansioso del objeto, que la ausencia del mismo es insoportable.

Así eran estos deseos ansiosos, que tan sólo un hombre se hubiera salvado. ¡Oh, si hubiera habido sólo uno! Creo que repetí las palabras «¡Oh, si hubiera habido sólo uno!» mil veces, y los deseos se movían tanto por ello que cuando pronunciaba las palabras apretaba mis manos y mis dedos presionaban las palmas, de manera que si hubiera tenido algo blando en mi mano, lo habría aplastado involuntariamente. Y mis dientes castañeaban y se apretaban uno contra otro con tanta fuerza que durante algún tiempo no pude separarlos.

Los naturalistas explicarán estas cosas, y la razón y forma de ellas. Todo lo que puedo hacer es describirles el hecho, que sólo me sorprendía a mí cuando lo descubrí. Aunque no sabía de qué procedía, era sin duda el efecto de ardientes deseos y de fuertes ideas formadas en mi mente, al comprender el alivio que hubiera sido para mí conversar con algún cristiano amigo.

Pero no iba a ser así; por su destino o por el mío, o por el de ambos, estaba prohibido, porque hasta el último año de mi estancia en esta isla, nunca supe si se salvó alguien del barco o no, y sólo sentí la angustia de ver unos días después el cadáver de un chico ahogado que llegó a la playa en el extremo de la isla que estaba más cerca del barco naufragado. No llevaba más ropa que un chaleco de marinero, un par de pantalones de lino abiertos en las rodillas y una camisa de lino azul, pero nada que me indicara o me permitiera adivinar de qué nación. No tenía nada en su bolsillo a excepción de dos piezas de a ocho y una pipa de tabaco; lo último era diez veces más valioso para mí que lo primero.

Ahora había calma, y tenía ganas de aventurarme a salir en mi bote hacia el naufragio, sin dudar de que podría encontrar algo que me sería útil, pero sin insistir mucho en la posibilidad de que hubiera alguien vivo todavía a bordo, cuya vida no sólo podría salvar, sino que consolaría la mía al máximo. Y esto estaba tan aferrado en mi corazón que no podía estar tranquilo ni de noche ni de día. Tenía que aventurarme a ir con mi bote a bordo de ese barco naufragado. Y encomendando el resto a la Providencia de Dios, pensé que la impresión era tan fuerte que no podía resistirla, que tenía que proceder de alguna dirección invisible y que no tendría perdón si no iba.

Bajo el poder de esta impresión, me apresuré a regresar a mi castillo y preparé todo para el viaje; cogí pan, una gran vasija de agua, una brújula por la que dirigirme, una botella de ron (porque todavía me quedaba una gran cantidad) y una cesta llena de pasas. Y así cargado con todo lo necesario, bajé a mi barca, saqué el agua que tenía dentro y la puse a flote, y entonces fui a casa a por más. Mi segundo cargamento era un gran saco lleno de arroz, el quitasol, otra gran vasija llena de agua y unas dos docenas de mis panecillos, o pasteles de cebada, con una botella de leche de cabra y queso. Con gran trabajo y sudor lo llevé a mi barca, y rogando a Dios que dirigiera mi viaje, salí remando con la canoa a lo largo de la costa y llegué al final al extremo de esta parte de la isla, es decir, el noreste. Ahora iba a lanzarme al océano y tanto con aventura como sin ella, miré las corrientes rápidas que corrían constantemente a ambos lados de la isla, a cierta distancia, y las cuales eran terribles para mí al recordar el peligro en el que ya había estado una vez, y mi corazón empezó a fallarme, porque preveía que si me arrastraban, me llevarían a mar abierto y quizá fuera del alcance o de la vista de la isla, y que entonces, al ser la barca tan pequeña, si se levantaba un poco de aire, me perdería inevitablemente.

Estos pensamientos me oprimían tanto que empecé a abandonar mi empresa, y habiendo dejado mi barca en una cala pequeña de la costa, subí andando y me senté sobre un saliente pequeño de tierra, muy pensativo y ansioso, entre el miedo y el deseo de mi viaje. Luego, según reflexionaba, pude percibir que la marea volvía y la corriente continuaba, con lo cual mi salida era impracticable durante muchas horas. Con esto se me ocurrió que subiría a la zona más alta que pudiera encontrar, y observaría, si podía, cómo estaban la marea y las corrientes, para que si me arrastraban lejos, pudiera esperar ser arrastrado de nuevo a casa con la misma rapidez de las corrientes. Tan pronto como me vino este pensamiento, me fijé en una pequeña colina, con vista suficiente sobre el mar, y desde allí vi claramente las corrientes, o tendencia de la marea, y por qué camino me dirigiría a la vuelta. Aquí descubrí que el reflujo pasaría cerca de la punta meridional de la isla; por tanto, la corriente de pleamar venía por el lado norte de la costa, y no tenía nada que hacer salvo dirigirme al norte de la isla a mi vuelta, y lo haría bastante bien.

Animado con esta observación, decidí salir a la mañana siguiente con pleamar, y descansando aquella noche en la canoa, debajo de uno de los abrigos que ya mencioné, me lancé. Salí primero un poco hacia el norte, hasta que empecé a sentir el beneficio de la corriente, que se dirigía hacia el este, y la cual me llevó a gran velocidad; sin embargo, no era tan rápida como la corriente del sur, así que gobernaba totalmente la barca. Pero al tener remo, iba a gran velocidad, directamente hacia el naufragio, y en menos de dos horas llegué a su altura.

La vista era lamentable. El barco, que por su construcción era español, había encallado entre dos rocas. Toda la popa y los costados los había hecho trozos el mar, y respecto al castillo de proa, que chocó contra las rocas, lo había hecho con tal violencia que su palo mayor y trinquete se habían roto contra la cubierta. Pero su bauprés estaba bien y la proa parecía firme. Cuando me acerqué apareció un perro, que al verme vino aullando y chillando; tan pronto como lo llamé, saltó al mar para acercarse a mí, y lo metí en la barca, pero le encontré casi muerto de hambre y de sed. Le di un trozo de pan y se lo comió como un lobo hambriento que ha estado pasando hambre quince días en la nieve. Luego le di a la pobre criatura un poco de agua, con la cual, si le hubiera dejado, habría reventado.

Después subí a bordo, pero lo primero con lo que tropecé fueron dos hombres ahogados en la cocina, o castillo de proa del barco, y estaban abrazados. Llegué a la conclusión, como de hecho es probable, de que cuando el barco zozobró, al estar en una tormenta, el mar rompió tan alto y tan continuamente sobre él que los hombres no fueron capaces de soportarlo y se ahogaron con el ataque continuo del agua, igual que si hubieran estado debajo. Además del perro, no quedaba nada con vida en el barco, ni ningún objeto que pudiera ver salvo lo que estaba estropeado por el agua. Había algunos barriles de licor, no sabía si de vino o de aguardiente, que estaban en la parte baja de la bodega, y a los que pude ver porque el agua había bajado, pero eran demasiado pesados para llevármelos. Vi varios arcones que creí pertenecían a algunos de los marineros, y metí dos de ellos en mi barca, sin examinar lo que había dentro.

Si la popa del barco hubiese quedado fija y la proa se hubiera destrozado, estoy convencido de que podría haber hecho yo un buen viaje, porque por lo que encontré en estos dos arcones, supuse que el barco tenía mucha riqueza a bordo, y si pudiera adivinar el curso que llevaba, tenía que proceder de Buenos Aires o de Río de la Plata, en la parte sur de América, más allá de Brasil, camino de La Habana, en el golfo de Méjico y desde allí quizás a España. Sin duda tenía un gran tesoro dentro, pero de ninguna utilidad para nadie en ese momento, y lo que fue del resto de su tripulación yo no lo sabía entonces.

Encontré, además de estos arcones, un pequeño barril lleno de licor, de unos veinte galones, que metí en mi barco con mucha dificultad. Había varios mosquetes en un camarote y un gran cuerno, con cuatro libras de pólvora más o menos. Respecto a los mosquetes, no tuve ocasión de llevármelos, así que los dejé, pero cogí el cuerno de pólvora. También una pala y unas tenazas, que necesitaba mucho, como también dos pequeñas teteras de latón, una chocolatera de cobre y unas parrillas. Y con este cargamento y el perro me fui al empezar la marea que me llevaría a casa; esa misma tarde, una hora después del anochecer, llegué de nuevo a la isla, muy cansado y fatigado.

Descansé aquella noche en la barca y por la mañana decidí descargar en mi nueva cueva lo que había cogido y no llevarlo a mi casa del castillo. Después de refrescarme, llevé todo mi cargamento a la playa y empecé a examinarlo con detalle. El barril de licor que encontré era una especie de ron, pero no como el que teníamos en Brasil, y en una palabra, no tan bueno. Pero cuando llegué a abrir los arcones, encontré varias cosas muy útiles para mí. Por ejemplo, una caja de botellas, de una clase extraordinaria, y llenas de cordiales, finos, muy buenos. Las botellas tenían unas tres pintas cada una y tenían un tapón de plata. Encontré dos tarros de confituras muy buenas, tan bien cerradas por la parte superior que el agua salada no las dañó, y dos iguales de lo mismo, que el agua había estropeado. Había algunas camisas muy buenas, a las cuales di la bienvenida, y una docena y media de pañuelos blancos de lino y otros de color para el cuello; los primeros eran también muy bienvenidos, pues resultaba muy agradable refrescarse la cara con ellos en un día caluroso. Además de esto, cuando llegué al fondo de los arcones, descubrí que había tres bolsas grandes de piezas de a ocho, y en total habría unas mil cien piezas en total, y en uno de ellos, envueltos en papel, seis doblones de oro y algunas barras o cuñas pequeñas de oro. Supongo que pesarían en total cerca de una libra.

El otro arcón que encontré tenía algunas ropas, pero de poco valor. Mas por las circunstancias tenían que haber pertenecido al artillero, aunque no había en él salvo unas dos libras de pólvora de grano fina, en tres frascos pequeños, guardados, supongo, para cargar sus escopetas de caza cuando llegara la ocasión. En general, conseguí muy poco en este viaje que me fuera útil, porque respecto al dinero, no me servía. «Esto es para mí como el polvo que piso, y lo daría todo por tres o cuatro pares de zapatos y calcetines ingleses», que eran cosas que necesitaba enormemente pero que ahora hacía muchos años que no los había llevado en mis pies. En realidad, había cogido dos pares de zapatos, que saqué de los pies de los dos ahogados que vi en el naufragio, y encontré dos pares más en uno de los arcones, que fueron muy bienvenidos, pero no eran como nuestros zapatos ingleses, ni por la comodidad ni por el servicio, al ser más lo que llamamos zapatillas. Encontré en el arcón de este marinero unas cincuenta piezas de a ocho en reales pero no eran de oro. Supongo que pertenecía a un hombre más pobre que el otro, que parecía pertenecer a algún oficial.

Sin embargo, arrastré este dinero a casa, a mi cueva, y lo dejé arriba, como había hecho antes con el que traje de nuestro barco, pero era una pena, decía yo, que la otra parte de este barco no estuviera a mi alcance porque estoy seguro de que podría haber cargado mi canoa varias veces con dinero, el cual, si alguna vez escapaba a Inglaterra, habría escondido aquí lo suficientemente seguro hasta poder venir de nuevo a por él.

Habiendo traído ahora todas mis cosas y después de haberlas asegurado, regresé a mi bote y remé a lo largo de la costa hacia su antiguo puerto, donde la dejé, e hice bien mi camino a mi antigua vivienda, donde encontré todo seguro y tranquilo; así que empecé a descansar, a vivir de la misma forma que antes y a cuidar de mis asuntos familiares. Y durante un tiempo tuve bastante tranquilidad, sólo que estaba más vigilante de lo acostumbrado, miraba fuera más a menudo y no salía demasiado. Y si alguna vez salía con libertad, era siempre hacia la parte oriental de la isla, donde estaba completamente seguro de que los salvajes nunca vendrían y donde podía ir sin tomar muchas precauciones y sin tanta carga de armas y municiones como llevaba siempre conmigo cuando iba por el otro camino.

CAPÍTULO XXI

Oigo el primer sonido de una voz humana

Viví en este estado cerca de dos años más, pero mi cabeza desafortunada, que siempre me hacía saber que nació para hacer desgraciado a mi cuerpo, había estado estos dos años llena de proyectos y planes sobre cómo, si era posible, podría salir de esta isla. Algunas veces hacía otro viaje a los restos del naufragio, aunque mi razón me decía que no había quedado nada que valiera la pena el peligro del viaje. En ocasiones, iba de paseo por un camino y otras veces por otro. Y creía de verdad que si hubiera tenido la barca con la que salí de Sallee, me habría arriesgado a salir al mar, con dirección a cualquier sitio, no sabía dónde.

Había sido en todas mis circunstancias un recuerdo para aquellos a los que les afecta la plaga general de la humanidad, de donde, que yo supiera, procedía la mitad de sus desgracias. Quiero decir, la de no estar satisfechos con el estado en el que les ha colocado Dios y la Naturaleza, porque sin mirar atrás a mi estado primitivo, y al excelente consejo de mi padre, cuya oposición a él fue, cómo podría llamarlo, mi pecado original, mis errores posteriores de la misma clase habían sido el medio de mi llegada a este estado de desgracia, porque si la Providencia, que tan felizmente me había asentado en Brasil como plantador, me hubiera bendecido con deseos limitados, y pudiera haberme contentado con seguirlos gradualmente, yo podría haber sido en todo este tiempo, me refiero al tiempo pasado en esta isla, uno de los plantadores más importantes de Brasil. No, estoy convencido de que por las mejoras que había hecho en ese poco tiempo que viví allí y el aumento que se hubiera producido probablemente si me hubiera quedado, podría haber valido cien mil moidores. ¿Y qué necesidad tenía yo de dejar una fortuna asentada, una plantación bien abastecida, mejorando y aumentando, para volverme sobrecargo hacia Guinea, a buscar negros, cuando la paciencia y el tiempo habían aumentado tanto nuestra reserva en casa que nosotros podíamos haberlos comprado en nuestra puerta a aquellos cuyo negocio era buscarlos? Y aunque hubieran costado algo más, todavía la diferencia de precio no merecía la pena ser ahorrada por ningún medio ante tan gran peligro.

Pero como este es normalmente el destino de las cabezas jóvenes, ya que la reflexión sobre la locura que conllevaba es normalmente el ejercicio de más años, o la cara experiencia del tiempo, así lo encontraba yo ahora. Y sin embargo, el error había echado unas raíces tan profundas en mi carácter que no podía contentarme en mi estado, sino que continuamente estaba estudiando los medios y la posibilidad de escapar de este lugar. Y con gran placer puedo contar el resto de mi historia al lector y es oportuno que cuente algo sobre mis primeras concepciones sobre el tema de este plan loco para escaparme, y cómo y sobre qué base actué.

Se supone que ahora estaba retirado en mi castillo, después de mi último viaje a los restos del naufragio, al haber guardado mi fragata y asegurarla bajo el agua como era lo normal, y volviendo a mi estado anterior. Tenía más riqueza, de hecho, de la que tenía antes, pero no era más rico, porque no lo usaba más que los indios del Perú antes de la llegada de los españoles.

Era una de las noches de la estación lluviosa de marzo, del año vigesimocuarto después de poner el pie en esta isla de soledad. Estaba tumbado en la cama, o hamaca, despierto, muy bien de salud; no tenía dolor, ni malestar, ni incomodidad de cuerpo; no, ni siquiera incomodidad de pensamiento, más de lo ordinario, pero no podía cerrar los ojos por ningún medio, es decir, dormir. No, ni una cabezada en toda la noche, sino que ocurrió lo que sigue a continuación.

Es tan difícil como innecesario poner por escrito los infinitos pensamientos que dieron vueltas en mi cerebro esta noche. Eché un vistazo a toda la historia de mi vida en miniatura, o resumida, como podría llamarlo, hasta mi llegada a esta isla, y también desde que llegué aquí. En mis reflexiones sobre el estado de mi caso desde mi arribada a la playa de esta isla, estaba comparando la situación feliz de mis asuntos en los primeros años de mi estancia aquí, comparada con la vida de ansiedad, miedo y cuidado que había vivido siempre desde que había visto la huella de un pie en la arena; no es que creyera que los salvajes habían frecuentado la isla todo aquel tiempo, y podrían haber estado cientos de ellos a veces en aquella playa, pero yo nunca lo había sabido y era incapaz de tener temor a aquello. Mi satisfacción era perfecta, aunque mi peligro era el mismo, y era tan feliz al no conocer mi riesgo como si nunca hubiera estado expuesto a él realmente. Esto proporcionaba a mi pensamiento muchas reflexiones provechosas, y especialmente lo infinitamente buena que es la Providencia, que nos ha provisto en su gobierno de la humanidad de tales lazos estrechos para ver y conocer algunas cosas, que aunque camina en medio de tantos miles de peligros, cuya visión de ellos, si se le descubriera, distraería su mente y se hundiría su espíritu, se mantiene sereno y tranquilo al tener las pruebas de las cosas ocultas a sus ojos y sin saber nada de los peligros que le rodean.

Después albergué estos pensamientos durante algún tiempo, y llegué a pensar seriamente sobre el peligro real en el que había estado durante tantos años en esta misma isla, y cómo había andado con la mayor seguridad y con toda la tranquilidad posible, incluso cuando quizá nada a excepción de una cima de una colina, un gran árbol o la llegada casual de la noche, hubiera estado entre mí y la peor clase de destrucción, es decir, la de caer en manos de caníbales y salvajes, quienes me hubieran agarrado con la misma idea que yo a una cabra o una tortuga y habrían pensado que no era más crimen matarme y devorarme que cuando yo lo hacía con una paloma o un zarapito. Yo me calumniaría injustamente si dijera que no estaba agradecido sinceramente a mi gran Conservador, cuya singular protección reconocía, con gran humildad, al que se debían todas estas liberaciones desconocidas, y sin la cual hubiera caído inevitablemente en sus despiadadas manos.

Cuando terminaron estos pensamientos, mi cabeza se puso a considerar durante algún tiempo la naturaleza de estas criaturas malvadas, quiero decir los salvajes, y cómo podría pasar en el mundo que el sabio Gobernador de todas las cosas dejara a alguna de Sus criaturas con tal crueldad. No, a algo más bajo que la brutalidad misma que es devorar a su propia especie, pero como esto terminó en algunas especulaciones (en ese momento infructuosas), se me ocurrió preguntar en qué parte del mundo vivían estos malvados, a cuánta distancia estaba la costa del lugar del que procedían, lo que ellos se arriesgaban al alejarse tanto de casa, qué clase de barcas tenían y por qué no podría poner orden en mí mismo y en mis asuntos para que pudiera ser capaz de ir allí igual que ellos venían aquí.

Nunca había estado tan confundido para pensar lo que harían conmigo cuando fuera allá, lo que sería de mí si caía en manos de los salvajes o como me escaparía de ellos si me atacaban; no, ni cómo sería posible para mí alcanzar la costa y no ser atacado por alguno de ellos, sin ninguna posibilidad de liberarme, y si no caía en sus manos, qué haría para conseguir provisiones o cuál sería mi rumbo. Ninguno de estos pensamientos, digo, se interponían, sino que mi mente estaba completamente concentrada en la idea de cruzar el mar en mi barca hasta llegar a tierra firme. Miré atrás a mi estado actual como el más desgraciado que podía ser posiblemente, que no era capaz de lanzarme a otra cosa que no fuera la muerte que podía ser lo peor; que si alcanzaba la costa de tierra firme, quizá pudiera encontrar alivio o ir a lo largo de la costa, como había hecho en África, hasta llegar a alguna zona habitada, donde podría encontrar algún alivio. Después de esto, quizá pudiera encontrarme con algún barco cristiano que me acogiera, y si lo malo iba a lo peor, podía morir, lo que pondría fin a todas estas desgracias de una vez.

Téngase en cuenta que todo esto era el fruto de mi mente trastornada, un carácter impaciente que se había desesperado por la larga continuidad de mis problemas y la desilusión a la que me habían llevado los restos del barco naufragado y donde había estado tan cerca de conseguir lo que tanto deseaba desde hacía tiempo, a saber, encontrar a alguien a quien hablar o de quien saber en qué lugar estaba y si había medios posibles para mi liberación. Digo que estaba totalmente inquieto por estos pensamientos. Toda la calma de mi mente era mi resignación a la Providencia, y al esperar las disposiciones del cielo parecía estar suspendido. Y no tenía poder para dirigir mis pensamientos hacia otra cosa que no fuera planear un viaje a tierra firme, lo que me llegó con tanta fuerza y en forma de deseo tan impetuoso que no lo iba a resistir.

Esto había agitado mis pensamientos durante dos horas o más, con tal violencia que empezaba a fermentar mi propia sangre y mi pulso latía tan fuerte como si hubiera tenido fiebre simplemente con el extraordinario fervor de mi mente. La naturaleza, como si me hubiera fatigado y dejado exhausto con el mismo pensamiento, me arrojó a un profundo sueño. Se podría pensar que había soñado con ello, pero no lo hice; no soñé con nada relacionado, sino que salía de mi castillo una mañana como de costumbre y veía en la costa dos canoas y once salvajes que llegaban a tierra y traían con ellos a otro salvaje, al cual iban a matar con el fin de comérselo, cuando de repente el salvaje que iban a matar dio un salto y corrió por su vida, y pensé en mi sueño que se metía corriendo a mi pequeña arboleda espesa, delante de mi fortificación, para esconderse, y que yo, al verle solo y percibiendo que los demás le buscaban por ese camino, me mostraba a él y le sonreía, le animaba. Él se arrodillaba ante mí y parecía rogarme que le ayudara, con lo cual le mostraba mi escalera, le hacía subir, le llevaba a mi cueva y se convertía en mi criado. Y que tan pronto como hube cogido a este hombre, me decía a mí mismo: «Ahora puedo aventurarme a ir a tierra con seguridad, porque este muchacho me servirá de piloto y le diré lo que hay que hacer y dónde ir a por provisiones y donde no ir por miedo a ser devorado, a qué lugares aventurarse y cuáles evitar.» Me desperté con este pensamiento y estaba con una impresión de júbilo tan inexplicable ante la perspectiva de mi escapada en mi sueño que la desilusión en la que caí al descubrir que no era más que eso me dejó en un abatimiento de espíritu muy grande.

Sin embargo, con esto llegué a la conclusión de que mi única forma de intentar escapar, era apoderarme de un salvaje, y si era posible, sería uno de los prisioneros a quienes ellos hubieran condenado a ser comido y traído aquí para matarlo; pero estos pensamientos todavía tenían esta dificultad, que era imposible llevarlo a cabo sin atacar a toda una caravana de ellos y matarlos a todos. Y este no era solamente un ataque desesperado, pues podría fracasar, sino que por otro lado, tenía muchos escrúpulos sobre la legitimidad de aquello, y mi corazón temblaba ante la idea de derramar tanta sangre, aunque fuera para mi liberación. No es necesario que repita los argumentos que se me ocurrieron en contra de esto ya que los mencioné antes. Pero aunque tenía otras razones ahora, a saber, que aquellos hombres eran enemigos de mi vida y me devorarían si podían, que era mi propia conservación en grado máximo librarme de esta muerte y estaba actuando en defensa propia igual que si me estuvieran atacando en realidad. Digo que aunque estas cosas estaban a favor de ello, sin embargo, la idea de derramar sangre humana por mi liberación era muy terrible para mí y no pude resignarme por ningún medio durante mucho rato.

Sin embargo, después de muchas disputas secretas conmigo mismo y luego de grandes perplejidades sobre ellos (porque todos estos argumentos, por un camino o por otro, lucharon dentro de mi cabeza durante mucho tiempo), el ansioso deseo de liberación que prevalecía al final dominó a los demás, y decidí, si era posible, apoderarme de uno de aquellos salvajes, costara lo que costase. Lo siguiente era pensar cómo hacerlo, y esto en realidad entrañaba muchas dificultades. Pero como podía dar con medios probables para ello, decidí ponerme a vigilar para verles cuando llegaran a la costa, y dejar el resto a los acontecimientos, tomando las medidas que presentara la oportunidad, fuera lo que fuere.

Con estas resoluciones empece a explorar, con tanta frecuencia como era posible, y de hecho bastante a menudo hasta que me cansé de ello, porque estuve esperando más de un año y medio, y durante gran parte de este tiempo salía hacia el extremo occidental y hacia la esquina suroccidental de la isla casi todos los días, para ver canoas, pero no apareció ninguna. Esto era muy desalentador, y empecé a preocuparme mucho, aunque no puedo decir que fuera este caso como los anteriores, a saber, el de desvanecerse mi deseo, porque cuanto más tiempo parecía demorarse, más ansioso estaba por ello. En una palabra, al principio no tenía tanto cuidado de rehuir la visión de estos salvajes y evitar que me vieran como ahora estaba, ansioso de caer sobre ellos.

Además me imaginaba a mí mismo capaz de coger a uno, no, a dos o tres salvajes. Si lo conseguía los haría esclavos míos, para hacer todo lo que les ordenara y evitar que fueran capaces de hacerme daño alguna vez. Durante mucho tiempo disfruté con este asunto, pero nada se presentaba todavía. Todos mis planes se convertían en nada, porque no se acercaron salvajes a mí durante mucho tiempo.

Cerca de un año y medio después de haber pensado todo esto, mediante largas meditaciones, que parecerían resolverse en nada, por falta de una ocasión para ponerlas en práctica, me sorprendió una mañana temprano ver nada menos que cinco canoas juntas en la playa en mi lado de la isla; había desembarcado toda la gente que iba en ellas y estaban fuera de mi vista. La cantidad era desmesurada porque al ver tantas y al saber que siempre venían cuatro, o seis, o más algunas veces, en una barca, no podía decir lo que pensé de ello, como tomar medidas para atacar a veinte o treinta hombres sin ayuda de nadie. Así que me quedé en mi castillo todavía, perplejo e incómodo. Sin embargo, adopté las mismas posturas para un ataque que había previsto anteriormente, y estaba preparado para actuar si se hubiera presentado algo. Habiendo esperado un buen rato, escuchando si hacían algún ruido, al final me impacienté mucho, dejé mis escopetas al pie de la escalera y subí a la cima de la colina en mis dos etapas como siempre, y me quedé allí de forma que mi cabeza no asomara por la colina para que ellos no me percibieran de ninguna manera. Aquí observé, con ayuda de mi catalejo, que no eran menos de treinta, que tenían un fuego encendido y carne preparada. Cómo la habían cocinado o qué era, yo no lo sabía. Pero estaban danzando todos con no sé qué gesto y posturas bárbaras, alrededor del fuego.

Mientras estaba mirándolos, vi con mi catalejo a dos desgraciados a los que arrastraban desde la barca, donde, al parecer, habían estado hasta ahora y que sacaban para el sacrificio. Percibí que uno de ellos cayó al momento, al ser golpeado, supongo, con un palo o espada de madera, porque esa era su forma, y a dos o tres que se pusieron a trabajar inmediatamente, abriéndole para cocinarlo, mientras que la otra víctima la dejaron en pie allí, hasta que estuvieran preparados para ella. En ese mismo momento, al pobre desdichado, al ver un poco de libertad, la Naturaleza le inspiró esperanzas de vida, y huyó de ellos, y corría con una velocidad sorprendente por la arena directamente hacia mí, quiero decir hacia esa parte de la costa en la que estaba mi vivienda.

Me asusté terriblemente (tengo que reconocerlo) cuando le vi correr en mi dirección, y especialmente cuando, como pensé, era perseguido por todo el grupo, y ahora esperaba que parte de mi sueño fuera a suceder, y que con seguridad se escudaría en mi arboleda. Pero yo no podía depender de mi sueño de ninguna manera para lo que pudiera suceder, es decir, que los otros salvajes no le perseguirían allá y le encontraran en mi zona. Sin embargo, me quedé como estaba y mi ánimo empezó a recuperarse cuando descubrí que no le seguían más de tres hombres, y todavía me animé más cuando observé que él les tomaba la delantera y ganaba terreno, de manera que podía seguir así media hora, y vi claramente que huiría de sus perseguidores.

Entre ellos y mi castillo estaba el arroyo que mencionaba con frecuencia en la primera parte de mi historia, cuando descargaba mis cargamentos del barco, y vi claramente que tendría que pasarlo a nado, o cogerían allí al pobre desgraciado. Pero cuando el salvaje que escapaba se dirigía hacia allá, no hizo nada de eso, aunque la marea estaba alta entonces, sino que se tiró, nadó unas treinta brazadas, llegó a tierra y continuó corriendo con toda su fuerza y rapidez. Cuando las tres personas llegaron al riachuelo, descubrí que dos de ellos sabían nadar, pero el tercero no, y se quedó en ese lado mirando a los otros dos, pero no siguió adelante. Poco después regresaron rápidamente, lo cual fue muy bueno para él.

Observé que los dos hombres nadaron una distancia dos veces mayor por el arroyo que lo que había nadado el muchacho que huía de ellos. Ahora me vino un pensamiento muy tierno, y de hecho irresistible, de que era hora de tener un criado, y quizá un compañero o ayudante. Y que la Providencia me llamaba claramente a salvar la vida de esta pobre criatura. Inmediatamente bajé corriendo las escaleras, cogí mis dos escopetas, que había dejado al pie de las escaleras, como observé antes, y subiendo de nuevo, con la misma rapidez, a la cima de la colina, crucé hacia el mar, atajé camino y bajé la colina colocándome en el camino entre los perseguidores y el perseguido, gritando al que huía, quien, mirando hacia atrás, al principio se asustó tanto de mí como de ellos, pero le hice señas con la mano para que regresara, y al mismo tiempo avancé lentamente hacia los dos que le seguían. Entonces me precipité sobre el primero y le derribé de un golpe con la culata de mi escopeta. No quería disparar para que no me oyeran los demás, aunque a esa distancia no lo hubieran oído con facilidad. Y al estar fuera de la vista del humo también, no hubieran sabido qué hacer. Después de derribar al primero, el otro perseguidor se detuvo, como si estuviera asustado, y avancé hacia él, pero a medida que me acercaba me di cuenta de que tenía un arco y flechas, y estaba preparándose para dispararme. Así que fue necesario que yo disparase primero, lo cual hice y le maté al primer disparo. El pobre salvaje que huía, pero que se había detenido, aunque vio a sus enemigos caídos y muertos, estaba tan asustado por el disparo y el ruido de mi arma, que se quedó inmóvil, sin avanzar ni retroceder, aunque parecía más inclinado a huir que a continuar. Entonces le grité de nuevo y le hice señas para que siguiera adelante, lo cual comprendió con claridad; se acercó un poco, luego se detuvo de nuevo, y entonces avanzó un poco más, deteniéndose. Yo entonces me pude dar cuenta de que estaba temblando, como si le hubieran cogido prisionero, y a punto de que le mataran, como lo habían estado sus dos enemigos. Le hice señas de nuevo para que viniera hacia mí y al mismo tiempo le daba todo el ánimo en el que yo podía pensar. Se acercó cada vez más, arrodillándose cada diez o doce pasos en agradecimiento por haber salvado su vida. Le sonreí contento y le hice señas para que se acercara más. Al final se acercó, y entonces se arrodilló de nuevo, besó el suelo, apoyó la cabeza en la tierra y, cogiéndome los pies, los puso sobre su cabeza. Parece ser que esto era para jurar ser mi esclavo para siempre. Le levanté y le animé como pude. Pero había mucho trabajo que hacer todavía, porque me di cuenta de que el salvaje al que había golpeado no estaba muerto, sino que le había dejado sin sentido del golpe y empezaba a volver en sí. Así que le vi, y mostrando al salvaje que no estaba muerto, él me dijo algunas palabras, y aunque no pude entenderlas, pensé no obstante que el oírlas era muy agradable, por ser el primer sonido de voz humana que había oído después de más de veinticinco años. Pero no había tiempo para tales reflexiones ahora. El salvaje al que había tirado de un golpe se recuperó hasta el punto de sentarse en el suelo, y me di cuenta de que mi salvaje empezaba a tener miedo. Pero cuando vi eso, apunté mi otra escopeta hacia el hombre como si fuera a dispararle. Ante esto mi salvaje, porque así le llamaba ahora, hizo un movimiento para que le prestara mi espada, la cual colgaba de un lado de mi cinturón, y así lo hice. Tan pronto como la tuvo, corrió hacia su enemigo y de un solo golpe le cortó la cabeza con tanta habilidad como ningún verdugo de Alemania lo hubiera hecho, tan pronto y tan bien. Pensé que era muy extraño en alguien sobre el que yo tenía razones para creer que no había visto una espada antes en su vida, excepto las suyas propias de madera. Sin embargo, al parecer, como aprendí después, ellos hacen sus espadas de madera tan afiladas, tan pesadas, y la madera es tan dura, que cortan con ellas incluso cabezas y brazos, y de un solo golpe también. Cuando hubo hecho esto, vino riéndose hacia mí como señal de triunfo y me devolvió la espada, y con muchos gestos que no comprendía, la dejó en el suelo, con la cabeza del salvaje que había matado justo delante de mí.

Pero lo que más le asombró fue saber cómo había matado yo al otro indígena que estaba tan lejos. Me hizo señales para que le dejara ir hacia él, así que se lo permití. Cuando llegó a donde estaba el cadáver parecía asombrado; primero lo giró hacia un lado, luego hacia el otro, miró la herida que le había hecho la bala, la cual, parece ser que estaba justo en su pecho, donde le había hecho un agujero, y no había mucha sangre sino que había sangrado internamente y estaba completamente muerto. Cogió su arco y flechas y regresó; así que me di la vuelta para irme y le hice señas para que me siguiera y decirle que podían venir más detrás de ellos.

Ante esto él me hizo señas para que le permitiera enterrarlos con arena, para que no los pudieran ver los demás si los seguían. Y le dije por señas de nuevo que lo hiciera. Él se puso a trabajar, y en un instante había escarbado un agujero en la arena con sus manos lo suficientemente grande para enterrar al primero; luego lo tiró dentro y lo cubrió, y también hizo lo mismo con el otro. Creo que los había enterrado a los dos en un cuarto de hora; después, llamándole, me lo llevé, pero no a mi castillo, sino a mi cueva que estaba más lejos, en la parte más alejada de la isla. Así que no dejé que mi sueño llegara a suceder en parte, es decir, que viniera a mi arboleda a protegerse.

Aquí le di pan y un racimo de pasas para que comiera y un trago de agua, de lo cual descubrí que estaba ansioso a causa de su carrera. Y habiéndole refrescado, le hice señas para que se tumbara y durmiera, señalando un lugar donde había puesto un montón de paja de arroz y una manta sobre él, el cual utilizaba yo para dormir algunas veces. Así que la pobre criatura se tumbó y se quedó dormida.

CAPÍTULO XXII

LE LLAMO VIERNES

Él era un individuo guapo, bien parecido, con miembros vigorosos, no demasiado grandes, alto, bien formado y calculo que de unos veintiséis años de edad. Tenía un semblante muy agradable, no un aspecto feroz y arisco, pero parecía tener algo muy varonil en su rostro, y sin embargo, tenía toda la dulzura y suavidad de un europeo en su semblante también, especialmente cuando sonreía. Su pelo era largo y negro, no crispado como el de la lana; su frente era alta y grande, y una gran vivacidad y agudeza chispeaban en sus ojos. El color de su piel no era totalmente negro, sino muy cobrizo, y no del amarillo de los brasileños, virginianos y otros nativos de América, sino de una clase brillante de color oliva parda que tiene en él algo muy agradable, aunque no es muy fácil de describir. Su rostro era redondo y rellenito, la nariz pequeña, no plana como la de los negros; una boca muy buena, labios finos y sus dientes eran excelentes, bien colocados y blancos como el marfil. Después de dormir apaciblemente una media hora, se despertó de nuevo y salió de la cueva hacia mí, porque yo había estado ordeñando mis cabras, las cuales tenía encerradas cerca. Cuando me vio vino corriendo hacia mí, tirándose al suelo otra vez, con todos los signos de una disposición agradecida, humilde, haciendo muchos gestos graciosos para demostrarlo. Al final se postró en el suelo, cerca de mis pies y puso uno encima de su cabeza, como había hecho antes. Después de esto, me hizo todo signo imaginable de sometimiento, servidumbre y sumisión a mí, para hacerme saber cómo me serviría mientras viviera. Le entendí muchas cosas y le hice saber que estaba muy contento con él, y en poco tiempo le hablaba y enseñaba a hablarme. Primero le hice saber que su nombre sería Viernes, que era el día en el que le había salvado la vida. Le llamaba así para recordar el momento. También le enseñé a decir «Amo», y luego le hice saber que ese iba a ser mi nombre. También le enseñé a decir «sí» y «no» y lo que significaban. Le di un poco de leche en un cuenco de barro y dejé que me viera beberla y rebañarla con pan, y le ofrecí un panecillo para que hiciera lo mismo, ante lo cual accedió con rapidez y por señales me dijo que era muy buena para él.

Me quedé allí con él toda la noche, pero tan pronto como fue de día le hice señas para que viniera conmigo y le hice saber que le daría algunas ropas, ante lo cual pareció muy contento porque estaba totalmente desnudo. Cuando pasamos por el lugar en el que habíamos enterrado a los dos hombres, me señaló el lugar exactamente, y mostrándome las marcas que había hecho para encontrarlos de nuevo, me hizo señales para que los desenterráramos y nos los comiéramos. Ante esto yo fingí enfadarme mucho y expresé mi aversión a ello, haciendo como que vomitaría sólo de pensarlo, y le hice señas con la mano para marcharnos, lo cual hizo al momento con gran sumisión. Entonces le guié a la cima de la colina para ver si se habían ido sus enemigos, y sacando mi catalejo, vi claramente el lugar en el que habían estado, pero no había rastro de ellos ni de sus canoas. Así que estaba claro que se habían ido y dejado a sus compañeros tras ellos, sin buscarlos.

Pero no estaba satisfecho con este descubrimiento, sino que al tener más valor ahora, y por consiguiente más curiosidad, llevé a mi hombre Viernes conmigo dándole la espada en la mano y poniéndole el arco y las flechas a la espalda, porque comprendí que podía usarlo con mucha destreza, haciendo que llevara una de mis escopetas por mí y yo las otras dos, y marchamos hacia el lugar donde habían estado estas criaturas, porque tenía en mente ahora conseguir más información sobre ellos. Cuando llegamos al lugar, se me heló la sangre en las venas y se me encogió el corazón ante el horror del espectáculo. En realidad era una visión espantosa, al menos así me lo pareció a mí, aunque Viernes no hizo nada al respecto. El lugar estaba cubierto de huesos humanos, el suelo manchado de sangre, trozos grandes de carne abandonados aquí y allá, a medio comer, destrozados y chamuscados. En resumen, todas las pruebas del festín triunfante que habían tenido allí, después de una victoria sobre sus enemigos. Vi tres cráneos, cinco manos y los huesos de tres o cuatro piernas y pies y otras muchas partes de cuerpos. Viernes, mediante señas, me hizo comprender que habían traído a cuatro prisioneros para el festín y que se habían comido a tres, y que él, apuntándose a sí mismo, era el cuarto. Que hubo una gran batalla entre ellos y su próximo rey, entre cuyos súbditos parece ser que estaba él y que ellos habían cogido a muchos prisioneros, y a todos los llevaban a varios lugares aquellos que los habían cogido en la lucha con el fin de comérselos, como lo habían hecho aquí estos.

Hice que Viernes recogiera todos los cráneos, huesos, carne y todos los restos y que los colocara en un montón para hacer una gran hoguera y quemarlos hasta reducirlos a cenizas. Descubrí que Viernes deseaba un poco de carne para su estómago y era todavía un caníbal por naturaleza, pero le expliqué mi mucha aversión sólo de pensarlo y él no se atrevió a exteriorizar su deseo, porque le hice saber que le mataría si lo hacía.

Cuando hicimos esto, regresamos a nuestro castillo y allí me puse a trabajar para mi hombre Viernes. Lo primero fue darle un par de calzones de lino que había sacado del arcón del pobre artillero, que encontré en los restos del naufragio, y con una pequeña modificación le sentaban muy bien. Luego le hice un jubón de piel de cabra, tan bien como me permitía mi habilidad; ahora me había convertido en un sastre tolerable, y le di una gorra que había hecho de piel de liebre, muy conveniente y hasta algo elegante. Así le vestí, por el momento, bastante bien, y le agradó enormemente verse casi tan bien vestido como su amo. Es cierto que andaba con torpeza al principio, ya que llevar calzones era muy incómodo para él, y las mangas de la chaqueta le molestaban sobre los hombros y en los brazos, pero arreglándosela un poco, donde se quejaba de que le hacía daño y adaptándole a él para ello, al final los llevaba muy bien.

Al día siguiente vine a mi casucha con él. Empecé a pensar dónde le alojaría y que podría acomodarle bien sin muchas dificultades. Hice una tienda pequeña para él en el sitio libre que había entre mis dos fortificaciones, en el interior de la última y en el exterior de la primera. Y como había una puerta o entrada desde allí a mi cueva, hice un puerta con marco normal y una puerta de tableros y la coloqué en el pasadizo, por dentro de la entrada; al abrirse la puerta por el interior, yo la atrancaba por la noche, cogiendo también mis escaleras. De esa manera Viernes no tenía forma de llegar a mí en el interior de mi muro más recóndito sin hacer tanto ruido que no me despertara. Respecto a mi primer muro tenía ahora un tejado entero encima apoyado en grandes postes, cubriendo toda mi tienda y apoyado en la ladera de la colina, que de nuevo había cruzado con palos más pequeños en vez de listones, y luego estaba cubierto de una espesa capa de paja de arroz, que era tan fuerte como los juncos. En el agujero que practiqué para entrar o salir por la escalera había colocado una especie de trampilla, la cual, si se intentaba entrar por el exterior, no se habría abierto del todo, sino que se hubiera caído y producido un gran ruido, y respecto a las armas, yo las tenía a mi lado todas las noches. Pero no necesitaba ninguna de estas precauciones, porque nunca un hombre tuvo sirviente más fiel, más afectuoso y sincero de lo que Viernes fue para mí, sin ira, sin malhumor o malas intenciones, perfectamente dispuesto y comprometido. Su afecto era lo único que le ataba a mí, como el del hijo a su padre. Y me atrevo a decir que hubiera sacrificado su vida por salvar la mía si se presentara la ocasión; los muchos testimonios que me dio de ello no me dejaban dudas y pronto me convencí de que no eran necesarias las precauciones para mantenerme seguro frente a él.

Con frecuencia esto me daba ocasión de observar, con asombro, que siempre que agradaba a Dios, en Su providencia y el gobierno de las obras de Sus manos, formaba gran parte del mundo de Sus criaturas y hacía el mejor uso para el cual estaban adaptadas sus facultades y poder de sus almas. Aún más, Él les ha otorgado los mismos poderes, la misma razón, los mismos afectos, los mismos sentimientos de amabilidad y obligación, las mismas pasiones y resentimientos de los errores, el mismo sentido de gratitud, sinceridad, fidelidad y toda la capacidad de hacer el bien y recibir el bien que Él nos ha dado, y que cuando a Él le agradaba ofrecerles ocasiones para ejercitar esto, ellos estaban preparados, no, más preparados que nosotros para aplicarlo a los usos correctos para los cuales se había otorgado. Y me ponía melancólico algunas veces, al reflexionar, cuando se presentaron varias ocasiones, sobre qué uso hacemos de todo esto, incluso aunque tengamos estos poderes alumbrados por la gran lámpara de la instrucción, el Espíritu de Dios, y por el conocimiento de Su Palabra, añadida a nuestro entendimiento. Y por qué ha agradado a Dios ocultar el mismo conocimiento de salvación a tantos millones de almas, quienes (si se pudiera juzgar por este pobre salvaje) harían un uso mucho mejor del que hacemos nosotros.

Por tanto, algunas veces me sentía guiado demasiado lejos e invadía la soberanía de la Providencia, y así, acusaba a la justicia de una disposición tan arbitraria de cosas que ocultaban esa luz a algunos y se revelaba a otros, y sin embargo, se esperaba un deber similar de ambos. Pero callo y examino mis pensamientos con esta conclusión: primero, que nosotros no sabemos por qué luz y ley se debería condenar a estos, sino que como Dios era necesariamente, y por la naturaleza de Su existencia, infinitamente santo y justo, así no podría ser sino que si estas criaturas estaban todas sentenciadas a la falta de Él, era a causa de pecar contra esa luz, lo que, como dicen las Escrituras, era una ley para ellos mismos, y por tales reglas como sus conciencias reconocieran como justas, aunque el fundamento no se nos descubre a nosotros. Y segundo, que como todos somos arcilla en manos del Alfarero, ninguna vasija podría decirle: «¿Por qué me has dado esta forma?»

Mas volviendo a mi nuevo compañero, yo estaba encantado con él y mi tarea era enseñarle todo lo que fuera apropiado para hacerle útil, habilidoso y servicial, pero especialmente le hice hablar y entenderme cuando hablaba, y él era el alumno más despierto que ha existido, y especialmente era tan alegre, tan diligente siempre y tan agradecido cuando él podía entenderme o hacerme entenderle, que era muy agradable para mí hablarle, y ahora mi vida empezaba a ser tan fácil que empecé a decirme a mí mismo que de haber estado a salvo de salvajes, no me preocupaba si no salía nunca del lugar mientras viviera.

Después de llevar dos o tres días en mi castillo, pensé que, con el fin de quitar a Viernes esa horrible costumbre de alimentarse y del sabor de un estómago de caníbal, debería dejarle probar otra carne; así pues, le llevé conmigo al bosque una mañana. En realidad fui con intención de matar a un cabrito de mi propio rebaño y llevarlo a casa y arreglarlo. Pero, cuando iba a ello, vi una cabra tumbada a la sombra y dos cabritillos sentados a su lado. Agarré a Viernes. «Espera —dije—, quédate quieto», y por señas le dije que no se moviera. Apunté con mi escopeta en ese momento, disparé y maté a uno de los cabritos. La pobre criatura, que tenía a cierta distancia en realidad, me vio matar al salvaje, su enemigo, pero no sabía ni podía imaginar cómo lo hice, y se sorprendió mucho; temblaba y se agitaba, y parecía tan asombrado que pensé que se iba a desvanecer. Él no vio al cabrito al que había disparado, ni se dio cuenta de que lo había matado, sino que se rasgó su chaleco para comprobar que no estaba herido, y descubrí en ese momento que pensaba que estaba decidido a matarle porque vino y se arrodilló ante mí, y abrazándome las rodillas, dijo muchas cosas que no entendí, pero pude ver claramente que el significado era rogarme que no le matara.

Pronto encontré el modo de convencerle de que no le haría daño y, cogiéndole de la mano, me reí y, señalando al cabrito que yo había matado, le hice señas de que corriera a cogerlo, lo cual hizo. Y mientras estaba maravillado y mirando como había muerto la criatura, yo cargué de nuevo mi escopeta y más tarde vi un ave grande, parecida a un halcón, posado sobre un árbol y a tiro. Así que le hice comprender un poco a Viernes lo que iba a hacer; le llamé de nuevo, apunté al ave, que en realidad era un loro, aunque pensé que era un halcón. Digo que, señalando al loro y a mi escopeta y al suelo que estaba debajo del loro, le hice ver que lo haría caer, que dispararía y mataría al pájaro. Por consiguiente, disparé y le pedí que mirara, e inmediatamente vio caer al loro. Él se quedó asustado de nuevo, a pesar de todo lo que le había dicho y descubrí que estaba más asombrado porque no me veía poner algo en la escopeta y pensaba que tenía que haber algún fondo maravilloso de muerte y destrucción en aquella cosa, capaz de matar a un hombre, bestia, pájaro o cualquier cosa que estuviera cerca o lejos. Y el asombro que produjo en él fue tal que no desapareció en mucho tiempo. Y creo que si lo hubiera permitido, me habría adorado a mí y a mi escopeta. Respecto a esta no la tocó en varios días, pero le hablaba y parecía que conversaba con ella. Después supe que era para pedirle que no le matara.

Bueno, después de haberse pasado un poco su asombro, le señalé que corriera a coger el pájaro al que había disparado, lo cual hizo, pero tardó un poco, porque el loro, al no estar completamente muerto, se alejó revoloteando un buen tramo desde el lugar en el que había caído. Sin embargo, lo encontró, lo levantó y me lo trajo, y como yo había percibido su ignorancia sobre la escopeta antes, me aproveché de esta ventaja para cargar la escopeta de nuevo, sin dejar que me viera hacerlo, para poder estar preparado para hacer otro blanco que se presentara, pero no apareció nada en ese momento, así que me llevé el cabrito a casa y esa misma tarde le quité la piel y lo partí todo lo bien que pude. Al tener un cacharro para tal fin, cocí, o guisé, un poco de carne e hice un caldo muy bueno. Después de empezar yo a comer un poco, le di a mi hombre, quien pareció alegrarse con ello y le gustó mucho, pero lo que más le extrañó fue que le echara sal. Él me hizo señas de que la sal no era buena para comer, y poniendo un poco en su boca, pareció que le asqueaba y la escupió, lavándose después la boca con un poco de agua. Por otro lado, yo me metí carne en la boca sin sal, y fingí escupirla por faltarle la sal tan rápido como había hecho él antes. Nunca echaba sal en la carne, ni en el caldo. Al final, no mucho tiempo después, usaba un poquito.

Habiéndole alimentado así con carne cocida y caldo, decidí darle un festín al día siguiente con un trozo de cabrito asado. Lo hice colgándolo encima del fuego con una cuerda, como había visto hacerlo a mucha gente en Inglaterra, colocando dos palos en vertical, uno a cada lado del fuego y otro que atravesaba por la parte superior, y atando la cuerda al palo horizontal, dejé que diera vueltas la carne continuamente. Viernes admiró esto muchísimo, pero cuando vino a probar la carne, buscó tantos medios para decirme lo que le gustaba que no pude sino entenderle. Al final me dijo que nunca más comería carne de hombre, lo cual me alegró mucho oír.

Al día siguiente le puse a trabajar machacando grano y cribándolo de la manera en que solía hacerlo yo, como observé antes. Y pronto comprendió el modo de realizarlo bien, especialmente después de haber visto lo que significaba, porque después de permitirle que me viera hacer pan y cocerlo, en poco tiempo Viernes era capaz de hacer todo el trabajo por mí, tan bien como podía hacerlo yo mismo.

Empecé a pensar ahora que, al tener dos bocas para alimentar en vez de una, tenía que preparar más tierra para mi cosecha y plantar una cantidad mayor de grano de lo que solía hacer. Así que aré un trozo de tierra más grande y empecé a cercarlo de la misma manera que antes, en lo cual Viernes no sólo trabajó de muy buen grado y duramente, sino que lo hacía con mucha alegría. Le dije para qué servía aquello, que era para el grano, para hacer más pan porque ahora él estaba conmigo y yo podría tener bastante para los dos. Pareció sensibilizarse con esto y me hizo saber que él pensaba que yo tenía mucho trabajo que él podía hacer por mí y que trabajaría más duro si le decía cómo hacerlo.

CAPÍTULO XXIII

CONSTRUIMOS OTRA CANOA

Aquel año fue el más agradable de toda mi vida en aquel lugar. Viernes empezó a hablar muy bien y entendía los nombres de casi todo lo que yo tenía ocasión de llamar y de todos los lugares a los que tenía que enviarle, y hablaba mucho conmigo. Así que, en poco tiempo, empecé a hacer uso de mi lengua otra vez, de lo cual tenía muy pocas ocasiones de hacerlo antes, es decir, conversar. Aparte del placer de hablar, estaba muy satisfecho con él. Su honestidad sencilla, verdadera, quedaba demostrada cada vez más día a día, y empecé a quererle realmente. Por su parte, creo que me quería más de lo que era posible que hubiera querido antes a alguna cosa.

Tenía en mente probar si él sentía algún deseo que le inclinara a volver a su propio país, y habiendo aprendido el inglés tan bien que podía contestar a casi todas las cuestiones, le pregunté si la tribu a la que pertenecía nunca ganaba en la batalla. Ante lo cual él sonrió y dijo: «Sí, sí, siempre luchamos lo mejor», es decir, que quiso decir que siempre eran los mejores en la lucha, y por tanto empezamos la siguiente conversación:

AMO: Si siempre lucháis mejor, ¿cómo es que te cogieron prisionero entonces?

VIERNES: Mi tribu vence mucho, a todos.

A.: ¿Cómo que vence? Si tu tribu les venció, ¿cómo te cogieron prisionero?

V.: Ellos muchos más que mi tribu en el lugar donde estar yo. Ellos coger uno, dos, tres y yo. Mi tribu venció lejos, donde yo no estaba. Allí mi tribu cogió uno, dos, muchos.

A.: Pero, ¿por qué los tuyos no te rescataron de las manos de tus enemigos entonces?

V.: Ellos coger uno, dos, tres y yo. Nos metieron en canoas, mi tribu no canoas esa vez.

A.: Bueno, Viernes, ¿qué hace tu tribu con los hombres que coge? ¿Se los lleva y se los come, como a estos?

V.: Sí, mi tribu come hombres también, come todos.

A.: ¿Dónde los llevan?

V.: A otro sitio, donde creen.

A.: ¿Vienen aquí?

V.: Sí, sí, venir aquí. Venir a otro sitio.

A.: ¿Has estado tú aquí con ellos?

V.: Sí, he estado aquí. *(Señala al lado noroeste de la isla, que, al parecer, era el suyo.)*

Por todo esto comprendí que Viernes había estado anteriormente entre los salvajes que solían venir a la costa a la parte más alejada de la isla, para celebrar estos momentos de canibalismo; que le habían traído ahora, y algún tiempo después, cuando tuve valor para llevarle a aquel lado, al ser el mismo que mencioné anteriormente, reconoció el lugar y me dijo que estuvo allí una vez cuando devoraron a veinte hombres, dos mujeres y un niño. Él no sabía decir veinte en inglés, pero los contó poniendo esa cantidad de piedras en una fila e indicándome que las contara.

He contado este pasaje porque sirve de introducción a lo que sigue. Después de tener esta conversación con él, le pregunté a qué distancia estaba nuestra isla de la costa, y si las canoas no se perdían con frecuencia. Él me dijo que no había peligro, nunca se perdían canoas, pero que cuando te adentrabas un poco en el mar había una corriente, y un viento, siempre en una dirección por la mañana y en la otra por la tarde.

Entendí que esto no era más que los movimientos de la marea, al subir o bajar, pero después comprendí que se ocasionaba por la gran corriente y reflujo del poderoso río Orinoco, en cuya desembocadura, o golfo, estaba nuestra isla como descubrí después. Y esta tierra que yo veía al oeste era la gran isla de Trinidad, al norte de la desembocadura del río. Hice a Viernes mil preguntas sobre el país, los habitantes, el mar, la costa y las naciones que había cerca. Él me contó todo lo que sabía, con la mayor franqueza imaginable. Le pregunté los nombres de varias tribus del estilo de la suya, pero no me sonaba otro que el de los caribes. De lo cual comprendí con claridad que aquellas eran las Islas del Caribe, las cuales sitúan nuestros mapas en la parte de América que se extiende desde la desembocadura del río Orinoco hasta la Guayana, y más hacia delante hasta Santa Marta. Él me dijo que a una gran distancia más allá de la luna, es decir, más allá de la posición de la luna, que tiene que ser al oeste de su país, vivían hombres con barba blanca, como la mía, y señaló mis grandes bigotes, que ya mencioné antes, y ellos habían matado «muchos hombres», estas fueron sus palabras, por lo que entendía que se refería a los españoles, cuyas crueldades en América se habían extendido por todos los países y las recordaban todas las naciones pasándolas de padres a hijos.

Le pregunté si podía decir cómo podría salir de esta isla y llegar a los hombres blancos. Él me dijo: «Sí, sí, yo poder ir en dos canoas.» No pude entender lo que quería decir o hacerle describir lo que significaba «dos canoas», hasta que al final, con gran dificultad, descubrí que quería decir que tenía que ser una barca grande, tan grande como dos canoas.

Esta parte de la conversación de Viernes empezó a gustarme, y desde ese momento tuve esperanzas de que alguna vez podría encontrar una oportunidad de escapar de este lugar y que este pobre salvaje podía ser un medio para ayudarme a hacerlo.

Durante todo el tiempo que Viernes llevaba conmigo, y que había empezado a hablarme y entenderme, no había querido establecer una base de conocimiento religioso en su mente. Una vez le pregunté en particular quién le había hecho. La pobre criatura no me entendió del todo y creyó que le preguntaba quién era su padre. Pero le pregunté, de otra manera, quién había hecho el mar, el suelo sobre el que pisaba, y las montañas y los bosques. Él me dijo que era el anciano Benamucki, que vivía más allá de todas las cosas. No pudo describir nada de esta gran persona salvo que era muy anciana, mucho más anciana, decía, que el mar o la tierra, que la luna o las estrellas. Le pregunté entonces que si esta persona anciana había hecho todas las cosas, ¿por qué no le adoraban todas las cosas? Él pareció muy serio, y con una auténtica mirada de inocencia, dijo que todas las cosas le decían ¡Oh!, a él. Yo le pregunté si la gente que moría en su país iban a alguna parte; dijo que sí, todos iban a Benamucki. Entonces le pregunté si aquellos a los que devoraban iban también allí; dijo que sí.

A partir de entonces empecé a instruirle en el conocimiento del verdadero Dios. Le conté que el gran Hacedor de todas las cosas vivía allí arriba, señalando hacia el cielo, que gobierna el mundo con el mismo Poder y Providencia por los cuales lo hizo, que era omnipotente, podía hacer todo por nosotros, darnos todo, cogernos todo, y así poco a poco le abrí los ojos. Me escuchaba con gran atención, y recibió con placer la idea de Jesucristo enviado a redimirnos, de la forma de hacer nuestras oraciones a Dios y de ser capaz de escucharnos, incluso en el cielo. Él me dijo un día que si nuestro Dios podía escucharnos desde más allá del sol, Él tenía que ser por necesidad un Dios más grande que su Benamucki, que vivía a poca distancia, y sin embargo, no podía oír hasta que no subían a hablarle a las grandes montañas donde vivía. Le pregunté si había ido alguna vez allí a hablarle, dijo que no. Nunca iban los hombres jóvenes, nunca iban allí nada más que los ancianos, a los que llamaba Oowakaki, es decir, como hice que me lo explicara, sus sacerdotes, o clero, y que ellos iban a decir «Oh» (así llamaba él a hacer oraciones), y luego regresaban a contarles lo que Benamucki había dicho. Gracias a esto me di cuenta de que había clericalismo incluso entre los paganos ignorantes, más ciegos, del mundo, y la política de hacer una religión secreta con el fin de conservar la veneración del pueblo a los sacerdotes no sólo se encuentra en la religión romana, sino quizá entre todas las religiones del mundo, incluso entre los más salvajes y bárbaros.

Intenté por todos los medios aclarar este engaño a mi Viernes, y le dije que el pretexto de sus ancianos de subir a las montañas a decir «Oh» a su dios Benamucki era un engaño y el que trajeran la palabra de lo que él había dicho lo era igualmente. Que si ellos encontraban alguna respuesta, o hablaban con alguien allí, tenía que ser con un espíritu malo. Y luego entré en una larga conversación con él sobre el Diablo, su origen, su rebelión contra Dios, su enemistad con el hombre, la razón de ella, su situación en las partes oscuras del mundo para ser adorado en vez de Dios y como a Dios, y las muchas estratagemas de las que hace uso para engañar a la humanidad y destruirla. Cómo él tenía un acceso secreto a nuestras pasiones y a nuestros afectos, para adaptar sus trampas a nuestras inclinaciones y causar incluso que seamos nuestros propios tentadores y precipitarnos a nuestra destrucción por nuestro libre albedrío.

Descubrí que no era fácil grabar ideas correctas en su mente sobre el Diablo, como lo había sido sobre Dios. La Naturaleza me ayudaba en todos mis argumentos para testimoniarle incluso la necesidad de una gran Causa Primera y un Poder que rige y gobierna todo, una Providencia secreta que guía y de la igualdad y justicia de rendirle homenaje. Pero ahí no aparecía ninguna idea de un espíritu maligno, de su origen, su ser, su naturaleza y, sobre todo, de su inclinación a hacer el mal, y de llevarnos a hacerlo también. Y la pobre criatura me dejó perplejo una vez de tal manera, por una mera pregunta natural e inocente, que apenas supe qué decirle. Le había hablado mucho del poder de Dios, de su omnipotencia, de su horrible aversión al pecado, de ser un fuego devorador para los autores de iniquidades; cómo, al habernos creado a todos, puede destruirnos a nosotros y a todo el mundo en un momento. Y escuchó con gran seriedad todo el tiempo.

Después de esto le había estado hablando de cómo el Diablo era el enemigo de Dios en los corazones de los hombres y empleaba toda su malicia y destreza para frustrar los buenos designios de la Providencia y destruir el reino de Cristo en el mundo. «Bueno —dijo Viernes—, pero si dices que Dios es tan fuerte, tan grande, ¿no es tan fuerte como para poder al Diablo?». «Sí, sí —dije yo—, Viernes, Dios es más fuerte que el Diablo, Dios está por encima del Diablo y por tanto rezamos a Dios para pisarlo bajo nuestros pies, y que nos permita resistir sus tentaciones y apagar sus dardos abrasadores.». «Pero —dijo él de nuevo—, si Dios es más fuerte y más poderoso que el Diablo, ¿por qué Dios no mata al Diablo para que no haga más el mal?».

Me quedé extrañamente sorprendido ante esta pregunta, y después de todo, aunque ahora era un hombre viejo, sin embargo, era un maestro joven y bastante mal cualificado para ser un casuista, o para resolver problemas. Y al principio no sabía qué decirle; así que fingí no oírle, y le pregunté qué había dicho. Pero estaba demasiado interesado en la respuesta como para olvidar su pregunta, así que la repitió con las mismas palabras. Pero esta vez ya me había recuperado un poco y dije: «Dios le castigará al final severamente, le reserva para el juicio, entonces será arrojado a una sima sin fondo para que viva en el fuego eterno.» Esto no satisfizo a Viernes, sino que volviéndose a mí, repitió mis palabras: «Reservado para el final, yo no entender, pero ¿por qué Dios no mata al Diablo ahora?» «También podrías preguntarme —dije yo—, ¿por qué Dios no nos mata a ti y a mí, cuando hacemos cosas malas aquí y le ofendemos? Pero nos reserva para que nos arrepintamos y seamos perdonados.» Él se quedó un poco pensativo ante esto. «Bueno, bueno —dijo él cariñosamente—, bueno, así que tú, yo, Diablo, todos malos, todos reservados, arrepentidos, Dios perdona todos.» Aquí me acorraló de nuevo al máximo, y me sirvió para probar que las meras nociones de la naturaleza, aunque guiaran a criaturas razonables al conocimiento de un Dios, y de una adoración u homenaje debido al ser supremo de Dios, como consecuencia de nuestra naturaleza, sólo la revelación divina puede dar forma al conocimiento de Jesucristo y a la redención que nos otorga, a un Mediador de la nueva alianza y a un Intercesor a los pies del trono de Dios. Digo que sólo una revelación del cielo puede dar forma a esto en el alma, y que por tanto el Evangelio de nuestro Señor y Salvador Jesucristo, es decir, la Palabra de Dios y el Espíritu de Dios, promete guiar y santificar a su gente, y son los instructores absolutamente necesarios de las almas de los hombres, para esperar conocer a Dios y los medios de salvación.

Por tanto, desvié la conversación levantándome deprisa, como si hubiera una ocasión de salir de repente. Entonces le envié a por algo a una buena distancia y yo recé de todo corazón a Dios para que me permitiera instruir a este pobre salvaje, y que Su Espíritu ayudara al corazón de la pobre criatura ignorante a recibir la luz del conocimiento de Dios en Cristo, reconciliándose con Él, y me guiara a mí para hablarle de tal manera de la Palabra de Dios que su conciencia se pudiera convencer, sus ojos abrir y su alma salvar. Cuando vino a mí de nuevo, entré en una larga conversación con él sobre el tema de la redención del hombre por medio del Salvador del mundo y de la doctrina del Evangelio predicada desde el cielo, es decir, de arrepentimiento hacia Dios, y de tener fe en nuestro bendito Señor Jesús. Yo entonces le expliqué, todo lo bien que pude, por qué nuestro Redentor bendito no tomó la naturaleza de los ángeles sino la simiente de Abraham, y cómo por esa razón los ángeles caídos no comparten la redención; que Él vino solamente a las ovejas descarriadas de la Casa de Israel, y así sucesivamente.

Dios sabe que yo tenía mejores intenciones que conocimientos en todos los métodos que seguía para enseñar a esta pobre criatura, y tengo que reconocer lo que creo que encuentran todos los que actúan con el mismo principio, que al exponerle las cosas a él, realmente me informaba y me instruía a mí mismo en muchas cosas que o bien no sabía o no había tenido en cuenta antes, sino que venían con naturalidad a mi mente al buscar en ellas la información para este pobre salvaje. Y en esta ocasión sentía más afecto por mi investigación de cosas que el que nunca había sentido; así que si este pobre salvaje desgraciado era lo mejor para mí o no, tengo grandes razones para dar gracias de que viniera a mí. Mi pena era menor, mi vida mucho más cómoda, y cuando reflexionaba en esta vida solitaria a la que me veía confinado, no sólo miraba arriba hacia el cielo buscando la Mano que me había llevado allí, sino que ahora la Providencia me había convertido en instrumento para salvar la vida y, que yo sepa, el alma de este pobre salvaje y llevarle al verdadero conocimiento de la religión y de la doctrina cristianas, para que pudiera conocer a Cristo Jesús, para saber que su vida es eterna. Digo que cuando meditaba sobre estas cosas, una alegría secreta recorría mi alma y con frecuencia me alegraba mucho haber llegado a este lugar, sobre el cual había pensado tantas veces que era posiblemente la más horrible de todas las aflicciones que podían haber caído sobre mí.

En este marco de agradecimiento continué el resto de mi tiempo, y las conversaciones, que duraban horas, entre Viernes y yo hicieron que en aquellos tres años que vivimos juntos allí fuéramos totalmente felices, si algo así como una felicidad completa se puede formar en un estado terrenal. El salvaje era ahora un buen cristiano, mucho mejor que yo, aunque tenía razones para esperar, y bendecir a Dios por ello, de que estábamos arrepentidos y consolados. Teníamos aquí la Palabra de Dios para leerla y no más lejos de su Espíritu para que nos instruyera de lo que hubiéramos estado en Inglaterra.

Siempre me aplicaba a leer las Escrituras para hacerle saber, tan bien como podía, el significado de lo que leía, y él de nuevo, por las serias preguntas que me formulaba, como he dicho antes, me hizo un estudioso de las Escrituras, mucho mejor de lo que había sido siempre antes leyéndolo simplemente. Otra cosa que no puedo abstenerme de observar aquí también, por la experiencia en esta parte retirada de mi vida, es la bendición tan infinita e inexplicable que es conocer a Dios y la doctrina de la salvación por medio de Jesucristo que tan claramente aparece en la Palabra de Dios, lo fácil que es recibirla y entenderla, que la simple lectura de las Escrituras me hacía capaz de entender suficientemente mi deber para guiarme directamente al gran trabajo de arrepentirme sinceramente de mis pecados, y agarrar a un Salvador de vida, a una reforma establecida en la práctica y obediencia a todos los mandatos de Dios, y esto sin ningún maestro o instructor (quiero decir humano), de manera que la misma instrucción sencilla servía suficientemente para iluminar a esta criatura salvaje y llevarle a ser un cristiano como pocos he conocido igual en mi vida.

Respecto a todas las conversaciones, disputas y conflictos que han sucedido en el mundo sobre la religión, tanto las sutilezas en las doctrinas como esquemas de gobierno de la iglesia, todos eran totalmente inútiles para nosotros, porque por lo que puedo ver, han existido para el resto del mundo. Nosotros teníamos la guía segura del cielo, es decir, la Palabra de Dios, y también, bendito sea Dios, visiones consoladoras de Su Espíritu, que nos enseñaba e instruía por medio de Su Palabra, llevándonos a la verdad y haciéndonos a los dos voluntariosos y obedientes a la instrucción de Su Palabra. Y no puedo ver en nosotros la más mínima aplicación de los puntos discutidos en religión para un mayor conocimiento, los cuales han creado tanta confusión en el mundo, aunque pudiéramos haberlos tenido. Pero tengo que continuar con la parte histórica y ordenar cada cosa.

Después de que Viernes y yo llegáramos a conocernos muy bien, y de que él entendiera casi todo lo que le decía y de que hablara con fluidez, aunque con un inglés entrecortado, le informé de mi propia historia, o al menos de mucho de lo relacionado con mi llegada a este lugar, cómo había vivido allí y cuánto tiempo. Le descubrí el misterio, pues así lo era para él, de la pólvora y las balas, y le enseñé a disparar. Le di un cuchillo, que le gustó mucho, y le hice un cinturón con una ranilla colgada, igual que nosotros llevábamos puñales en Inglaterra. Y para la ranilla, en vez de un puñal, le di una hachuela, que no sólo era tan buena como un arma en algunos casos, pero que era muy útil en otras ocasiones.

Le describí la zona de Europa, y especialmente Inglaterra, de donde procedía yo. Cómo vivíamos y adorábamos a Dios, cómo nos comportábamos unos con otros y comerciábamos con barcos por todo el mundo. Le informé del naufragio, del barco en el que había estado a bordo, y le mostré desde tan cerca como pude el lugar donde estuvo, pero se había hecho pedazos y desaparecido.

Le enseñé los restos de nuestro bote, el que perdimos cuando nos escapamos, y el cual no pude sacar con mis fuerzas entonces, pero ahora casi estaba hecho pedazos. Al ver este bote, Viernes se quedó pensativo un rato, y no dijo nada. Le pregunté qué estaba estudiando, y al final dijo: «Mi ver bote así venir mi país.»

No le entendí durante un rato, pero al final, cuando lo hube examinado mejor, entendí que un bote como aquel había llegado a la costa del país en el que vivía, es decir, como explicó él, fue conducido allí a causa del tiempo. Me imaginé en ese momento que algún barco europeo tuvo que haber sido arrastrado hacia su costa y el bote podría haberse perdido y ser llevado a la costa, pero fue tan torpe que ni una sola vez pensé en que los hombres se escaparan de aquel naufragio, y mucho menos de dónde podrían proceder; así que sólo le pedí una descripción del bote.

Viernes me describió el bote muy bien, pero le entendí mucho mejor cuando añadió con afecto: «Salvamos hombres blancos de ahogar.» Entonces le pregunté si había hombres blancos, como él los llamaba, en el bote. «Sí —dijo—, bote lleno hombres blancos.» Le pregunté cuántos, y con los dedos me dijo diecisiete. Le pregunté entonces qué había sido de ellos. Él me dijo: «Viven, viven en mi país.»

Esto me trajo nuevos pensamientos a la cabeza, porque en ese momento me imaginé que estos podrían ser los hombres que pertenecían al barco que naufragó cerca de mi isla, como puedo llamarla ahora. Y quienes, después de haberse golpeado el barco contra las rocas y verle perdido, se habían salvado en su bote y habían llegado a aquella costa salvaje entre los salvajes.

Ante esto le pregunté de una forma más crítica qué había sido de ellos. Me aseguró que vivían allí todavía, que llevaban unos cuatro años, que los salvajes les dejaron solos y les dieron víveres. Le pregunté cómo era que no los habían matado y se los habían comido. Él dijo: «No, ellos hicieron hermanos con ellos», es decir, como le entendí, una tregua. Y luego añadió: «Ellos no comer hombres si no haber guerra», es decir, que nunca se comían a ningún hombre salvo cuando luchaban entre ellos y cogían prisioneros en la batalla.

Después de pasar algún tiempo, estábamos en la cima de la colina, en el lado oriental de la isla, desde donde, como he dicho, yo había descubierto tierra firme o el continente de América en un día despejado.

Viernes, al estar el tiempo muy calmado, miraba con atención hacia tierra firme, y en una especie de sorpresa se puso a saltar y a bailar, y me llamó, porque yo estaba a cierta distancia de él. Le pregunté qué pasaba. «¡Oh, alegría! —dijo—. ¡Oh, alegría! Ver mi país, allí mi país!».

Observé una extraña sensación de placer en su rostro; sus ojos centelleaban, y su semblante dejó al descubierto un extraño entusiasmo, como si pensara en ir de nuevo a su país. Esta observación me hizo pensar mucho, y al principio motivó que no fuera tan afable con Viernes como lo era antes, y no me hizo dudar de que si Viernes pudiera regresar a su país de nuevo, no solamente olvidaría su religión, sino todo su compromiso para conmigo y llegaría más lejos incluso dando información a sus compatriotas sobre mí, y regresarían, quizá cien o doscientos de ellos y harían un festín conmigo, ante lo cual él podría alegrarse como solía hacerlo con sus enemigos, cuando los cogían en guerra.

Pero me equivocaba muchísimo con la pobre criatura, lo que sentí mucho después. Sin embargo, como mis celos aumentaban, y me duraron varias semanas, yo era un poco más circunspecto, y ya no era tan familiar ni tan amable con él como antes, en lo cual me equivocaba también con toda seguridad, al no tener la honesta criatura ninguno de esos pensamientos, sino que tenía los mejores principios, tanto de cristiano religioso como amigo agradecido, y así resultó serlo después para mi plena satisfacción.

Mientras duraron mis celos, cada día trataba de ver si descubría algunos de los pensamientos nuevos que sospechaba podía tener, pero descubrí que todo lo que decía era tan honesto y tan inocente que no pude encontrar nada que alimentara mi sospecha, y a pesar de toda mi inquietud él, al final, me hizo comprender que no podía sospechar de engaño por su parte.

Un día, subiendo a la misma colina, pero con neblina en el mar de manera que no se podía ver el continente, le llamé y le dije: «Viernes, ¿no desearías estar en tu propio país, tu propia nación?». «Sí —dijo—, yo estar muy contento de estar en mi nación.». «¿Qué harías allí? —dije yo—. ¿Te volverías salvaje de nuevo, comerías carne humana y serías tan violento como antes?» Él me miró lleno de consternación, y agitando la cabeza, dijo: «No, no, Viernes decir a ellos vivir bien, decirles rezar a Dios, decirles comer pan de grano, carne de ganado, leche, no comer hombre de nuevo.». «¿Por qué? —le dije—, ellos te matarán.». Él me miró serio y luego dijo: «No, ellos no matarme, ellos gustar aprender.». Él quería decir con esto que les gustaría aprender. Añadió que ellos aprendieron mucho de los hombres de barba que llegaron en el bote. Entonces le pregunté si regresaría con ellos. Él me sonrió y me dijo que no podía nadar hasta tan lejos. Le dije que yo haría una canoa para él. Me dijo que iría si yo iba con él. «¡Ir yo! —dije—. ¿Por qué?, ellos me comerán si voy allí.» «No, no —dijo él—, mí hacer no comer tú. Mí hacer quererte mucho ellos.» Quería decir que les diría cómo había matado yo a sus enemigos y salvado su vida, y por tanto él haría que me quisieran. Entonces me dijo todo lo bien que pudo lo amables que fueron con los diecisiete hombres blancos, u hombres con barba, como les llamaba él, los que llegaron a la costa en peligro.

Desde este momento, confieso, tuve presente aventurarme a ver si podría unirme a estos hombres de barba, quienes, sin duda, eran españoles o portugueses. Sin dudarlo, yo podría encontrar alguna forma de escapar de allí, al estar en el continente, y junto con una buena compañía, mejor de lo que podía desde una isla a cuarenta millas de la costa, y solo y sin ayuda. Así que después de algunos días puse a trabajar de nuevo a Viernes, por medio de una conversación, y le dije que le daría una barca para regresar a su país; por consiguiente le llevé a mi bote, que estaba al otro lado de la isla, y habiendo sacado el agua, porque siempre la guardaba hundida, la saqué y nos montamos los dos.

Descubrí que era muy hábil en su manejo, pues la hizo ir casi tan rápida otra vez como lo había hecho yo; así que cuando estaba dentro, le dije: «Bueno, ahora, Viernes, ¿te irás a tu nación?» Él me miró muy pálido al decir yo aquello, porque parecía pensar que la barca era demasiado pequeña para ir tan lejos. Le dije entonces que tenía una más grande; así que al día siguiente fui al lugar donde estaba la primera barca que construí, pero que no pude meter en el agua. Dijo que era bastante grande, pero entonces, como yo no la había cuidado y llevaba allí veintidós o veintitrés años, el sol la había rajado y secado, y en cierto modo estaba podrida. Viernes me dijo que una barca así estaba muy bien y podría «llevar bastantes víveres, bebida, pan», tal era su modo de hablar.

En general, en esta época yo estaba bastante absorto en mi plan de dirigirme al continente con él, y le dije que haríamos una tan grande como aquella para ir a casa. Le pregunté qué le ocurría, y él me contestó así: «¿Por qué enfado con Viernes, qué he hecho?» Le pregunté qué quería decir. Le dije que no estaba enfadado con él. «¡No enfadado, no enfadado! —dijo él, repitiendo las palabras varias veces—. ¿Por qué enviar Viernes a casa a mi nación.». «¿Por qué? —dije yo—. Viernes, dijiste que deseabas estar allí.». «Sí, sí —dijo él—. Deseo dos allí, no deseo Viernes allí, no Amo allí.». En una palabra, él no pensaba irse allí sin mí. «Yo voy allí, Viernes —dije yo—. ¿Qué haré allí?». Él se volvió rápidamente hacia mí: «Tú hacer mucho bueno —dijo él—, enseñar hombres salvajes ser buenos hombres, dóciles, serios. Decirles conocer Dios, rezar a Dios y vivir nueva vida.». «¡Ay!, Viernes —dije yo—, no sabes lo que dices. Soy un hombre ignorante.». «Sí, sí —dijo él—, me enseñas bien, les enseñarás bien.». «No, no, Viernes —dije yo—, irás sin mí, déjame aquí que viva así, como hacía antes.». Pareció confuso de nuevo ante estas palabras y corriendo hacia una de las hachas que solía llevar, la levantó deprisa y me la dio: «¿Qué tengo que hacer con esto?», le dije. «Matar Viernes», dijo él. «¿Por qué tengo que matarte?», dije de nuevo. Él se volvió muy deprisa. «¿Por qué enviar lejos a Viernes? Matar Viernes, no enviar lejos a Viernes.». Hablaba con todo el corazón y vi lágrimas en sus ojos. En una palabra, descubrí tan claramente su afecto hacia mí, y la resolución tan firme en él, que le dije entonces, y con frecuencia después, que nunca le enviaría lejos de mí si él quería quedarse conmigo.

En general, cuando descubrí en toda esta conversación el afecto que me tenía, y que nada lo alejaría de mí, comprobé que todo el fundamento de su deseo de ir a su país yacía en su afecto ardiente hacia la gente y su esperanza de que yo les hiciera el bien, algo que yo no creía poder realizar y, por tanto, no tenía la más mínima intención de llevar a cabo. Pero todavía encontraba una fuerte inclinación a mi intento de escapar, como antes, fundada en la suposición que deduje de la conversación, a saber, que había diecisiete hombres con barba allí, y por tanto, sin más demora, me fui a trabajar con Viernes para encontrar un árbol grande apropiado para talar, y hacer una piragua o canoa grande para llevar a cabo el viaje. Había árboles suficientes en la isla para haber construido una pequeña flota, no de piraguas y canoas, sino incluso de grandes embarcaciones buenas. Pero lo principal era mirar y conseguir uno cerca del agua para poderlo lanzar cuando estuviera hecho y evitar el error que cometí antes.

Al final, Viernes abatió un árbol, porque descubrí que él conocía mucho mejor que yo qué clase de madera era la más adecuada para ella. No puedo decir, hasta hoy, cómo se llama la madera del árbol que cortamos, excepto que se parecía mucho al llamado *fustic,* o la madera de Nicaragua, porque es del mismo color y huele igual. Viernes iba a quemar el hueco o cavidad de este árbol para convertirlo en barca, pero le enseñé que era mejor cortarlo con herramientas; después de enseñarle cómo se utilizaban, lo hacía con mucha habilidad, y en aproximadamente un mes de duro trabajo, la terminamos con buen resultado, especialmente cuando con nuestras hachas, que le enseñé a manejar, cortamos y tallamos la parte exterior con la auténtica forma de una barca. Sin embargo, después de esto, nos costó cerca de quince días desplazarla hacia el agua, pulgada a pulgada, sobre grandes rodillos. Pero cuando estuvo dentro, hubiera llevado a veinte hombres con gran facilidad, y aunque era tan grande, me sorprendió ver con qué destreza y rapidez la manejaba mi Viernes, le daba la vuelta y remaba. Así que le pregunté si podíamos arriesgarnos a ir en ella. «Sí —dijo él—, arriesgarse en ella muy bien, aunque sople gran viento.». Sin embargo, yo tenía otro plan más que él no conocía, y era hacer un mástil y una vela y ajustarla con un ancla y un cable. Respecto al mástil, era bastante fácil conseguirlo; así que cogí un cedro joven recto, que encontré allí cerca y de los cuales había muchos en la isla, y puse a Viernes a trabajar en cortarlo indicándole cómo darle forma y colocarlo. Pero lo de la vela era una preocupación. Tenía velas viejas, o por lo menos trozos suficientes, pero desconocía su estado de conservación después de veintiséis años y, probablemente, no podrían utilizarse. Sin embargo, encontré dos trozos que parecían estar bastante bien, y con ellos me puse a trabajar. Después de muchos sufrimientos y puntadas tediosas y torpes por falta de agujas, al final hice una tela con tres esquinas, como la que llamamos en Inglaterra vela cangreja, para ir con una botavara en el fondo y una pequeña verga corta en la parte superior, como con la que navegaban los botes grandes de nuestros barcos, y eran las que mejor sabía manejar yo porque esta era la que tenía la barca en la que me escapé de Barbería, como conté en la primera parte de mi historia.

Estuve cerca de dos meses realizando este último trabajo, es decir, instalando y ajustando mi mástil y velas, porque las terminé del todo, haciendo un pequeño soporte y una vela o trinquete para ayudar si nos volvíamos a barlovento, y lo mejor de todo, fijé un timón a la popa, pues aunque era un carpintero de barcos torpe, sin embargo, conocía la utilidad e incluso necesidad de tal pieza; me apliqué con tanto empeño a hacerlo que al final resultó algo pasable. Pienso que me costó casi tanto o más trabajo que hacer la barca.

Tras esto, tuve que enseñar a Viernes todo lo concerniente a la navegación de mi barca, porque aunque él remaba muy bien en una canoa, no sabía nada de velas y timones, y se quedaba muy sorprendido cuando me veía manejar la barca por medio del timón, y cómo se movía la vela, seguía un camino u otro, según cambiara el rumbo en el que navegábamos. Digo que cuando veía esto se quedaba asombrado. Sin embargo, con un poco de práctica hice que todas estas cosas le resultaran familiares, y se convirtió en un experto marinero, excepto en lo que se refiere a la brújula, que muy poco le pude hacer entender. Por otro lado había un tiempo muy poco nuboso, y rara vez o nunca había nieblas en aquella parte; por tanto, había pocas ocasiones para utilizar la brújula, ya que las estrellas se iban a ver siempre por la noche y la costa por el día, excepto en las estaciones lluviosas, y entonces nadie se preocupaba por salir, ni por tierra ni por mar.

Entré ahora en el año vigesimoséptimo de mi cautividad en este lugar, aunque los tres últimos que tuve a esta criatura conmigo deberían dejarse a un lado, al ser mi vida diferente a la del resto del tiempo. Guardé el aniversario de mi llegada aquí con la misma gratitud a Dios por su misericordia como al principio. Y si antes tenía un motivo de reconocimiento, mucho más ahora, al haber tenido más testimonios del cuidado de la Providencia sobre mí y las grandes esperanzas de ser liberado con eficacia y rapidez, porque tenía la impresión inquebrantable de que mi liberación estaba próxima y no estaría otro año en este lugar. Sin embargo, seguí con mi agricultura y cavando, plantando y cercando como siempre. Cogía y maduraba mis uvas y hacía todo lo necesario, como antes.

Mientras tanto llegó la estación lluviosa, cuando permanecía más tiempo puertas adentro que otras veces. Por tanto, había guardado nuestra nueva embarcación tan segura como pude, subiéndola por el arroyo, por donde, como dije al principio, trasladé a tierra mis balsas desde el barco; la llevé a la orilla, en la línea de pleamar, e hice que Viernes cavara un pequeño hoyo, lo suficientemente grande y profundo para que tuviera el agua necesaria para flotar, y entonces, cuando bajó la marea, hicimos un dique fuerte para mantenerla fuera del alcance del agua; así se mantendría seca cuando subiera la marea. Para librarla de la lluvia, pusimos muchas ramas gruesas y quedó tan bien techada como una casa. Así esperamos a los meses de noviembre y diciembre, en los cuales planeé llevar a cabo mi aventura.

CAPÍTULO XXIV

Salimos contra los caníbales

Cuando se acercaba la estación propicia, regresaba la idea de mi plan con el buen tiempo, y cada día me preparaba para el viaje. Lo primero que hice fue guardar cierta cantidad de provisiones, al ser las reservas para nuestro viaje, y tenía previsto que en una semana o quince días, abriría el dique y lanzaría nuestra barca. Una mañana estaba ocupado en algo de esto cuando llamé a Viernes y le pedí que fuera a la costa para ver si podía encontrar una tortuga, algo que cogíamos una vez a la semana normalmente, tanto por los huevos como por la carne. Viernes no se había alejado mucho cuando regresó corriendo y casi voló por encima de mi muro exterior, como el que no siente el suelo que pisa, o los pasos que dan sus pies. Y antes de que tuviera tiempo de hablarle, me gritó: «¡Oh, amo! ¡Oh, amo! ¡Oh, pena! ¡Oh, qué malo!». «¿Qué pasa, Viernes?», le dije. «¡Oh, allí —dijo él—. ¡Una, dos, tres canoas! ¡Una, dos, tres!». Por esta forma de hablar llegué a la conclusión de que eran seis, pero al comprobarlo descubrí que sólo eran tres. «Bueno, Viernes —dije yo—, no te asustes.». Le animé todo lo que pude. Sin embargo, vi al pobre muchacho terriblemente asustado, porque no se le pasaba otra cosa por la cabeza que no fuera que habían venido a buscarle y le cortarían en trozos y se lo comerían. El pobre muchacho temblaba tanto que apenas sabía qué hacer con él. Le consolé como pude y le dije que estaba en tanto peligro como él, y que ellos me comerían también. «Pero —dije—, Viernes, tenemos que decidir luchar con ellos. ¿Puedes luchar, Viernes?» «Mí disparar —dijo él—, pero venir muchos.» «No te preocupes por eso —dije de nuevo—, nuestras escopetas asustarán a los que no matemos.» Así que le expliqué que si yo estaba decidido a defenderle, él me defendería a mí y estaría a mi lado, y haría lo que le ordenara. Él dijo: «Mí morir cuando amo ordenar morir.». Así que fuimos a dar un buen trago de ron, y le di a él porque lo había administrado tan bien que todavía me quedaba gran cantidad. Cuando se lo hubo bebido, le hice coger las dos escopetas de caza, las cuales llevábamos siempre, y las cargamos con unas balas pequeñas de pistola; luego cogí cuatro mosquetes y los cargué con dos balas grandes y cinco pequeñas cada uno, y mis dos pistolas, ambas con un par de balas. Colgué de mi costado mi gran espada sin funda, como era normal, y le di a Viernes su hachuela.

Cuando me había preparado así, cogí mi catalejo y subí a la ladera de la colina para observar. Descubrí rápidamente que había veintiún salvajes, tres prisioneros y tres canoas, y que el asunto que les llevó allí parecía ser un banquete triunfante con los cuerpos de estos tres hombres (un festín bárbaro en realidad), pero según había observado, nada fuera de lo normal para ellos.

Observé también que habían desembarcado, no donde lo habían hecho cuando Viernes se escapó, sino más cerca de mi arroyo, donde la playa era más baja y un espeso bosque bajaba casi hasta el mar. Esto, con la aversión a la misión inhumana que traía a estos desgraciados, me llenó de tanta indignación que fui de nuevo hasta donde estaba Viernes y le dije que estaba decidido a bajar hasta ellos y matarlos a todos, y le pregunté si estaría a mi lado. Él se había recuperado un poco del susto y empezado a levantar su ánimo con el trago de ron. Estaba muy alegre y me dijo, como antes, que moriría cuando yo se lo ordenase.

En este arranque de furia, cogí las armas cargadas y las repartí entre los dos, como antes: una pistola y tres escopetas a cada uno, y así nos pusimos en marcha. Metí una botellita de ron en el bolsillo y le di a Viernes un saquete grande con más pólvora y balas, y respecto a las órdenes, le mandé que fuera detrás de mí y que no se moviera ni disparara hasta que no se lo ordenara. Y al mismo tiempo, que no dijera una palabra. Así dispuestos agarré mi brújula en la mano derecha durante casi una milla, hasta llegar al arroyo y meternos en el bosque; de esa manera podría acercarme a ellos sin ser descubierto, lo cual había visto con mi catalejo que era fácil de hacer.

Mientras estábamos en marcha, regresaron mis antiguos pensamientos y empezó a calmarse mi resolución. No quiero decir que me asustara el número, porque ellos eran unos desgraciados desarmados, desnudos, y yo era superior a ellos, no, aunque hubiera estado solo; pero me vino al pensamiento qué llamada, qué ocasión, mucho menos qué necesidad tenía yo de manchar mis manos de sangre, atacar a gente que no me había hecho nada ni intentaba hacerlo; quienes, respecto a mí, eran inocentes y cuyas costumbres bárbaras eran su propio desastre, siendo ellos en realidad un símbolo del abandono de Dios, junto con el de otras naciones de aquella parte del mundo, llegados a tal estupidez y a tales costumbres inhumanas; pero no me correspondía a mí ser juez de sus actos, y mucho menos verdugo de Su Justicia, que siempre que Él pensara que era adecuado, Él tomaría el caso en sus propias manos, y por venganza les castigaría por sus crímenes; mas

eso, al mismo tiempo, no era asunto mío. Era cierto, Viernes podía jus-
tificarlo, que él era un enemigo declarado, y en un estado de guerra con
aquellas gentes tan particulares, y era ley para él atacarles, pero yo no
podía decir lo mismo respecto a mí. Estas cosas me presionaban tanto
durante el camino que decidí que sólo iría y me colocaría cerca de ellos,
para poder observar su festín bárbaro y actuaría entonces según me
indicara Dios, pero que a menos que ocurriera algo a lo que me sintiera
llamado más que en este momento, yo no me metería con ellos.

Con esta decisión entré en el bosque y, con todo el cuidado y sigilo
posibles (Viernes me seguía pisándome los talones) marché hasta que
llegué al borde del bosque, por el lado más próximo a ellos. Sólo una
esquina del bosque quedaba entre ellos y yo. Aquí llamé suavemente
a Viernes, y mostrándole un gran árbol, que estaba justo en la esquina
del bosque, le ordené subir y que me dijera si podía ver claramente
lo que estaban haciendo. Él así lo hizo; vino inmediatamente y me dijo
que se les podía ver claramente desde allí, que estaban todos alrededor
del fuego, comiéndose la carne de uno de los prisioneros, y que otro
estaba sobre la arena atado, un poco alejado de ellos, que dijo que matarían después y que prendió fuego en mi alma. Me dijo que no era de
su país sino del de los hombres con barba, de quienes me había dicho
que llegaron a su país en la barca. Me llené de horror sólo con que
nombrara al hombre blanco con barba, y, subiendo al árbol, vi claramente con mi catalejo que era un hombre blanco el que estaba tendido
en la playa, con las manos y pies atados con bandas, o algo parecido a
juncos, y que era un europeo e iba vestido.

Había otro árbol y un pequeño matorral, a unas cincuenta yardas
más cerca de ellos que el lugar en el que estábamos. Avanzando un
poco, vi que no podrían descubrirme y que estarían a tiro; así que
oculté mi pasión, aunque en realidad estaba encolerizado al máximo,
y regresando unos veinte pasos, me puse detrás de unos arbustos que
había por el camino, hasta que llegué al otro árbol. Y entonces subí al
pequeño montículo, que me ofreció una vista completa de ellos, a la
distancia de unas ochenta yardas.

Ahora no tenía tiempo que perder, porque diecinueve desgraciados horrorosos estaban sentados en el suelo, amontonados y acababan
de enviar a otros dos para que mataran al pobre cristiano y le trajeran,
quizás miembro a miembro, a su hoguera, y se inclinaron para desatar-
le las bandas de los pies. Me volví a Viernes. «¡Ahora, Viernes! —dije
yo—, haz lo que te ordene.». Viernes dijo que lo haría. «Entonces,

Viernes —dije—, haz exactamente lo que me veas hacer, no falles en nada.» Así que dejé uno de los mosquetes y la escopeta de caza en el suelo y Viernes hizo lo mismo, y con el otro mosquete apunté a los salvajes, ordenándole que hiciera lo mismo. Luego le pregunté si estaba preparado, y dijo que sí. «Entonces, dispáreles», dije yo. Y en ese mismo momento disparé.

Viernes apuntó mucho mejor que yo, ya que en el lado en el que había disparado había dos hombres muertos y tres más heridos. En mi lado yo maté a uno y herí a dos. Ellos estaban perplejos y horrorizados, y todos los que no habían sido heridos se pusieron en pie de un salto, pero en ese momento no sabían en qué dirección correr o por qué camino mirar, porque no sabían de dónde llegaba su destrucción. Viernes no me quitaba el ojo de encima, como le había ordenado. Él tenía que observar lo que yo hacía. Así que tan pronto como se hizo el primer disparo, tiré la escopeta y cogí la de caza, y Viernes hizo lo mismo. Me vio montar y apuntar, y él hizo lo mismo de nuevo. «¿Estás preparado, Viernes?» dije. «Sí», contestó. «Volemos entonces —dije yo—, ¡en el nombre de Dios!», y con eso disparamos de nuevo entre los asombrados desdichados. Y como nuestras escopetas estaban cargadas ahora con balas más pequeñas, de pistola, sólo descubrimos a dos caídos, pero había tantos heridos que corrieron chillando y gritando como locos, todos ensangrentados; por tanto, tres de ellos cayeron rápidamente después, aunque no resultaron muertos.

«Ahora, Viernes —dije yo, dejando las armas descargadas y cogiendo el mosquete, que todavía estaba cargado—, sígueme.» Lo cual hizo él, con mucho valor. Yo me precipité a salir del bosque que me protegía y Viernes me pisaba los talones; tan pronto como me di cuenta de que me habían visto, grité tan alto como pude y ordené a Viernes que hiciera lo mismo. Y corriendo tan rápido como pude, que, dicho sea de paso, no era mucho, al ir cargado con las armas, me dirigí directamente hacia la pobre víctima, quien, como dije, estaba en la playa, entre el lugar donde estaban sentados y el mar. Los dos carniceros, que se acababan de poner a trabajar con él, le habían dejado ante la sorpresa de nuestro primer disparo y huyeron terriblemente asustados hacia la orilla y saltado a una canoa, y otros tres más habían hecho lo mismo. Me volví a Viernes y le ordené que diera unos pasos hacia delante y les disparara. Me entendió enseguida, y corriendo unas cuarenta yardas para acercarse a ellos, les disparó; creí que los había matado a todos, porque los vi caer en un montón a la barca, aunque observé a dos de ellos levantarse de nuevo rápidamente. Sin embargo, mató a dos e hirió a un tercero que se quedó en el fondo de la barca, como si estuviera muerto.

Mientras que Viernes les disparaba, saqué mi cuchillo, corté las bandas que ataban a la pobre víctima y, soltando sus manos y sus pies, le levanté y le pregunté en portugués quién era. Él me contestó en latín «christianus», pero estaba tan débil que apenas podía mantenerse en pie ni hablar. Saqué mi botella del bolsillo y se la ofrecí, indicándole por señas que bebiera, lo cual hizo; también le di un trozo de pan, el cual se comió, y entonces le pregunté de qué país era. Dijo «espagniole», y habiéndose recuperado un poco, me hizo saber por señas que estaba en deuda conmigo por su liberación. «Seignior —dije yo, en el poco español que sabía hablar—, hablaremos después, pero ahora tenemos que luchar, si os quedan fuerzas; coged esta pistola y espada y llevadlas con vos.» Las cogió muy agradecido, y tan pronto como tuvo armas en sus manos, como si le hubieran dotado de un nuevo vigor, se precipitó hacia sus asesinos hecho una furia, y había cortado en trozos a dos de ellos en un momento, porque la verdad es que, como todo era una sorpresa para ellos, las pobres criaturas estaban tan asustadas por el ruido de nuestras armas que cayeron por mero asombro o por miedo y ya no tenían fuerzas para escapar ni resistir nuestros disparos, y ese fue el caso de esos cinco a los que Viernes disparó en la barca, porque tres de ellos cayeron a causa de la herida que recibieron, pero los otros dos cayeron de miedo.

Todavía tenía mi arma en la mano, sin disparar, al desear mantenerla encarada y preparada, porque le había dado al español mi pistola y mi espada; así que llamé a Viernes y le ordené que subiera al árbol desde donde habíamos disparado la primera vez y cogiera las armas que estaban allí ya descargadas, lo cual hizo con gran rapidez. Y luego, dándole mi mosquete, me senté a cargar las demás otra vez y les ordené que vinieran a por ellas cuando fuera necesario. Mientras lo hacía, sucedió una lucha encarnizada entre el español y uno de los salvajes, que vino a él con una de sus grandes espadas de madera, la misma arma que le hubiera matado antes si yo no lo hubiera impedido. El español, que era tan atrevido y tan valiente como se pudiera imaginar, aunque débil, había luchado con este indio un buen rato, y le había cortado haciéndole dos grandes heridas en la cabeza, pero el salvaje al ser un individuo sano y robusto, le había agarrado y tirado al suelo, al estar débil, arrancándole mi espada de su mano, mientras el español, aunque inferior, se había librado de la espada sabiamente, se sacó la pistola del cinturón, disparó al salvaje en el cuerpo y le mató en el sitio, antes de que yo, que había salido corriendo a ayudarle, me aproximara a él.

Al estar libre ahora, Viernes persiguió a los desgraciados que huían sin otra arma en su mano a excepción de la hachuela, con la cual había despachado a aquellos tres, quienes, como he dicho antes, fueron heridos al principio y habían caído y a todos los demás que había alcanzado. Y viniendo hacia mí el español a buscar una escopeta, le di una de las de caza, con la cual persiguió a dos de los salvajes y los hirió, pero no fue capaz de correr, al huir ellos hacia el bosque, donde Viernes los persiguió y mató a uno de ellos. Pero el otro estaba todavía demasiado ágil, y aunque herido, sin embargo, se había zambullido en el mar y nadó con todas sus fuerzas hacia aquellos dos que quedaban en la canoa. Únicamente cuatro de los veintiuno se nos escaparon. El cálculo del resto es como sigue:

Tres matados al primer disparo desde el árbol.
Dos matados al siguiente disparo.
Dos matados por Viernes en la barca.
Dos matados por el mismo, al principio heridos.
Uno matado por el mismo en el bosque.
Tres matados por el español.
Cuatro matados, que se encontraban tirados aquí y allá por sus heridas, o matados por Viernes en su persecución.
Cuatro escapados en la barca, de los cuales uno estaba herido, si no muerto.
Veintiuno en total.

Los de la canoa trabajaron duro para alejarse de las detonaciones, y aunque Viernes hizo dos o tres disparos, no supe si dio a alguno de ellos. De buen grado Viernes hubiera cogido una de sus canoas y los hubiera perseguido, y de hecho estaba muy inquieto por su escapada, ya que llevarían la noticia a su pueblo y quizá regresarían doscientas o trescientas canoas y nos devorarían por ser multitud. Así que consentí que los persiguiera por mar, y corriendo hacia una de sus canoas, salté y ordené a Viernes que me siguiera; pero cuando estaba en la canoa, me sorprendió encontrar a otra criatura viva que yacía allí, atado de manos y pies como el español, para el sacrificio, y casi muerto de miedo, sin saber lo que ocurría, porque no podía mirar por encima de la barca, ya que estaba atado tan fuerte por el cuello y talones, y durante tanto tiempo que realmente le quedaba poca vida.

Corté inmediatamente las bandas retorcidas o juncos con las que le habían atado, pero no podía mantenerse en pie ni hablar, sólo se quejaba de forma lastimera, creyendo, al parecer, que estaba desatado porque le iban a matar.

Cuando Viernes llegó a él, le ordené que le hablara de su liberación, y sacando mi botella, hice dar un trago al pobre desgraciado, que junto con la noticia de que había sido liberado, revivió y se sentó en la barca, pero cuando Viernes se acercó a oírle hablar y le miró a la cara, comenzó a besarle y abrazarle entre tantas muestras de júbilo y alegría que parecía trastornado. Pasó un buen rato antes de que pudiera hablarme o decirme qué pasaba, pero cuando se recuperó un poco me dijo que era su padre.

No es fácil para mí expresar cómo me conmovió ver ese éxtasis y afecto filial en este pobre salvaje, al ver a su padre y haberle librado de la muerte, ni siquiera puedo describir la mitad de las extravagancias de su afecto después de esto. Porque entró y salió de la barca muchas veces. Cuando se sentó a su lado, puso la cabeza de su padre cerca de su pecho, media hora juntos, para alimentarle. Luego cogió sus brazos y tobillos, que estaban entumecidos y duros por las ataduras y los rozó y frotó con sus manos. Yo le di un poco de ron de mi botella para que le frotara, lo que le sentó muy bien.

Este acto puso fin a nuestra persecución de la canoa con los otros salvajes, a quienes teníamos ahora casi fuera del alcance de nuestra vista, y fue una suerte que no lo hiciéramos, porque sopló un viento tan fuerte dos horas después, que no supusimos que pudiera sobrevivir la barca o que alcanzaran su propia costa.

Pero volviendo a Viernes, estaba tan ocupado con su padre que no pude separarle de él durante algún tiempo. Pero después pensé que podía dejarle un poco y le llamé; él vino saltando y riéndose, muy contento. Entonces le pregunté si le había dado un poco de pan a su padre. Movió la cabeza y dijo: «Nada. Yo perro feo olvidar dar de comer.» Así que le di un panecillo que saqué de una pequeña bolsa que llevaba para tal fin y también un trago de ron, pero no lo probó sino que se lo llevó a su padre. Tenía en mi bolsillo también dos o tres racimos de pasas, así que le ofrecí un puñado de ellas. Tan pronto como le dio estas pasas le vi salir de la barca corriendo como embrujado, a toda velocidad, porque era el individuo más veloz que había visto nunca.

Digo que corrió a toda velocidad y se perdió de vista en un instante, y aunque le llamé y corrí tras él también, se fue y en un cuarto de hora le vi regresar, aunque no tan deprisa. Y a medida que se acercaba, comprendí que su paso era lento porque tenía algo en la mano.

Cuando llegó hasta mí, descubrí que había ido a casa a por una jarra o cuenco de barro para traer agua a su padre y había cogido dos panecillos más. Me dio el pan, pero el agua se la llevó a su padre. Sin embargo, como yo estaba muy sediento también, le di un sorbito. Este agua revivió a su padre más que todo el ron que yo le había dado, porque estaba casi desmayado por la sed.

Después que hubo bebido el padre, le llamé para saber si había quedado agua. Dijo que sí, y le ordené que le diera un poco al pobre español, quien tenía tanta necesidad de ella como su padre, y envié uno de los panecillos para que se lo diera al español también, quien estaba muy débil en realidad y se estaba reponiendo en un espacio verde debajo de un árbol, a la sombra, y cuyos miembros estaban también muy duros e hinchados a causa de la tosca venda con la que le habían atado. Cuando vi que, al llegar Viernes con el agua, se sentó, bebió, cogió el pan y empezó a comer, fui a él y le di un puñado de pasas. Me miró a la cara con todas las muestras de gratitud que pueden aparecer en un semblante, pero estaba tan débil, por su gran esfuerzo en la lucha que no podía mantenerse en pie. Intentó hacerlo dos o tres veces, pero realmente no era capaz, porque sus tobillos estaban muy hinchados y doloridos; así que le pedí que se sentara e hice que Viernes le frotara los tobillos y se los lavara con ron, como había hecho con su padre.

Observé a la pobre criatura, que cariñosa, cada dos minutos o quizá menos, todo el rato que estuvo aquí, volvía la cabeza para ver si su padre estaba en el mismo lugar y postura que cuando le había dejado sentado. Y al final se dio cuenta de que no se le veía, ante lo cual se levantó, y sin hablar una palabra, huyó con esa rapidez suya, que apenas puede percibirse que ponga los pies en el suelo cuando corre. Pero cuando llegó, sólo descubrió que se había tumbado para descansar sus miembros; así que Viernes regresó a donde estaba yo, y luego hablé al español para que permitiera a Viernes que le ayudara a levantarse si podía y cargar con él hasta la barca; luego podría llevarle a nuestra vivienda, donde cuidaría de él. Pero Viernes, un individuo sano y robusto, cogió al español, se lo echó a la espalda, lo llevó al bote y le colocó suavemente sobre el borde de la canoa, con los pies dentro; luego le alzó un poco más, le situó cerca de su padre y, saliendo de nuevo, lanzó la barca al agua y remó a lo largo de la costa con tanta rapidez como yo podía caminar, aunque el viento soplaba bastante fuerte también. Así los trajimos a los dos seguros a nuestra cala, y dejándoles en la barca, corrió a coger la otra canoa. Cuando pasó delante de mí, le pregunté adónde iba. Me dijo: «Ir coger más barca»; así que se fue como el viento, porque seguro que ningún hombre ni caballo corría como él, y ya tenía la otra canoa en el arroyo casi tan pronto como había llegado yo a la otra por tierra; así que me pasó flotando y luego se fue a ayudar a nuestros nuevos invitados a salir de la barca. Pero ninguno era capaz de caminar, por lo que el pobre Viernes no sabía qué hacer.

Para remediar esto, puse a trabajar mi cabeza, y diciendo a Viernes que les mandara sentarse en la orilla mientras venía hasta mí, pronto hicimos una especie de parihuelas para tumbarlos encima. Viernes y yo les levantamos y pusimos juntos para llevarlos entre los dos. Pero cuando llegamos a nuestro muro exterior, o fortificación, estábamos peor que antes, porque era imposible pasarlos por encima y estaba decidido a no romperlo. Así que me puse a trabajar de nuevo, y entre Viernes y yo, en unas dos horas, hicimos una tienda muy agradable cubierta de velas viejas y con ramas de árbol por encima, en el espacio que había entre la cerca exterior y la arboleda nueva que había plantado. Y aquí hicimos dos camas con cosas que tenía, paja buena de arroz, con mantas sobre cada una de ellas y otras dos para cubrirles.

Ahora estaba habitada mi isla; tenía muchos súbditos, y reflexionaba felizmente y con frecuencia que ahora parecía un rey. Lo primero era que toda la isla me pertenecía, así que tenía pleno dominio sobre ella. Segundo, mi gente dependía de mí completamente. Era señor absoluto y legislador. Todos me debían sus vidas a mí, y estaban dispuestos a dar las suyas, si hubiera habido ocasión para ello, por la mía. También hay que destacar que tenía tres súbditos y eran de tres religiones diferentes. Mi Viernes era protestante, su padre era pagano y caníbal y el español era católico. Sin embargo, yo permitía la libertad de conciencia en mis dominios, dicho sea de paso.

CAPÍTULO XXV

Planeamos un viaje a las colonias de América

Tan pronto como tuve seguros a mis dos débiles prisioneros rescatados y les di protección y un lugar en el que descansar, empecé a pensar en hacer provisiones para ellos. Lo primero que hice fue ordenar a Viernes que cogiera de mi rebaño particular una cabra de un año, para matar. Cuando corté un cuarto trasero en trozos pequeños, puse a Viernes a trabajar en cocerlo y estofarlo y hacerles un plato muy bueno, de carne, al haber puesto un poco de cebada y arroz también en el caldo. Y como lo cociné fuera, porque no hacía fuego dentro de mi muro interior, lo llevé todo a la nueva tienda; habiendo puesto una mesa allí para ellos, me senté, y como podía les alegraba y animaba. Viernes era mi intérprete, especialmente con su padre, y en realidad con el español también, porque este hablaba la lengua de los salvajes bastante bien.

Después de haber cenado, ordené a Viernes que cogiera una de las canoas y fuera a recoger nuestros mosquetes y las demás armas de fuego, que por falta de tiempo se habían quedado en el lugar de la batalla. Al día siguiente le ordené que fuera a enterrar los cuerpos de los salvajes que estaban al sol así como los restos de su bárbaro festín, para evitar su desagradable olor. Todo lo realizó puntualmente, y borró toda apariencia de que los salvajes estuvieron allí; así que cuando fui de nuevo apenas podía saber dónde estaba, si no hubiera sido por la esquina del bosque cerca del lugar.

Entonces empecé a entrar en conversación con mis dos nuevos súbditos; primero dije a Viernes que preguntara a su padre qué pensaba de la escapada de los salvajes en la canoa y si podía esperar su regreso con un poder tan fuerte que no pudiéramos resistir. Su primera opinión fue que los salvajes de la barca nunca podrían haber sobrevivido a la tormenta que sopló la noche que se marcharon, sino que por necesidad tenían que haberse ahogado o sido dirigidos al sur a esas otras costas donde era seguro que iban a ser devorados. Pero respecto a lo que harían si llegaban seguros a la costa, dijo que no lo sabía. Su opinión era que estaban tan asustados por la manera que fueron atacados, el ruido y el fuego, que dirían a su gente que los habían matado truenos y rayos, no la mano de un hombre, y que los que que aparecieron, es decir, Viernes y yo, éramos dos espíritus celestiales o furias que bajaban a destruirles, y no hombres con armas. Esto sí decía que lo sabía, porque les oyó gritar todo esto en su lengua, ya que para ellos era imposible concebir que un hombre pudiera echar fuego y sonar como un trueno y matar a cierta distancia sin levantar la mano, como se hizo allí. Y este anciano salvaje estaba en lo cierto, porque como supe después a partir de otras fuentes, los salvajes nunca intentaron ir a la isla posteriormente. Estaban tan aterrados con la información que dieron estos cuatro hombres (porque parece ser que escaparon del mar) que creían que cualquiera que fuera a esa isla encantada sería destruido por el fuego de los dioses.

Pero yo no sabía esto; por tanto, tuve un temor continuo durante bastante tiempo, y siempre me mantenía en guardia con todo mi ejército, porque como ahora éramos cuatro, me habría arriesgado a ir contra un ciento de ellos en campo abierto en cualquier momento.

Sin embargo, en poco tiempo no aparecieron más canoas, pasó el miedo de su llegada y empecé a considerar mis primeros pensamientos para el viaje a tierra firme, al asegurarme el padre de Viernes que yo podría tener un buen trato de su nación si iba.

Pero mis pensamientos se suspendieron cuando tuve una conversación seria con el español y comprendí que había dieciséis compatriotas suyos y portugueses, quienes, al haber naufragado y escapado en ese lado, vivían allí en paz con los salvajes, aunque tenían muchas necesidades acuciantes para sobrevivir. Le pregunté todos los detalles del viaje y comprendí que era un barco español que viajaba desde Río de la Plata hacia La Habana, para dejar su cargamento allí, que era principalmente de pieles y plata, y regresar con los artículos europeos que pudieran encontrar allí. Tenían cinco marineros portugueses a bordo, a quienes recogieron de otro naufragio; cinco de sus hombres se ahogaron cuando se perdió su primer barco, y estos escaparon pasando infinitos peligros y llegaron, casi muertos de hambre, a la costa caníbal, donde esperaban haber sido devorados en cualquier momento.

Me dijo que disponían de algunas armas, pero totalmente inútiles porque no tenían balas y el agua del mar había estropeado la pólvora, a excepción de una poca que utilizaron cuando llegaron a tierra para proporcionarse algo de alimento.

Le pregunté qué pensaba de su futuro allí y si no habían ideado ningún plan para escapar. Él dijo que habían hecho muchas consultas sobre ello, pero que al no tener embarcación ni herramientas para construir una, o provisiones de alguna clase, sus consejos siempre terminaban en lágrimas y desesperación.

Le pregunté cómo pensaba que recibirían una propuesta mía para poder escapar. Le dije con libertad que temía más su traición y que me trataran mal a mí si ponía mi vida en sus manos, pues no siempre los hombres cuadran los tratos por las gracias que ellos han recibido tanto como lo hacen por las ventajas que esperan. Le dije que sería muy duro que yo fuera el instrumento de su liberación y que ellos después me hicieran su prisionero en Nueva España, donde era seguro que un inglés hacía un sacrificio, y sólo llegaba por necesidad o por accidente, y que hubiera preferido ser liberado entre los salvajes y que me comieran vivo que caer en las garras despiadadas de los sacerdotes y ser llevado a la Inquisición. Añadí que a menos que estuviera convencido, si todos estuvieran aquí, nosotros podríamos, con tantas manos, construir una barca lo suficientemente grande para llevarlos a todos o a Brasil, hacia el sur, o a las islas o costa española al norte. Pero que si como recompensa, después de haber puesto armas en sus manos, me llevaban a la fuerza entre su gente, me habrían tratado mal por mi amabilidad con ellos y hecho que mi caso fuera peor que el de antes.

Él me contestó con gran candor e ingenuidad que sus condiciones eran tan míseras, y estaban tan sensibles a ello, que creía que detestarían la idea de tratar de una forma malintencionada a un hombre que iba a contribuir a su liberación, y que, si me agradaba a mí, él iría a verlos con el anciano, hablaría con ellos sobre aquello y volverían a traerme una respuesta. Que él pondría unas condiciones y se jurarían solemnemente; que estarían bajo sus órdenes absolutas, como si fuera su capitán, y que jurarían por los Sagrados Sacramentos y el Evangelio serme fieles a mí e ir al país cristiano que yo acordara, y no a otro. Y dirigirse completa y absolutamente por mis órdenes, hasta que estuvieran a salvo en tierra en el país que yo tuviera intención de alcanzar, y que él les llevaría un contrato para este propósito.

Entonces me dijo que él juraría primero que nunca se alejaría de mí mientras viviera y le diera órdenes, y que estaría conmigo y daría hasta la última gota de su sangre por mí, si sucediera que sus compatriotas no le fueran fieles.

Me dijo que todos eran hombres honrados muy civilizados, y estaban con la angustia más grande que se puede uno imaginar, al no tener armas, ropa ni alimento, sino que estaban a merced y criterio de los salvajes, sin ninguna esperanza de regresar alguna vez a su propio país, y que estaba seguro de que si se llevaba a cabo la liberación, vivirían y morirían por mí.

Con estas convicciones, decidí arriesgarme a liberarles, si era posible, y enviar al salvaje anciano y al español para que trataran con ellos. Pero cuando teníamos todas las cosas preparadas para ir, el español puso una objeción, muy prudente por un lado y con mucha sinceridad por el otro, que no pudo sino convencerme, y por su consejo, aplacé la liberación de sus compañeros medio año.

El caso era este: Había estado con nosotros un mes aproximadamente; durante este tiempo yo le había permitido ver de qué forma me abastecía, con la ayuda de la Providencia, para mi mantenimiento. Vio claramente la reserva de grano y de arroz que tenía, la cual era más que suficiente para mí, pero no, al menos sin buena administración, para mi familia, ahora incrementada hasta cuatro. Mucho menos sería suficiente si sus compatriotas, que eran catorce vivos todavía, como he dicho, vinieran aquí, y menos aún para avituallar nuestra embarcación, si construíamos una, para un viaje a cualquiera de las colonias cristianas de América. Así que me dijo que pensara si no era más aconsejable dejarle a él y los otros dos cavar y cultivar más tierra, tanta como se pudiera sembrar, y que esperásemos otra cosecha para poder tener grano para sus compatriotas cuando vinieran, porque la necesidad podría ser una tentación en ellos para discrepar, o no creerse liberados, sino sólo pasar de una dificultad a otra. «Conocéis —dijo— a los hijos de Israel, que aunque se alegraron al principio por verse liberados de Egipto, sin embargo, se rebelaron incluso contra Dios mismo que los había liberado cuando les faltó el pan en el desierto.»

Su advertencia era tan razonable, y su consejo tan bueno, que no pude sino estar muy agradecido con su proposición, así como también me convencí de su fidelidad. Por tanto, nos pusimos a cavar los cuatro, tanto como nos permitían las herramientas de madera con las que estábamos equipados, y en un mes, al final del cual era la época de la siembra, habíamos conseguido tanta tierra arada y preparada como para sembrar veintidós fanegas de cebada y dieciséis cántaros de arroz, lo cual era, en resumen, toda la semilla que teníamos para gastar, y en realidad apenas nos quedó cebada suficiente para nosotros para los seis meses que teníamos que esperar para nuestra cosecha, es decir, calculando desde el momento en que apartamos semilla para la siembra, porque es de suponer que está seis meses en el suelo.

Teniendo ahora compañía suficiente, y siendo bastantes para no tener miedo a los salvajes, si hubieran venido, a menos que su número hubiera sido muy grande, íbamos libremente por toda la isla siempre que encontrábamos ocasión. Y como ahora teníamos planeada nuestra escapada o liberación, era imposible, al menos para mí, tener los medios de ello fuera de mi alcance. Para este fin, marqué varios árboles que pensaba eran los adecuados para nuestro trabajo, y puse a Viernes y a su padre a cortarlos; luego hice que el español, con el que había compartido mi idea sobre ese asunto, los supervisara y dirigiera su trabajo. Les mostré con qué infatigables penas había convertido un árbol grande en simples tablones y ordené que hicieran lo mismo, hasta que tuvieran una docena de tablones grandes de buen roble, de cerca de dos pies de anchura, treinta y cinco pies de largo, y de dos a cuatro pulgadas de grueso. Cualquiera puede imaginar la prodigiosa labor que se llevó a cabo.

Al mismo tiempo pensé aumentar mi pequeño rebaño de cabras domésticas todo lo que pudiera, y para este fin hice que Viernes y el español salieran un día y yo con Viernes al día siguiente, para hacer turnos. Por este medio cogimos más de veinte cabritos para criarlos con el resto, porque siempre que disparábamos a la madre, salvábamos a las crías y las añadíamos a nuestro rebaño. Pero sobre todo, al llegar la estación de madurar las uvas, hice que se colgaran tal cantidad de ellas al sol, que creo que si hubiéramos estado en Alicante, donde se maduran al sol los racimos, hubiéramos llenado sesenta u ochenta barriles; estos, junto con nuestro pan, eran una buena parte de nuestra alimentación, porque son muy nutritivas.

Llegó la cosecha, y la nuestra estaba bien. No era la mayor cantidad que había visto en la isla, pero, sin embargo, era la suficiente para responder a nuestros fines, porque de nuestras veintidós fanegas de cebada cogimos y trillamos más de doscientas veinte, y la misma proporción de arroz, del cual había reserva suficiente para alimentarnos hasta la próxima cosecha, aunque los dieciséis españoles hubieran estado en la costa conmigo, o como si hubiéramos estado preparándonos para el viaje, se hubiera avituallado muy bien nuestro barco, para llevarnos a cualquier parte del mundo, es decir, de América.

Cuando ya habíamos almacenado y asegurado nuestra reserva de grano, nos pusimos a construir grandes cestas en las que guardarlo; el español era muy hábil y diestro en ello, y con frecuencia me culpaba de no fabricar yo algunos objetos de esta clase, como defensa, pero no veía la necesidad de hacerlo.

Y ahora al estar abastecido de alimentos para todos los invitados que esperaba, dejé que el español fuera al continente a ver lo que podía hacer con aquellos a los que había dejado allí tras él. Le di instrucciones estrictas de no traer a ningún hombre que no jurara primero en presencia de él y del salvaje anciano que de ninguna manera heriría, lucharía o atacaría a la persona que encontrara en la isla, quien era tan amable de enviarles a buscar con el fin de liberarlos, sino que ellos estarían a su lado y le defenderían de toda lucha, y dondequiera que fuesen, estarían sometidos a sus órdenes, y que esto se pondría por escrito y lo firmarían de puño y letra. Cómo se iba a hacer esto, cuando sabíamos que no teníamos ni pluma ni tinta, era una cuestión que en realidad nunca nos preguntamos.

Con estas instrucciones, el español y el salvaje anciano (el padre de Viernes) salieron en una de las canoas en que habían sido introducidos cuando vinieron en calidad de prisioneros a ser devorados por los salvajes.

Les di a cada uno de ellos un mosquete con una llave de fusil y unas ocho cargas de pólvora y balas, ordenándoles que las administraran muy bien y que no hicieran uso de ellas salvo en caso de emergencia.

Este era un trabajo agradable, siendo las primeras medidas que empleaba en vistas a mi liberación porque ahora llevaba allí veintisiete años y algunos días. Les di provisiones de pan y uvas secas para muchos días, y suficientes para todos sus compatriotas durante ocho días, y deseándoles un buen viaje, les vi partir, acordando con ellos una señal que deberían hacer a su regreso, por la cual yo sabría que regresaban, a cierta distancia, antes de que llegaran a la costa.

Partieron con viento favorable en el día en que la luna estaba llena, según mis cálculos en el mes de octubre; pero respecto al cálculo exacto, después de haberlo perdido una vez, nunca pude recuperarlo de nuevo. Tampoco había mantenido siquiera el número exacto de años para asegurarme de que estaba en lo cierto, aunque como se demostró después, cuando examiné mis cálculos, descubrí que sí había mantenido el número de años correcto.

CAPÍTULO XXVI

Sofocamos un motín

No habían pasado ocho días desde que les esperaba, cuando se produjo un accidente extraño e imprevisto. Quizá no se haya oído hablar de otro parecido en la historia. Estaba dormido en mi cuchitril una mañana, cuando Viernes entró corriendo y me llamó a gritos: «¡Amo, amo, vienen, vienen!».

Me levanté de un salto, y sin pensar en el peligro salí, tan pronto como me puse la ropa, y atravesé mi pequeña arboleda, que, por cierto, había crecido hasta convertirse en un bosque muy espeso. Digo, sin pensar en el peligro, salí sin mis armas, lo que no tenía costumbre de hacer. Pero me sorprendí cuando, volviendo mis ojos hacia el mar, vi una barca a una legua y media de distancia, cerca de la costa, con una vela cangreja, como ellos la llaman; el viento soplaba a su favor acercándolos. También observé en ese momento que no procedían de aquel lado de la costa, sino del extremo más al sur de la isla. Ante esto llamé a Viernes y le ordené que se tendiera en el suelo, porque aquella gente no era la que esperábamos y no podíamos saber aún si eran amigos o enemigos.

En segundo lugar, entré a coger mi catalejo para observarlos, y habiendo sacado la escalera, trepé a la cima de la colina, como solía hacer cuando tenía miedo a todo, y para ver todo sin ser descubierto.

Apenas hube puesto los pies en la colina, cuando mis ojos descubrieron claramente un barco anclado a unas dos leguas y media de distancia desde donde estaba yo, sur-sureste, pero a más de una legua y media de la costa. Por mi observación me pareció claramente el bote grande de un barco inglés.

No puedo expresar la confusión en la que me encontraba, aunque la alegría de ver un barco, y uno que tenía razones para pensar que era guiado por mis propios compatriotas, y por consiguiente amigos, era tal que no se puede describir. Pero, sin embargo, tenía algunas dudas secretas, no puedo decir de dónde venían, y traté de mantener la guardia. En primer lugar se me ocurrió tener en cuenta qué asuntos podría tener un barco inglés en esa parte del mundo, ya que no era paso hacia ninguna parte del mundo donde los ingleses solían comerciar; sabía que no había habido tormentas que los guiaran allí, como en caso de peligro, y que si eran ingleses realmente, era muy probable que estuvieran aquí con no muy buenos planes, por lo que sería mejor que continuara como estaba a caer en manos de ladrones y asesinos.

No es conveniente despreciar los avisos secretos del peligro, que algunas veces se dan cuando se podría pensar que no hay posibilidad de su existencia real. Que tales avisos se nos dan, creo que pocos de los que hayan meditado en estas cosas pueden negarlo, ya que son ciertos descubrimientos de un mundo invisible, y espíritus contrarios, no podemos dudarlo, pues si la tendencia de ellos parece ser advertirnos del peligro, ¿por qué no supondríamos que provienen de algún agente amigo (si supremo o inferior, no es la cuestión) y que se nos dan para nuestro bien?

La presente cuestión me confirmó este razonamiento, porque si no me hubiese hecho más cauto por esta advertencia secreta, viniera de donde viniese, habría terminado inevitablemente en un estado mucho peor de lo que estaba antes, como se verá enseguida.

No llevaba mucho tiempo en esta posición cuando vi al bote acercarse a la costa, como si buscara un arroyo en el que meterse para desembarcar. Sin embargo, como no habían avanzado demasiado, no vieron la pequeña ensenada donde llevé a tierra mis balsas anteriormente, sino que metieron el bote en la playa, a una media milla de mí, lo cual me alegró mucho. Porque de otra manera hubieran desembarcado justamente en mi puerta, y pronto me habrían echado de mi castillo y quizá robado todo lo que tenía.

Cuando llegaron a la playa, me convencí por completo de que eran ingleses, al menos la mayor parte de ellos. Uno o dos pensé que eran holandeses, pero no resultó ser así. Había en total once hombres, de los cuales tres de ellos estaban desarmados y, como pensé, heridos. Cuando el primero de cuatro o cinco de ellos saltó a la playa, sacaron a aquellos tres del bote como prisioneros. Pude percibir que uno empleaba los gestos más apasionados de súplica, aflicción y desesperación, incluso hasta llegar a cierta extravagancia, y que los otros dos levantaban las manos algunas veces y parecían preocupados, pero no hasta tal punto como el primero.

Estaba totalmente confundido ante aquella visión, y no conocía el significado. Viernes me llamó en inglés y me dijo todo lo bien que supo: «¡Oh, amo! Ver hombres ingleses comer prisioneros como hombres salvajes». Yo contesté: «¿Por qué, Viernes, piensas que van a comérselos?». «Sí —dijo Viernes—, comerán.». «No, no —repliqué—, Viernes, me temo que los matarán, sí, pero puedes estar seguro de que no se los comerán.».

Durante todo este tiempo no tenía la menor idea de lo que significaba aquello realmente, pero temblaba ante el horror de la visión, esperando que en cualquier momento matarían a los tres prisioneros. Una vez vi a uno de los malvados levantar el brazo con un gran alfanje (como lo llaman los marineros), o espada, para golpear a uno de los pobres hombres, y esperé verle caer en cualquier momento, ante lo cual toda la sangre de mi cuerpo parecía correr helada por mis venas.

Deseaba de corazón que hubieran estado mi español y el salvaje que se había ido con él, o que hubiese algún modo de tenerlos a tiro sin ser descubierto, para poder rescatar a los tres hombres, porque no vi armas de fuego entre ellos, pero resultó ser de otra manera.

Después de haber observado con qué injurias trataban a los tres hombres los insolentes marineros, observé a los individuos correr dispersos por la tierra, como si quisieran ver la zona. Vi que otros tres hombres tenían libertad también para ir donde quisieran, pero se sentaron los tres en el suelo, muy pensativos, y parecían hombres desesperados.

Esto me recordó la primera vez que llegué a la costa y empecé a mirar a mi alrededor; cómo me había dado por perdido; qué espantosos temores tenía, y cómo me alojé en el árbol toda la noche por miedo a ser devorado por bestias salvajes.

Como aquella noche no sabía nada del abastecimiento que iba a recibir de la conducción providencial del barco más cerca de la tierra a causa de las tormentas y de la marea, y gracias al cual yo me había alimentado y sustentado durante tanto tiempo, así estos tres pobres hombres desesperados no sabían lo cerca que estaba su liberación y en qué condiciones de seguridad eficaz y real estaban al mismo tiempo que se creían perdidos y su caso desesperado.

Vemos tan poco delante de nosotros en el mundo, y tantas razones tenemos para depender alegremente del gran Hacedor, que Él no abandona a sus criaturas de una manera tan absoluta sino que en las circunstancias peores siempre tienen algo de lo que estar agradecidos, y algunas veces están más cerca de su liberación por los medios que ellos creen les llega la destrucción.

Era casi marea alta cuando esta gente llegó a la playa, y mientras que parte de ellos se quedaron con los prisioneros que habían traído, otra parte paseaba por los alrededores para ver en qué clase de lugar estaban. Despreocupados mientras duró la marea, el agua había retrocedido considerablemente dejando su barca encallada.

Habían dejado a dos hombres en el bote, quienes, como descubrí después, bebieron demasiado aguardiente y se habían quedado dormidos. Sin embargo, al despertarse uno antes que el otro y descubrir que el bote estaba encallado y no podía moverlo, llamó a los demás que estaban repartidos por los alrededores, y regresaron, pero entre todos no tenían fuerza para lanzarlo, al pesar demasiado, y ser la costa por ese lado de tierra blanda, casi como las arenas movedizas.

En estas condiciones, como verdaderos marineros, quienes son quizá los últimos de la humanidad que prevén las cosas, lo dejaron;

de nuevo pasearon por allí, y oí a uno de ellos decir en voz alta a otro (diciéndoles que salieran del bote): «¿Por qué no puedes?, déjalo. Ya flotará con la próxima marea.» Y estas palabras me confirmaron la cuestión principal sobre si eran compatriotas.

Todo esto mientras yo me mantenía muy cerca, sin atreverme a salir de mi castillo ni una vez, no iba más lejos, sólo hasta el lugar en el que observaba cerca de la cima de la colina. Y estaba muy contento de pensar lo bien que lo había fortificado. Sabía que no iban a pasar menos de diez horas antes de que el bote pudiera flotar de nuevo, y entonces habría oscurecido y podría tener más libertad para ver sus movimientos y oír su conversación, si tenían alguna.

Al mismo tiempo me equipé para una batalla, como antes. Aunque con más prudencia, sabiendo que tenía otra clase de enemigo distinta a los primeros. Ordené a Viernes, quien se había convertido en un excelente tirador, que cargara sus armas. Cogí dos escopetas de caza y le di tres mosquetes. De hecho, mi aspecto era temible. Tenía un abrigo de piel de cabra formidable, con la gran gorra que he mencionado, una espada desnuda a un lado, dos pistolas en mi cinturón y una escopeta en cada hombro.

Era mi plan, como dije antes, no hacer ningún intento hasta que oscureciera. Pero sobre las dos, cuando hace más calor, descubrí que se habían ido a pasear por el bosque y, como pensé, se habrían tumbado a dormir. Los tres pobres hombres, angustiados, demasiado ansiosos por su estado como para dormir, estaban sentados, sin embargo, debajo de un gran árbol, a un cuarto de milla de mí, y, como pensé, fuera de la vista de los demás.

Ante esto decidí descubrirme a ellos y saber algo de su estado. Me puse en marcha inmediatamente seguido de Viernes a buena distancia y con un aspecto tan formidable como el mío.

Me acerqué a ellos todo lo que pude sin ser descubierto, y luego antes de que me viera alguno de ellos, les dije en español: «¿Quienes sois, caballeros?».

Ellos se levantaron de un salto ante el ruido, pero se sintieron diez veces más confundidos cuando vieron mi tosca figura. No contestaron, y pensé que estaban a punto de huir de mí, cuando les hablé en inglés: «Caballeros —dije—, no os sorprendáis de mí, puede que tengáis a un amigo cerca cuando no lo esperabais.». «Le tiene que haber enviado el cielo directamente, señor —me dijo uno de ellos muy seriamente, quitándose el sombrero al mismo tiempo que yo—, porque nuestro estado no es para que le ayude un hombre.». «Toda la ayuda procede del cielo, señor —dije yo—. Pero se puede poner a un extraño en el camino para ayudar, porque me parecéis estar en un gran apuro. Cuando desembarcasteis parecíais hacer peticiones a los brutos que vinieron con vos y vi a uno de ellos levantar la espada para mataros.».

El pobre hombre, con lágrimas cayendo por su rostro y temblando, parecía atónito, y contestó: «¡Estoy hablando con Dios o con un hombre! ¡Es un hombre real o un ángel!» «No tema nada, señor —dije yo—. Si Dios hubiera enviado un ángel para aliviaros, habría venido mejor vestido y armado de otra manera distinta a lo que veis. Por favor, dejad a un lado vuestros temores. Soy un hombre, un inglés, y dispuesto a ayudaros, ya veis. Tengo un sirviente solamente. Tenemos armas y municiones. Decidme libremente, ¿podemos serviros? ¿Cuál es su caso?».

«Nuestro caso —dijo él—, señor, es demasiado largo para contároslo, mientras nuestros asesinos estén tan cerca, pero en resumen, señor, soy el capitán de ese barco. Mis hombres se han amotinado contra mí, casi no han llegado a convencerse de no matarme, y al final me han enviado a la costa de este solitario lugar, con estos dos hombres, uno es mi piloto y el otro un pasajero, donde esperábamos perecer, creyendo que el lugar estaba deshabitado, y sin saber aún qué pensar de ello.».

«¿Dónde están esos brutos, vuestros enemigos? —dije yo—. ¿Sabéis dónde han ido?» «Están allí, señor —dijo señalando a la espesura de árboles—, mi corazón tiembla de miedo por si os han visto u oído hablar. Si lo han hecho, con toda seguridad nos matarán a todos.».

«¿Tienen armas de fuego?», dije. Él contestó que sólo tenían dos escopetas, y una que habían dejado en el bote. «Bueno, entonces —dije yo—, dejadme el resto a mí. Veo que están todos durmiendo, es fácil matarlos ahora, pero ¿no sería mejor cogerlos prisioneros?». Él me dijo que había dos villanos capaces de cualquier cosa entre ellos y que no merecían ninguna clemencia, pero si nos apoderábamos de ellos, creía que los demás volverían a su deber. Le pregunté cuáles eran. Contestó que no podía describirlos a esa distancia, pero que obedecería mis órdenes en todo lo que yo dispusiera. «Bien —dije yo—, retirémonos fuera del alcance de su vista y oído, para que no se despierten, y decidiremos más tarde.». Así que regresaron conmigo, hasta que los bosques nos cubrieron de ellos.

«Mirad, señor —dije—, si me arriesgo a liberaros, ¿aceptaréis dos condiciones?» Él se anticipó a mis proposiciones diciéndome que tanto él como su barco, si se recuperaba, lo dirigiría y gobernaría yo en todo. Y si el barco no se recuperaba, él viviría y moriría conmigo en cualquier parte del mundo a la que le enviara, y los dos hombres dijeron lo mismo.

«Bueno —repliqué—, mis condiciones son sólo dos: primera, que mientras estéis en esta isla conmigo, no pretenderéis ninguna autoridad aquí y si pongo armas en vuestras manos, me las devolveréis en todas las ocasiones y no me haréis daño ni a mí ni a los míos en esta isla, y al mismo tiempo, será gobernada por mis órdenes; segunda, que si el barco es o puede ser recuperado, me llevaréis a mí y a mi sirviente a Inglaterra de forma gratuita.»

Él me dio todas las garantías de que obedecería estas demandas de lo más razonables, y además me debía la vida a mí y lo reconocería en todas las ocasiones mientras viviera.

«Bueno, entonces —dije—, aquí hay tres mosquetes para vosotros, con pólvora y balas. Decidme ahora qué es lo más apropiado que hagamos.» Él me dio testimonio de su gratitud y se ofreció a guiarme. Le dije que pensaba que era algo muy arriesgado, pero la mejor manera, pensaba yo, era dispararles de una vez, mientras estaban tumbados, y si alguno no moría en el primer ataque, y se rendía, podríamos salvarle, y así pusimos todo en la Providencia de Dios para que dirigiera nuestros disparos.

Él dijo muy modestamente que se resistía a matarlos, si podía evitarlo, pero que aquellos dos eran villanos incorregibles y habían sido los autores del motín en el barco, y si escapaban, nosotros estaríamos perdidos, porque irían a bordo y traerían a toda la compañía del barco y nos destruirían a todos. «Bueno, entonces —dije—, la necesidad justifica mi consejo, porque es la única manera de salvar nuestras vidas.» Sin embargo, viéndole todavía precavido a la hora de derramar sangre, le dije que irían ellos mismos y actuarían como creyeran conveniente.

En medio de esta conversación les oímos despertarse, y poco después, vimos a dos de ellos a un paso. Le pregunté si era alguno de aquellos hombres de los que había dicho que eran los cabecillas del motín. Él dijo: «No.» «Bueno, entonces —dije—, podéis dejarle escapar, y la Providencia parece haberles despertado con el fin de salvarles. Ahora, si el resto se escapa, será culpa vuestra.»

Animado con esto, cogió en la mano el mosquete que le había dado y la pistola en el cinturón, y sus dos camaradas con él, cada uno con una escopeta en la mano. Los dos hombres que estaban con él, al ir primero, hicieron algún ruido, ante lo cual uno de los marineros, que estaba despierto, se volvió y viéndoles venir gritó a los demás, pero fue demasiado tarde, porque en el momento en que gritó ellos dispararon. Quiero decir los dos hombres, pues el capitán había reservado su disparo sabiamente. Apuntaron tan bien, que uno de ellos había muerto en el sitio y el otro estaba muy herido, pero al no estar muerto, se puso en pie, y pidió ayuda con ansiedad a los demás, mas el capitán, deteniéndole, le dijo que era demasiado tarde para pedir ayuda. Él le dijo que Dios le perdonaba su villanía y con esas palabras le golpeó con la culata de su mosquete. Había tres más en el grupo, pero uno de ellos estaba también levemente herido. En este momento llegué yo, y cuando vieron el peligro, y que resistirse sería en vano, pidieron misericordia. El capitán les dijo que salvaría sus vidas si le daban alguna garantía de su aversión a la traición de la cual ellos eran culpables, y juraban serle fiel para recuperar el barco y posteriormente llevarlo a Jamaica, lugar del que procedían. Ellos le dieron toda clase de declaraciones de su sinceridad que se pudieran desear, y él estaba deseando creerles y salvar sus vidas, sobre lo cual yo no estaba en contra, únicamente le obligué a mantenerlos atados de manos y pies.

Mientras se estaba haciendo esto, envié a Viernes con el piloto del capitán al bote, con órdenes de asegurarlo y traer los remos y vela, lo cual hicieron. Y más tarde, tres hombres rezagados, que se habían separado del resto (felizmente para ellos), regresaron al oír disparos de armas, y viendo a su capitán, que antes era su prisionero, se sometieron a ser atados también, y así se completó nuestra victoria.

Quedaba ahora que el capitán y yo preguntáramos sobre las circunstancias de cada uno. Empecé primero, y le conté toda mi historia, la cual escuchó con atención, incluso con asombro, y especialmente de la maravillosa manera de la que me había equipado con provisiones y municiones; como mi historia es una colección completa de maravillas, le afectó profundamente, pero cuando reflexionó sobre él mismo, y como parecía que yo había permanecido allí para salvar su vida, las lágrimas corrieron por su rostro y no pudo decir ninguna palabra más.

Después de terminarse esta conversación, le llevé a él y a sus dos hombres a mi vivienda, conduciéndoles al lugar del que había salido yo, es decir, la parte superior de mi casa, donde les refresqué con las provisiones que tenía y les mostré todas las artimañas que había ingeniado durante mi larga vida en aquel lugar.

Todo esto les asombraba muchísimo, pero sobre todo, el capitán admiraba mi fortificación, y lo perfectamente que había escondido mi refugio con una arboleda, que ahora llevaba plantada unos veinte años; como los árboles crecían mucho más deprisa que en Inglaterra, se había convertido en un pequeño bosque, y tan espeso, que no se podía pasar por ninguna parte, salvo por un lado, donde me había reservado un pequeño pasadizo sinuoso. Le dije que este era mi castillo y mi residencia, pero que tenía una casa en el campo, como la mayoría de los príncipes, donde podía retirarme en alguna ocasión y se lo enseñaría también, pero por el momento nuestro asunto era pensar en recuperar el barco. Él estuvo de acuerdo conmigo en eso, pero me dijo que estaba totalmente perdido sobre qué medidas tomar, porque había todavía veintiséis hombres a bordo, quienes, al haberse metido en una conspiración, por la cual todos habían perdido sus vidas ante la ley, se endurecerían ahora por la desesperación, y la mantendrían, sabiendo que si eran reducidos, les llevaríamos a la horca tan pronto como llegáramos a Inglaterra o a cualquier colonia inglesa, y que por tanto no deberíamos atacarles siendo tan pocos como éramos.

Pensé durante algún tiempo sobre lo que dijo, y descubrí que era una conclusión muy racional, y que por tanto se tenía que decidir algo muy deprisa, como poner una trampa sorpresa a los que estaban a bordo, para evitar que desembarcaran a por nosotros y destruirnos, porque se me ocurrió de repente que en poco tiempo la tripulación del barco, preguntándose qué habría sido de sus camaradas y del bote, vendrían a buscarlos con seguridad a la costa en su otro bote y que entonces quizá podrían venir armados y ser demasiado fuertes para nosotros. Él pensó que esto era racional.

Con esto, le dije que lo primero que teníamos que hacer era romper el bote, que estaba en la playa, para que no pudieran llevárselo, y sacando todo de él, lo dejamos tan inútil que no era capaz de flotar. Por consiguiente subimos a bordo, cogimos las armas que se habían dejado, y todo lo demás que encontramos allí, que era una botella de aguardiente, otra de ron, unas cuantas galletas, un cuerno de pólvora y un gran trozo de azúcar envuelto en lona. A todo le di la bienvenida, especialmente al aguardiente y al azúcar, que se me había terminado hacía muchos años.

Cuando llevamos todas estas cosas a la playa (los remos, el mástil y el timón nos los habíamos llevado antes, como ya dije), hicimos a golpes un gran agujero en el fondo, para que si ellos venían a dominarnos con mucha fuerza, no pudieran salir en su bote.

De hecho, no pensaba mucho en poder recuperar el barco, pero mi idea era que si ellos salían sin el bote, no me preocupaba demasiado prepararlo de nuevo para ir a las islas Leeward y llamar a nuestros amigos, los españoles, porque todavía los tenía en mis pensamientos.

Mientras estábamos preparando nuestros planes, y después de haber levantado el bote y de empujarlo en la playa, de manera que la marea no lo hiciera flotar cuando subiera, y además de hacer un agujero en el fondo demasiado grande, nos sentamos a pensar en lo que haríamos; oímos al barco disparar un cañonazo y vimos el fogonazo de señal para que regresara el bote a bordo, pero no iba a salir ninguno, y dispararon varias veces, haciendo otras señales.

Al final, cuando todas las señales y disparos resultaron ser infructuosos, y comprendieron que el bote no salía, les vimos, con la ayuda de mi catalejo, sacar otro bote y remar hacia la costa, y descubrimos, a medida que se aproximaban, que no iban menos de diez en él y que tenían armas de fuego.

Cuando estaba la barca a unas dos leguas de la costa, vimos claramente a los hombres, incluso sus caras, porque la marea les había dirigido un poco hacia el este del otro bote, y remaron por la costa para llegar al mismo lugar donde habían desembarcado los otros.

Por este medio, digo, les veíamos claramente y el capitán conocía a las personas y los caracteres de todos los hombres del bote, de los cuales dijo que había tres muy honrados, quienes, estaba seguro, fueron llevados a esta conspiración por los demás, al dominarles y asustarse.

Pero respecto al contramaestre, quien, al parecer, era su jefe, y todos los demás, eran tan ultrajantes como cualquiera de la tripulación del barco; sin duda, estaban desesperados en su nueva empresa, y él temía terriblemente que fueran demasiado poderosos para nosotros.

Le sonreí y le dije que los hombres en nuestras circunstancias no tienen en cuenta el miedo. Si cualquier condición podría ser mejor que la nuestra, podríamos esperar que la consecuencia, tanto la muerte como la vida, serían una liberación con toda seguridad. Le pregunté lo que pensaba de las circunstancias de mi vida, y si no merecía la pena arriesgarse por una liberación. «Y, señor —dije—, ¿dónde está su creencia de que yo estuviera aquí con el fin de salvar vuestra vida según dijo hace un rato? Por mi parte, parece que sólo una cosa se me escapa en todos las perspectivas que tenemos.». «¿Cuál?», dijo él. Respondí: «Según decís, hay tres o cuatro hombres honestos entre ellos que se podrían salvar. Todos habían estado de parte de los malvados; yo habría pensado que la Providencia de Dios les ha señalado para que los liberemos y morirán o vivirán según se comporten con nosotros.»

Como dije esto en voz alta y con semblante alegre, comprendí que le había animado mucho, así que nos pusimos a trabajar vigorosamente. Al ver que aparecía el bote procedente del barco, pensamos en separar a nuestros prisioneros, y los habíamos asegurado muy bien en realidad.

Dos de ellos, de los cuales el capitán estaba menos seguro, los envié con Viernes y uno de los tres (hombres liberados) a mi cueva, donde estaban lo suficientemente lejos y fuera de peligro de ser oídos, descubiertos o de encontrar su camino de salida de los bosques, si se hubieran liberado ellos mismos. Aquí les dejamos atados, pero les dimos provisiones y les prometimos que si se quedaban allí callados, les daríamos la libertad en un día o dos, pero que si intentaban escapar, morirían sin piedad. Ellos prometieron fielmente soportar su confinamiento con paciencia, y estaban muy agradecidos por dejarles provisiones y una luz, porque Viernes les dio velas (como las que hacíamos nosotros) para su comodidad, y ellos no sabían que él se quedaría de guardia en la entrada.

Los otros prisioneros fueron mejor tratados. A dos los dejamos inmóviles, porque el capitán no confiaba demasiado en ellos, pero los otros dos pasaron a mi servicio por las recomendaciones del capitán y por su compromiso solemne de vivir y morir con nosotros; así que con ellos y con los tres hombres honestos éramos siete, bien armados, y no dudaba de que seríamos capaces de enfrentarnos bastante bien con los diez que iban a venir, considerando que el capitán había dicho que había tres o cuatro hombres honrados entre ellos también.

Tan pronto como llegaron al lugar donde estaba el segundo bote, lo metieron en la playa y salieron arrastrando otro con ellos, lo que me alegró ver, porque temía que hubieran preferido anclarlo a cierta distancia de la costa, y dejar a alguno de guardia e impedirnos recuperarlo.

Cuando estuvieron en la playa lo primero que hicieron fue correr hacia el otro bote, y fue fácil ver que se llevaron una gran sorpresa al encontrarlo vacío, como dije antes, de todo lo que tenía y con un gran agujero en el fondo.

Después de pensar un rato sobre ello, dieron dos o tres gritos, con toda su fuerza, para intentar que sus compañeros les oyeran, pero sin éxito. Entonces formaron un círculo y dispararon sus armas pequeñas, lo cual oímos e hizo eco en los bosques de alrededor, pero no se oyó nada más. Yo estaba seguro de que los de la cueva no podían oírlo, y los que protegíamos nosotros, aunque lo oyeron muy bien, no se atrevieron a contestarles.

Estaban tan asombrados ante esta sorpresa, como nos contaron después, que decidieron irse al barco de nuevo, y hacerles saber que los hombres habían sido asesinados, resultando destrozado el bote. Por consiguiente, lanzaron su bote de nuevo al mar y subieron todos a bordo.

El capitán estaba terriblemente asombrado e incluso confundido ante esto, creyendo que subirían a bordo del barco e izarían velas, dando por perdidos a sus compañeros, y así él perdería su barco, el cual esperaba haber recuperado, pero se asustó mucho.

No se habían alejado demasiado cuando percibimos que volvían de nuevo a la costa, pero con un cambio que al parecer consultaron entre ellos: dejar a tres hombres en el bote y los demás seguir la costa e ir por la zona en busca de sus compañeros.

Esto fue una gran decepción para nosotros, porque ahora no sabíamos qué hacer, ya que apoderarnos de esos siete hombres en la costa no nos beneficiaría si dejábamos escapar el bote, porque entonces remarían hasta el barco, y seguro que luego izarían velas los demás y no podríamos recuperarlo.

Sin embargo, no teníamos más remedio que esperar y ver cómo se presentaban las cosas. Los siete hombres llegaron a la costa, y los tres que se quedaron en el bote lo alejaron de la playa y anclaron para esperarles, así que nos era imposible llegar a ellos.

Los que vinieron a la playa se mantuvieron juntos; marcharon hacia la cima de una pequeña colina debajo de la cual estaba mi vivienda, y podíamos verlos claramente, aunque ellos no podían percibirnos. Nos habría alegrado que se hubieran acercado un poco más a nosotros para dispararles, o que hubieran pasado más lejos para que nosotros hubiéramos podido salir.

Pero cuando llegaron a la cima de la colina, donde podían ver un buen trecho de valles y bosques, que estaban situados hacia la parte noreste, y donde la isla era más baja, gritaron hasta que se cansaron, y parece ser que sin querer arriesgarse a alejarse más de la costa, o uno de otro, se sentaron juntos debajo de un árbol. Si hubieran pensado en dormir allí, como el otro grupo, habrían hecho el trabajo por nosotros, pero estaban llenos de temor como para arriesgarse a dormir, aunque no podían decir cuál era el peligro al que debían temer.

El capitán me hizo una proposición muy justa, sobre una consulta que le hicieron, y es que quizá disparasen de nuevo para tratar de conseguir que les oyeran sus compañeros, y que nosotros les atacaríamos, justo en ese momento cuando estuvieran descargadas sus armas, y ellos se rendirían sin duda, y los tendríamos sin derramar sangre. Me gustó la propuesta, siempre que se hiciera cuando estuviéramos lo bastante cerca como para llegar a ellos antes de que cargaran sus armas de nuevo.

Pero no sucedió así, y nos quedamos mucho tiempo sin decidir qué rumbo seguir. Al final les dije que no se podría hacer nada en mi opinión hasta que no llegara la noche, y entonces, si no regresaban al bote, quizá pudiéramos encontrar la manera de meternos entre ellos y la costa, y así poder emplear alguna estratagema con ellos en el bote, para cogerlos en la playa.

Esperamos mucho tiempo, aunque muy impacientes por sus movimientos, y sentimos mucha intranquilidad, cuando, después de largas consultas, les vimos ponerse en marcha y bajar hacia el mar. Parece ser que tenían tanto miedo del peligro de aquel lugar que decidieron ir a bordo de nuevo, dar a sus compañeros por perdidos y así continuar su viaje previsto con el barco.

Tan pronto como les vimos dirigirse hacia la playa, me imaginé que iba a ser así realmente, que habían terminado su búsqueda y se iban de nuevo, y el capitán, tan pronto como le conté lo que pensaba, estuvo a punto de hundirse por temor a aquello, pero en ese momento pensé en una estratagema que los traería de regreso y que respondería a mi fin.

Ordené a Viernes y al piloto del capitán que se fueran al pequeño arroyo del lado oeste, hacia el lugar donde llegaron los salvajes a la playa cuando fue rescatado Viernes, y tan pronto como llegaran a un pequeño promontorio, a una media milla de distancia aproximadamente, les ordené que gritaran tan alto como pudieran y esperaran hasta que comprendieran que los marineros les habían oído; que tan pronto como oyeran a los marineros contestarles, ellos regresarían de nuevo, y luego manteniéndose fuera de su vista, dieran una vuelta, contestando siempre que los otros gritaran, para meterlos en la isla, entre los bosques, tanto como fuera posible y luego volver de nuevo hacia mí, por los caminos que yo les indicara.

Estaban a punto de llegar al bote, cuando Viernes y el piloto gritaron, y ellos les oyeron al instante; contestando, corrieron por la playa hacia el oeste, de donde provenía la voz que oyeron y se detuvieron en el arroyo, que, al estar la marea alta, no pudieron pasar, y llamaron al bote para que subiera y se pusiera por encima, como de hecho esperaba yo.

Cuando estuvo así, observé que al subir un buen trecho por el arroyo, y, hacia un puerto, salió uno de los tres hombres del bote y siguió por la orilla con ellos, y sólo quedaron dos, habiéndolo sujetado al tocón de un pequeño árbol de la playa.

Eso es lo que yo deseaba, y dejando al momento en lo suyo a Viernes y al piloto del capitán, me llevé a los demás; cruzando el arroyo fuera de su vista, sorprendimos a los dos hombres antes de que fueran conscientes de ello; uno de ellos estaba en la playa y el otro en el bote. El individuo de la playa estaba adormilado, y a punto de levantarse. El capitán, que iba por delante, corrió hacia él y le tiró de un golpe; luego llamó al del bote y le dijo que se rindiera o era hombre muerto.

Se necesitaron pocos argumentos para convencer al hombre de que se rindiera, cuando vio a cinco hombres sobre él y su compañero tirado de un golpe. Además, parece ser, que era uno de los tres que no estaban tan comprometidos en el motín como el resto de la tripulación; por tanto se convenció fácilmente, y no sólo se rindió, sino que después se unió a nosotros sinceramente.

Mientras tanto, Viernes y el piloto del capitán dirigieron tan bien su tarea con el resto, gritando y contestando de una colina a otra, y de un bosque a otro, hasta que no sólo les cansaron sino que les dejaron abandonados donde estaban bien seguros de que no podrían regresar al bote antes de que oscureciera. Y de hecho estaban muy cansados ellos también cuando regresaron.

No teníamos nada que hacer ahora salvo vigilarles en la oscuridad y caer sobre ellos, para asegurar nuestro trabajo.

Pasaron varias horas después de que Viernes regresara antes de que volvieran ellos a su bote, y pudimos oír al primero de ellos mucho tiempo antes de llegar, llamando a los que se habían quedado atrás; escuchamos también las quejas por lo lisiados y cansados que estaban al no poder venir más deprisa, lo que eran buenas noticias para nosotros.

Al final llegaron al bote, pero es imposible expresar su confusión, cuando lo descubrieron tan encallado en el arroyo, al haber bajado la marea, y al ver que se habían ido sus dos hombres. Les oímos llamarles a uno y a otro del modo más lamentable, y se decían que aquella era una isla encantada, que si había habitantes en ella, todos estarían muertos, o también que había demonios y espíritus, y se los habrían llevado y devorado a todos.

Gritaron de nuevo, llamando a sus dos compañeros por sus nombres muchas veces, pero sin contestación. Después de algún tiempo, pudimos verles, con la poca luz que había, correr por los alrededores, retorciéndose las manos como hombres desesperados, y algunas veces iban a sentarse al bote a descansar; luego salían a la playa de nuevo, y caminaban por allí otra vez, haciendo lo mismo una y otra vez.

De buena gana mis hombres hubieran caído sobre ellos ante una orden mía en cuanto oscureció, pero yo estaba deseando sacarles algo de ventaja y así salvarles matando a tan pocos de ellos como pudiera. Y especialmente no quería poner en peligro de muerte a ninguno de mis cuatro hombres, sabiendo que los otros iban muy bien armados. Decidí esperar para ver si no se separaban, y por tanto, para asegurarme de ello, aseguré mi emboscada y ordené a Viernes y al capitán que se acercaran sigilosamente sobre manos y pies, pegados al suelo para que no les descubrieran y llegar tan cerca de ellos como pudieran antes de disparar.

No llevaban mucho tiempo en esta postura cuando el contramaestre, que era el cabecilla principal del motín, y ahora se había demostrado el más abatido y desanimado de todos, vino caminando hacia ellos, con dos más de su tripulación. El capitán estaba tan impaciente, al tener a este granuja casi en su poder, que apenas podía tener paciencia para dejarle acercarse tanto como para estar seguro de él, porque ellos habían oído antes su lengua. Pero cuando se acercaron más, el capitán y Viernes se levantaron y se abalanzaron sobre ellos.

Al contramaestre lo mataron en el sitio, al hombre siguiente le dispararon en el cuerpo y cayó, aunque no murió hasta una hora o dos después, y el tercero salió corriendo.

Al oír el ruido, inmediatamente avancé con todo mi ejército, que ahora era de ocho hombres, a saber, yo mismo generalísimo, Viernes mi teniente general, el capitán y sus dos hombres, junto con los tres prisioneros de guerra, a quienes había confiado armas.

Fuimos sobre ellos en la oscuridad; por tanto, no podían ver cuántos éramos, e hice que el hombre al que habían dejado en el bote, que ahora era uno de los nuestros, los llamara por su nombre para intentar llevarlos a una negociación y así quizás poderlos reducir a términos, lo cual resultó como deseábamos. Porque en realidad era fácil pensar, tal como era su estado entonces, que estarían deseando capitular; así que él llamó en voz alta a uno de ellos:

«¡Tom Smith! ¡Tom Smith!». Este contestó inmediatamente: «¿Quién está ahí? ¿Robinson?», porque parecía ser que conocía su voz. El otro contestó: «¡Ay, ay!, por Dios, Tom Smith, tirad las armas y rendíos o sois todos hombres muertos.».

«¿A quién tenemos que rendirnos? ¿Dónde están?», dijo Smith de nuevo. «Aquí están —dijo él—. Aquí está nuestro capitán y cincuenta hombres con él, han estado detrás de vosotros durante dos horas. El contramaestre ha muerto, Will Frye está herido y yo prisionero, y si no os rendís, estáis todos perdidos.».

«¿Nos darán cuartel entonces, si nos rendimos?», dijo Tom Smith. «Iré a preguntarlo, si prometes rendirte», dijo Robinson. Así que él le preguntó al capitán, y el capitán le llamó: «Tú, Smith, conoces mi voz. Si dejas tus armas ahora mismo y te sometes, salvaréis vuestras vidas, todos menos Will Atkins.».

Ante lo cual Will Atkins gritó: «Por Dios, capitán, deme cuartel, ¿qué he hecho? Todos han sido tan malos como yo.» Lo que, dicho sea de paso, no era cierto en absoluto, porque al parecer este Will Atkins fue el primero que sujetó al capitán cuando se amotinaron y le trató de una forma bárbara, atándole las manos y hablándole con lengua injuriosa. Sin embargo, el capitán le dijo que tenía que dejar las armas y confiar en la misericordia del gobernador; con esto se refería a mí, porque todos me llamaban gobernador.

En una palabra, dejaron las armas y rogaron por sus vidas. Y yo envié al hombre que había hablado con ellos y a dos más, y los ataron a todos. Luego, mi gran ejército de cincuenta hombres, que en total con aquellos tres, éramos ocho en total, subimos todos al bote, quedando yo y uno más únicamente fuera de su vista, por razones de estado.

Nuestro siguiente trabajo era reparar el bote y pensar en apoderarnos del barco. Respecto al capitán, ahora tenía más tiempo para hablar con ellos y les amonestó por su villanía y el trato que le habían dado, y como la perversidad de su plan con seguridad tenía que llevarles a la miseria y a la angustia al final, y quizás a la horca, todos parecían muy arrepentidos y rogaban por sus vidas. Respecto a eso, él les dijo que ellos no eran sus prisioneros, sino del comandante de la isla; que ellos pensaban que le habían dejado en una isla desierta deshabitada, pero había agradado a Dios dirigirles a la isla que estaba habitada y que el gobernador fuera inglés, pero como él les había dado cuartel a todos, se supone que los enviaría a Inglaterra, para que fueran tratados con la justicia que requería el caso, excepto Atkins, a quien el gobernador recomendaba que se preparase a morir, porque sería colgado por la mañana.

Aunque todo esto era pura ficción, sin embargo, tuvo el efecto deseado. Atkins cayó sobre sus rodillas para rogar al capitán que intercediera ante el gobernador para salvar su vida, y todos los demás le rogaban, por Dios, que no los enviara a Inglaterra.

CAPÍTULO XXVII

Nos apoderamos del barco

Se me ocurrió ahora que había llegado el momento de nuestra liberación, y que sería muy fácil convencer a estos amigos para tomar posesión del barco. Así que nos retiramos de ellos en la oscuridad, para que no pudieran ver qué clase de gobernador tenían y llamé al capitán. A buena distancia, se ordenó a uno de los hombres que hablara: «Capitán, el comandante le llama», y este contestó: «Dile a su excelencia que voy enseguida.» Esto les distrajo, y todos creyeron que el comandante estaba allí mismo con sus cincuenta hombres.

Cuando el capitán vino hacia mí, le hablé de mi proyecto de apoderarnos del barco, lo cual le gustó mucho, y decidió ponerlo en práctica la mañana siguiente.

Pero con el fin de llevarlo a cabo con más arte y seguridad de éxito, le dije que teníamos que dividir a los prisioneros; que él iría a coger a Atkins y a dos de los peores y los enviaría inmovilizados a la cueva en la que estaban los otros. Se le encomendó esto a Viernes y a los dos hombres que llegaron a la costa con el capitán.

Los llevaron a la cueva, como si fuera una prisión, y en realidad era un lugar sombrío, especialmente para hombres en su estado.

A los otros los mandé a mi cobertizo, porque así lo llamaba, del cual ya he dado una descripción completa, y como estaba cercado, y ellos inmovilizados, el lugar era bastante seguro, considerando su comportamiento.

Por la mañana envié al capitán, quien iba a hablar con ellos y, en una palabra, probarlos, y decirme si pensaba que podían ser de confianza o no para ir a bordo y sorprender el barco. Él les habló del daño que le habían hecho, del estado al que habían llegado y de que el gobernador les había dado cuartel por sus vidas, por el momento; sin embargo, si ellos eran enviados a Inglaterra, todos serían colgados con toda seguridad, pero que si se unían ahora al intento de recuperar el barco, él conseguiría el compromiso del gobernador para su perdón.

Cualquiera puede adivinar con qué facilidad aceptaron una proposición como esta hombres en sus condiciones. Cayeron de rodillas ante el capitán y prometieron con las más profundas imprecaciones que le serían fieles hasta la última gota y que darían sus vidas por él e irían con él por todo el mundo; que ellos le pertenecerían mientras vivieran.

«Bueno —dijo el capitán—. Tengo que ir a decirle al gobernador lo que habéis dicho, y veamos qué puedo hacer para que lo consienta.» Así que me informó del carácter que encontró en ellos y que creía firmemente que serían fieles.

Sin embargo, para poder estar muy seguros, le dije que regresara de nuevo, eligiera a cinco de ellos y les dijera que podían ver que no había necesidad de hombres, que sacaría a estos cinco para ser sus ayudantes; que el gobernador se quedaría con los otros dos; que los tres eran enviados como prisioneros a su castillo (mi cueva) en calidad de rehenes, por la fidelidad de aquellos cinco, y que si resultaban ser infieles en la práctica, los cinco rehenes serían colgados vivos en la costa.

Esto parecía severo, y les convenció de que el gobernador iba en serio; sin embargo, no les quedaba otro remedio que aceptarlo, y ahora era cuestión tanto de los prisioneros como del capitán de convencer a los otros cinco para que cumplieran con su deber.

Nuestras fuerzas estaban ordenadas así para la expedición: 1) El capitán, su piloto y el pasajero. 2) Los dos prisioneros del primer grupo, a quienes, al saber cómo eran por el capitán, yo les había dado libertad y les había confiado armas. 3) Los otros dos, a quienes había mantenido hasta ahora en mi cobertizo, inmovilizados, pero que con los movimientos del capitán, había puesto en libertad ahora. 4) Estos cinco liberados al final.

Así que éramos doce en total, además de cinco que manteníamos como prisioneros en la cueva y los dos rehenes.

Pregunté al capitán si deseaba arriesgarse a ir con ellos a bordo del barco, porque respecto a mí y a mi Viernes, no creía que fuera apropiado para nosotros salir, habiendo dejado a siete hombres detrás, y ya era bastante trabajo para nosotros mantenerlos separados y darles provisiones.

Respecto a los cinco de la cueva, decidí mantenerlos atados, pero Viernes iba dos veces al día para abastecerles de lo que necesitaran, e hice que los otros dos llevaran provisiones a cierta distancia, donde Viernes iría a recogerlas.

Cuando me mostré a los dos rehenes, fue el capitán el que les dijo que era la persona a la que el gobernador había enviado para cuidarles, y que era deseo del gobernador que no salieran a ninguna parte salvo por instrucciones mías; que si lo hacían, ellos los meterían en el castillo y los encadenarían, así que como nosotros nunca les dejamos que me vieran como gobernador, ahora aparecía yo como otra persona, y hablaba del gobernador, la guarnición, el castillo y cosas similares en toda ocasión.

Ahora el capitán ya no tenía dificultades por delante, sino la de equipar dos botes, arreglar el agujero de uno de ellos y tripularlos. Hizo al pasajero capitán de uno de ellos, con otros cuatro hombres. Él mismo, su piloto y cinco más iban en el otro, y se las ingeniaron muy bien, porque llegaron a la altura del barco hacia medianoche. Tan pronto como estuvieron tan cerca que pudieran oírles, hizo que Robinson les gritara y dijera que habían rescatado a los hombres y al bote, pero pasó mucho tiempo antes de encontrarlos y cosas así. Manteniéndoles en conversación hasta que llegamos al costado del barco, el capitán y el piloto, entrando primero con sus armas, golpearon enseguida al segundo piloto y al carpintero con la culata de sus mosquetes. Al estar fielmente secundados por sus hombres, consiguieron a todos los demás que estaban en la cubierta principal y empezaron a cerrar las escotillas para dejar abajo a los que estaban allí. Luego el otro bote y sus hombres, entrando por las cadenas de proa, aseguraron el castillo de proa del barco y la escotilla por la que se bajaba a la cocina, haciendo prisioneros a tres hombres que encontraron allí.

Cuando se hizo esto, y todos estaban a salvo en cubierta, el capitán ordenó a su piloto y a tres hombres que forzaran la chupeta, donde estaba el nuevo capitán rebelde, y al alarmarse, se levantó con dos hombres y un grumete que tenían armas en sus manos. Y cuando el contramaestre partió la puerta dando un grito, el nuevo capitán y sus hombres dispararon con atrevimiento hiriéndole con una bala de mosquete, que le rompió el brazo, e hirió a dos más, pero no mató a nadie.

El contramaestre, pidiendo ayuda, se precipitó sin embargo, a la chupeta, herido como estaba, y con su pistola disparó al nuevo capitán en la cabeza, entrando la bala por la boca y saliendo por detrás de una oreja, así que ya no habló más, ante lo cual los demás se rindieron y el barco fue tomado de una manera efectiva, sin perder más vidas.

Tan pronto como el barco estuvo asegurado, el capitán ordenó que se dispararan siete cañonazos, que era la señal acordada conmigo, para darme noticias de su éxito, lo cual me alegró oír, habiéndome quedado vigilando en la playa hasta cerca de las dos de la mañana.

Habiendo oído la señal claramente, me tumbé, y al haber sido un día de grandes fatigas para mí, me dormí profundamente, hasta que me sorprendió el ruido de un arma; me levanté al instante y oí a un hombre llamarme por el nombre de «Gobernador, gobernador»; enseguida reconocí la voz del capitán, cuando, al trepar a la cima de la colina, allí estaba él, y señalando hacia el barco, me abrazó. «Mi querido amigo y libertador —dijo—, ahí está vuestro barco, porque es totalmente vuestro, igual que nosotros y todo lo que le pertenece.» Eché un vistazo al barco, que habían llevado a poco más de media milla de la costa, porque levaron anclas tan pronto como se adueñaron de él, y al ser favorable el tiempo, lo habían anclado justo en la desembocadura del pequeño arroyo. Al estar la marea alta, el capitán había traído el bote cerca del lugar donde por primera vez desembarqué con mis balsas, y así amaró casi en mi puerta.

Al principio casi me ahogo con la sorpresa. Porque de hecho vi la liberación en mis manos visiblemente, todo fácil, y un gran barco preparado para llevarme donde yo quisiera. Al principio, y durante algún tiempo, no fui capaz de contestarle nada, pero como me había cogido en sus brazos, me mantenía sujeto a él o de lo contrario me habría caído al suelo.

Él percibió mi sorpresa, e inmediatamente sacó una botella de su bolsillo y me dio un trago de cordial, que había traído a propósito para mí. Después de beber, me senté en el suelo, y aunque me recuperé, sin embargo, pasó un buen rato antes de poder decir una palabra.

Todo esto mientras el pobre hombre estaba en un éxtasis tan grande como el mío, sólo que no estaba sorprendido como yo. Me dijo miles de cosas amables y tiernas para serenarme y animarme, pero tan inundado de alegría estaba mi pecho que llenó mi alma de confusión, rompiendo a llorar al final y un poco después recuperé el habla.

Entonces llegó mi turno, le abracé como si fuera mi libertador y nos alegramos juntos. Le dije que parecía un hombre enviado del cielo para liberarme y que toda operación me parecía una cadena de maravillas; que aquellas cosas eran testimonio de que había una mano secreta de la Providencia que gobernaba el mundo, y una prueba de que los ojos de un Poder infinito pueden llegar al rincón más remoto del mundo y enviar ayuda al desgraciado siempre que lo desea.

No olvidé levantar mi corazón en agradecimiento al cielo, y qué corazón podía abstenerse de bendecir a aquel que, no sólo de una manera milagrosa, proporcionó la liberación de un desierto y de un estado tan desesperado, sino de quien siempre se ha de reconocer que procede toda liberación.

Después de hablar durante un rato, el capitán me dijo que me había traído algunos refrigerios, tantos como el barco podía permitirse, y lo que los desgraciados que habían sido durante tanto tiempo sus dueños no habían agotado. Por tanto, llamó a los del bote y ordenó a sus hombres que trajeran las cosas a la costa, que eran para el gobernador; en realidad era un regalo, no para alguien que se iba a ir con ellos, sino para quien se iba a quedar abandonado.

Primero me había traído una caja de botellas de excelente cordial con seis botellas grandes de vino de Madeira de dos cuartos de galón cada una, dos libras de excelente tabaco, doce buenos trozos de carne de vaca del barco y seis trozos de cerdo, con un saco de guisantes y aproximadamente un quintal de galletas.

Me trajo también una caja de azúcar, otra de harina, una bolsa llena de limones, dos botellas de zumo de lima y muchas otras cosas. Pero además de esto, y lo que era mil veces más útil para mí, me trajo seis camisas nuevas limpias, seis pañuelos para el cuello muy buenos, dos pares de guantes, un par de zapatos, un sombrero, un par de calcetines y un traje suyo, muy bueno. En una palabra, me vistió de pies a cabeza.

Fue un regalo extraordinario, como cualquiera se puede imaginar, para alguien en mis circunstancias. Pero nunca nada en el mundo fue tan desagradable, difícil e incómodo como lo fue para mí vestirme con aquella ropa por primera vez.

Después de estas ceremonias y de meter todas estas cosas buenas en mi pequeño apartamento, empecé a consultar qué íbamos a hacer con los prisioneros que teníamos, porque merecía la pena tener en cuenta si podríamos arriesgarnos a llevarlos con nosotros o no, especialmente a dos de ellos, de quienes se sabía que eran incorregibles y obstinados al máximo; él dijo que sabía que eran tan granujas que no había forma de obligarles, y si los llevaban con ellos, sería atados con cadenas, como malhechores, para llevarlos a la justicia en la primera colonia inglesa a la que pudiera llegar, y me di cuenta de que el capitán mismo estaba deseando aquello.

Con lo cual, le dije que si lo deseaba, me atrevía a comprometerme a traer a los dos hombres de los que hablaba para que por petición

Robinson Crusoe

propia de ellos los dejara en la isla. «Me alegraría mucho eso —dijo el capitán—, con todo mi corazón. Bueno —añadió—. Mandaré a buscarlos y les hablaré en vuestro nombre.»

Así pues, hice que Viernes y los dos rehenes, porque ahora estaban libres, habiendo hecho una promesa sus compañeros, digo, que los hice venir para que me trajeran a los cinco hombres, inmovilizados como estaban, al cobertizo, y mantenerlos allí hasta que llegara yo.

Después de algún tiempo llegué allí vestido con mi flamante traje, y ahora era de nuevo el gobernador. Al encontrarnos todos, y el capitán conmigo, hice que trajeran a los hombres ante mí; les dije que había sido informado de todo su comportamiento villano con el capitán, y como habían huido con el barco y estaban preparando cometer más robos, la Providencia les había atrapado en sus propios caminos y cayeron en el hoyo que habían cavado para otros.

Les permití saber que por orden mía se habían apoderado del barco, que ahora estaba en camino y que ellos podrían ver enseguida que su nuevo capitán había recibido la recompensa por su villanía, porque ellos podrían verle colgado en el palo mayor.

Respecto a ellos, yo quería saber lo que tenían que decir, porque los ejecutaría como a piratas cogidos en el acto, ya que ellos no podían dudar de que tenía autoridad para hacerlo.

Uno de ellos contestó en nombre de los demás que no tenían nada que decir, salvo esto, que cuando fueron cogidos, el capitán les prometió que seguirían vivos y ellos imploraron su misericordia humildemente. Pero les dije que no sabía qué misericordia mostrarles, porque, respecto a mí, había decidido dejar la isla con todos mis hombres, y haría el viaje con el capitán hacia Inglaterra. Respecto al capitán, él no podía llevarlos a Inglaterra nada más que como prisioneros encadenados, por tratar de conseguir motín y huir con el barco. Ellos tenían que saber que la consecuencia sería la horca; así que no podía decirle yo lo que sería mejor para ellos, a menos que tuvieran pensado seguir su destino en la isla. Si lo deseaban, a mí no me importaba, ya que tenía libertad para dejarla. Me sentí algo inclinado a dejarles con vida, si pensaban que podían moverse por la costa.

Parecían muy agradecidos por ello y dijeron que preferían arriesgarse a quedarse allí que ser transportados a Inglaterra para ser colgados, así que dejé allí el asunto.

Sin embargo, el capitán pareció tener alguna dificultad en ello, como si no se atreviera a dejarlos allí. Me enfadé un poco con el capitán sobre esto, y le dije que eran mis prisioneros, no los suyos. Y que viendo que les había ofrecido tanto favor, mantendría mi palabra; que si él no pensaba que era adecuado consentirlo, los dejaría en libertad, igual que los encontré, y que si a él no le gustaba, podría cogerlos de nuevo si podía atraparlos.

Ante esto ellos parecían muy agradecidos, y por tanto les dejé en libertad y les ordené que se retiraran a los bosques, al lugar de donde vinieron, con algunas armas de fuego, municiones e instrucciones para vivir muy bien, si pensaban que era adecuado.

Ante esto me preparé a ir a bordo del barco, pero le dije al capitán que pasaría aquella noche disponiendo mis cosas y al mismo tiempo deseé que se fuera a bordo y mantuviera todo en orden en el barco y enviara un bote a la costa para mí al día siguiente, ordenándole a la vez que hiciera que el nuevo capitán al que habían matado colgara del palo mayor, para que estos hombres pudieran verlo.

Cuando se fue el capitán, envié a buscar a los hombres y entré en conversaciones serias con ellos sobre sus circunstancias. Les dije que pensaba que habían hecho la elección correcta, que si el capitán se los llevaba, serían colgados con toda seguridad. Les mostré al nuevo capitán colgado del palo mayor del barco y les dije que ellos no tenían que esperar menos.

Cuando todos hubieron declarado su deseo de quedarse, entonces les dije que les contaría la historia de mi vida allí y les puse en camino para hacérselo fácil a ellos. Por consiguiente, les narré toda la historia del lugar y de mi llegada a él, les mostré mis fortificaciones, la forma en la que hacía pan, plantaba mi grano, maduraba mis uvas y, en una palabra, todo lo necesario. Les conté también la historia de los dieciséis españoles que estaba esperando, para los cuales dejé una carta y les hice prometer que se entenderían con ellos.

Les dejé mis armas, es decir, cinco mosquetes, tres escopetas de caza y tres espadas. Tenía más de un barril y medio de pólvora, porque después de uno o dos años solía utilizarla poco y no gasté nada. Describí la forma de cuidar a las cabras y les di instrucciones para ordeñarlas y cebarlas, y hacer mantequilla y queso.

En una palabra, les ofrecí cada parte de mi propia historia y les dije que convencería al capitán para que les dejaran dos barriles más de pólvora y algunas semillas; también les di el saco de guisantes que el capitán me había traído para comer y les pedí que se aseguraran de plantarlos e incrementarlas.

Robinson Crusoe

Habiendo hecho todo esto, les dejé al día siguiente y me fui a bordo del barco. Nos preparamos inmediatamente para navegar, pero no levamos anclas esa noche. A la mañana siguiente, temprano, dos de los cinco hombres vinieron nadando hacia el costado del barco, y quejándose lamentablemente de los otros tres, rogaron subir por Dios, porque serían asesinados, y le pidieron al capitán que los izara a bordo aunque los colgara después.

Ante esto el capitán simuló no tener poder sin mí, pero después de alguna dificultad y de solemnes promesas de enmienda, subieron a bordo; posteriormente fueron bien azotados y emborrachados, después de lo cual demostraron ser individuos muy honrados y tranquilos.

Luego se envió la barca a la costa, al estar la marea alta, con las cosas prometidas a los hombres, entre las cuales el capitán, por intercesión mía, añadió sus arcones y ropas, las cuales cogieron y quedaron muy agradecidos. También les animé diciendo que si se interponía en mi camino enviar alguna embarcación para recogerlos, no los olvidaría. Cuando dejé esta isla, me llevé a bordo como reliquias la gran gorra de piel de cabra que me había hecho, mi quitasol y uno de mis loros. Tampoco olvidé coger el dinero que mencioné anteriormente, el cual había estado conmigo durante tanto tiempo sin usarlo que se estaba oxidando, o deslustrándose, y casi no podía pasar por plata, hasta no ser frotado y manejado. También cogí el dinero que encontré en el barco español naufragado.

Y de esta manera abandoné la isla, el 19 de diciembre, como supe por el cálculo del barco, en el año 1686, después de haber estado allí veintiocho años, dos meses y diecinueve días, siendo liberado de esta segunda cautividad el mismo día del mes de mi primera escapada en el barco-longo, de entre los moros de Sallee.

En esta embarcación, después de un largo viaje, llegué a Inglaterra el 11 de junio del año 1687, habiendo estado treinta y cinco años ausente.

Tras mi regreso, era un perfecto extraño para todo el mundo, como si nunca me hubieran conocido allí. Mi benefactora y fiel administradora, a quien había dejado en fideicomiso mi dinero, estaba viva, pero había tenido grandes desgracias en el mundo; se había quedado viuda por segunda vez, y en una mala situación económica. Le perdoné lo que me debía, asegurándole que no le daría más problemas, sino que al contrario, en gratitud por su ayuda y fidelidad anteriores, le aliviaría según me lo permitieran mis pequeñas reservas, y le aseguré que nunca olvidaría su primera amabilidad conmigo, ni la olvidé cuando tuve suficiente para ayudarle, como observaré en su momento.

Posteriormente fui a Yorkshire, pero mi padre había muerto, y mi madre y toda su familia se habían extinguido, mas encontré dos hermanas y dos de los hijos de uno de mis hermanos, y como me habían dado por muerto hacía mucho tiempo, no se había hecho ninguna provisión para mí; así que, en una palabra, no encontré nada que me aliviara o me ayudara, y el poco dinero que tenía no era mucho para instalarme en el mundo.

En realidad encontré una muestra de gratitud que no esperaba, y esta fue que el capitán del barco, a quien había liberado tan felizmente, y salvado el barco y el cargamento, habiendo dado un informe muy bueno a los dueños de la manera en la que yo había salvado las vidas de los hombres y el barco, me invitaron a reunirme con ellos y con algunos otros mercaderes, y todos juntos me hicieron bonitos cumplidos sobre el asunto y un regalo de casi doscientas libras esterlinas.

Pero después de reflexionar sobre las circunstancias de mi vida y lo poco que era aquello para instalarme en el mundo, decidí ir a Lisboa a ver si podía conseguir alguna información del estado de mi plantación en Brasil y de mi socio, del cual tenía razones para suponer que me habría dado por muerto hacía años.

Con esta idea embarqué hacia Lisboa, donde llegué en el mes de abril siguiente. Viernes me acompañaba honradamente en todos estos movimientos y demostró ser un sirviente muy fiel en toda ocasión.

CAPÍTULO XXVIII

Encuentro riqueza alrededor

Cuando llegué a Lisboa, encontré, para satisfacción mía, a mi viejo amigo el capitán del barco, el que me rescató en la costa de África. Ahora era anciano y había abandonado el mar, habiendo colocado a su hijo, que ya no era un joven, en su barco, y todavía comerciaba con Brasil. El anciano no me reconoció, y, en realidad, yo apenas le conocía, pero pronto me vino a la memoria, y él pronto se acordó de mí cuando le dije quién era.

Después de algunas expresiones apasionadas de la antigua relación, le pregunté, sobre mi plantación y mi socio. El anciano me dijo que no había estado en Brasil desde hacía nueve años, pero que podía asegurar que cuando fue mi socio vivía, pero los administradores, a los que había asociado con él para tener en cuenta mi parte, estaban los dos muertos; que, sin embargo, él creía que yo conseguiría un informe muy bueno de las mejoras de la plantación, porque, aunque en general se creía que había naufragado y me había ahogado, mis administradores habían rendido cuentas del producto de mi parte de la plantación al procurador fiscal, quien se había apropiado de ella, en caso de que yo nunca la reclamara, un tercio para el rey y dos tercios para el monasterio de san Agustín para ser repartida en beneficio de los pobres y la conversión de los indios a la fe católica, pero que si yo aparecía, o alguien por mí, a reclamar la herencia, la recuperaría; no podría recuperar únicamente las mejoras, o producción anual, distribuida para obras de caridad, pero me aseguraba que el administrador de los ingresos del rey (de tierras) y el *proviedore,* o administrador del monasterio, se habían preocupado mucho todo este tiempo de que el titular, es decir, mi socio, rindiera cuentas fielmente cada año de la producción, de la cual recibían debidamente mi parte.

Le pregunté si sabía cuánto había mejorado la plantación y si pensaba que merecía la pena ir a visitarla, o si, al ir allí, no encontraría obstáculos para tomar posesión de mi parte por justo derecho.

Me dijo que no podía decirme exactamente hasta qué punto había mejorado la plantación, pero que sabía que mi socio se había hecho rico disfrutando de una mitad de ella, y que creía recordar bien haber oído que el tercio de mi parte para el rey, que era, al parecer, para subvencionar algún otro monasterio o casa religiosa, sumaban más de doscientos moidores por año; que respecto a recuperar la posesión total de ella, no había duda de que se haría al estar vivo mi socio para ser testigo de mi título, y mi nombre también estaba registrado en el país. También me dijo que los herederos de mis administradores eran personas muy justas, honradas y ricas, y que creía que yo no sólo tendría su ayuda para entrar en posesión, sino que encontraría una suma de dinero muy considerable en sus manos para mí que correspondía a la producción de la hacienda mientras sus padres fueron los administradores y antes de la intervención mencionada arriba, que recordaba haber sido doce años después de mi partida.

Me mostré un poco preocupado e intranquilo ante esta información y le pregunté al viejo capitán cómo sucedió que los administradores dispusieran así de mis efectos cuando él sabía que había hecho testamento y a él, el capitán portugués, mi heredero universal, etc.

Él me dijo que era cierto, pero que como no había pruebas de mi muerte, no podía actuar como albacea testamentario hasta que llegara cierto informe sobre mi muerte, y que además él no quería entrometerse en una cosa tan remota, que es cierto que él había registrado mi testamento y lo había reclamado, y si pudiera haber dado alguna información sobre si yo estaba muerto o vivo, él hubiera actuado por poder y hubiera tomado posesión del ingenio (así llamaban a la azucarera) y le hubiera dado a su hijo órdenes para hacerlo, que ahora era el que iba a Brasil.

«Pero —dijo el anciano— tengo algunas noticias que contarte, que quizá no sean tan gratas para ti como el resto; creyéndote perdido y creyéndolo así todo el mundo también, tu socio y administradores se ofrecieron a rendirme cuentas, en tu nombre, durante seis u ocho de los primeros años de beneficios, lo cual recibí, pero al ser una época de muchos gastos para aumentar los trabajos, construir un ingenio y comprar esclavos, la cantidad no era tanta como lo fue después. Sin embargo, te rendiré cuentas de lo que recibí en total y de cómo dispuse de ello.»

Después de dos días de más conversaciones con este viejo amigo, me dio cuenta de los ingresos de mi plantación de los seis primeros años, firmado por mi socio y los administradores comerciantes, repartiéndose siempre en bienes, a saber, tabaco en rollo y azúcar en cajas, además de ron, melaza, etc., y comprendí por este informe que cada año aumentaban considerablemente los ingresos; pero como se mencionó antes, al ser los gastos mayores, la suma era pequeña al principio. Sin embargo, el anciano me dijo que me debía cuatrocientos setenta moidores de oro, además de sesenta cajas de azúcar y quince rollos dobles de tabaco, que se perdieron en su barco. Él también había naufragado al regresar a Lisboa, unos once años después de abandonar yo el lugar.

El buen hombre empezó a quejarse luego de sus desgracias y de qué manera se había visto obligado a hacer uso de mi dinero para recuperar sus pérdidas y comprar una participación de un barco nuevo. «Sin embargo, mi viejo amigo —dijo—, no te quedarás sin provisiones en tu necesidad, y tan pronto como llegue mi hijo, serás satisfecho en su totalidad.»

Después sacó una bolsa pequeña antigua y me dio ciento sesenta moidores portugueses, y dándome los escritos de su titularidad del barco, en el que su hijo había ido a Brasil, del cual era propietario en una cuarta parte, y su hijo de otra, los puso en mis manos como garantía del resto.

Me sentí muy conmovido con la honestidad y amabilidad del pobre hombre, que era capaz de aguantar esto, y recordando lo que había hecho por mí, cómo me había sacado del mar y con qué generosidad me había tratado en todas las ocasiones, y especialmente qué verdadero amigo era ahora para mí, apenas pude evitar las lágrimas por lo que me dijo. Por tanto, primero le pregunté si sus circunstancias admitían gastar tanto dinero en ese momento y si no pasaría apuros económicos. Él me contestó que no podía decirme otra cosa que ello podría hacerle pasar apuros, pero, sin embargo, era mi dinero y yo podría necesitarlo más que él.

Todo lo dijo el buen hombre lleno de afecto y yo apenas pude evitar las lágrimas mientras hablaba. En resumen, cogí cien moidores y pedí una pluma y tinta para darle un recibo por ellos. Luego le devolví el resto y le dije que si alguna vez tomaba posesión de la plantación, le devolvería lo demás también, y de hecho lo hice después; respecto a la factura de compra de su parte en el barco de su hijo, no la cogí de ninguna manera, pero si yo necesitaba el dinero, sabía que era lo suficientemente honesto para pagarme, y si no lo necesitaba porque fuera a recibir lo que él me daba razón para esperar, yo no recibiría nunca ni un penique de él.

Cuando pasó todo esto, el anciano empezó a preguntarme si él podría meterme en el procedimiento de reclamar mi plantación. Le dije que pensaba llevarlo a cabo yo mismo. Él me dijo que yo podría hacerlo así si lo deseaba, pero que si no lo hacía, había caminos suficientes para asegurar mi derecho y apropiarme inmediatamente de mis beneficios, y que como había barcos en el río de Lisboa preparados ya para ir a Brasil, él introduciría mi nombre en un registro público, con su declaración jurada, afirmando que yo estaba vivo y que era la misma persona que había adquirido la tierra para la plantación.

Certificado esto ante notario, y fijados los poderes, me indicó que los enviara, junto con una carta de puño y letra suya, a un comerciante que conocía en aquel lugar, y luego propuso que me quedara con él hasta que llegara la contestación.

Nunca nada fue tan honrado como el procedimiento de esta adquisición, porque en menos de siete meses recibí un gran paquete de los herederos de mis administradores, los comerciantes por los cuales había salido al mar. A este paquete se adjuntaban las siguientes cartas particulares y papeles:

Primero, había una cuenta corriente de la producción de mi hacienda, o plantación, desde el año en el que sus padres habían saldado cuentas con mi viejo capitán portugués, siendo de seis años. El saldo parecía ser de 1174 moidores a mi favor.

En segundo lugar, estaba la cuenta de otros cuatro años más, mientras tuvieron en sus manos los efectos, antes de que el gobierno reclamara la administración, al ser los efectos de una persona desaparecida, a lo cual ellos llamaban «muerte civil». Y el saldo de esta, al aumentar el valor de la plantación, llegaba a 38 892 cruzados, que son 3241 moidores.

En tercer lugar, estaba la cuenta del prior de los Agustinos, que habían recibido los beneficios durante más de catorce años, pero sin tener en cuenta lo que se había dispuesto para el hospital, declaraba honradamente que tenía 872 moidores que estaban sin distribuir, lo que ponía en mi conocimiento. Respecto a la parte del rey, no pude recuperar nada.

Había una carta de mi socio felicitándome afectuosamente por estar vivo, y me contaba cómo había mejorado la propiedad y lo que producía al año, con un detalle del número de acres que contenía, las plantaciones que se hacían, cuántos esclavos había y, haciendo veintidós cruces, me decía que había orado tantas avemarías para agradecer a la Virgen que estuviera vivo y me invitaba de todo corazón a volver a tomar posesión de mi propiedad, y al mismo tiempo para que le indicara a quién entregaría mis efectos, si no iba yo en persona. Concluyendo con una amabilidad de corazón de su amistad, y la de su familia, me enviaba, como regalo, siete pieles de leopardo excelentes, que él, al parecer, había recibido de África, por algún otro barco que había enviado allí y que, al parecer, había hecho un viaje mejor que el mío. Me enviaba también cinco arcones de dulces exquisitos y cien piezas de oro sin acuñar, no tan grandes como los moidores.

En la misma flota, mis dos administradores me enviaban mil doscientas cajas de azúcar, ochocientos rollos de tabaco y el resto del saldo en oro.

Bien podría decir ahora que el final de Job fue mejor que el principio. Es imposible expresar aquí las palpitaciones de mi corazón cuando leí estas cartas, y especialmente cuando encontré tanta riqueza a mi alrededor, porque como los barcos de Brasil venían todos en flotas, los mismos barcos que me trajeron las cartas me trajeron los bienes, y los efectos estaban a salvo en el río antes de que las cartas llegaran a mis manos. En una palabra, empalidecí y me mareé, y si no hubiera tenido al anciano que corriera a mí y me trajera un cordial, creo que la alegre sorpresa repentina hubiera caído mal a la Naturaleza y me habría muerto en el acto.

Después de esto continué muy enfermo, y duraba tantas horas, que mandaron llamar al médico; al conocerse algo de la causa real de mi enfermedad, me mandó una sangría, después de lo cual me sentí más aliviado. Pero creo de verdad que si no me hubieran hecho esto, habría muerto.

Ahora era dueño, de repente, de más de cinco mil libras esterlinas en dinero, y tenía una hacienda, como bien se la podría llamar, en Brasil, de más de mil libras al año, tan segura como una finca de tierras de Inglaterra. Y en una palabra, estaba en un estado que apenas sabía cómo entenderlo o recuperarme para disfrutar de ello.

Lo primero que hice fue recompensar a mi benefactor original, mi buen viejo capitán, que había sido caritativo conmigo primero en mi angustia, amable conmigo al principio y honrado al final. Le enseñé todo lo que me habían enviado. Le dije que cerca de la Providencia del cielo, que dispone todas las cosas, estaba en deuda con él, y que ahora estaba en mí recompensarle, lo que haría cien veces. Así que primero le devolví los cien moidores que había recibido de él, luego mandé llamar al notario y le hice que redactara una cesión o descarga para los cuatrocientos setenta moidores, de los que él tenía conocimiento que me debía aquel hombre, de la manera más firme y completa posible. Después de lo cual, hice que se redactara un poder autorizándole a recibir los beneficios anuales de mi plantación, y nombrando a mi socio para que le rindiera cuentas e hiciera los retornos a él por medio de las flotas normales en mi nombre, y una cláusula al final, que era una concesión de cien moidores al año para él, durante su vida, aparte de los efectos, y cincuenta moidores al año para su hijo durante toda su vida. Y así correspondí a mi anciano.

Tenía que pensar qué camino tomar ahora y qué hacer con lo que la Providencia había puesto en mis manos, y de hecho, tenía más preocupaciones ahora en mi cabeza de las que tuve en mi estado de vida silenciosa en la isla, donde no necesitaba nada más de lo que tenía, y no tenía nada más que lo que necesitaba, mientras que ahora tenía un gran cargo sobre mí, y mi deber era asegurarlo. Ya no tenía una cueva en la que esconder mi dinero, o un lugar donde pudiera dejarlo sin cerradura ni llave, hasta que se llenara de moho y se pusiera negro antes de que alguien lo utilizase. Por el contrario, no sabía dónde ponerlo, o a quién confiárselo. Mi viejo patrón, el capitán, era honrado de verdad y el único refugio que tenía.

En siguiente lugar, mi interés en Brasil parecía llamarme allí, pero ahora no podría ir allí hasta que no hubiera arreglado mis asuntos y dejado mis efectos en manos seguras detrás de mí. Al principio pensé en mi vieja amiga la viuda, de quien sabía que era honrada y sería justa conmigo, pero ella era mayor ya, y pobre, y sabía que tenía deudas. Así que, en una palabra, no tenía otro remedio que regresar a Inglaterra y llevar mis efectos conmigo.

Pasaron algunos meses, sin embargo, antes de que me decidiera sobre esto, y por tanto, como había recompensado por completo y a su satisfacción al viejo capitán, quien había sido mi benefactor anterior, empecé a pensar en mi pobre viuda, cuyo marido había sido mi primer valedor, y ella, mientras mi capital estuvo en su poder, administradora e instructora fiel. Por tanto, lo primero que hice fue llamar a un comerciante de Lisboa para que escribiera a su corresponsal de Londres, no sólo para pagar una letra, sino para que la encontraran y le llevaran en dinero cien libras mías, hablar con ella y consolarla en su pobreza, diciéndole que, mientras yo viviera, tendría más provisiones. Al mismo tiempo envié a mis dos hermanas, que vivían en el campo, cien libras a cada una de ellas, que aunque no tenían necesidad, sin embargo, no estaban en muy buenas circunstancias, habiéndose casado una de ellas y enviudado, y al tener la otra un marido no tan amable con ella como debería serlo.

Pero entre mis parientes, o conocidos, no podía elegir a nadie a quien me atreviera a confiar los ingresos de mis reservas, para que pudiera irme a Brasil y dejar las cosas a salvo detrás de mí, y esto me tenía perplejo.

Decidí realizar el viaje a Brasil e instalarme allí, porque estaba muy familiarizado con aquel lugar, pero tenía algunos pequeños escrúpulos en mi mente sobre la religión, que me echaban atrás inconscientemente. Sin embargo, no era la religión la que me mantenía alejado de ir allí por el momento, y como no había tenido escrúpulos de estar abierto a la religión del país mientras estuve entre ellos, no los tendría ahora. Sólo que de cuando en cuando reflexionaba más sobre ello que antes, cuando pensé en vivir y morir entre ellos; empecé a arrepentirme de haberme manifestado católico, y creía que no podía ser la mejor religión con la que morir.

Pero, como he dicho, no era lo principal que me mantenía alejado de Brasil, sino que realmente no sabía con quién dejar mis efectos detrás de mí. Por tanto, decidí al final llevarlos conmigo a Inglaterra, donde, si llegaba, concluí que conocería a alguien o encontraría algunos parientes que me fueran fieles, y por consiguiente me preparé para ir allí con toda mi riqueza.

Para preparar las cosas en casa, primero (la flota de Brasil acababa de partir) decidí contestar convenientemente toda la correspondencia que tuve de allí; primero, al prior de san Agustín le escribí una carta llena de agradecimiento por sus negocios justos y la oferta de los 872 moidores de los que no había dispuesto y que yo deseaba que se dieran: 500 al monasterio y 372 a los pobres, como el prior ordenara, deseando que el buen padre rezara por mí, y cosas así.

Luego escribí una carta de agradecimiento a mis dos administradores, con todo el reconocimiento de justicia y honestidad que habían mostrado; respecto a enviarles cualquier regalo, ya habría ocasión.

Finalmente escribí a mi socio, reconociendo su diligencia en la mejora de la plantación y su integridad al aumentar el trabajo, y le daba instrucciones para su futuro gobierno de mi parte, según los poderes que había dejado con mi antiguo patrón, a quien deseaba que le enviara lo que se me debiera a mí, hasta que tuviera otras noticias mías sobre el particular, asegurándole que era mi intención no solamente ir allí, sino instalarme para el resto de mi vida. A esto añadía un bonito regalo de algunas sedas italianas para su esposa y sus dos hijas, de las cuales me había informado el hijo del capitán, con dos piezas de paño fino inglés, el mejor que pude conseguir en Lisboa, cinco piezas de paño negro y algunos encajes de Flandes de gran valor.

Habiendo dispuesto así mis asuntos, vendido mi cargamento y trasformado mis efectos en buenos intercambios, mi siguiente dificultad era por qué camino ir a Inglaterra. Estaba muy acostumbrado al mar, y, sin embargo, tenía una extraña aversión a viajar por mar en ese momento, y aunque no podría dar razón de ello, sin embargo, la dificultad crecía tanto en mí que aunque había enviado por barco mi equipaje, sin embargo, cambié de opinión y no sólo una vez, sino dos o tres.

Es cierto que había tenido muy mala suerte en el mar, y esta podría ser una de las razones. Pero ningún hombre debe despreciar los fuertes impulsos de sus propios pensamientos en casos como este. Dos de los barcos que había elegido para embarcar, es decir, en uno de ellos poner mis cosas a bordo y en otro haber llegado a un acuerdo con el capitán, digo que dos de estos barcos se perdieron, a saber, uno fue cogido por los argelinos y el otro naufragó en el Start, cerca de Torbay, y se habían ahogado todos menos tres; así que en cualquiera de esas embarcaciones hubiera estado mi desgracia, y es difícil decir en cuál más.

Estando inquieto por estos pensamientos, mi antiguo piloto, a quien comuniqué todo, me presionó de corazón para que no fuera por mar, sino por tierra a Groyne y cruzara la bahía de Vizcaya hasta Rochelle, desde donde se hacía un viaje fácil y seguro por tierra hasta París, y por tanto a Calais y Dover, o ir a Madrid, y continuar camino por tierra a través de Francia.

En una palabra, tenía tantos prejuicios para ir por mar, excepto de Calais a Dover, que decidí viajar por tierra todo el camino, y como no tenía prisa y no valoraba el precio, fue con mucho el camino más agradable, y para más placer, mi viejo capitán trajo a un caballero inglés, el hijo de un comerciante de Lisboa, que estaba deseando viajar conmigo. Después recogimos a dos comerciantes ingleses y a dos caballeros jóvenes portugueses, yendo el último sólo hasta París. Así que eran seis en total y cinco sirvientes. Los dos comerciantes y los dos portugueses se contentaban con un sirviente para dos, para ahorrarse el precio del pasaje, y respecto a mí, contraté a un marinero inglés para que viajara conmigo como sirviente, además de Viernes, para el que todo resultaba demasiado extraño y no era capaz de ocupar el puesto de un sirviente en camino.

CAPÍTULO XXIX

CRUZAMOS LAS MONTAÑAS

Así salimos de Lisboa, y al estar nuestra compañía muy bien montada y armada, formábamos una pequeña tropa, de la cual ellos me hicieron el honor de llamarme capitán, tanto porque era el hombre más viejo como porque tenía dos sirvientes, y, en realidad, era el origen de todo el viaje.

Igual que no le he abrumado con ninguno de mis viajes por mar, tampoco lo haré ahora con ninguno de mis viajes por tierra, pero nos sucedieron algunas aventuras en este viaje tedioso y difícil que no he de omitir.

Cuando llegamos a Madrid, al ser todos extranjeros en España, queríamos quedarnos algún tiempo para ver su corte y lo que mereciera la pena, pero como era finales de verano, nos fuimos precipitadamente y salimos de Madrid hacia mediados de octubre. En el límite de Navarra, nos alarmaron en varias ciudades que estaban en nuestro camino diciéndonos que había caído tanta nieve en el lado francés de las montañas que varios viajeros se habían visto obligados a regresar a Pamplona, después de haber intentado pasar con mucho peligro.

Al llegar a Pamplona, así lo encontramos en realidad. Y respecto a mí que siempre había estado acostumbrado a un clima cálido, y de hecho a países donde apenas podíamos soportar llevar ropa puesta, el frío era insufrible. No, en realidad, más doloroso porque era sorprendente que diez días antes saliéramos de Castilla la Vieja, donde el tiempo no sólo era cálido, sino verdaderamente caluroso, e inmediatamente sentir el viento de los Pirineos tan cortante, tan frío, como para no poder soportarlo y poner en peligro de entumecerse y dormirse los dedos de las manos y de los pies.

El pobre Viernes estaba realmente asustado cuando vio las montañas cubiertas de nieve, y sintió el frío, el cual nunca había experimentado antes en su vida.

Para arreglar las cosas, cuando llegamos a Pamplona continuó nevando con tanta fuerza, y durante tanto tiempo, que la gente decía que el invierno se adelantó; los caminos que antes estaban difíciles ahora eran intransitables, porque, en una palabra, la nieve que cayó en algunos sitios era demasiado profunda para poder viajar. Y como no estaba helando, como ocurre en los países del norte, no se salía sin estar en peligro de enterrarse uno vivo a cada paso. Nos quedamos no menos de veinte días en Pamplona, cuando (viendo que llegaba el invierno y sin probabilidad de que mejorase, porque era el invierno más duro en toda Europa que ha conocido la memoria del hombre) propuse ir todos a Fuenterrabia, y allí embarcaríamos hacia Burdeos, que era un viaje muy corto.

Pero mientras estábamos pensando todo esto, llegaron allí cuatro caballeros franceses, quienes, habiendo estado detenidos en el lado francés, como nosotros lo estábamos en el español, habían encontrado un guía que, atravesando el país cerca del nacimiento del Languedoc, les había llevado en las montañas por unos caminos en los que no molestaba la nieve, y donde la encontraron en cierta cantidad, decían que estaba helada y lo suficientemente dura para soportarlos a ellos y a sus caballos.

Enviamos a llamar a este guía, quien nos dijo que se comprometía a llevarnos por el mismo camino sin peligro por la nieve, siempre que ellos fueran lo suficientemente armados como para protegernos de los animales salvajes. Decía que con estas nevadas tan grandes era frecuente que algunos lobos se dejaran ver al pie de las montañas, al tener un hambre devoradora por falta de alimento por estar el suelo cubierto de nieve. Le dijimos que estábamos bastante bien preparados para estas criaturas, si él nos aseguraba contra una clase de lobos de dos patas, de los que nos dijeron que eran muy peligrosos, especialmente en el lado francés de las montañas.

Él nos convenció de que no había peligro de esa clase por el camino que íbamos a tomar, así que acordamos enseguida seguirle, como también otros doce caballeros, con sus sirvientes, algunos franceses, otros españoles, quienes, como dije, habían intentado ir y se vieron obligados a regresar.

Por consiguiente, todos salimos de Pamplona, con nuestro guía, el 15 de noviembre, y en realidad, me sorprendió que en vez de ir hacia delante, él retrocedió por el mismo camino por el que vinimos de Madrid, unas veinte millas. Luego, al pasar dos ríos y entrar en el campo llano, nos encontramos en un clima cálido de nuevo, donde el campo era agradable y no se veía nieve. Pero de repente, girando hacia la izquierda, se acercó a las montañas por otro camino, y aunque es cierto que las colinas y los precipicios parecían horribles, sin embargo, él hizo tantos giros y serpenteos, y nos llevó por unos caminos con tantas curvas, que pasamos sin darnos cuenta la altura de las montañas sin que nos obstruyera la nieve; pronto nos enseñó las agradables y fructíferas provincias de Languedoc y Gascuña, todo verde y floreciente, aunque en realidad estaban a gran distancia y teníamos que pasar por un duro camino todavía.

Sin embargo, nos intranquilizamos un poco cuando nevó durante todo un día y una noche con tanta intensidad que no podíamos viajar, pero él nos animó a que estuviéramos tranquilos, pues pronto pasaríamos todo aquello. De hecho descubrimos que empezábamos a descender cada día e íbamos más hacia el norte, y así, dependiendo de nuestro guía, continuamos.

Dos horas antes de anochecer, cuando nuestro guía iba un poco por delante de nosotros, y no se le veía bien, aparecieron a toda prisa tres lobos monstruosos y detrás de ellos un oso, que salía de un camino que había junto a un espeso bosque. Dos de los lobos se abalanzaron sobre el guía, y si hubiera estado a media milla por delante, le hubieran devorado antes de poder ayudarle. Uno de ellos se precipitó sobre el caballo y el otro atacó al hombre con tal violencia que no tuvo tiempo, ni aplomo suficiente, para sacar su pistola, sino que chilló y nos gritó con fuerza. A Viernes, que estaba a mi lado, le mandé que siguiera cabalgando para ver qué pasaba. Tan pronto como Viernes vio al hombre, gritó tan alto como pudo: «¡Oh, amo! ¡Oh, amo!», pero como era atrevido, cabalgó directamente hacia el pobre hombre y con su pistola disparó a la cabeza del lobo que le atacaba.

Fue una suerte para el guía que estuviera Viernes, porque, al estar acostumbrado a esa clase de criaturas en su país, no tuvo miedo del lobo, sino que se acercó y le disparó, mientras que cualquiera de nosotros hubiera disparado a más distancia, con el riesgo de que el animal escapase o herir al guía.

Pero era suficiente para haber aterrorizado a un hombre más atrevido que yo, y de hecho esto alarmó a toda nuestra compañía, cuando, con el ruido de la pistola de Viernes, oímos a ambos lados los aullidos más lúgubres de los lobos; el sonido se multiplicó por el eco de las montañas, y para nosotros fue como si hubiera habido una prodigiosa multitud de ellos, aunque quizá no hubiera tan pocos y teníamos razón en nuestros temores.

Sin embargo, Viernes había matado a este lobo; el otro que se había precipitado sobre el caballo le dejó inmediatamente y huyó. Por suerte, al haberle agarrado por la cabeza, donde los tachones de la brida chocaron con sus dientes, no le había hecho mucho daño. En realidad estaba más herido el hombre, porque la furiosa criatura le había mordido dos veces, una en el brazo y otra un poco más arriba de la rodilla, y estaba a punto de caerse del caballo cuando llegó Viernes y disparó al lobo.

Es fácil suponer que ante el ruido de la pistola de Viernes todos apretamos el paso y cabalgamos tan rápido como nos permitía el camino (que era muy difícil), para ver qué pasaba. Tan pronto como se aclararon los árboles, los cuales nos cegaban antes, vimos claramente lo que había sucedido y cómo Viernes había soltado al pobre guía, aunque en ese momento no distinguíamos qué clase de criatura era la que había matado.

Pero nunca una lucha se llevó de una manera tan dura y sorprendente como la que siguió entre Viernes y el oso, lo cual nos proporcionó a todos (aunque al principio estábamos sorprendidos y temíamos por él) la diversión más grande que se puede imaginar. Como el oso es una criatura pesada, torpe, y no galopa como el lobo, que es veloz y ligero, sí tiene dos cualidades especiales, que generalmente son la regla de sus actos. Primero, respecto a los hombres, quienes no son su presa en realidad, aunque no puedo decir lo que podría hacer un hambre excesiva, que era ahora su caso al estar el suelo cubierto de nieve. Mas respecto a los hombres, no les ataca normalmente, a menos que ellos ataquen primero. Por el contrario, si te lo encuentras en los bosques, si tú no le hostigas, él no se meterá contigo, pero luego has de tener cuidado y ser cortés con él, y dejarle paso, porque él es un caballero muy amable, y no se alejará ni un paso de su camino por un príncipe. No, si estás realmente asustado, lo mejor es buscar otro camino y continuar, porque si te detienes alguna vez, y te quedas quieto, y le miras fijamente, él lo toma como una afrenta; pero si le tiras algo y le golpea, aunque sólo sea un palo del tamaño de uno de tus dedos, lo tomará como afrenta y dejará a un lado sus demás asuntos para perseguir su venganza, porque tendrá satisfacción por el honor, que es su primera cualidad. Lo siguiente es que, si se le ha hecho una afrenta una vez, nunca te abandonará, ni de noche ni de día, hasta que se haya vengado; te seguirá durante mucho tiempo hasta que te supere.

Viernes había liberado a nuestro guía, y cuando llegamos a él, le estaba ayudando a bajar de su caballo, porque el hombre estaba tan herido como asustado, y de hecho, más lo segundo que lo primero. De repente vimos a un oso salir del bosque; era un monstruo enorme, el más grande que he visto en mi vida. Nos sorprendimos todos un poco cuando lo vimos, pero Viernes le miró y fue fácil ver la alegría y valor en su semblante. «¡Oh! ¡Oh! ¡Oh! —dijo Viernes, tres veces señalándole—. ¡Oh, amo! Dejarme ir, mío dar mano con él, mí hacer reír todos.»

Me sorprendió ver al hombre tan contento. «Estás loco —dije yo—, te comerá.». «¡Comerme! ¡Comerme! —dijo Viernes dos veces otra vez—. Yo comer a él. Yo hacer reír bien. Todos quedar aquí. ¡Yo enseñar reír!». Así que se sentó, se quitó las botas en un momento y se puso un par de zapatillas (como llamamos a los zapatos planos que llevan ellos) y que tenía en su bolsillo. Le dio el caballo al otro sirviente y con su escopeta voló allá, rápido como el viento.

El oso iba caminando suavemente y no se metía con nadie hasta que Viernes se acercó bastante a él y le llamó como si el oso pudiera entenderle. «¡Oye, oye! —dijo—, yo hablar contigo.» Nosotros le seguíamos a distancia, porque ahora en el lado de las montañas de Gascuña, entramos en un bosque enorme, donde el terreno era llano y bastante abierto, aunque había muchos árboles dispersos aquí y allá.

Viernes, que le pisaba los talones, podíamos decir, se fue hacia él rápidamente y cogiendo una piedra grande se la tiró; le golpeó justo en la cabeza, pero no le hizo más daño que si la hubiera tirado contra una pared, mas respondió al propósito de Viernes, porque el granuja tenía tan poco miedo que hizo que el oso le siguiera y nos iba a hacer reír, según decía él.

Tan pronto como el oso sintió la piedra y le vio, se giró y fue tras él, dando largas zancadas y arrastrando las patas de una forma extraña, como si se hubiera puesto a medio galope con un caballo. Viernes se alejó corriendo, y tomó el rumbo como si corriera hacia nosotros pidiendo ayuda; así que decidimos disparar enseguida al oso y liberar a mi criado. Aunque estaba muy enfadado de corazón por traer el oso hacia nosotros cuando él iba a seguir otro camino, me enfadé y le grité: «Tú, perro, ¿así nos haces reír? Vete y llévate tu caballo, que nosotros podemos disparar a la criatura.» Él me oyó y me gritó: «No disparar, no disparar, quedar quietos, reír mucho.» Por cada paso del oso, la hábil criatura daba dos, él se dio la vuelta de repente, a nuestro lado; viendo un gran roble muy apropiado para su propósito, hizo señas para que le siguiéramos, y doblando su paso, subió ágilmente al árbol, dejando su escopeta en el suelo, a unas cinco o seis yardas del pie.

Pronto llegó el oso, y nosotros seguimos a distancia. Lo primero que hizo fue detenerse ante la escopeta; la olió, pero la dejó allí y subió al árbol, trepando como un gato aunque era tan pesado. Yo estaba asombrado ante aquella locura de mi sirviente y todavía no podía ver nada que me hiciera reír, por mi vida, hasta que al ver al oso subir al árbol nos acercamos cabalgando.

Cuando llegamos, Viernes salió hacia la punta de una rama larga, y el oso estaba a medio camino de él. Tan pronto como el oso llegó a esa parte donde la rama del árbol era más débil, él nos dijo: «¡Ah!, ahora ver a mí enseñar oso a bailar.» Así que saltó y agitó la rama, ante lo cual el oso empezó a tambalearse, pero se quedó quieto y empezó a mirar detrás de él para ver cómo regresaría. Entonces sí que nos reímos de corazón. Pero Viernes no había terminado. Cuando vio que se quedaba quieto, le llamó de nuevo, como si supusiera que el oso sabía hablar inglés: «¿Qué, no sigues? Por favor, sigue.». Así que dejó de saltar y agitar la rama, y el oso, como si hubiera entendido lo que decía, siguió un poco más. Luego empezó a saltar de nuevo y el oso se paró de nuevo.

Pensamos que era hora de golpearle en la cabeza, y llamamos a Viernes para que se quedara quieto; nosotros dispararíamos al oso, pero nos gritó con seriedad: «¡Oh, por favor, por favor! No disparar, yo disparar enseguida.». Sin embargo, para abreviar la historia, Viernes bailó tanto, y el oso estaba tan quisquilloso, que nos reímos bastante, pero sin poder imaginar todavía qué más haría el hombre, porque primero pensamos que dependía de deshacerse del oso, y luego descubrimos que el oso era demasiado astuto para eso también, porque no se alejaría lo suficiente para que lo tiraran abajo, sino que se aferraba bien con sus anchas garras y patas; así que no podíamos imaginar cuál sería el final de aquello y dónde estaría la broma al final.

Pero Viernes nos sacó de dudas rápidamente, porque al ver al oso tan aferrado a la rama y que no le iba a convencer para seguir más, dijo: «Bueno, bueno, si no venir, yo ir, yo ir. Tú no venir a mí, yo ir a ti.». Y con esto, avanzó hacia la punta más pequeña de la rama, que se torcería con su peso, y le permitiría bajar suavemente por ella, deslizándose por la rama, hasta que llegó lo suficientemente cerca del suelo como para saltar y corrió a por su escopeta, la cogió y se quedó quieto.

«Bueno —le dije—, Viernes, ¿qué harás ahora? ¿Por qué no le disparas?». «No disparar —dijo Viernes—, no todavía. Yo disparar ahora, yo no matar, yo quedar, dar más risa», y de hecho lo hizo, como se verá ahora, porque cuando el oso vio que se había ido su enemigo, regresó de la rama donde estaba, pero lo hacía lentamente, mirando atrás a cada paso hasta que llegó al tronco del árbol. Entonces, con algo de dificultad, bajó aferrándose con sus garras y moviendo cada vez una pata, muy lentamente. En este momento, y justo antes de que pusiera sus patas traseras en el suelo, Viernes se acercó a él, le metió la boca de su escopeta en la oreja y le dejó muerto como una piedra de un disparo.

Luego el granuja se volvió para ver si no nos reíamos, y cuando vio por nuestro aspecto que estábamos contentos, empezó a reírse muy fuerte. «Así matamos osos en mi país», dijo Viernes. «¿Así los matáis? —dije yo—. ¿Cómo, si no tenéis armas?». «No —dijo él—, no armas, pero disparar flecha muy larga.»

Esto sí que fue una buena diversión para nosotros, pero estábamos todavía en un lugar salvaje, nuestro guía estaba herido y apenas sabíamos qué hacer. El aullido de los lobos corría por mi cabeza, y de hecho, a excepción del ruido que una vez oí en la costa de África, nunca escuché algo que me llenara de tanto horror.

Estas cosas, y la llegada de la noche, finalizaron con aquello; además, si Viernes no nos hubiera entretenido, habríamos arrancado la piel de esta criatura monstruosa, la cual merecía la pena guardar, pero teníamos que avanzar tres leguas, y nuestro guía nos metía prisa; así que lo dejamos y seguimos nuestro camino.

El suelo estaba cubierto de nieve todavía, aunque no tan profunda ni tan peligrosa como en las montañas. Y las criaturas hambrientas, como oímos después, bajaron al bosque y la llanura, presionadas por el hambre en busca de alimento; habían hecho mucho daño en los pueblos, donde sorprendían a la gente del campo, mataban muchas ovejas y caballos, y a algunas personas también.

Teníamos que pasar por un sitio peligroso, donde según nos dijo nuestro guía, si había más lobos en el campo, los encontraríamos allí. Era una llanura pequeña, rodeada de bosque, con un largo desfiladero o sendero estrecho, que deberíamos seguir para llegar al pueblo donde íbamos a alojarnos.

Faltaba media hora para anochecer cuando entramos en el bosque, y un poco después llegamos a la llanura. No nos encontramos con nada, pero en un pequeño claro que no medía dos estadios, vimos cinco grandes lobos cruzar el camino, a toda velocidad uno tras otro, como si estuvieran persiguiendo alguna presa y la tuvieran a la vista. Ellos no nos advirtieron, y se perdieron de vista en un momento.

Ante esto nuestro guía, quien, por cierto, era un individuo tímido y desdichado, nos dijo que nos mantuviéramos en posición, porque creía que iban a venir más lobos.

Mantuvimos las armas preparadas, mientras observábamos a nuestro alrededor, pero no vimos más lobos, hasta que cruzamos el bosque, que estaba a cerca de media legua, y entramos en la llanura. Lo primero con lo que nos encontramos fue un pobre caballo al que habían matado los lobos, y al menos una docena de ellos sobre él, devorando sus restos.

No pensamos que fuera apropiado molestarles en su festín, ni que se fijaran mucho en nosotros. Viernes hubiera salido corriendo hacia ellos, pero no se lo permití de ninguna manera, porque comprendí que íbamos a tener más cosas entre manos de las que preocuparnos. No habíamos cruzado la mitad de esta llanura cuando oímos aullar de una manera espantosa a los lobos en el bosque, y poco después, vimos a un ciento de ellos venir directamente hacia nosotros, todos en un grupo, y la mayoría de ellos en fila, como un ejército dirigido por oficiales de experiencia. Apenas supe de qué manera los recibiríamos, pero ponernos en línea cerrada parecía la única manera. Así que nos formamos en un momento, pero como no hubo mucho tiempo, ordené que sólo uno de cada dos dispararíamos, y que los que no disparaban se prepararían para darles una segunda descarga inmediatamente después, si continuaban avanzando hacia nosotros; que los que habían disparado primero no intentaran cargar sus fusiles de nuevo, sino que preparasen cada uno de ellos sus pistolas, porque todos íbamos armados con un fusil y un par de ellas. Así que, mediante este método, podíamos disparar seis descargas, la mitad de nosotros cada vez. Sin embargo, por el momento no fue necesario porque al disparar la primera descarga, el enemigo se detuvo, aterrorizado tanto por el ruido como por el fogonazo. Cuatro de ellos tenían un disparo en la cabeza y cayeron, otros fueron heridos y se alejaron sangrando, como pudimos ver en la nieve. Vimos que se detenían, pero no se retiraron enseguida. Con lo cual, recordando que me habían dicho que a las criaturas más feroces les aterroriza la voz del hombre, hice que toda nuestra compañía gritara tan alto como pudiera, y vi que no era mala la idea, porque ante nuestro grito empezaron a retirarse y darse la vuelta. Entonces ordené una segunda descarga a la retaguardia, lo que les hizo huir y meterse en el bosque.

Esto nos dio tiempo para cargar nuestras escopetas de nuevo, y como no teníamos tiempo que perder, nos pusimos a ello, pero apenas habíamos terminado de cargarlas y ponernos a la espera, cuando oímos un ruido terrible en el bosque a nuestra izquierda, solo que un poco más adelante en el mismo camino por el que íbamos a ir.

La noche estaba llegando y la luz empezaba a oscurecerse, lo que empeoraba las cosas en nuestro lado, pero al aumentar el ruido, pudimos percibir claramente que eran los aullidos y chillidos de estas horrorosas criaturas, y de repente vimos dos o tres tropas de lobos, una a nuestra izquierda, otra detrás de nosotros y una por delante; así que parecía que estábamos rodeados por ellos. Sin embargo, como no cayeron sobre nosotros, seguimos nuestro camino, con toda la rapidez a la que podían ir nuestros caballos, que al ser el camino muy difícil, era sólo a un buen trote largo. Y de esta manera llegamos a ver la entrada del bosque, que teníamos que atravesar, en el lado más alejado de la llanura, pero nos sorprendió enormemente cuando, al acercarnos al sendero, o paso, vimos a un montón de lobos justo en la entrada.

De repente, en otra abertura del bosque, oímos el ruido de una escopeta, y mirando hacia allí, vimos salir deprisa a un caballo, con silla y brida, huyendo como el viento, y a dieciséis o diecisiete lobos detrás de él, a toda velocidad. En realidad el caballo les llevaba ventaja, pero como suponíamos que no podría mantenerse así mucho tiempo, no dudamos de que ellos lo atraparían al final y no hay que preguntar qué harían.

Tuvimos una visión de lo más horrible, porque al penetrar por la misma entrada que salió el caballo, encontrarnos el esqueleto de otro, y a dos hombres, devorados por las feroces criaturas, y uno de los hombres era sin duda el mismo al que habíamos oído disparar la escopeta, porque esta estaba a su lado descargada; pero respecto al hombre, su cabeza y la parte superior del cuerpo estaban devoradas.

Esto nos llenó de horror, y no sabíamos qué rumbo seguir, pero las criaturas nos hicieron decidir pronto, porque se reunieron a nuestro alrededor con la esperanza de que fuéramos sus presas. Y yo creo que había trescientos. Para gran ventaja nuestra sucedió que en la entrada del bosque, a poca distancia, había algunos troncos de árboles grandes, que se habían cortado el verano anterior, y supongo que estarían allí para ser transportados. Metí a mi pequeña tropa entre los árboles, y nos colocamos en una fila, detrás de uno alto; les aconsejé a todos que mantuvieran el árbol delante, como un parapeto, y que permaneciéramos en un triángulo, o tres frentes, encerrando a nuestros caballos en el centro.

Lo hicimos así, y con acierto, porque nunca hubo una carga más furiosa que la que aquellas criaturas hicieron sobre nosotros en aquel lugar. Vinieron con una especie de gruñido y se subieron al tronco (que, como he dicho, era nuestro parapeto), como si sólo fueran a precipitarse sobre su presa. Esta furia suya, parece ser, se produjo principalmente al ver nuestros caballos detrás de nosotros, que eran la presa que tenían como objetivo. Ordené a nuestros hombres que dispararan como antes, uno de cada dos. Y apuntaron tan bien que mataron a varios lobos con la primera descarga, pero era necesario seguir disparando, porque venían como demonios, unos empujándose a otros.

Cuando hubimos disparado nuestra segunda descarga de fusil, pensamos que se detendrían un poco, y esperábamos que se hubieran ido, pero sólo fue un momento, porque otros siguieron adelante. Así que disparamos dos descargas de nuestras pistolas y creo que con estos cuatro disparos matamos a diecisiete o dieciocho de ellos y herimos al doble. Sin embargo, venían de nuevo.

Yo me resistía a gastar nuestro último disparo tan deprisa, así que llamé a mi sirviente, no a Viernes, ya que estaba mejor empleado, porque con la mayor destreza imaginable, él había cargado mi fusil y el suyo, mientras estábamos luchando, sino, como digo, llamé a mi otro criado, y dándole un cuerno de pólvora, le dije que la pusiera a lo largo del tronco y que la extendiera en toda su longitud. Él así lo hizo, y había terminado justo a tiempo porque los lobos vinieron hacia el tronco y algunos se subieron encima, cuando yo, partiendo una pistola descargada cerca de la pólvora, la prendí. Aquellos que estaban sobre el tronco se chamuscaron, y seis o siete cayeron, o mejor saltaron, entre nosotros, con la fuerza y susto del fuego. Los despachamos en un instante, y el resto se asustaron mucho con la luz, que la noche, porque ya estaba casi oscuro, hizo más terrible, y les hizo retroceder un poco.

Ante esto ordené disparar nuestras pistolas a la vez, y después de dar un grito, los lobos salieron corriendo y enseguida salimos nosotros detrás de unos veinte heridos, a los cuales encontramos luchando en el suelo y cortamos con nuestras espadas, lo que respondió a nuestras expectativas, porque los gritos y aullidos que dieron los entendieron muy bien sus compañeros; así que huyeron todos y nos dejaron.

Desde el primero al último habíamos matado a sesenta de ellos; si hubiera sido de día, hubiéramos matado más. Aclarándose ahora el campo de batalla, seguimos adelante de nuevo, porque teníamos que avanzar todavía cerca de una legua. Oímos a las criaturas hambrientas aullar y gritar en los bosques varias veces a medida que avanzábamos, y algunas veces nos imaginábamos que veíamos a alguno, pero la nieve deslumbraba nuestros ojos y no estábamos seguros. Así, en una hora más llegamos a la ciudad donde íbamos a alojarnos, la cual encontramos terriblemente revuelta y a todos en armas, porque al parecer la noche anterior los lobos y algunos osos habían irrumpido en el pueblo y los habían asustado terriblemente, por lo que se vieron obligados a mantener una guardia constante, pero especialmente de noche, para conservar su ganado y también a su gente.

A la mañana siguiente, nuestro guía estaba tan enfermo y sus miembros tan hinchados y con dolor en las dos heridas, que no podía seguir el camino, así que nos vimos obligados a contratar un nuevo guía allí, para ir a Toulouse, donde encontramos un clima más cálido, un campo agradable y fructífero, y no había nieve, ni lobos, ni nada parecido. Cuando contamos nuestra historia en Toulouse, nos dijeron que no era nada extraordinario en el gran bosque a los pies de las montañas, especialmente cuando la nieve cubre el suelo. Pero preguntaron mucho qué tipo de guía nos conducía y que se arriesgaba a traernos por ese camino en una estación tan severa, y nos dijeron que habíamos tenido suerte de no ser devorados. Cuando les conté cómo nos habíamos colocado, con los caballos en el centro, ellos nos culparon mucho y dijeron que había habido una probabilidad de cincuenta a uno de haber acabado con todos, porque fue el ver a los caballos lo que enfureció a los lobos al verlos como presa, y que en otras ocasiones realmente temen a una escopeta, pero al estar tan hambrientos y enfureciéndose con el entusiasmo de llegar a los caballos no les hacía sentir el peligro, y que si no les hubieran dominado por el fuego continuo y al final por la estratagema de la pólvora extendida a lo largo del tronco, hubiera habido muchas probabilidades de haber sido hechos pedazos, mientras que si nos hubiésemos contentado con quedarnos sentados todavía a lomos del caballo y disparado como jinetes, ellos no hubieran tomado como suyos a los caballos, ya que no es así cuando los hombres están montados, y nos dijeron también que al final, si hubiéramos permanecido juntos y dejado nuestros caballos, ellos habrían estado tan impacientes por devorarlos que nosotros podríamos haber huido seguros, especialmente al tener armas de fuego y ser tantos.

Por mi parte, nunca sentí tanto el peligro en mi vida, porque viendo a más de trescientos demonios venir gruñendo y con la boca abierta a devorarnos, y al no tener nada donde escudarnos o escondernos, me di por perdido, y creo que nunca más cruzaré esas montañas. Preferiría ir a mil leguas por mar, aunque estuviera seguro de encontrarme con una tormenta una vez a la semana.

CAPÍTULO XXX

VUELVO A VISITAR MI ISLA

No tengo nada anormal que observar de mi viaje a través de Francia, no más de lo que otros viajeros hayan dado cuenta, con mucha más ventaja que yo. Viajé de Toulouse a París, y sin quedarme mucho tiempo llegué a Calais y desembarqué seguro en Dover el 14 de enero, después de haber tenido una estación con un frío severo para viajar.

Ahora había llegado al origen de mis viajes, y tuve a salvo en poco tiempo toda la propiedad recién descubierta a mi alrededor; las letras de cambio que traje conmigo me habían sido pagadas ya.

Mi principal guía y consejera privada era mi buena anciana viuda, quien, en gratitud por el dinero que le había enviado, aunque sin demasiadas molestias, o una preocupación demasiado grande, trabajó para mí. Yo confiaba tanto en ella para todo que estaba completamente tranquilo de la seguridad de mis efectos, y de hecho, muy contento desde el principio, y ahora al final, de la integridad sin mancha de esta buena dama.

Ahora empecé a pensar en dejar mis efectos con esta mujer y partir hacia Lisboa, y por tanto a Brasil; pero se me cruzó otro escrúpulo, y era el de la religión, porque había albergado algunas dudas sobre la romana, incluso mientras estuve fuera, especialmente en mi estado de soledad, cuando sabía que no iba a ir a Brasil, y mucho menos me instalaría allí, a menos que decidiera abrazar la religión católica romana sin ninguna reserva. Salvo, por otro lado, que decidiera sacrificar mis principios, ser un mártir por la religión y morir en la Inquisición. Así que decidí quedarme en casa y si podía encontrar medios para ello, dispondría de mi plantación.

Para este fin escribí a mi viejo amigo de Lisboa, quien como contestación me informaba de que él podía disponer de ella fácilmente. Pero que si pensaba que era adecuado que le dejara ofrecérsela en mi nombre a los dos mercaderes, los supervivientes de mis administradores, que vivían en Brasil, y de quienes sabía que eran muy ricos, él creía que estarían encantados de comprarla, y no dudaba de que conseguiría cuatro mil o cinco mil piezas de a ocho por ella.

Por consiguiente, estuve de acuerdo; le di orden de que se la ofreciera, y así lo hizo; unos ocho meses más tarde, cuando regresó el barco, me envió un informe: ellos habían aceptado la oferta y habían remitido treinta y tres mil piezas de a ocho a un corresponsal suyo en Lisboa para su compra.

En contestación, firmé la venta en el impreso que enviaron ellos desde Lisboa, y se lo envié a mi anciano capitán, quien me remitió letras de cambio por 32 800 piezas de a ocho por la propiedad, reservando el pago de cien moidores al año para él, durante toda su vida, y cincuenta moidores posteriormente para su hijo durante el resto de sus días, los cuales les había prometido que la plantación iba a cubrir en forma de alquiler. Y así he administrado la primera parte de una vida de fortuna y aventura, una vida de altibajos de la Providencia y de una variedad que rara vez el mundo es capaz de mostrar. Empezó alocadamente, pero terminó mucho más felizmente de lo que nunca hubiese imaginado.

Cualquiera pensaría que en este estado de buena fortuna iba a correr algún peligro más, y así habría sido en realidad, si hubieran coincidido otras circunstancias, pero estaba acostumbrado a una vida errante, a no tener familia, ni muchos parientes; no había contraído muchas relaciones, aunque fuera rico, y aunque había vendido mi propiedad de Brasil, sin embargo, no podía quitarme de la cabeza aquel país y deseaba ir de nuevo; especialmente no podía resistir la fuerte inclinación de ver mi isla y saber si los pobres españoles continuaban allí y cómo los habrían tratado los granujas que dejé al mando.

Mi verdadera amiga la viuda me disuadió de ello de todo corazón, y tanto me convenció que durante casi siete años evitó que saliera. Durante ese tiempo tuve a mi cuidado a mis dos sobrinos, los hijos de uno de mis hermanos. Al mayor, al tener algo propio, le crié como a un caballero y le di un pago añadido a su propiedad, después de mi muerte. Al otro le coloqué de capitán de barco, y después de cinco años, descubriendo que era un joven prudente, atrevido y emprendedor, le situé en un buen barco y le envié al mar. Este joven me llevó posteriormente a mí, tan viejo como era yo, a más aventuras.

Mientras tanto, me asenté aquí en parte, porque lo primero de todo me casé, y no fue un inconveniente ni me sentía descontento, y tuve tres hijos, dos hijos y una hija. Pero al morir mi esposa y llegar mi sobrino a casa después de un viaje a España de mucho éxito, mi inclinación a salir y su importunidad me convenció y me atrajo para ir en su barco, como comerciante privado hacia las Indias Orientales. Esto fue en el año 1694.

En este viaje visité mi nueva colonia de la isla, vi a mis sucesores los españoles, me enteré de toda la historia de sus vidas y de los villanos que dejé allí. Cómo al principio insultaron a los pobres españoles, cómo posteriormente ellos llegaron a un acuerdo, discutieron, se unieron, se separaron, y cómo al final los españoles se vieron obligados a emplear la violencia con ellos; cómo ellos se sometieron a los españoles, y con qué honestidad les trataron estos. Una historia, que si entráramos en ella, estaría tan llena de variedad e incidentes maravillosos como la mía propia, especialmente también por sus batallas con los caribeños, quienes desembarcaron varias veces en la isla, y por las mejoras que hicieron en la isla misma, y cómo cinco de ellos intentaron ir a tierra firme y trajeron a once hombres y cinco mujeres prisioneros, con lo cual, a mi llegada, me encontré con unos veinte niños en la isla.

Aquí permanecí unos veinte días, les abastecí de cosas necesarias, y especialmente de armas, pólvora, balas, ropas, herramientas y dos trabajadores, que traje desde Inglaterra conmigo, a saber, un carpintero y un herrero.

Además de esto, dividí la isla en partes con ellos, reservándome la propiedad en su totalidad, pero les di lo acordado, y habiendo arreglado todo, y comprometiéndose ellos a no abandonar el lugar, los dejé.

Desde allí fui a Brasil. Compré una barca y la envié con más gente para la isla, y en ella, además de provisiones, enviaba a siete mujeres, a las que encontré apropiadas para el servicio o para convertirse en esposas. Respecto a los ingleses, les prometí enviarles algunas mujeres de Inglaterra, con un buen cargamento de cosas necesarias, si ellos se dedicaban a sembrar, lo que yo posteriormente llevé a cabo. Y demostraron ser muy honrados y diligentes después de ser vencidos y tener lejanas sus propiedades. Les envié también desde Brasil cinco vacas, tres de ellas con ternero, y algunas ovejas y cerdos, los cuales, cuando fui de nuevo, habían aumentado considerablemente.

Todo esto, junto con la información de que trescientos caribeños vinieron a invadirles y arruinaron sus plantaciones, y cómo lucharon contra ellos; al principio les vencieron y mataron a tres, pero al destrozar una tormenta las canoas de sus enemigos, ellos se morían de hambre o destruían casi todo el resto, y renovaron y recuperaron la posesión de su plantación y todavía vivían en la isla.

Todas estas cosas, con algunos incidentes sorprendentes en algunas de mis nuevas aventuras durante diez años más, puede que las cuente quizá en el futuro.

ÍNDICE

Daniel Defoe